랭커를 위한
바른 생활 안내서

A RANKER'S GUIDE TO THE GOOD LIFE

1부

랭커를 위한
바른 생활 안내서

A RANKER'S GUIDE TO THE GOOD LIFE

1부 VOL.3

테제 장편소설

초판 1쇄 찍은 날 | 2023년 10월 3일
초판 1쇄 펴낸 날 | 2023년 10월 10일

지은이 | 테제
발행인 | 이진수
펴낸이 | 황현수

기획 | 정수민
편집 | 윤수진

펴낸곳 | 주식회사 카카오엔터테인먼트
등록번호 | 제2015-000037호
등록일자 | 2010년 8월 16일
주소 | 경기도 성남시 분당구 판교역로 221 6(일부)층

제작·감수 | KW북스
E-mail | paperbook@kwbooks.co.kr

ISBN 979-11-385-8716-7 04810

A RANKER's GUIDE TO THE GOOD LIFE

랭커를 위한
바른 생활 안내서 1부

A RANKER'S GUIDE TO THE GOOD LIFE

데제 장편소설

VOL.3

CONTENTS

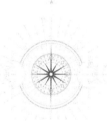

7장

윗물이 맑다고 아랫물도 맑을쏘냐

1

[베스트] (오피셜) 한국 바벨탑 39-44층 연속 공략 대성공

추천 7640 반대 3 (+42899)

....

(기사 링크)

바벨탑 공략 순위 한국이 1위 땄음ㅇㅇ확정

....

- 대체,, 대체,,, 이 나라에서 무슨 일이 일어나고 있나요? ㄴㄱ

- 내 나라가 나를 왕따 시키는거 같다 머선일이냐 이게

- [속보] 또 한번 위대해진 대한민국… 가만히 있다가 또 국격

떡상 당해버린 한국인들 "충격"

- ??: 공략 스킵하지마 / 한국: 그게 뭔데 / ??: 스킵하지 말라고 / 한국: 그거 어떻게 하는 건데

- 아 바벨토토 안산 거 실화?

  ┗ 1년 안에 깬다에만 걸었어도ㅆㅂ 과거의 나를 패죽이고 싶네

- 40층대 못 간다고 나불거리던 어리석은 스애끼들 다 어디 갔죠?

  ┗ 여기요

  ┗ 탕! 더 있나?

- 다시는... 누구도 한국을 무시하지 마라......!

- 이상하네; 아마존 결제하는데 왜 여권번호로 안되지? 한국 여권이면 다 패스 아닌가—— 무려 갓한민국 여권인데?

  ┗ 미친놈아ㅋㅋㅋㅋㅋ

  ┗ 적당히 해 ㅅㅂㅋㅋㅋㅋ

- 미국 급식인데요 제발 티나지않게 한국사람 티내고 다니는 법 좀 알려주세요 제발요 급함

  ┗ 저런… 후진국 타향살이 힘내십쇼 우리 동포 파이팅^^!

  ┗ 야 국뽕 수준이 아니자너ㅋㅋ

  ┗ 극단적 극우주의 그 자체;

- 다들 드립인건 아는데ㅠ 여권 자랑 눈치껏 하자 외국애들 지금 빡돌아서 뇌절 오져 우리나라 지금 거의 공공의 적 수준인듯

  ┗ ???? 왜

  ┗ 반칙 아니냐고ㅋ 언페어하다고 이쥐럴ㅋ

- 윗댓 진짜임ㅋㅋㅋㅋㅋㅋㅋ 안믿기죠? 근데 진짜ㅇㅇ... 스웨덴에 듣보랭커는 안그래도 작은 나라에 랭커 많아서 수상했다고 동양의 신비한 힘으로 바벨이랑 커넥션 있는 거 아니냐고 해명 요구 인터뷰까지 함 (영상 링크)
  └ ?? 반도동절ㅜ;;
  └ 한국 도화살 진자 미치겟다 전세계가 우릴 주목해
  └ 스웨덴....? 그건 어디 붙어 있는 소국이지? 대국에게 안들리니까 크게 좀 말해봐라ㅎㅎ
  └ 동양의 신비한 힘으로 이케아 불매 들어갑니다
  └ ㅋㅋㄱㅋ근데 영상 추천수 뭐임? 왤케 많아??
  └ 뻔하지 저거 다 주변국 애들이다에 죠 한정판 피규어 검
  └ 네? 그렇게 귀중한걸……?
- oh no :(한국이 부러우면 서로 미워하지 말고 한국인으로 다시 태어나면 되는거 아닌가요? Love Yourself :)
- 하,,, 조선흑막설이라니 ㅈㄴ감개무량,, 이제 우리도 천조국이나 대륙처럼 악의 제국 타이틀 따는거?
- 력시 타이틀 따는 데 누구보다 진심인 나라
- 근데 진짜 봐도봐도 안 믿기네. 이게 이론적으로 가능한 일인가? 밤비 대체 탑에서 뭔 짓을 하고 나온 거야.
  └ 바벨한테 논리요? 진심으로?
- ㄹㅇ궁금해서 머가리 터질 지경 인터뷰 안 해주려나
  └ 해줄리가ㅎㅎ 견지록 없는 동안 방송국에서 해댄 짓 잊엇냐

보이콧은 가능성있음^^ㅎ

  ∟ 방송국놈들 개빡치네ㅅㅂ

- 길드장급 둘씩이나 들어갈 때부터 뭔가 심상치 않다고 생각
  하긴 했지만... 진짜... 역사를 바꿔놓고 나올 줄은,,

- ㅠㅠㅋㅋㅋㅋ밤비 떡상할 때마다 디즈니 주가 폭등하는거 나만
  웃기냐곸ㅋㅋㅋ 그 밤비 아니잖아 세계놈들앜ㅋㅋㅋㅋㅋㅋㅋ

- 밤비도 밤비지만 군자가 찐이지 몇년만에 탑 들어가서 바로
  랭킹 갱신 크으.... 찢었다

  ∟ 3위⋯ 8위⋯ 해타 전력 실화냐 가슴이 웅장해진다

  ∟ 뭘 또 비교질 처하고 있어;;

- 은숙킴 차기작 멀었대? 정길가온 울지 말고 집에서 드라마나
  보라 그래

  ∟ 아니 취급 무엇ㅋㅋㅋㅋ

  ∟ 우리 이사님한테 왜글애ㅜㅜ 드라마에 빠진 게 죄는 아니
    잖아..!!

  ∟ 우는 건 정길가온이 아니라 황혼 아닌가 어제 올라온 인스
    타구구절절 지리던데 (인스타 링크)

  ∟ ㄴㄴㄴ이거 사칭계정임

  ∟ 아 ㄹㅇ? 좀 이상하다 싶긴 했는데

  ∟ 당연하지ㅋㅋㅋㅋㅠ 하이랭커가 미쳤다고 눈물셀카 올리고
    있겠냐

- 근데 어딜 가나 견지록이랑 하얀새만 말하던데 나조연 백도

현에도 주목할 필요 있다고 본다ㅇㅇ 저주 걸렸던 공략대원들 인터뷰 보면 얘네 아니었으면 39층 진짜 큰일났을거 같던데

　└ ㅇㄱㄹㅇ 난 백도현이 찐으로 난놈 같음 전용티켓은 어떻게 구했으며 혼자 구출팀으로 들어가는 과감함까지; 괜히 S급 이 아닌듯

　└ 백도현 며칠 전에 누가 은사자에서 봤다고 하던데 hoxy 은 사자가 밀어준 거 아님?

　└ ? 은사자 한가하대?ㅋㅋㅋ

　└ (관계자 요청에 의해 블라인드된 댓글입니다.)

- 진짜… 우리나라 터가 좋은건지 뭔지… 어디서 이런 놈들이 계속 나타나는지

- 흠. 결론은 한국도 더이상 쟤 한명한테만 의지할 필요 없다는 거네.

　└ ?

　└ 네??

　└ (규칙위반으로 블라인드된 댓글입니다. 사유: 과도한 욕설)

　└ (규칙위반으로 블라인드된 댓글입니다. 사유: 패드립)

　└ 와이라노... 와이라노...

　└ 흠. 이새끼 사이버자살 한번 기깔나게 하누 ㅊㅅㅊ

　└ 흠. 한번쯤 생각해볼 만한 의견이긴 합니다. 화만 낼게 아니 라 현대 지성인답게 다양한 의견을 존중할 필요가 있긴 개새 끼야 학교에서 왕과 신앙은 건드리는거 아니라고 못배웠냐

디질라고

- 갓직히 지금 나도는 썰들 중에선 죠가 힘숨찐으로 들어가서 도와줬다는 게 제일 납득되는데ㅋㅋ 윗댓 뭐노ㅋㅋ

  └ 아 이새끼는 또 뭐야ㅜㅜ 대체 몬소리세요

  └ 김카카오! 엄마가 웹소설 그만 보랬지! 너 이눔시끼! 나이가 몇 살인데 아직도 정신 못차리고!

  └ 폐하가 거길 왜 가요;; 개뜬금 망상 지려

사실 그렇게까지 뜬금없진 않고, 동생 구하러 몸소 탑에 납셨던 랭킹 1위.

역사에 길이 남을 역대급 업적을 세웠으나 오랜만에 힘숨찐 클리셰대로 아무런 영광도 얻지 못한 채 나온 죠는 지금…….

"어이구, 우리 아기씨 아직도 자나?"

"쉿, 쉿. 자는 거 같으니 조용히 나가자고."

[당신의 성약성, '운명을 읽는 자' 님이 저 늙은이들 안 나갔다고 문 뒤에 숨어서 울 쟈기 자는 모습 음침하게 훔쳐보는 중이라고 냅다 고자질합니다.]

'……젠장.'

여유로운 주말. 날씨는 흐림.

현재 견지오는 필사적으로 자는 척 중이었다.

서울특별시 성북구 성북동, 은사자의 대저택에서.

··✦✳✦✳✦✦··

여섯 개 층 연속 해금.

전 세계가 들썩였다.

그동안 연계 시나리오에 묶인 층들의 동시 해금이 없었던 건 아니지만, 이건 케이스가 달랐다. 별개의 층이 이렇게 한꺼번에 열린 경우는 명백하게 처음.

사상 초유의 사태에 매스컴의 불은 꺼질 줄 몰랐다.

세계 각국에서 다시 한번 한국을 주목한 것은 당연한 수순이었다.

반칙이다, 공정성에 위배다, 헛소리 운운하며 시비 거는 놈들도 있었으나…… 바벨한테 가서 따지기라도 하겠나?

대다수는 각종 분석과 공략대의 인터뷰를 통해 한국 바벨탑 39층의 난이도가 그만큼 어마어마하게 극악했구나, 추측하는 정도에 그쳤다.

국내도 시끄럽기는 매한가지. 여긴 대놓고 사망설까지 돌던 지경이었으니 반향은 더욱 크나컸다.

탑의 층을 깰 때마다 벌어들이는 가치는 이루 말할 수 없을 정도다.

공략이 한번 완료된 층은 각성자라면 누구나 오갈 수 있는 장소로 변하니까. 해당 층의 핵심이라 할 수 있는 부분, 보스 몹을 비롯한 시나리오 요소들이 전부 사라지고 일반 필드로 층의 전체 환경이 바뀌는 거였다.

그렇게 안정적인 경험을 쌓을 장소가 되는 것은 물론이요, 던전과는 비교되지 않는 보물섬도 탄생하게 된다. 탑 안에서 발굴되는 아이템과 마석은 질적인 면에서 차원이 달랐다.

단 한 번의 공략으로 선두였던 미국 탑을 추월했을 뿐만 아니라, 그런 노다지가 한꺼번에 여럿 풀린 것이었다.

게다가 랭킹 경신이라는 빅 이벤트.

절대적인 '죠'의 아래로 은석원, 정길가온, 하얀새.

빅3 간의 서열은 하얀새가 랭킹에 진입한 이래 한번도 바뀐 적 없었는데, 처음으로 그 순위가 뒤집히는 대사건이 벌어졌다.

랭커들 성질 긁는 데 타고난 언론은 이번에도 정길가온 뒤를 죽자고 쫓아다니기 시작했다.

한 연예 정보 프로그램은 그의 자택과 회사 앞에서 며칠을 죽치고 버틴 끝에, 끝내 극적인 조우를 이뤄 냈는데…….

「어, 어! 정길가온이다, 길가온 씨! 잠깐만요!」

순간 낭패라는 기색이 그의 얼굴에 스친다.

한껏 세운 코트 깃과 짙디짙은 선글라스……. 카메라에 붙들린 정길가온은 약간 초췌해 보이는 안색이었다.

「길가온 헌터! 3위권을 벗어난 것은 처음이시죠! 정말 오랫동안 지켜오던 자리를 하얀새 헌터에게 내어 주게 됐는데 소감이 어떠세요!」

선글라스를 살짝 내리며 정길가온이 웃었다. 평소 언론 친화적인 그답지 않게 어딘가 어색한 미소로.

「어, 떻다뇨⋯⋯. 오랜 지기의 성장인데 축하⋯⋯ 할 일이라고 생각합니다⋯⋯.」

「크으, 역시 대인배! 배포가 정말 남다르십니다! 그렇다면 하얀새 헌터한테 축하의 영상 메시지 한번 쏴 주실까요? 두 분의 우정을 담아 한 말씀 해 주시죠!」

「⋯⋯.」

「길가온 씨?」

「⋯⋯아, 예. 이쪽 카메라 보면 됩니까?」

「네!」

「그래요. 종주, 축하하고⋯⋯ 음, 항상 건강해요. 그럼 이만⋯⋯.」

「어어, 에이, 길가온 씨! 약간 짧아서 그러는데 뭐 나도 본받아서 열심히 하겠다, 이런 말씀이라도 해 주시죠!」

「⋯⋯하하하. 피디님. 어느 방송국에서 오셨다고 하셨죠? 명함 좀 주고 가시죠. 일하시는 방식이 여러모로 참 인상 깊어서.」

▷ 로컬 — 대한민국
▷ 국내 랭커 1번 채널

| 21 | 낼공인인증서갱신: 여러분~ 이것 좀 보세요~ (링크)

| 8 | 다윗: ? 몬데 기ㅏㄷ달

| 8 | 다윗: ㅋㅋㅋㅋ캬캬카카캬 ㅋㅋㅋㅋ캭캬카

| 13 | 상상: ㅋㅋㅋㅋㅋㅋ

| 21 | 낼공인인증서갱신: 너무 웃기죠ㅜㅜㅋㅋㅋㅋ사람들
이 눈으로 쌍욕 갈기는 정길가온이래요

| 8 | 다윗: 아개웃교쉬밬ㅋㅋㅋㅋ부들부들 떠는거바라 쟤
안면비마 온고 아니냐??개웃기네ㅅㅂ

| 8 | 다윗: 아이고배야~ 아이고배껍이야~ 깔깔깔~

| 3 | 흰새: 안면비마가 아니라 안면마비. 배껍이 아니라 배
꼽이다.

| 8 | 다윗: 헉 넵 우리 짱머찐 우주최강 랭킹3위 종주
님!^^77 안면마비! 배꼽! 충성충성^^77!!

| 13 | 상상: 저렇게 투명할 수가

| 18 | 청희도: 인간 투리구슬;;

| 3 | 흰새: 민망하군. 나 스스로 이룩한 공도 아니건만 부
끄러울 따름이다. 사실 공을 따지자면 이 모두 ㅈ

| 5 | 밤비: 와악

| 31 | 주인공의하나뿐인조연: ㅇ으ㅏ아아아ㅏ

| 10 | 백도현: 조, 종주님!

| 28 | 도미: ?? 뭐예요?

| 21 | 낼공인인증서갱신: 뭐 뭐죠 갑자기 뉴비분들까지……??

| 8 | 다윗: 치친구여,,!!!

| 8 | 다윗: 걱정마소 내가 막앗소;; 저 눈새 지짜——;;; 휴
근데 눈치업는 븅신일뿐 나쁜애는아님

| 8 | 다윗: 암튼 보고잇나? 마이프랜드는 내가 지킨다^.~b

| 5 | 밤비: 돌겟네 바보가 둘

| 8 | 다윗: ?? 넌 먼데 갑툭튀 시비까 현피 떠? 스급떼고 함
붙어보쉴?

| 6 | 야식킹: 내도

| 6 | 야식킹: 내도 붙을란다 이번에야말로 결판을

| 5 | 밤비: 셋이네

| 8 | 다윗: 뭔솔——

| 6 | 야식킹: 니 지금 우리 보고 셋 셀 테니까 오라 그말이
가? 하.... 좌표 불러라 햄 준비됐다

| 8 | 다윗: 아쥔짜? 흠 나 설악인데 지금——;; 셋은 좀 더 걸려

| 4 | 알파: ^^…….

| 4 | 알파: 다들 즐거워 보이시네요…….

글쎄. 딱히 즐겁지는 않고.

견지록은 한 손으로 채팅창을 밀어 치웠다. 재킷을 집어 일어나자 사세종이 쳐다본다.

"가려고?"

"할 얘기 더 남았어? 인터뷰는 안 해, 절대로."

"흐음. 결과가 결과다 보니 쉽게 포기할 것 같진 않은데, 상황도 그렇고……."

"저층대도 아니고, 9구간 공략법을 공유할 의무는 없지. 나머지는 수완 좋은 부길마께서 알아서 하시고."

39층의 맵 분석, 마석 및 부산물 처리, 열린 층들의 공략 관련 등등. 서류 산에 파묻혀 있던 사세종이 이마를 긁적였다.

어차피 각자의 역할은 따로 있고, 저쪽이 길을 개척하면 이쪽은 뒤처리 담당이니 딱히 불만이 있다는 건 아니지만…….

휙, 라이더 재킷을 걸치는 등에 대고 사세종은 지나가듯 물었다.

"그런데 네가 엊그제 탑에서 업고 나왔던 그 사람, 정말 나조연 맞아?"

"……어. 간다."

아마 사세종이 지금 훑고 있는 저 서류 더미에는 기자들이 보낸 고소장도 있을 것이다. 그날 견지록은 정말 눈에 뵈는 게 없었으니까.

거침없이 내려온 지하 주차장.

사나운 배기음이 우레처럼 바닥을 긁는다. 탁, 견지록은 헬멧의 실드를 내렸다.

오늘 그의 크리스티나가 향하는 곳은 한강 너머.

강의 남쪽이 아닌, 북쪽이었다.

··✦✳✦✳✦··

[성위, '운명을 읽는 자' 님이 이제 눈 떠도 되겠다고 귀띔합니다.]

'……진짜?'

지오는 슬그머니 실눈을 떴다.

인기척은 없지만, 그런 걸로 파악 가능한 괴물들이 아니다.

숨는 것 하나는 도가 튼 노괴들 아닌가. 어릴 적 숨바꼭질이라도 하면 저것들 찾겠다고 밤비와 날밤을 까기 일쑤였다.

아무튼 이번에는 정말로 간 듯하네. 지오는 참았던 숨을 터트렸다.

익숙한 천장. 익숙한 벽지.

이곳은 은석원의 대저택, 어릴 때부터 지오가 쓰던 방이었다. 먼지 하나 없이 전부 옛날 그대로지만, 예전과 다른 점이 있다면 풀가동 중인 마력 청정기와 가습기 정도.

'완죠니 환자 취급······.'

[당신의 성약성, '운명을 읽는 자' 님이 장모님 트라우마 버튼을 제대로 눌렀으니 어쩔 수 없지 않겠냐며 어깨를 으쓱입니다.]

'그니까. 에휴, 그 대사는 치지 말 걸 그랬음······.'

후회해 봤자 버스는 이미 멀리 떠나셨다.

지오가 탑에 머무는 동안, 바깥에서 흐른 시간은 약 반나절.

시간 쪽은 워낙 바벨 마음대로다 보니 더 걸렸을까 봐 걱정했는데 다행히 그 정도로 그쳤다.

덕분에 박 여사에게 들킬 확률은 제로.

누적된 대미지로 인해 쓰러지는 해프닝이 잠깐 있었으나 밤비가 센터에 연락해 몰래 응급실로 데려다 놓은 것까지도 완벽.

그러니 문제는, 시간 차를 두고 견지록이 가족들과 함께 병원을 다시 방문했을 때였다.

워크숍에서의 사고로 기절했다는 딸내미가 깨자마자 박 여사 앞에서 뱉은 말, 바로 그 대사.

「······기억이 안 난다고?」

「으, 으응······.」

정확히는, 특정 부분이 잘려 나갔다. 3차 한계 해제 이후 대악마와 관련된 모든 기억이.

그걸 견지록한테 살짝 말한다는 것이, 어쩌다가 '기억이 안 나' 따위의 막장 드라마 대사를 뱉고 말았는데…… 박 여사의 표정을 보자마자 깨달았다.

'아 망했어요.'

과거, 부친과의 모든 기억을 지워 버린 전적이 있던 패륜지오.

떨리는 두 손을 부여잡으며 박 여사가 벌떡 자리를 박찼다.

「부대표님 연락처가……!」

「바, 박 여사!」

님아 그 전화를 돌리지 마시오…….

아련하게 팔을 뻗었을 땐 이미 늦은 뒤였다.

꼭두새벽, 슬리퍼 차림으로 소환된 범이 짐짓 심각하게 팔짱을 꼈다. 나름 지오와 조금 떨어진 곳에서 얘기한다지만, 다 들렸다.

「그러니까 트라우마……. 지오 기억에 다시 혼선이 생긴 듯하다, 이 말씀이시죠. 어머님.」

「맞아요! 갑자기 쓰러졌다는데 혹시 공황 발작 뭐 그런 걸까요? 예전에 내가 찾아보니까 기억력 저하도 오고 그런다던데……」

「음……」

「안 그래도 애가 가면 갈수록 성적이 이상할 정도로, 정말 이상할 정도로 낮다 싶었어요. 부대표님, 우리 지오 어쩌면 좋아.」

「어머님, 일단 진정하시고.」

「이럴 때가 아니지. 내 정신 좀 봐, 어서 입원 수속부터!」

'씨바. 실화임?'

난데없이 꽂히는 착각계 플래그.

그냥 지지리 공부를 안 했을 뿐이건만, 성적표에 도배된 9등급 때문에 입원하게 생긴 랭킹 1위 삼수생.

정신 차렸을 땐 이미 드르륵, 병원 침대에 실려 1인용 병실로 입성하는 중이었다.

'이, 이게 머선 일이야.'

[당신의 성약성, '운명을 읽는 자' 님이 이걸 웃어야 하냐, 울어야 하냐고 입을 틀어막습니다.]

제대로 꽂힌 착각계 플래그는 걷잡을 수 없는 산불처럼 번져 나갔다.

「지오 씨……. 얘기 들었어. 길드 일은 걱정하지 마. 그렇게 아픈 줄도 모르고 나는, 흡, 나쁜 상사라 미안하다악!」

「마 사감님! 저희 지오 씨 앞에서 울지 않기로 했잖아요! 선해 씨도 그만 울어!」

「끄흑, 저는, 저, 정말 우주 종말급 쓰, 쓰레기예요……! 바로 옆에 있었으면서…… 전혀 눈치채지 못하고…… 불치병 환자 앞에서 우울증이니 뭐니…….」

「선해 씨! 부, 불치병이라니! 요즘 알츠하이머는 치료만 잘 받으면 나을 수 있는 거 몰라? 지오 씨는 이겨 낼 거야. 으응!」

'……몰래카메라인가?'

그저 기억이 안 나, 두 마디 했을 뿐이건만 어느새 방년 20세에 조기 알츠하이머병 환자가 되어 버린 견지오.

고릴라와 슬픔이의 대환장 병문안으로 끝이 아니었다.

병실 밖을 돌아다닐 때마다 사방에서 꽂혀 드는 시선들.

「어머, 저 애 봐. 딱 봐도 나이롱환자네. 쯧쯧. 나이도 어린 애가 벌써.」

「쉿. 지영 엄마. 말조심해. 듣기로 시한부라 하더라. 몇 달 안 남았다고.」

「……어, 어쩐지. 안색이 창백하더라니. 에구, 어린애가 어쩌다가. 저기! 힘내요, 아가씨! 파이팅이야!」

'……'

「견지오, 혼자 어디를 갔다 오는- 뭐지, 그 시루떡은?」

××대학 병원 최고의 핫 셀럽. 착각계 끝판왕. 시한부 알츠하이머 환자 견지오(월드 랭킹 1위)가 품 안의 조공품들을 와르르 떨구며 울먹였다.

「고, 공부가 하고 싶어요…… 범 선생님!」

차가운 사회가 그립다!
후회 여주 삼수생의 뜨거운 눈물에 범이 혀를 찼다. 저 바보.

「안 그래도 옮길 생각이었다. 바빌론 사람들 때문에 너무 시선을 끌어서. 짐 챙겨.」
「커, 컴백 홈? 드디어!」
「그럴 리가. 집에 가고 싶었으면 어머님이 오해하실 때 꾀병 부리지 말았어야지.」
「그럼 또 병원행임……?」

자업자득. 자승자박.
맨날 누워만 있으니 개꿀 아니냐며 옳다구나 장단 맞췄던 옛날이여……. 지오가 철퍼덕 침대로 엎어졌다.

범이 전부 예상했던 반응이다.

가뜩이나 병원은 질색하는 애 아니던가. 버텨 봤자 이틀이려니 싶었다. 뒷수습에 능숙한 사내는 이미 거기까지 보고 타협안을 마련해 두었음이다.

끼익. 머리맡에 걸터앉는 무게.

힐긋 지오가 올려다본다. 흐트러진 뺨 위의 머리카락을 살살 넘겨 주며 범이 웃었다.

「뭐, 그래도 홈은 홈이지.」

'너희' 집이 아니라 '우리' 집이지만.

'우리' 집.

⟨은사자⟩ 대저택이 그리 불리던 때가 있었다. 중학교 즈음, 지오의 능력 제어 훈련이 종료됨에 따라 차츰 발길이 줄어들면서 자연스레 유년기의 추억으로 남겨졌지만.

똑, 똑. 달칵.

"⋯⋯잔다고 하던데."

지오는 회상에서 벗어났다. 문가에 선 범이 얕게 실소했다.

"천사처럼 자는 얼굴 조용히 구경만 하고 와라⋯⋯ 하셔서 구경하러 왔더니. 지루함에 곧 돌아가실 분만 계신걸."

천사는 어디 숨겼냐며 농담한다. 절대 지지 않는 견지오가 받아쳤다.

"뉘쇼?"

"장난하지, 또."

"아항, 울 집 광공이구나. 아침에 본 재벌남이랑 넘 달라서 남의 집 남정네인가 했지."

"무슨 소리야?"

범이 가운 주머니에 손을 꽂으며 걸어왔다.

살짝 젖은 머리칼, 가벼운 실내용 가운을 걸친 차림. 퇴근하자마자 샤워만 마치고 바로 온 모양이었다.

견 남매가 성북동 저택을 떠날 때 그도 함께 출가했는데, 이번에 지오가 들어오면서 잠깐 같이 머무르게 됐다.

집은 편해야 한다는 주의인 은석원 덕에 정말 집 안에서만 볼 수 있는 프리한 모습.

지오도 간만이다. 이렇게 완전히 풀어진 범을 보는 것은.

침대 아래로 범이 기대앉았다. 지오는 아련한 눈망울로 가까워진 그의 옷소매를 쥐었다.

"저, 이보게. 바깥세상은 어떠한가……? 이 그레이트 킹지오 없이도 나의 제국은, 나의 신민들은…… 무사, 콜록콜록……! 한가?"

"태평성대지. 잘 아실 텐데. 듣기로 와이파이 안 터진다고 그렇게 어르신들을 혼냈다고……."

"쳇."

영감탱이들 다 늙어서 입만 싸기는. 탈유교걸 패룬지오가 비열하게 혀를 찼다.

병원에서 성북동 대저택으로 옮겨 온 지도 어언 이틀.

아직 학생인 금희 챙겨야 하지, 직장 일도 있지. 바쁘시지 않으냐 저희가 대신 정성껏 돌보겠다며 범이 박 여사를 설득해 낸 결과였다. 처음에는 폐를 끼칠 수 없다며 박 여사도 한사코 거절했지만…….

"몸은 좀 어때."

"개말짱함."

"어머님한테 연락은?"

"했음."

"대표님은?"

음. 지오는 봤다며 끄덕였다.

바벨탑 39층 공략.

여섯 층 해금이니 역대급 등반이니, 온갖 데서 웅성거렸지만 그 축제에 어울릴 틈은 없었다. 설원이 준 묘한 찜찜함도, 기억의 공백조차도 곱씹을 겨를 없이 지오는 어떤 소식과 맞닥뜨렸다.

엊그제 새벽녘, 박 여사의 다급한 연락에 불려 왔던 범이 병원을 떠나기 직전 건넨 속삭임.

「모래시계…… 확인해 봤나?」

[운명의 모래시계].

성위 고유 스킬, [라이브러리화]의 하위 특수 스킬로, 대상의 남은 수명을 알려 주는 스킬이다.

그리고 현재 그 모래시계의 하나뿐인 슬롯을 차지하고 있는 대상은…… 은석원.

지오는 그제야 잠깐 사이 확 줄어 버린 은석원의 시간을 발견할 수 있었다.

박 여사의 고집이 종내 꺾인 데는 그 영향이 제일 컸다. 그녀 역시 그 소식을 들었으므로.

열과 피로는 가신 지 오래.

탑의 39층에서 벗어남과 동시에 이상 현상은 전부 사라졌다. 그러니 부분 기억 상실이 도져 절대 안정을 취해야 한다 어쩌고 떠들어도, 솔직히 다 핑계였다.

실상은, 건강이 급격히 악화되어 진짜로 요양 중인 은석원의 위로차 머문다는 쪽이 맞을 터.

며칠간 머무를 지오의 짐을 넘겨받으며 범은 박 여사에게 정중히 묵례했다. 힘든 시기 아비에게 큰 위로가 될 거라면서…… 감사하다고.

"잘했네. 착하게."

"네? 아니 무슨 그런 무시무시한 소리를…… 취소하셈, 당장."

못 들을 소리라도 들은 사람처럼 지오가 정색했다.

당분간 착하다, 선하다, 질서선 등등, 이따위 악독한 선의 무리와는 조금도 얽히지 않을 심산이었으니까.

다단계 뺨치는 질서선 그러데이션으로 킹의 등골을 빼먹다 못해 골수까지 뜯어 간 천인공노할 '그 집단'.

흰새는 3위 경신, 나도비는 31위로 1번 채널 진입이랬던가?

저들끼리 떡상했다는 소식을 뒤늦게 듣고 지오는 병실 침대 위를 데굴데굴 굴렀다.

아이고 배야, 아이고 배야. 고생은 이 킹지오 혼자 다 하고!

'궁극기 하나 때리는 데 얼마나 대가리가 터지는지 아느냔 말야, 어? 망충하게 검이나 휘두르고 사이비 기도만 하는 것들이 뭘 알아!'

니들이 연산 맛을 알어!

따지고 보면 열병 난 것도 다 그놈들 때문인 거 같다. (아님) 먼치킨 버스에 제대로 무임승차해 놓고 감사하다고 그랜절하지는 못할망정 감히 언급도 안 해? (밤비가 시켰음)

배우나 가수들도 연말 시상식에서 땡큐 갓, 인사치레 소감 정도는 하고 넘어가던데 이게 뭐야! 갓죠 감사합니다, 한마디 정도는 아침 인사처럼 할 수 있는 거 아냐? (결코 아님)

하여간 상종 못 할 것들이었다.

"이래서 선조님들 말씀에 머리 검은 짐승은 거두는 게 아니라고. 어? 억울지오, 억울하지오!"

"그래, 억울하지오. 그만 억울해하고."

탑골 공원 꼰대급 꼬장을 하루 이틀 다루는 게 아닌 만렙 베이비시터가 담담히 받아넘겼다. 한쪽 손으로는 인벤토리를 연다.

자고 있다기에 내일 주려고 했더니…… 자기는커녕 두 눈이 말똥말똥하다 못해 타오르고 있지 않은가.

물건을 꺼내자 순간 방안으로 훅, 끼치는 단 향.

반도蟠桃였다.

흔히 천도복숭아로 더 알려진.

범이 눈을 내리깔았다. 작은 단도를 꺼내 부드러운 과육을 먹기 좋은 크기로 잘라 낸다.

"자."

"……"

입술 앞에 내밀어진 복숭아 조각.

지오는 물끄러미 보다가 조그맣게 입을 벌렸다. 혀에 닿자 과육이 사르르 시원한 감각으로 녹아내린다.

달다.

삼천 년을 주기로 열매가 맺힌다는 하늘의 선과仙果.

처음 열린 것을 먹으면 신선이 되며, 두 개 째에는 구름을 타고, 마지막 구천 년 복숭아를 먹으면 영원히 살게 된 다는 불로불사의 과일이지만…… 이건 서왕모의 반도원에서 자란 게 아니기에 그 정도까진 아니다.

그저 조금 더 건강해지고, 마력 회로를 정결하게 하는 정도?

지금이야 힘세고 건강하다지만, 마력 컨트롤로 고생하던 어릴 적에는 열병이 워낙 잦았던 지오였다.

침도 못 삼키고 아파 낑낑댈 때마다 범은 이렇게 곁에 걸터앉아서 이 복숭아를 깎아 먹여 주곤 했다. 그때는 뭣도 모르고 잘도 받아먹었는데…….

"그만 먹을래."

"왜?"

"님 아프잖아."

[성위, '운명을 읽는 자' 님이 저런 미련한 짓을 보았냐며 혀를 찹니다.]

불에 달궈진 것마냥 붉게 달아오른 범의 손끝.

늘 그렇듯 태연한 낯짝이지만, 안 속는다.

암만 철이 없어도 그 정도 알아볼 만큼은 자랐다. 지오는 감싸 쥐었던 그의 큰 손을 툭, 밀어냈다.

"마조야 뭐야. 귀신이 복숭아를 왜 만져? 명줄 닳고 싶어서 환장했나. 변태세요?"

제 엄지 끝을 살짝 물며 범이 느긋하게 웃었다.

"못 하는 말이 없어. 귀신이라니. 성실하게 사람 흉내 내면서 잘 살고 있는 사람한테 실례다."

"귀신이든, 도깨비든. 대충 그게 그거지. 사람 아닌 것들은 뭐 다 비슷한 과 아님?"

"도깨비는 아니래도. 언제까지 그 소리 할 거지? 드라마 끝난 지가 한참이다. 좀 벗어나."

명색이 귀주鬼主 아닌가.

만귀萬鬼의 우두머리.

온갖 귀신과 도깨비들을 다루는 총칭, '이매망량의 대리자'.

부리는 놈들과 동급 취급은 좀 곤란하다. 범이 눈썹 끝을 살짝 치켜들었다.

하여튼 영계靈系 쪽은 뭐가 이렇게 복잡한지. 지오도 덩달아 슥 눈썹을 들었다.

"그럼 뭔데?"

범이 나른하게 답했다.

"글쎄."

그도 모른다.

기억하는 시점에서 이미 그는 존재했으며, 귀신과 도깨비들이 받드는 그들의 우두머리였다. 그것이 아주 오래전부터였다는 것만은 확실.

20여 년 전, 바벨탑의 출현은 현세를 향한 어떤 신호탄이나 마찬가지였다.

챕터의 전환. 세상이라는 무대의 주인공이 인간에서 초월자들로 옮겨졌음을 알리는 선언.

바벨 시대가 도래하기 훨씬 이전부터, 설악의 〈해타〉가 그랬듯 '초월적인 것'들은 늘 이 세상에 존재해 왔다.

1세대 각성자의 대표 격인 은석원도 그중 하나였다.

[마력]이라는 바벨이 열어 준 힘과의 조우는 처음이 맞지만, 은석원은 본디 〈자미궁〉의 마지막 후계자였다.

일명 '북극성 일족'.

삿된 것들을 인간들로부터 격리하고, 가둬 두는 간수의 일족.

겉보기에는 그저 평범한 인간. 강한 힘을 지닌 것도 아니요, 오랜 시간이 흘러 고귀한 피마저도 옅어졌으나 요괴들을 다루는 솜씨만큼은 가히 탁월했다. 누가 뭐래도 그들은 단군의 후예로서, 옥황상제의 명을 받은 일족이었으므로.

따라서 그 삿된 것들을 가둔 곳 역시 상제의 궁전, 〈자미궁〉이라 부른 것이 집단의 시초였는데. 그런 자미궁의 또 다른 이름이 바로, '로사전牢娑殿'······.

범은 그 로사전의 최후 수감자였다.

「쉬이. 경계하지 마시게. 나는 가족이 좀 많은, 평범한 인간

일 뿐이라네. 어려 보이는데, 태어난 지 오래되었소?」

「…….」

「이름이 무엇인고?」

「……귀주.」

「허허, 그건 이름이 아니지.」

금빛 점들이 알알이 박힌 회색 눈…….

어둠 속의 맹호 같은 눈이로다. 젊은 은석원은 감탄하여 그를 '범'이라 불렀다.

난생처음 맛보는 인간의 쌀밥은 달고 따뜻했다. 소년은 그렇게 오랜 그림자에서 걸어 나왔다.

별들이 빛나는 밤.

사람이 말했다.

「요즘 하늘을 보면 천기天氣가 흉흉해. 세상이 어지러워지겠지. 그때가 되면 혼자 있기 힘들 것이야. 괜찮다면, 나와 함께 가겠소?」

「…….」

「내가 이젠 나이가 들어서, 자네처럼 건강한 아들이 있으면 든든할 것 같거든.」

손을 내민다.

따스한 온기는 놀랍도록 중독적이어서, 소년은 차마 그를 뿌리칠 수가 없었다.

그렇게 그는 사람들의 '범'이 되었다.

그러나 이젠…… 사람'들'의 범은 아닌 듯하다.

범은 한쪽 턱을 괴었다. 지오를 바라본다.

무심하게 그를 내려다보고 있는 인간의 눈.

늙은 은석원의 힘은 더 이상 범을 잡아 두지 못했다.

그럼에도 스스로를 깎는 봉인식을 살에 새겨 넣고, 하찮은 인간 흉내를 내면서까지 구질구질하게 이 땅에 발붙이고 있는 이유.

범은 작고 절대적인 그의 지배자를 올려다봤다.

서슬 푸른 귀기가 서린 청동색 머리칼, 비스듬하게 이마를 스치고…….

"내가 뭐든, 중요하나?"

그의 폭군이 웃었다. 삿된 것에게 치명적인 복숭아의 단 향을 풀풀 풍기면서.

"아니."

"……."

"킹은 너그럽지. 내 거 한정으로."

한때 귀신, 한때 짐승, 이젠 인간……. 이매망량의 패자霸者, 사바세계의 가장 위대한 죄수는 생각했다.

사람은 나를 길들이고, 이 애는 나를 지배한다.

피할 도리 없이 연약해진 마음으로 범은 쓰게 웃었다.

지오의 콧등을 툭 건드리고, 건장한 등을 수그린다. 무릎 위로 비스듬히 눕는 고개.

느른하게 깔리는 목소리는 밤처럼 낮았다.

"바깥은 쌀쌀해. 웬만하면 돌아다니지 말고. 너도 요양 중인 환자라는 사실 잊지 마."

"요야앙? 개뿔 아니라는 거 알잖아."

"원래 자기 몸은 본인이 가장 모르는 법이지. 지금만 봐도 분명하잖나."

코웃음 치려던 지오가 멈칫했다. 며칠 새 쇠약해진 은석원의 모습이 떠올라서.

"약해지는 것은 하나로 족해."

"⋯⋯칫."

그렇게 말하는 건 반칙이다. 지오가 구시렁대려던 찰나.

타다닥, 콰앙!

"야! 제발 이 빌어먹을 노친네들 좀 어떻게⋯⋯!"

순식간에 실내를 뒤덮어 오는 파릇파릇한 숲 냄새.

사납게 방문을 열어젖힌 견지록이 우뚝 멈춰 섰다. 방 안을 보더니 뭔 스위치가 눌렸는지 입가를 비튼다.

"⋯⋯둘이 뭐 해?"

그러거나 말거나. 지오는 재빠르게 상황 판단을 마쳤다.

헐떡이는 숨과 헝클어진 머리칼. 그 사이로 맺힌 이마

의 땀…… 무엇보다 얼기설기 손자국이 난 가죽 재킷.

'저 자식 존나 화끈한 추격전을 벌였나 본데……?'

그, 그렇다면.

"비, 비켓!"

우당탕 바닥으로 밀쳐지는 범.

냅다 범을 밀친 지오가 헐레벌떡 이불을 뒤집어썼다.

그리고 드르렁, 필사적으로 자는 척을 시작하는 것과 동시에.

"아가 사슴아! 설마 혹시 우리 아기씨 일어난……! 에잉, 아니네."

"밤비 요 깜찍한 개구쟁이 녀석! 누님 아픈데 깨우면 안 된다고, 할애비가 말했냐, 안 했냐! 일루 와!"

"제 제길, 저 의리라곤 뒈진 삼수생……!"

"드르렁……."

질질 끌려 나가는 견지록의 노려보는 눈빛이 레이저처럼 따가웠지만, 의리와 양심이라곤 개나 준 삼수생은 무시했다.

[특성, '애물단지 생존 본능'이 활성화됩니다.]

"쯔쯔, 안 되겠다, 요 심술꾸러기 사슴 녀서억~ 이 할애비들이랑 오랜만에 목욕이나 같이 할까? 으응~?"

"하이고! 좋지, 좋지! 우리 아가 밤비 얼마나 컸나 볼까나?"

"뇨, 이거 놓으라고오-!"

'아디오스, 밤비……'

자미궁, 로사전 등등. 세간에서 여길 가리켜 이러쿵저러쿵 떠들어도, 견씨 남매에게 이곳은 그저 이렇게 불린다.

노망난 탑골 요괴 공원.

사랑도 지나치면 독이 되는 법 아니겠나? 부둥부둥 육아물에 통달한 프로들마저 어, 이건 좀…… 하면서 뒷걸음질할 내리사랑의 토네이도.

"어어, 잠깐만! 우리 아기씨 방금 눈꺼풀이 살짝 들린 거 같은데……?"

"드, 드르렁, 쿠울 쿠우울……"

'아, 아무나 도움……!'

수백 년 묵은 노괴들의 아기씨는 두 눈을 더 꽉 감았다. 삘삘 식은땀을 흘리며.

·· ✦ ✳ ✦ ✳ ✦ ··

타악. 창턱을 짚는 손.

지오는 가뿐하게 2층 창문을 뛰어넘는 동생 견지록을 바라봤다.

창가에 걸터앉아 신발을 툭, 툭 바닥으로 벗어 던진다.

방 안에서 신고 다니면 조상님들이 네 이놈 하시니까. 뉘집 아들인지 가정교육 잘 받았다.

"빌어먹을 노친네들. 아주 걸레짝을 만들어 놨어. 이 재킷이 얼마짜리인 줄 알고."

"으악. 도둑놈이다. 도둑 새끼야."

"시끄러."

와작, 쿠키를 베어 먹으며 무표정으로 외치는 견지오.

방만하게 기대 누운 꼴부터 옆에 끼고 있는 최고급 마력 청정기까지. 신선놀음이 따로 없으시다.

'아주 지네 집이야.'

언제 어디서든 한결같이 저런 모습이니 별로 놀랍지도 않지만……. 견지록은 지오의 옆으로 풀썩 쓰러지듯 드러누웠다.

"……걱정한 내가 등신이지. 이 집에 온 첫날부터 집주인 노릇 하던 애를."

"엥. 제가 언제요?"

"하, 옛날에 여기 오자마자 뒷짐 지고 '이리 오너라!' 외쳤던 거 기억 안 나냐? 진짜 미친놈인 줄."

그, 그랬나?

원래 진상 짓은 저지른 놈은 기억 못 하고 당한 놈들만 기억하는 법이다. 지오가 시선을 회피했다.

"됐다. 그런 거 따지면 뭐 한두 개겠냐. 네 진상 짓 역사가 내 바벨탑 히스토리보다 길어."

"우, 울 사스미이. 누나 걱정했오?"

"그럼 안 해?"

견지록이 날카롭게 받아쳤다.

원체 그렇게 태어난 누이라는 것을 안다. 누구보다도 그가 제일 잘 알고 있는 사실이었다. 그럼에도 가끔 지독하게 무신경하다는 걸 느낄 때마다 불가항력으로 신물이 났다.

지오는 팔로 눈가를 덮은 견지록을 물끄러미 바라봤다. 메마른 입술이 형편없이 부르터 있었다.

예민하고 어린 내 사슴.

"……야. 난 절대 안 죽어. 너나 챙겨."

"시끄러워. 네가 그렇게 장담할 때마다 너 진짜 싫어지니까. 세상에 100%는 없어. 네가 무슨 신이라도 돼? 까불지 마, 견지오. 너 인간이야. 찌르면 피도 나고, 다치면 아프고…… 아 됐다. 뭐라냐."

"울어?"

"닥쳐……."

지오는 몸을 일으켰다. 팔을 잡아 끌어 내리자 감정으로 한껏 일그러진 밤비의 눈이 있다.

탁! 신경질적으로 뿌리친 견지록이 다시 제 얼굴을 가렸다. 지오는 말없이 그의 가슴팍에 턱을 얹었다.

단단한 외피 아래, 항상 같은 리듬으로 박동하는 심장 소리.

오늘은 약간 더 빠르다. 어린 밤비가 우는 소리였다.

'어쩌지?'

견지오는 견지록을 달래는 데 제대로 성공해 본 적이 한 번도 없다. 늘 서툴렀다. 어릴 때부터 줄곧 그랬다.

울보 밤비가 훌쩍일 때면 한발 떨어져 멀뚱멀뚱 지켜보는 것밖에. 그칠 때까지 그저 기다리면서.

[당신의 성약성, '운명을 읽는 자' 님이 괜찮으니 지금 네가 생각하는 그대로 말하면 된다며 다독입니다.]

그럴 리 없겠지만, 부드러운 바람이 그녀의 등을 미는 듯했다. 머뭇거리던 지오가 입술을 달싹였다.

"……미안."

흠칫, 견지록의 어깨가 떨렸다.

천천히 드러나는 얼굴은 방금 저가 무슨 말을 들었는지 의심하는 눈치다.

"……너 견지오 맞아?"

얘 아직 아픈가?

"다시 말해 봐."

싫은데. 지오는 조개처럼 입을 꾹 다물었다.

진심으로 사과해 본 것은 범의 어깨를 찢어 놓았던 어릴 적 이후로 거의 처음. 뭐든 다 내 잘못 같고, 다 죄스럽

게만 느껴지던 유년기에서 벗어났기에 더 이상 입에 담지
조차 않았다.

그리고 그 사실을 견지록이 모를 리도 없어서…….

"왜 또 울어? 사과했잖아."

"뭐래, 씨발. 안 울어."

신경질적인 손길로 당겨 끌어안는 몸.

견지록은 여린 어깨에 이마를 묻었다. 정말 울거나 그
런 것은 아니다. 다만…….

사람이란, 기나긴 겨울 끝에서 봄의 흔적과 마주할 때
마다 감성적일 수밖에 없는 연약한 동물 아닌가.

신록빛 숲 내음, 그리고 그 속에 어렴풋이 섞인 꽃나무
향기.

봄의 숲.

밤비 컨디션이 최고로 부드러워질 때 나는 향이다. 지
오는 숨을 깊이 들이마셨다.

견지록이 소리 낮춰 투정 부렸다. 서로에게만 들리도록.

"진짜 개놀랐다고……. 몸은 피범벅이질 않나, 눈앞에
서 쓰러지질 않나. 무서워서 앞으로 탑에 가자고 말이나
하겠냐?"

"할 거면서."

"아 시발, 물론 하겠지. 가성비가 미쳤잖아, 한 방에 층
여섯 개가 말이 돼?"

이제 피식 웃기도 한다.

자신과 똑같은 빠르기로 돌아온 심장 박동. 지오는 안심하고 기댄 몸에서 힘을 뺐다.

"없어진 기억은? 계속 그래?"

"으응."

"혹시 네 성약성이 건드린 거 아냐? 옛날에도 그랬잖아. 지금이야 돌아온 것 같은데."

"허얼, 밤비 클라쓰. 말도 안 했는데 다 알구 있어 버리네."

"언제는 말을 해야 알았냐? 새삼."

하긴. 납득한 지오가 이내 고개를 휘휘 가로저었다.

"아냐. 이번엔 언니 짓 아님."

사건 발생 시 전적 있는 놈부터 조지는 것은 기본 중 기본이다. 그래서 기억의 공백을 깨닫자마자 지오도 냉큼 별님부터 최우선으로 족치고 봤다.

「이 몹쓸 똥차별…… 또 내 기억에 손댔어?」

[성위, '운명을 읽는 자' 님이 아니 이게 뭔 개뜬금 누명이냐고, 이 오빠는 울 쟈기 의지가 아니면 소듕한 육신에 일절 손대지 않는다며 펄쩍 뜁니다.]

[어떻게 나의 트루 럽을 의심하냐고, 억울해서 퐁퐁 흐른 눈물이 벌써 한강이라며 비련의 남주처럼 바닥에 쓰러집니다.]

「주접 그만 떨고 이실직고하셔.」

[당신의 성약성, '운명을 읽는 자' 님이 흐음…… 아직은 바벨이 이르다고 생각한 거 아니겠냐며 턱을 굅니다.]

「하아, 저기요~ 이 그레이트 킹지오는 수수께끼 같은 거 아주 싫어해. 딱 질색이야. 대단한 떡밥 뿌리는 척 의미심장하게 깔짝대지 말고 좋은 말로 할 때 싹 다 털어놔.」

[비정하고 무도한 나의 임이여, 나도 세계율 지키는 시늉 정도는 해야지 않겠냐며 성약성이 처량하게 호소합니다. 1차 경고까지 받은 입장이라 좀 사려야 한다고 찡얼거리기도 합니다.]

그건 정말이었다.

후다닥 상태창을 확인하니 운읽자의 이름 옆에 척 붙어 있는 1차 경고 딱지.

「아, 아니, 이게 뭔……! 기억 날아간 사이 혼자 뭔 짓거리를 하고 다녀서 경고 딱지가 날아오게 만들어, 이 똥차가!」

[당신의 성약성, '운명을 읽는 자' 님이 읍읍, 읍읍대며 자체 필터링을 먹입니다.]

「장난하지 마. 이거 몇 차 경고까지 있는 건데?」

【무얼 염려하는지는 알겠다만…… 안 해도 된다. 설령 네 의지여도, 우리가 헤어지는 일 따윈 없을 터니.】

"……야. 견지오, 자?"

"아니이. 근데 졸려."

조용한 대저택의 밤.

그 옛날 이곳은 지오가 쓰던 방이었지만, 동시에 지록의 방이었기도 했다. 금세 잠에 드는 지오를 보며 견지록도 느리게 눈을 감았다.

품 안의 익숙한 온기.

탑에서 나온 지 며칠이 흘렀지만, 이제야 비로소 집으로 돌아온 느낌이었다.

2

기업형 거대 용병 길드가 대개 그렇듯, 〈은사자〉 길드 역시 군대 체계 비슷한 부대 단위로 나뉜다.

총 13개 부대.

은석원과 범 아래로 13명의 부대장이 존재하는 구조였지만…….

현재 부대들을 실질적으로 책임지고 있는 것은 부대장이 아닌, 그 보좌 격인 13부장들. 직속 부대장의 얼굴은 구경도 못 해 본 길드원들이 수두룩했다.

하지만 이들 또한 의문을 갖기는커녕 부대장의 빈자리를 봐도 대수롭지 않게 넘기기 일쑤. 왜냐면, 단지 어떤 '상징'으로만 알고 있으니까.

어둑서니 부대, 이무기 부대, 거구귀 부대, 매구 부대 등.

지금은 은퇴했다고 알려진 노사자들, 그들의 별명에서 이름을 딴 부대인 만큼 다들 명예의 전당, 혹은 영구 결번 같은 느낌으로 비워 뒀구나 짐작할 따름이었다.

하지만 명예의 전당이고 별명이고 다 개뿔.

실상은 로사전에서 가장 오래 묵고, 강한 13요괴가 한 축씩 도맡은 것이 바로 〈은사자〉의 13부대였다.

사람들과 섞이기 어려운 그들 성격 탓에 인간 부장들에게 떠맡겨 놓았을 뿐, 모두가 현역은 찜 쪄 먹을 만큼 건강하기 그지없었다. 오히려 은퇴가 당연할 만큼 노쇠한 쪽은…….

"에잉. 관짝 냄새가 벌써 온 집안에 진동을 하는구나. 사자야, 네 얼마나 살았다고 벌써 죽어 간단 말이냐?"

일조량이 적은 대저택의 응접실.

안락의자에 앉은 은석원이 읽던 책에서 눈을 뗐다. 콧등에 안경을 걸친 노인에게선 한 시대를 울렸던 노장의 모습을 찾기 어려웠다.

마른기침을 뱉으며 은석원이 희미하게 웃는다.

"걱정 말게. 내가 없어도 자네들이 알아서 굴종한 주인이 있지 않나. 이 미력한 간수 따위가 아니라."

"음, 그건 그렇지……. 생각해 보니 아쉬워할 필요 없을지도."

"이무기 너! 이런 의리 없는 놈아! 네가 용이 되지 못한 것은 다 그 옹졸한 인정머리 때문이다! 그런 말 하면 듣는 석원이 기분이 어떻겠느냐!"

"무어! 이, 이런 고얀 동자 놈을 보았나. 못 지껄이는 말이 없구나!"

상처받은 이무기 노인이 파르르 수염을 떨어 댔지만, 청색 옷의 동자는 깔끔히 무시했다.

은석원 옆에 털썩 주저앉아 아이고, 통곡을 한다.

"문충文忠공의 죽음이 가까웠을 때도 내 이리 울어 본 적이 없다, 석원 녀석아."

"허허. 이런, 동자……."

"흐윽, 그려~ 내 마음 알지? 그러니 아기씨한테도 너 말 좀 잘해 주려무나. 동자 같은 요괴도 보기 드무니까 가까이 곁에 두시라고. 응?"

"저런 비열한 거구귀 놈! 틈새 공략이라니!"

하나둘 아우성치기 시작하는 노괴들. 괴물답게 인간성이라곤 하나같이 어디 개나 갖다준 모습들이었으나.

"아 닥치셈!"

"……."

빛살과도 같이 일제히 침묵.

별 주렁주렁 달린 국방부 장관이 군대에 떠도 이것보다는 더 시끄럽겠다. 스무 살의 킹이 내비친 불꽃 카리스마에 감탄하며 은석원이 웃음 지었다.

"기다리는 소식이라도 있는가? 텔레비전 앞에 그렇게 가까이 앉으면 눈 상한다네."

"아니. 딱히. 별로. 걍 오늘 친구 나온대서."

'그런 것치고는 꽤 집중한 듯한데…….'

대꾸하면서도 이쪽은 돌아보지 않은 채 뚫어져라 TV 화면만 보고 있는 등.

어릴 적 《×구는 못 말려》, 《슈가×가 룬》 기다릴 때나 저런 모습이었는데……. 은석원도 웃음기를 머금고 함께 화면을 응시했다.

〖……그런 사정으로 아쉽게 하얀새 님은 오늘 모시지 못하게 됐습니다. 죄송합니다.〗

〖하지만! 아쉬워하긴 아직 일러요, 여러분! 모나와 리자는 언제나 시청자 여러분을 위해 최선을 다한다는 사실 알고 계시죠? 그래서 모셨습니다, 짜자잔~!〗

〖하이.〗

〖바로바로, 랭킹 8위 최다윗 님! 꺄~! 어서 오세요, 다윗 님! 오랜만이죠! 정식으로 우리 시청자분들께 인사해

주세요!』

『타자 공식 한반도 최강 대한민국 1등 길드 〈해타〉의 대장으로 최다윗이올시다.』

『……자타 공인이겠죠.』

『아, 아하하핫! 네~에! 다윗 님, 그…… 방송 중이니까 제발 다리는 테이블 위에서 내려 주시고.』

"으이구, 저 투리구슬 멍청이."

'친구라…….'

요새 랭커 채널이 활기차다 했더니 그런 변화가 있었나 보다.

제게 허락된 시간이 짧은 것이 아쉬울 따름. 방글방글 웃음기로 둥글어진 지오의 뺨을 보며 은석원은 슬며시 미소 지었다.

"아기씨 친구라고……?"

"그, 그럴 리가. 내가 만든 아기씨 친구가 될 수 있는 101가지 검증 테스트는 해 보지도 못했는데 대체 언제……!"

"아! 시끄럽댔지!"

"저어…… 귀염둥이야. 칭찬받고 싶어서 그런 건 아닌데 이 어둑서니 님 아까부터 한마디도 안 하셨다. 크흐흠."

"어쩌라구."

"……"

〖우, 우와, 정말요? 6년이나 계셨다고요? 와…… 하얀 새 님은 정말……! 으으, 이 모나는 정말 뭐라 말을 못 하겠어요! 감탄밖에 안 나와요!〗

〖탑을 오르는 랭커분들의 정신력은 정말 이미 인간의 수준을 아득하게 초월한 것 같네요.〗

〖뭐, 다 그런 건 아니고. 걔가 유독! 유별나고, 많이! 특별하긴 하지. 솔직히 툭 까놓고 말해서 내 칭구칭긔인 걔가 거기 안 갔어 봐, 어떻게 됐- 뜨허어어억!〗

〖네, 네? 칭구칭긔?〗

〖아아아니! 방금 말은 취, 취소! 펴, 편집. 싹둑싹둑! 다들 레드 썬!〗

틱-!

차가운 귀염둥이의 반응에 토라진 어둑서니가 벌떡 일어나며 리모컨을 밟는 바람에 순간 채널이 돌아간다.

이윽고 화면에 비치는 어떤 뉴스의 한 장면.

"뭐 하는 짓이-"

그러나 어둑서니가 벌인 트롤링에 분노할 틈 없었다. 화면 속 빨간 자막을 읽은 응접실이 그대로 침묵에 빠진다.

『속보: 최초 충격 고백! S급 유명 랭커 G 씨 '출생의 비밀' 전격 공개』

『……손주입니다.』
『다시 한번 말씀해 주시겠습니까?』
『한국의 S급, 견 -- 헌터가 제 친손주라고 말했습니다.』

·· ✦ ✶ ✦ ✶ ✦ ··

"대체 일 처리들을 어떻게 하시는 겁니까!"

대한민국 각성자 관리국 본부.

국장 직속 특수보안단(Special Security Service, SSS), 통칭 시크릿팀.

'조국을 향한 소리 없는 헌신'이라는 국가 정보 조직의 신념에 따라 늘 조용한 이곳, 지하 회의실에서 드물게도 큰소리가 나는 중이었다.

시크릿팀 소속 김무개는 마른침을 삼켰다.

팀에 들어온 지 4년 만에 참석한 고위급 전체 회의.

가뜩이나 부담스러운 자리건만, 우연히 마주치기도 어렵다는 고공단은 물론, 센터 내 핵심 인사부터 국정원 쪽 사람들까지 죄 출석한 장관이 펼쳐져 있었다.

'라인업 겁나 빡세…….'

"야, 야. 긴장 풀어. 뭘 그렇게 얼어 있냐."

"아, 선배. 아까 먹은 점심 체한 것 같습니다."

그럴 줄 알고 챙겨 왔다며 소화제를 슥 찔러 주는 선배의 손길. 김무개는 고개 숙여 얼른 병을 비웠다. 와중에도 날 선 비난은 멎지 않고 있었다.

"시크릿팀에서 대체 하는 일이 뭐예요! 주요 랭커들 마크하고 팔로 업 하는 거 아닙니까? 그런데 어떻게 이런 불상사가! 이건 직무 태만이라고 봐야 해요!"

"……소화제 다 먹었냐? 내 것도 좀 남겨 두지."

"죄, 죄송합니다."

마치 드래곤 브레스를 내뿜는 듯한 센터 부국장.

하지만 김무개는 노염을 터트리는 부국장보다 그의 등 뒤에서 아무런 말 없이 앉아 있는 사내가 훨씬 두려웠다.

모두의 시선 속에서 국장 장일현이 무거운 입을 뗐다.

"부국장, 됐습니다. 앉으세요."

"하지만 국장님……!"

"됐다니까. 이제 와서 잘잘못을 따져 봤자 무슨 의미가 있어요. 대책을 세워야지. 징계는 차후에 해도 될 일이고."

'어떻게든 징계는 하겠다는 말이잖아…….'

곰돌이 푸 같은 인상에 깜빡 속아선 안 된다.

일견 평범해 보이는 저 아재가 뱉는 말에 따라 세계 안보가 흔들흔들한다고 해도 과언이 아니었다. 그도 그럴 것이, 장 국장의 배후에는 바로…… '그 사람'이 있으니까.

장일현 센터 국장은 죠의 탄생부터 오늘날까지 줄곧 함께한, 대표적인 왕의 최측근이었다.

즉, 정부 측의 유일무이한 창구라고나 할까. 죠를 움직일 수 있는 몇 안 되는 인물인 만큼 청와대도 그의 말에는 꼼짝을 못 한다.

국정원 산하 하부 조직에 불과했던 센터가 행정안전부 소속 특수 기관으로 독립한 것도 장일현이 국장이 되면서였으니 말 다 했다.

어디 그뿐만인가? 얼마 전에 마술사왕이 세계 1위를 탈환한 뒤부터는 그 백악관조차 태도가 달라졌으니…….

그야말로 세계 최강의 문고리 실세.

《7급 공무원이 먼치킨 뒷배를 가짐》, 《폭군의 문고리가 되었습니다》, 《공무원은 세계 최강을 키운다》 등등.

평범한 공무원이 밸런스 초월의 최강자를 만나면서 이뤄 낸 인생 대역전극. 워낙 인상적인 족적인지라 장일현을 소재로 한 웹 소설들이 카카오페이지 등의 플랫폼에서 범람하는 것도 놀라운 일이 아니었다.

'인생 존나 부럽다…….'

그렇게 멀리서 보면 희극, 가까이선 비극인 그의 따까리 삶을 모르는 김무개가 철없는 생각을 할 즈음.

장일현은 침음과 함께 턱을 문질렀다.

'바벨탑 공략 레이스에 선두 깃발을 꽂았으니 파장이 클 거라 예상은 했지만.'

"흐음…… 견제구겠죠?"

"그럴 확률이 높습니다. 장담할 순 없습니다만, 어느 곳이든 우리나라의 독주 체제가 굳어지기 전에 뭐라도 수를 쓰고 싶을 테니까요."

"발악을 하는군. 병신 새끼들."

해외 담당 국정원 1차장의 담담한 말에 국정원장이 욕설을 짓씹었다.

마석 기술이 포함되지 않은 현대식 무기들은 전투 보조 수단으로 전락한 지 오래다. 그를 대신해 상위 랭커가 곧 국가 전력인 시대.

이 새로운 시대의 기준에서 최근의 대한민국은 누가 봐도 제1강대국으로서 패권을 다지는 단계에 올라와 있었다.

며칠 전, 한국 바벨탑이 공략 최선두까지 석권한 것은 그 확인 사살.

아직 한국이 빼도 박도 못한 1등은 아니라면서 정신 승리 중이었던 경쟁국 및 주변국들이 눈을 뒤집는 것도 절대 이상하지 않았다. 하지만…….

"그래도 그렇지, 하필 건드려도 견지록 헌터일 게 뭐요! 빌어먹을."

바로 몇 시간 전의 일이었다.

『제 손주입니다.』

『다시 한번 말씀해 주시겠습니까?』

『한국의 S급, 견 -- 헌터가 제 친손주라고 말했습니다.』

삐- 처리된 음성이었으나 누구나 알아듣고도 남았다.

대외적으로 알려진 견씨 성의 S급 헌터는 대한민국에 딱 한 명뿐이니까.

'예나, ×정이 딸이에요' 급의 충격. 마시던 오렌지주스를 주르륵 흘리고, 밥 먹던 숟가락을 도미노처럼 툭툭 떨구는 진풍경이 전국 각지에서 벌어졌다.

황금 모인 곳에 전쟁이 일어난다 했던가?

어릴 때 버렸던 부모가 다 자란 뒤 나타난다거나, 반짝 이슈를 노리고 언플을 한다거나. 유명인이라면 종종 겪는 몸살이었다.

그러나 이 흔하다면 흔한 해프닝에 고위급 공무원들이 헐레벌떡 이곳으로 모여든 이유.

"'견레이'라니! 기가 막혀서, 그 작자는 한국인도 아니잖소!"

"한국인이 아니기만 합니까? 탈북자 출신에다가 이제는 중국인이에요!"

"뭐요? 중국은 귀화 제도가 없을 텐데?"

"방송 전에 견레이가 특별 귀화 요청을 했던 모양이더라고요. 중국 측에선 마다할 이유가 없죠. S급 랭커 가족, 그것도 그 견지록인데 굴러들어 온 떡 아닙니까."

"거 씨발. 나 같아도 옳다구나 받겠다."

"국정원장님, 쫌! 욕 좀 그만하세요! 공석에서 정말! 내 귀가 다 더러워지는 느낌이네!"

"아니, 그럼 씨발 빡치는데 어떡합니까! 담배라도 빨게 해 주든가!"

국정원장과 시크릿팀 단장.

배 나온 헤비 스모커 중년 아줌마와 들꽃 머리띠를 두른 히피족 처녀의 으르렁 개싸움에 장 국장이 이마를 짚었다.

'나라가 어딜 가나 개판……'

"그만. 싸움은 제발 나가서들 하시고…… 견레이 측의 주장, 사실 여부는요? 파악됐습니까?"

"파악 중입니다만, 그, 견레이 측에서 견태성이 본인 아들이라 주장하는 증거가 사실 부정할 여지 없이 명백하긴 해서……."

"제기랄, 그 방송국은 제정신이랍니까? 매국노가 따로 없네! 언론도 이거 제재해야 합니다!"

"어후, 채 원장님. 무슨 안기부 시절에나 할 법한 얘기를……. 요즘 같은 시대에 언론 탄압이요? 국민들이 파이어볼 시전하면서 일어납니다……."

"내 말은 거…… 무분별한 황색 언론 정도는 정부에서 막아 줘야 하지 않냐…… 뭐 그런 거죠, 크흠."

"그쪽에서 들이미는 증거가 뭐든 간에."

장일현이 싸늘한 어조로 분위기를 잘라 냈다.

"이쪽도 손 놓고만 있을 순 없는 노릇 아닙니까. 킹과 만났을 때 내놓을 변명거리 정도는 내게 주셔야죠. 안 그렇습니까?"

어수선하던 좌중이 침묵에 잠긴다.

코드 네임 '킹'. 그 이름이 주는 압박감 때문이었다.

단 한 명의 구국 영웅이 무너지던 나라의 기반을 다시 세우고, 오로지 그 힘에 의지해 국가가 성장해 온 지 10여 년.

'군림하되 통치하지 않는다'는 유럽 왕실보다 더 절대적이고 상징적인 무언가가 이 나라의 맨 꼭대기에 존재하고 있었다.

"특수보안단 이분홍 단장. 대답하세요."

"……예, 국장님. 즉시 조치하겠습니다."

당장의 분노에 눈멀어 왈왈 짖어 대던 것도 잠깐이다. 누가 도마에 올라와 있는지 비로소 실감한 몇 명의 안색이 파리해졌다.

견레이. 귀화 전 이름, 견원.

조선로동당 간부 출신의 탈북자. B급 각성자임에도 북에서 드물다는 혼혈인지라 출신적인 한계에 앙심을 품고

탈북한 자였다.

만약 놈이 던진 이 불씨로 인해 견지록에게 어떤 불이익이라도 미친다면……

"……안일했어. 죽은 애비까지 꺼내 전시하는 쓰레기들이 있을 줄이야."

답지 않게 순진했다. 그런 놈들은 왜 게이트 브레이크 때 싹 뒈지지 않았나 몰라.

와락 얼굴을 구긴 국정원장이 참지 못하고 담배를 입에 물었다. 만류하자 불만 안 붙이면 될 거 아니냐 도리어 역정 내면서.

"내가 알기로 '그 사람', 가족 관련으론 완전히 미치광이 수준 아니던가?"

"아무래도 각성 계기부터가 '악몽의 3월' 당시 부친의 사망으로 인해서니까요. 극도로 민감한 편이라고 봐야죠."

"이러고 있을 때가 아닙니다. 견레이는 러시아 혼혈이기도 합니다. 중국, 러시아, 북한…… 전부 어떻게든 견지록 헌터와 엮어 보려고 달려들 거예요."

"지저분한 난장판이 되겠군."

"서, 설마 알고 그런 건 아니겠죠? 견지록 헌터가 '그분'의 동생이라는 걸……"

"어떻게 말입니까? 여기 있는 분들도 다들 어렵게 아셨으면서."

내내 잠자코 지켜만 보던 김시균이 끼어들었다.

"방첩국장님. 우리나라 보안 수준이 그 정도밖에 안 됩니까?"

"김 팀장, 딱히 그렇다는 것은 아니네만……."

"그럼 가뜩이나 큰일 더 크게 만들지 말죠. 엉덩이 무거운 분들이 모여 헛발질하는 모습은 국회 방송으로 족합니다."

피로감이 물씬한 눈가를 누르며 말한다. 목소리는 고된 삶에 찌든 공무원답게 건조했다.

"다른 나라가 어떻게 나오든 무슨 상관입니까? 두려워만 하지 말고, 강력한 뒷배를 뒀으면 그 힘을 제대로 쓰십쇼."

마술사왕이 견지록과 친남매라는 건 대한민국 수뇌부, 그중에서도 엄선된 소수만이 아는 사실이다. 그러니 견지록이 뜨거운 국제 도마 위에 오른다 한들 '죠'의 이름값은 아직 온전히 한국만의 것.

"새로운 세계 악의 축이니 뭐니……. 요즘 많이 시끄럽던데. 그럼 여태 그 타이틀을 거머쥐었던 나라들이 그랬듯, 우리도 깡패 짓 좀 해 봐도 되지 않겠습니까."

"깡패 짓이라니?"

"그냥 찍어 누르자, 이 말입니다. 이쪽과 척지고 싶지 않으면 닥쳐라 으름장도 놓고, 그 증거 조작한 거 아니냐 억지도 좀 쓰고."

말도 안 되는 강짜를 놓는 것은 패권을 거머쥔 깡패국

만의 특권 아니겠냐고.

다크서클 진하게 드리운 얼굴로 정의의 공무원, 랭킹 9위 캡틴 코리아 규니규닉는 그런 막돼먹은 주장을 펼치고 있었다.

"우리가 눈치 봐야 할 사람은 딱 한 명뿐이라는 사실, 다들 잘 아시는 줄 알았는데요."

"……."

"장담컨대, '죠'는 여기서 더 시끄러워지길 원치 않을 겁니다. 100%…… 아니, 200%의 확률로요."

··✦✳✦✳✦··

바벨탑은 나라별로 각국 수도에 위치한다.

그리고 각성자의 [소속]은 그 탑을 통해 구분 지어졌다.

언제 어디서 태어났든 상관없다. 국적과 무관하게 각성자는 자신이 원하는 탑에 언제든지 소속 등록이 가능했다.

물론 한국, 미국 등 국가 시스템이 견고한 곳은 [닉네임 등록]이 가능한 루트를 철저히 관리하고 있으므로 무단 등록은 어불성설이지만……. 요점은, 국가의 협조만 있다면 각성자(랭커)가 둥지를 옮기는 일은 매우 간단하다는 얘기. 따라서 랭커의 국적에 민감해지는 것은 정부나 시민이나 별다를 바 없었다.

『봄비가 쏟아져도 열기는 식을 기미가 보이지 않습니다. 견지록 헌터의 국적 관련으로 논란이 뜨거운 가운데, 문제 해결을 촉구하는 시민들의 집회 또한 연이어 열리고 있는데요. 정대기 기자가 보도합니다.』

『집회가 열리던 도중, 한 남성이 이탈해 센터 앞에서 1인 시위를 벌입니다. 마스크를 쓴 이 남성은 "민족의 얼은 피보다 강하다"라는 피켓을 들고 거세게 항의하고 있습니다. 무슨 뜻인지 직접 이유를 물었습니다.』

『한국인(가명)·집회 참가자: 말 그대로죠! 한국에 살고, 한국의 얼과 혼을 갖고 있으면 한국 사람 아닙니까? 북한 사람이니, 중국인이니 뭐니 진짜 다들 개××하지 말라 그래요!』

『자, 잠깐, 학생. 이거 생방송!』

『제가 봤어요. 내가 우리 밤비 형 칼국숫집에서 총각김치 ×나 맛있게 먹는 거 봤다고! 형! 저 기억해요? 우리 형 한국인이야! 내가 봤어! 놔!』

> - 아 칼국수에 총각김치면 한국인 킹정이지;;
> - 칼국수좌 저 뉴스 타고 벌금형 맞았다는 거 실화임?
>   └ ㅇㅇ비극실화ㅜ....
> - 하,,, 칼국수좌ㅠㅠㅜㅜ 조국을 위한 당신의 희생 잊지 않을게!!! (매드맥스짤)
> - 나 지금 부에노스아이레스에 있는데 여기 애들 아침 반찬으

로 김치먹음 한국인 ㅇㅈ?

└ 쌉인정;

└ 한국이네ㄷㄷㄷ

- 어쩌면 21세기 국경의 의미를 다시 한번 생각해볼 시점이 아

닌가 싶다. 어째서 지형으로만 나라와 나라를 구분해야 하지?

마음속에 "한국"이 있다면 그것이 바로 "한국인" 아닐까?

└ ㅋ ㅑ 깨달음을 얻고 갑니다 선생님…… 너와 나, 그리고 밤

비의 더 큰 대한민국…!

눈 뜬 채 귀하신 S급 랭커 뺏길까 전 국민 단체 뇌절이
시작된 가운데…….

물론 이때다 싶어 신난 놈들, 아니, 신난 놈도 있긴 했다.

(석양을 등진 뒷모습 사진)

♡ northbambi 님 외 여러 명이 좋아합니다.

king_twiight 충격적인 밤이다. 나의 하나뿐인 라이벌
이 북한 사람이었다니. 역시 아름다운 우리 조국을 지키
는 것은 순혈 토종인 나의 몫이구나.

#심경고백 #진정한나라의영웅은나야나 #토종한국인
#부산남자 #ilovekorea #애국스타그램 #셀스타그램

댓글 ×××,×××개 모두 보기

20××년 4월

"……엄마, 우리 한국 사람 아니야?"

뒤늦게 찾아온 자식들의 정체성 혼란에 박순요 여사(본
관: 밀양 박씨)가 답했다.

"헛소리 말고 밥이나 처먹어."

어디 조상님이 물려주신 따끈한 쌀밥 밥상 앞에서.

아차. 평소처럼 자식들에게 쏘아붙였던 박 여사가 머쓱
한 얼굴로 돌아봤다.

"죄송해요. 저도 모르게 그만……."

"허허, 괜념치 마십시오. 어미가 제 아이들한테 말하는
것뿐이거늘. 안 그러냐, 범아?"

"예. 이쪽은 신경 쓰지 않으셔도 됩니다, 어머님."

"아니, 그래도…… 부끄럽네요."

"맞아. 걍 하던 대로 하셈. 내숭은."

넌 조용히 하라고, 박 여사가 지오의 등을 후딱 갈겼다.
소리 없이 내리꽂힌 강스파이크에 지오가 꽈배기처럼 몸
을 뒤틀었다. 아악…….

서울 성북동 은사자 저택, 널따란 다이닝 룸.

오늘 저녁 이곳 10인용 식탁에는 견가네 네 사람과 사
자네 부자 두 명만이 자리를 채우고 있었다.

'아임 유어 그랜파' 폭탄 투척 이후 꼬박 하루 만이다.

피식 웃으면서도 썩 밝지만은 않은 얼굴들. 개중 박 여

사의 것이 가장 그랬다.

은석원은 까칠한 뺨의 젊은 홀어미를 물끄러미 바라봤다.

"힘드시지요?"

"……."

"어린 나이에 혼자서 아이 셋 키우랴, 고생 많으셨을 텐데 주변에서 가만두지를 않으니……. 미안합니다, 내 제대로 도움이 되지 못하여서."

갓 마흔둘이라 했던가?

하고 싶은 것 많을 나이에 아이들을 낳아 기르고, 막 행복할 적에 남편을 잃었다. 그럼에도 홀몸으로 아이 셋을 책임지고 길러 낸 사람.

지금 자리의 누구도 이 여인보다 위대하지 않을 터다.

지오를 비롯한 아이들이 왜 그렇게 제 어미를 싸고도는지 충분히 이해됐다.

"……아니, 아니에요."

어른의 따스한 이해에 울컥한 박순요가 잠시 말을 멈췄다. 멘 목을 가다듬으며 가까스로 마저 잇는다.

"도움이 되지 않다뇨. 대표님 아니었으면 정말 저 혼자 어떻게 애들을─ 아이고, 나 오늘 왜 이러니."

"엄마……."

"어유, 별일도 아닌데 괜히 분위기만 망치고 이를 어째. 기껏 초대해 주신 저녁 자리에서……."

"이런 모습도, 저런 모습도 다 보는 게 가족이지요."

은석원은 다독이는 시선을 보냈다.

견지록 국적 논란.

지구 역사상 어느 때보다 소속과 출신이 중요한 가치로 여겨지는 시대였다. 민감한 주제인 만큼 당사자의 의지와 상관없이 이슈가 거듭 불거졌다.

국민 대부분이 그를 빼앗길까 봐 전전긍긍했지만, 전체가 그런 것은 아니었다. 일부긴 하나 내셔널리즘이 극심한 시대답게 덮어 두고 손가락질하는 쪽도 분명히 존재했다.

속았다며 매도질부터 패드립, 여태 세운 전공 깎아내리기까지.

평소 사생활 보호에 철저했던 견지록인지라 다른 가족들이 언급되는 일은 아직 없었지만, 혹시 모를 일이다.

잔을 내려놓으며 범이 말했다.

"국내 언론은 저희 선에서 막아도 이번 이슈는 해외까지 얽혀 있어 꽤 복잡합니다. 그쪽 파파라치들은 선이란 게 없어서. 그러니 말씀드렸듯, 어머님……."

"네. 저는 용인에 내려가 있으려고요. 노인네 혼자 적적할 텐데 잘됐죠."

외가와는 견태성 일로 연을 끊었지만, 그놈의 핏줄이 진짜 뭐라고. 죽을 날이 부쩍 가까워진 외조모 덕에 작년부터 몇 번씩 들르기 시작한 참이었다.

물론 그래도 용인에 내려가는 것은 박순요 혼자.

학교도 그렇고, 길드 일도 있는 삼 남매는 당분간 튼튼한 성벽으로 둘러진 은사자 저택에 머무르기로 했다.

"말썽 부리지 말고. 어른들 말씀 잘 듣고."

"우리가 뭐 앤가?"

"너희가 애지, 그럼. 특히 견지오 너. 엄마 말 명심해. 제발 예의 바르게 굴어."

"네옙."

"동생들 잘 챙기- 아니지. 누구한테 뭘 바라. 지록아, 알았지? 누나랑 동생 잘 챙겨."

"걱정 마요."

저녁 만찬이 끝나고, 홀로 돌아가는 길.

배웅 나온 삼 남매 앞에서 박순요는 저택을 쭉 돌아봤다. 이 큰 집에 아이들만 두고 가려니 자꾸 옛 생각이 났다.

"……너희들 아빠는."

"……."

"자기한테 부모란, 평생 보현 스님 한 명뿐이라고 했어. 엄마는 너희 아빠가 말한 것만 믿을 생각이야."

마음 여린 막내, 강한 척하는 둘째.

그리고…… 강한 첫째.

삼 남매를 잠시 한 명씩 바라본 박 여사가 씩 웃었다.

"그러니까 누가 뭐라든, 생판 남이 떠드는 헛소리에 너희가 휘둘리지 않도록 해라, 이 말이야. 알겠어?"

타악-

박 여사가 탄 차 문이 닫힌다.

차가 멀어지는 방향으로 졸졸 따라가는 세 쌍의 시선. 눈을 떼지 않으며 견금희가 물었다.

"나설 거야?"

견지록이 말했다.

"나서지 마."

그리고 견지오는 답한다.

"하암, 졸리당."

각기 다른 눈높이, 그러나 똑같은 걸음걸이로 삼 남매는 왔던 길을 되돌아갔다.

·· ✦ ✱ ✦ ··

『다시 한번 말씀해 주시겠습니까?』

『한국의 S급, 견 ─ ─ 헌터가 제 친손주라고 말했습니다.』

『……와. 꽤나 충격적인 얘기인데요. 지금 하신 발언, 상당한 반향을 불러일으킬 것으로 예상됩니다. 책임질 수 있으신가요?』

『내 핏줄을 내가 말한다는데 무슨 책임을 말하는 겁니까?』

『글쎄요. 따지자면 사생활인데 상대방의 동의 없이 밝히시는 것도 있고 아무래도 음, 견레이 씨의 출신이 출신이시다 보니…….』

『출신?』

『단적인 예로, 작년만 봐도 '베니타 사건'이 있었죠. 남아공 랭커 베니타의 국적 문제로 영국과 남아공, 양국 간의 신경전이 뜨거웠는데요. 이번 일이 그와 비슷해질 수 있다는 생각, 혹시 안 해 보셨나요?』

『베니타 일은 증거 없는 영국의 일방적인 주장이었지요. 하지만 나에게는 확실한 증거가 있습니다.』

『그게 뭐죠?』

『이겁니다.』

『아……!』

저, 저걸 이렇게 써먹다니.

이런 추잡한 새끼……! 인터뷰어의 표정이 썩어 들어갔지만, 철판 깐 후레자식 견레이는 당당했다.

아이템명, [파인드 마이 파파].

게이트 사고로 부모와 헤어진 아이들을 위해 모 미국 회사에서 개발한 것으로, 한 방울의 피를 떨어뜨리면 부계 가족을 출력해 주는 추적형 아이템이었다.

인권 침해 문제로 한창 시끄럽다가 결국엔 판매 중지된 물건인데 용케 갖고 있다.

[견원 → 견태* → 견]**

보란 듯이 내민 손거울 위에는 이름 세 개가 선명히 떠올라 있었다.

『으음, 모자이크 처리돼서 아마 시청자분들께는 안 보일 텐데요. 예. 제가 확인한 결과…… 그 랭커의 이름이 맞습– 예?』

아직 제 말이 끝나지 않았다며 인터뷰어를 제지하는 견레이. 화면 쪽으로 몸을 틀며 말한다.

『또 국적 문제라면…… 친할아비인 나의 나라가 당연히 내 손주의 나라도 되지 않겠습니까?』

당황한 얼굴의 인터뷰어 쪽으로 카메라가 급히 돌아가면서.
그렇게 인터뷰는 끝이 났다.

『네. 방금 화면은 엊그제 S사에서 방송된 내용인데요. 이에 대해 네티즌들의 반응이 뜨겁습니다.』

『그렇죠. 사생활 침해라는 반응이 지배적인 반면, 일각에선 소수이긴 하지만 원색적인 비난도 있어요.』

『아마 견레이가 탈북한 시기가 비교적 최근이다 보니, 뭐 이런저런 추측들도 나오는 거겠죠. 패널분들은 어떻게 생각하시는─』

띡.

"무슨 TV만 틀면 계속 보이네, 저 틀니 할배는."

견금희가 짜증스레 리모컨을 집어 던졌다.

하지만 이것도 한국은 그나마 덜한 편이다. 해외 쪽에서는 매일같이 1면 보도를 때려 대는 중이었다.

특히 러시아에선 견레이의 핏줄을 거슬러 올라가면 러시아 황실이 나온다면서 혁명 시절 생각 못 하고 국뽕에 실신 중.

세계적인 S급 랭커.

대인전의 왕, 탑의 최선두, 전장의 젊은 지배자.

'신의 창槍' 견지록.

바벨의 알렉산드로스라고도 불리는 그가 국제적으로 지닌 위상을 생각해 보면 당연하기도 했다. 모든 나라가 한국처럼 랭커 맛집은 아니니까.

랭커 한 명, 한 명이 아쉬운 시점에 견지록 정도 되는 랭커와 연결 고리가 생긴다면 못 할 짓이 뭐가 있겠나? 그들 입장에선 이쪽 혈통이다, 자국민에게 선전하는 것만으로도 이득이었다. 하지만.

"황금 같은 주말에 집구석에 갇혀서 이게 뭐야⋯⋯."

눈에 띄게 침울해진 모습의 견금희. 지오도 마찬가지였다. 나름 침울하다면 침울했다.

'이 그레이트 킹지오가 세계의 주인공이 아니었다니⋯⋯.'

살짝 충격이다⋯⋯. 관심 없는 척해도 내적 관종답게 은연중에 기대하고 있었는데⋯⋯.

이제까지 대한민국 현판 역사상 북한 사람이 주인공인 경우는 북한 독재자 몸에 빙의하는 경우밖에 못 봤다. 그러니 이건.

'빼박 주인공 광탈 각⋯⋯.'

정말 회귀자 놈의 먼치킨 조력자 롤일 뿐이었나⋯⋯?

주인공 광탈 확정 난 엑스트라 지오가 시무룩하게 등을 말았다.

"⋯⋯니. 언니! 야, 견지오─! 몇 번을 부르는데!"

"⋯⋯앗, 동무 불렀습네까? 미안합네다. 내래 딴생각 중이오소 구만 못 들었지 몹니까."

"미, 미쳤나⋯⋯."

마인드가 이미 평양으로 가 버린 혈육의 모습에 견금희가 경악을 금치 못했다. 뭐, 뭔데 이 쓸데없는 북한말 존잘은?

"무서우니까 관둬. 정체성에 혼란 올 거 같아."

"걱정 마시라요. 남조선 동무들도 지금은 힘들겠지만 곧 우리를 받아 줄 거야요."

"아 진짜. 헛소리 그만하고! 저거 어떻게 언니가 확인 못 해? 찐인지 가짜인지."

"못 해."

지오는 심드렁하게 대답했다.

인물 정보의 [문서화]. 그것은 견지오가 선포한 [라이브러리 영역] 안에서 지정 대상이 진명을 스스로 말함으로써 발동되는 스킬이다.

별님 말에 따르면 숙련도가 어느 지점에 도달하면 발동 조건 없이도 가능하다지만…….

'고작 저거 하나 확인하자고 탑 안에서 죽쳐요? 걍 저 노친네를 족치고 말지.'

"그리고 진짜면 뭐. 뭔 상관?"

"아니, 혹시 진짜면……."

"저기요, 사랑하는 금금 씌."

"응."

"같이 살아가야 가족인 거야. '가'가 왜 집 가(家) 자겠음?"

소파 위에 대자로 드러누워 있던 지오가 옆으로 데굴

한 바퀴 굴렀다.

덕분에 확 가까워지는 얼굴.

견금희는 흠칫 어깨를 떨었다. 한 점의 온기도 없는 눈이 거기 있었다. 이젠 익숙하나 그럼에도 종종 소름 끼치는 건 어쩔 수가 없다.

조용한 대낮, 황금빛 햇볕 아래서 견지오가 말한다. 표정 없이.

"정 주지 마."

"……."

"계속 거슬리면 '처리'할 거거든."

국제적 분쟁이든 알 바인가?

방법이야 많고 많다. 막말로 아무도 모르게 버뮤다 삼각 지대 같은 데 휙 던지고 오면 그만.

'따지는 놈들이야 그때 가서 또 조져 주면 될 일이고.'

작정하면 뭐든 못 할 게 없다. 언제나 그 작정하기까지가 어려울 뿐이지.

"……언니, 그래도."

"그래도. 궁금은 하지요?"

아 깜짝이야! 견금희는 소스라치게 놀라 뒤로 주저앉았다. 얼굴 바로 옆에서 불쑥 난입한 목소리 때문이었다.

지오의 눈썹이 슬쩍 구겨졌다.

"어머~ 미안. 놀라게 하려는 건 아니었는데……. 괜찮니?"

그에 살살 눈치 보며 견금희에게 부채질해 주는 여인.

"뭐임, 갑자기?"

"아니요. 이 윤이가 상공께 작은 도움이 될 수 있을 것 같길래……"

무릎까지 오는 긴 모래빛 머리칼, 동화 속 선녀처럼 가녀리고 아름다운 손끝.

간드러지는 미성으로 속살거리며 그녀가 지오 쪽에 기대앉았다.

[당신의 성약성, '운명을 읽는 자' 님이 상고옹? 저 불여시가 지금 누구 반쪽한테 뭐라는 거냐고 추잡하게 질투합니다.]

[성위, '운명을 읽는 자' 님이 추, 추잡한 질투? 바벨 이 미친 자식 워딩 왜 이러냐고, 그깟 경고 좀 먹었다고 너무하지 않냐 허공에 주먹질을 해 댑니다.]

불여시. 정확하다면 정확한 표현이다.

"저자의 정체…… 궁금하지 않으셔요?"

우리말로 '매구'. 또 다른 이름, 구미호九尾狐.

로사전의 죄수, 길드 〈은사자〉의 2부대장. 여우 꼬리를 살랑이며 매구가 나긋하게 속눈썹을 깜빡였다.

"혹 궁금하다시면, 당신의 윤이가 기꺼이 보여 드릴 수도 있는데……"

"됐어."

찬바람이 쌩.

지오가 칼같이 거절했다. 여지라고는 조금도 내어 주지 않는 모습이었다.

[성위, '운명을 읽는 자' 님이 어디서 뻔한 수작질이냐며 정부를 비웃는 정실처럼 거들먹거립니다.]

'뭐, 쳐 내려는 건 아니지만……'

받아 줄 이유도 딱히 없어서.

흔히들 여우 요괴를 두고 요사스러운 존재라 말한다. 사람을 홀려 잡아먹는 괴물이라고.

실제로 수백 년을 살아 영물이 된 여우들이 들으면 적잖게 짜증 낼 얘기였다.

그들의 최종 목표는 신선 혹은 신령.

오매불망 제 구슬 키우기 바쁜 여우들이 인간에게 신경 쓸 여력 따위 있을 리 만무했다. 하지만 눈앞의 매구…… 승천 도전에서 일찌감치 광탈한 이 여우 '윤'만은 예외.

"너 또 귀신 보여 준다고 지랄할 거잖아. 썩 꺼지셈. 훠이."

"사, 상공……!"

매구가 눈물을 글썽였다.

청순하다 못해 가련하기 그지없는 모습이었지만, 지오는 본 체도 안 했다. 저 아름다운 겉모습에 속아선 안 된다.

삿된 것들을 가두는 '로사전'.

범과 같이 소수의 경우를 제외하면 그곳에 갇힌 대다

수는 인간에게 해롭거나, 또는 해를 끼치다가 은씨에게 잡혀 온 놈들이었다.

매구 역시도 마찬가지.

사랑하는 지아비를 잃은 슬픔으로 회까닥 돌아 버린 타락 호귀狐鬼. 겉은 멀쩡해 보일지언정 옛날 옛적에 진작 맛이 간 미치광이 대요괴다.

로사전 내에서도 가장 잔혹한 악질이었는데, 10여 년 전-본인 말에 의하면-운명의 상대를 만나 갱생했다.

물론 여기서 말하는 '운명의 상대'란 당연히······.

매구가 지오의 손에 슬그머니 제 뺨을 기댔다.

"어찌 윤이에게만 이리 매정하신지······. 물론 그런 모습조차 소녀의 가슴을 두근거리게 하옵지만······."

"천년 묵은 할모니, 왜 이러세요? 지오 스무 살이야."

"치! 윤이가 이렇게 젊고 고운데 어찌 그런 모진 말을 하셔요? 미워라."

말로는 밉다면서 더욱 찰싹 달라붙어 오는 몸.

아 어딜 부벼? 지오도 심드렁한 얼굴로 매구의 뺨을 가차 없이 밀쳤다.

견지오의 고유 타이틀, [세계의 왕].

타고난 숙명을 일컫는 이 고유 타이틀 안에는 [사바세계의 왕], [인간의 왕], [한반도의 왕] 등의 부속 타이틀들 역시 딸려 있었다.

평범한 인간은 대단하다는 건 알아도 그 정확한 뜻을 헤아리기 쉽지 않다. 하지만 천기天機를 읽고 세상의 '흐름'을 느끼는 존재들, 즉 초월적인 강자들일수록 얘기가 달랐다.

어지러운 요지경 세상 속 누구보다 선명한 자.

불완전하던 세계가 누구로 인해 비로소 완전해졌는지 보는 즉시 한눈에 알 수 있었으니까.

어린 견지오가 저택에 발을 딛자마자 로사전의 죄수 전원이 그 앞에 무릎 꿇었다.

「당신을 기다리느라 이 긴 세월 헤매었나 보오…….」

아이의 발등에 이마를 대며 어둑서니가 깊게 탄식했다.

무슨 로판 소설 속 인외 남주 같은 대사였으나, 그들의 심정이 정말로 그러했다.

그렇게 자발적으로 복종한, 왕의 가장 열렬한 추종자들.

그 가운데서도 매구는 특히나 심한 편이었다.

강력한 존재감에 황홀해진 나머지, 이 미친 여우는 거기에 제 망상까지 홀라당 씌워 버리는 지경에 다다랐으니까.

매구는 지오가 제 죽은 정인의 환생이라고 굳게 믿었다.

덕분에 얼마나 집착이 지극정성이신지……. 점수 따겠답시고 그간 저지른 짓들을 생각하면 골이 아프다. 망령

소환도 그중 하나.

「씨바…… 시적 화자의 뜻이 뭔데 대체? 잎새에 이는 바람에도 괴로- 바람이 부는데 대체 왜 괴로워? 존나 잎새세요?」

「어머~ 궁금하셔요? 물어볼까요? 얍!」

「……? ……허, 헐!」

「자, 어서 상공께 설명해 드리세요. 상공, 질문이 뭐셨지요? 잎새?」

「아, 아아니! 아뇨, 아니요! 부디 그냥 가세요, 제발요…… 죄송합니다. 대, 대한 독립 만세!」

중학교 때, 문제 풀다가 막혀서 좀 투덜거렸다고 대뜸 죽은 시인을 불러내질 않나.

「밤비밤비. 이 만화책 다음 권 주세요.」

「뭔데, 21권? 없어. 그 작가 계속 휴재 중이야.」

「아, 뭐임? 다음 편 궁금해 죽겠단 말야!」

「흐응. 윤이가 도와드릴 수 있을 것 같은데…….」

「……이번엔 죽은 사람도 아닌데 무슨 수로?」

「죽여서 물어보면 간단하지 않나요?」

「하지 마!」

휴재 중인 작가를 죽여서 데려오겠다고 하질 않나. 보나 마나 이번에도 뻔했다.

'황천 간 아빠 불러서 직접 물어보자 하겠지.'

누가 요괴 아니랄까 봐 사고방식 한번 버라이어티하다.

인간적으로 고인은 쉬게 두자, 제발. 엉겨 붙다가 철퍼덕 엎어진 매구를 향해 지오가 짜증스레 혀를 찼다.

"가만 안 있어? 귀주 부른다."

"……아, 알겠어요."

귀주, 범은 여우의 천적이었다. 그의 이름에 매구가 가녀린 어깨를 파들파들 떨었다.

"하, 하지만…… 흐윽."

"해, 해지꽤은 얼어 죽을. 분신사바 할 거면 범 자식을 부르지 넌 안 쓴다고 했어, 안 했어?"

"야, 언니. 그래도 발은……."

조심스러운 견금희의 만류.

아. 지오는 그제야 매구의 등을 밟고 있던 발을 치웠다. 매구가 부르르 몸을 떤다.

[성위, '운명을 읽는 자' 님이 저 미친 변태 여우가 설마 지금 아쉬워하는 거냐고 강력한 경쟁자의 출현에 경악합니다.]

[겨, 경쟁자라니 바벨 이쉑 진짜 돌았나, 쟈기야 저거 오빠가 쓴 말 아니라고 책상을 광광 두들깁니다.]

'다 꺼져⋯⋯.'

"일어나. 용건 끝났으면 딱 1초 줄 테니까 사라지고."

"자, 잠시만요, 상공! 이번에는 망자를 불러온다거나 절대 그런 게 아니어요. 그런 거랑 전혀 상관없는, 정말 좋은 방법이에요! 당신의 윤이를 믿어 주셔요!"

덥석, 매구가 바짓가랑이를 붙들었다. 옥구슬 같은 눈물이 또르르 처연한 뺨을 적신다.

미모 하나로는 일국을 울린다는 구미호답게 절절한 매달림이 마치 드라마의 한 장면 같았다. 시청자 모드 장착한 견금희가 중얼거렸다. 저, 저건⋯⋯.

'버림받는 후회물 여주?'

"⋯⋯한번 들어나 보지?"

"됐음. 얘 하는 짓 뻔하지."

"저, 저런 나쁜 똥차 같으니. 미인 여주가 저렇게 매달리는데!"

"⋯⋯?"

"아, 미안. 나도 모르게 그만."

정신 차리자. 과몰입에서 화들짝 깨어난 견금희(주: 로판 웹툰 애독자)가 지오의 시선을 뻘쭘히 피했다.

그래도 헛소리치고는 제법 효과가 있었다. 막내 말이라면 자다가도 벌떡 일어나는 시스콤이 매구를 내려다본다. 흐음.

'그래 뭐, 듣는 것쯤이야⋯⋯.'

"말해 봐. 그 방법."

전등에 반사된 눈물 탓일까, 매구의 눈이 순간 반짝인 듯했다. 그 즉시 사라졌지만.

"그게요……."

입가를 조심스레 가리는 손. 이내 살며시 내린다.

연분홍빛 상기된 뺨으로 매구가 지오를 올려다봤다. 느릿하게 입술을 벌리자 보이는, 붉은 혀 위의…….

'……여우구슬?'

영묘한 힘이 담겼다는 여우 요괴의 보주寶珠.

영롱한 오색 구슬을 물끄러미 응시하던 지오가 천천히 시선을 들었다.

그대로 마주치자 매구가 웃는다. 사르르, 예쁘게 두 눈을 접으며.

대앵– 댕.

[축하합니다, 한국!]

[바벨탑 — 45층, 46층 클리어!]

[길드 '바빌론'이 승리의 종을 울립니다.]

[국가 대한민국 — 바벨탑 47층이 해금되었습니다.]

'미쳤군.'

범은 짧게 평가했다.

온 나라에 울려 퍼지는 종소리.

마치 어떤 으름장처럼 들렸다.

내가 누구인지, 또 무얼 말하는지 똑똑히 들으라는 견지록식의 선포.

전 세계가 그의 이름으로 온통 시끄러운 가운데. 단 한마디의 해명도, 의사 표명도 없었지만, 그렇게 견지록은 누구보다도 랭커답게 스스로를 증명해 내고 있었다.

제 이름 석 자로 대한민국의 종을 울리면서.

"젊다고 해야 할지……."

대단하다고 해야 할지.

'꼭 사고 칠 눈이더니.'

이른 새벽, 저택을 나설 때부터 심상치 않아 보이긴 했다. 태연한 척해도 꼭지가 나가 있는 게 뻔히 보였으니까.

그래도 이건 좀 심한데. 턱을 매만지는 범 앞에서 청의를 입은 동자, 〈은사자〉의 4부대장 거구귀巨口鬼가 갸웃거렸다.

"범 녀석아, 원래 탑이란 게 이렇게 빨리 깨지는 거였냐? 하루도 안 돼서 두 개 층이라니."

"연계 시나리오니까요. 확실히 무리하는 것 같지만."

또 쓰러지는 게 아닌가 모르겠다. 몇 년 전, 갓 각성했을 적의 견지록이 딱 저랬는데 말이다.

"호오…… 많이 컸어. 아가여도 수사슴이라 이거구 먼. 제 식구 건드린다고 화낼 줄도 알고."

거구귀가 입을 다셨다. 가만있어 보자.

"TV에 나온 고 녀석 때문이렷다? 이럴 거 없이 이 동자님이 가서 확 잡아먹어 버리는 건 어떨까?"

"그러시죠. 정 '걔'의 눈 밖에 나고 싶으시다면야."

"……에구구."

저는 아무 말도 안 했다는 듯 고개 돌리며 능청 떠는 거구귀. 범은 피식 웃었다.

"밸런스에 예민한 성격 잘 아시지 않습니까?"

무질서 속 질서라고. 그렇게 안 보여도 은근히 까다로운 분이셨다, '그 애'는.

먼치킨, 최강, 킹 등등. 장난스럽게 들먹거리면서도 강박적이리만치 철저한 선을 지니고 있으니…….

한 명에게 의존하는 세상이 얼마나 위험한지 누구보다도 잘 아는 탓일 터다. 당장 본인부터가 끝의 끝까지 지켜보고 나서야 나서는 편인데 오죽할까? 인외들이 밸런스 무시하고 멋대로 나댔다간 즉시 폭군의 철퇴가 내리꽂히리라.

지오를 떠올리는 그의 눈가가 부드러워지던 찰나.

"일단 내버려 두시―"

"응? 왜 그러냐?"

여유롭게 잇던 말이 끊긴다. 웃음기도 순식간에 가셨다.

범은 그대로 일어나 문을 박찼다.

'기운이 사라졌다.'

거실에 있던 두 자매. 그리고…… 범의 걸음이 빨라진다. 하지만 계단을 내려왔을 때는 이미 늦은 뒤.

"……."

사아아……!

흩어지고 있는 홍색 안개.

제 존재를 감추는 여우의 술법이었다. 범은 굳은 표정으로 바닥을 짚었다.

"……[급급여율령急急如律令.]"

'명한 대로 속히 시행하여라'.

후욱, 떠오르는 청색의 진.

발밑에서부터 일어난 바람에 범의 머리칼이 흔들렸다.

묵직하게 인세에 내려앉는 귀주鬼主의 율령.

이매망량이 움직인다.

왕을 데리고 도망간, 요망한 것을 쫓으라는 엄명에 따라.

·· ✦ ✳ ✦ ✦ ··

그리고 여우에게 들퇴당한 그 킹은 현재······.

[인스턴스 던전 ― '**여우구슬 호계옥狐界玉**'에 입장하셨습니다.]

[소유주가 존재하는 던전입니다.]
[던전 마스터의 기본 설정에 따라 아바타 모드가 적용됩니다.]
/**[모드] 아바타** ― 특수한 일부 스테이지에서 적용되는 분신 모드입니다. 본신을 기반으로 한 가상 육체로 활동하게 되며 모든 능력치가 초기화됩니다./

"에엥······."
천상계 만렙에서 밑바닥 초보자로 나락행.
녹슨 철검을 달랑 든 뉴비 지오가 멍 때렸다.
이, 이게 뭐야? 내 본캐 돌려줘요······.

3

「아가씨가 궁금한 것은 결국······ '진실'이잖아? 저 늙은 인간이 정말 당신의 혈육인지, 아닌지.」

　매구가 미소와 함께 견금희의 뺨을 쓰다듬었다. 곧바로 찰싹, 여름철 모기처럼 빠르게 퇴치당하긴 했지만.

　「막내한테 꼬리 치지 말고.」
　「치이…… . 윤이도 그렇게 예뻐해 주면 얼마나 좋아?」
　「간다. 빠이.」
　「이, 이건! 그러니까 '과거'인데요!」

　다급한 매달림에 다시 털썩 앉는 지오. 설움 가득한 얼굴로 훌쩍이면서 매구가 서둘러 말을 이었다.

　「흐윽, 윤이의 기, 기억을 기반으로 만든, 히끅, 이, 일종의 가상 세계라고 생각하시면…… .」
　「쓱. 뚝 그쳐. 거슬려.」
　「……뚜, 뚝. 흡.」

　중간에 잡음이 좀 섞였지만, 매구의 말을 요약하자면 이랬다.
　천년 묵은 대요괴의 요력을 모아 둔 여우구슬.
　삼킬 시 무지렁이조차 하늘, 땅, 사람(天地人)의 이치에 통달한다는 보주寶珠답게 그 구슬 안에는 세상의 수많은 이야기가 담겨 있다.

고작 삼십 년 남짓한 생을 살고 간 견태성의 것 또한 당연히 들어 있어서.

「그러니 들어가 한번 직접 보셔요. 누가 상공의 아비를 버렸는지, 또 부모가 누구인지.」

「뭐야, 결국 또 그 소리네. 죽은 사람 만나라는 거.」

「아니어요. 달라요! 적어도 이 호계옥 안에서는, 모두 살아 있는 그때 그 시간의 사람들이어요.」

한마디로, '과거 체험'이란 얘기였다.

과거와 만난다, 라……. 지오의 눈매가 가늘어졌다.

「들어갔다가 혹시 시간축 꼬이고 그러는 거 아냐? 잘못 건드려서 태어나야 할 분이 안 태어난다든가…… 예를 들면 킹지오라거나, 그레이트 킹지오라거나.」

「그럴 리가요. 이건 구슬 속에 '박제'된 과거인걸요. 윤이에게 그런 대단한 능력은 없어요.」

옆에서 지켜보던 견금희가 떨떠름하게 생각했다. 이미 충분히 대단해 보이는데.

두 괴물은 아무렇지 않게 말하고 있지만, 결국 세상을 통째로 본뜬 과거 월드라는 얘기 아닌가? 대단하다 못해 사실, 살짝 무서울 지경이었다.

「금금, 어쩔래?」

하지만…….
견금희는 지오를 바라본다.
자신이 어떤 결정을 내려도 크게 상관없다는 표정. 그느긋하기까지 한 태연함이 세상 무엇보다도 믿음직했다.

「……좀 궁금해.」
「…….」
「솔직히는…… 가 보고 싶어.」

막내가 꺼낸 진심.
지오는 뒷짐을 풀고 구슬을 집어 들었다. 매구가 흠칫 몸을 떤다. 건조한 투로 확인했다.

「안과 밖, 시간 흐름은?」
「……안에서 시간이 얼마나 지나든, 여기서는 찰나에 불과할 거여요.」

「나오는 방법은?」

「상공께서 원하신다면, 언제든 저 윤이가 꺼내 드리지요.」

좋아. 지오는 끄덕였다.

「어떻게 들어가는데?」

「어머나!」

「흠, 개좁쌀만큼 작아지면 되나? 뭐시기 희한한 나라 앨리스처럼?」

「이상한 나라겠지…….」

「상공께 그런 조잡한 수를 쓸 리가요. 두 분은 그저 푹~ 단잠에 드시면 돼요. 나머지는 윤이가 다아 알아서 할 테니까요.」

「……졸라 수상한데. 진짜 원하는 게 뭐야? 잠든 사이 내 간이나 정기 빼 가는 거 아녀?」

「설마요! 이 윤이의 진실한 연심을 모르셔요?」

「알지. 징그러울 정도로.」

매구가 소매로 입을 가리며 수줍게 미소 짓는다. 요기妖氣로 인해 분홍빛 도는 눈이 지그시 내리깔렸다.

눈을 감는 지오의 옆으로 누우며 그녀가 속삭였다. 그럼요.

「당신의 윤이가 원하는 것은 언제나 하나뿐이어요…….」

[인스턴스 던전 — '**여우구슬 호계옥狐界玉**'에 입장하셨습니다.]

[소유주가 존재하는 던전입니다.]
[던전 마스터의 기본 설정에 따라 아바타 모드가 적용됩니다.]
/[모드] 아바타 — 특수한 일부 스테이지에서 적용되는 분신 모드입니다. 본신을 기반으로 한 가상 육체로 활동하게 되며 모든 능력치가 초기화됩니다./

"……에엥. 시발. 속았네."

먼치킨이 구미호한테 통수를 맞아 버림.

지오는 멍하니 제 손안에 든 기본 장비를 바라봤다.

초보자의 상징, [녹슨 철검].

녹슬어 부스러지기 직전의 쇠 비린내가 코끝을 찌른다. 강렬한 흙수저 헌터의 냄새였다.

신분 떡락한 흙지오가 쨍그랑! 철검을 떨어뜨리며 털썩 무릎 꿇었다.

"내, 내 본캐! 나의 땀과 피, 눈물 어쩌구 대충 그런 게 담긴 나의 진짜 몸은 어디 가고……!"

"뭐래. 궁상 그만 떨어."

가차 없는 팩트 폭력.

그러고 보니 동행이 있었지, 참.

슬그머니 일어난 지오가 아무렇지 않은 척 무릎을 툭 툭 털었다.

"……금금. 걱정하지 마. 넌 언니가 책임진다. 짱쎈 이 온니만 믿어."

"바닥에 떨어진 네 멘탈이나 주우셔."

어, 어디? 뉴비 지오가 솜사탕 뺏긴 너구리처럼 두리번 거렸다.

그와 달리 견금희는 비교적 침착한 모습이다. 휙, 휙 손 가락을 그으며 허공을 만지더니 중얼거렸다.

"그리고 뭐, 우리가 예상한 것과는 약간 다른 때긴 한 데…… 속은 것까진 아니야. 상태창 날짜 확인해 봐."

─20××년 10월 2일

'이십 년 전……?'

지오는 날짜를 한 번 곱씹었다.

상태창의 우측 최상단. 선명한 글자들이 여기가 과거임 을 정확히 일러 주고 있었다.

"……물론 좋은 시기인지, 그건 잘 모르겠지만."

조용하게 덧붙이는 동생의 말에 그제야 지오도 주변

풍경을 둘러 확인했다.

도떼기시장처럼 거리 곳곳 어설프게 세워진 간이 천막들과 피로감 가득한 낮의 사람들.

황량한 건물과 도로에는 금이 가 있고, 잿빛 하늘로 새까만 연기가 피어오른다. 거리감이 먼 비상 사이렌도 들려왔다.

"거기 두 사람! 각성자입니까?"

"네?"

"공략대 등록할 거면 줄 똑바로 서요! 현재 열 명 단위로 끊습니다!"

"아뇨. 저희는―"

"아니면 가세요. 방해되니까."

신경질적으로 불러 세우더니, 대답이 채 끝나기도 전에 손을 휘휘 내젓는 남자.

뒤돌아서는 재킷 위로 새겨진 흰색 글자가 선명했다.

[긴급구조대응반].

그들이 알고 있는 것과 약간 다른 이름이긴 하나, 믿기지 않게도 센터 소속의 공무원이었다. 등급이나 신분 확인도 안 하고 가축 다루듯 사람의 단위를 끊어 내는 놈이.

현재 시점의 한국에선 감히 상상도 못 할 일.

'캡틴 코리아께서 보면 아주 기절하시겠네.'

지오는 건너편 건물 위, 찌그러진 전광판을 응시했다.

> 나의 영웅, 나라의 희망.
>
> 대한민국이 당신의 용기를 기다립니다.
>
> ─ 각성자 지원 모집 (등급 무관) ─
>
> 대한민국 육군 · 행정안전부 · 중앙재난관리위원회
> 주관

'망국 느낌 한번 제대로.'

뭐, 그럴 만도 한가?

이십 년 전의 10월이다. 이때는 바로…… 세계가 불시의 재앙으로 뒤엎어지고, 어떤 기준과 질서도 정립되지 않은 암흑기.

〈게이트 아웃브레이크Gate Outbreak〉 시대.

바벨탑의 최초 출현, 그리고 견지오가 세상에 태어난 지 고작 아홉 달이 지난 시점이었다.

·· ✦ ✳ ✦ ✳ ✦ ··

"스타팅 포인트가 여기인 건 근처에 아빠가 있다는 뜻이겠지?"

"와, 실화가? 맥×날드 생존력 뭐임? 혼자 개멀쩡하잖아."

"……견지오. 듣고 있어?"

따끈한 맥모닝을 심각하게 바라보던 지오가 고개를 들었다. 응?

"왜, 해시 브라운 줄까? 존나 느끼한 게 우리가 먹던 미제 맛 그대로야."

"아니, 좀…… 하아."

거친 디스토피아 분위기에 일단은 작전상 후퇴.

대피 삼아 들어온 근처 맥도×드.

본인들께서 빈털터리 뉴비라는 사실을 잠시 망각한 자매가 메뉴판 앞에서 허수아비처럼 우두커니 서 있길 수분. 웬 마음씨 따스한 아가씨가 지나가다가 도와주지 않았으면 정말 그대로 손가락만 빨 뻔했다.

"자, 먹어."

지오가 해시 브라운을 반쪽으로 쪼개 건넸다. 빤히 쳐다보자 늠름하게 코를 슥 훔친다.

"괜찮아. 이 언니는 하나도 배 안 고픔. 울 금금 마니 머겅."

'우동 한 그릇 찍냐고……'

저 노답 페이스에 말려들면 안 된다. 견금희는 단호하게 말했다.

"케첩도 줘야 할 거 아냐."

그렇게 우애 좋게 맥모닝 세트 한 개를 냠냠 나눠 먹던 자매.

얌전히 잘 먹던 견금희가 헉, 놀라며 부스러기 묻은 입가를 허겁지겁 훔쳤다. 자, 잠깐.

"아, 아니, 이게 아니잖아! 이 노답 삼수생이 누구한테 나태함을 전염시키고 있어! 당장 상태창부터 체크해!"

"떼잉……."

'별로 할 것도 없는데.'

그냥 모조리 회색 글씨였다.

갖가지 특성과 스킬들로 화려했던 만렙 먼치킨의 상태창은 어디 가고, 불 꺼진 황량함만이 덩그러니 존재했다.

온통 사용 불가. 완전히 맨몸의 뉴비 그 자체.

남아 있는 것이라고는 한 줌의 마력과 쓸데없는…….

[당신의 성약성, '운명을 읽는 자' 님이 그렇게 쓸데없지는 않다고, 이 오빠가 옆에 있는 것만으로 울 애기 마음의 위안이 되지 않냐며 눈을 찡긋합니다.]

'쓸데없는 개똥별.'

그런 지오 옆에서 턱을 괸 채 제 상태창을 확인하던 견금희가 중얼거렸다.

"보니까 상황이 그렇게 막 나쁘지만은 않아. 공통 스킬은 그래도 다 살아 있는 상태고. 웬만한 건…… 왜 그래?"

"고, 공통 스킬요?"

"어. 각성하자마자 터득하는 기본기 말야. 언니 같은 경우는 음, 기초 마법이겠네."

"……."

말이 없다.

양심도 없는 것 같다.

뻣뻣하게 눈을 피하는 삼수생(특이 사항: 세상의 모든 기초를 스킵함).

묘한 침묵에 상황 파악을 마친 견금희의 얼굴이 서서히 일그러지고, 막내는 가까스로 인내를 다잡았다.

"……괜…… 찮아. 배우면 되지. 당장 필요한 건 아니니까."

"휴. 다행이다. 난 또 금금이 화낼 줄 알고."

"어어, 진짜 괜찮아. 상황 별로 안 나쁘다니까? 옷이랑 신발도 있는 거 봐. 아바타 모드는 맨발로 떨구는 경우도 있는데."

"히익, 맨발?"

"……뭐야. 아바타 모드 처음 해 봐?"

"하하하. 에이, 금그음! 으이그~ 나야 다 처음이쥐. 그래서 맵인가? 요건 당최 어떻게 보는 물건인고?"

"……."

……이 빌어먹을 온실 속 먼치킨 같으니!

방년 17세, 고등학생의 인내심은 딱 거기까지였다.

흐윽, 흑.

"드, 등짝에서 불이 나고 있음……!"

"시끄러워, 노답아."

이걸 믿고 저지른 내가 바보지. 혀를 찬 견금희가 몰락

하는 대도시를 응시했다.

눈앞에 맞닥뜨린 과거의 서울은, 교과서를 보면서 막연히 상상했던 것보다 훨씬 더 황폐했다. 도저히 멎지 않는 사이렌 소리 때문인지 거리 위에서 은근한 긴장감이 가시질 않는다.

'설마 인턴인데 위험에 처하진 않겠지?'

괜한 걱정이겠으나 그래도 어느 정도는 대비를 해 올 걸 그랬다. 스타팅 포인트가 이럴 줄 알았더라면 말이다.

"……어떻게든 우리가 던전에 들어가 보긴 해야 할 거야. 아빠 찾으려면."

파각, 발 디딜 때마다 밑에서 바스러지는 돌 조각.

견금희는 목소리를 낮췄다.

임시 천막촌 근처, 웅성거리며 헌터 여럿이 모여 있었다. 인류를 위해 이계의 괴물과 맞서 싸우는 헌터라기보다는 직업소개소 앞 일용직 노동자들처럼 보였다.

그리고 아마 그 말이 아예 틀리진 않을 거다.

〈아웃브레이크〉 직후 거의 1년 가까이 국가 기능이 마비 수준이었다고 배웠다. 학교에서 제법 상세하게 배우는 현대사 파트다.

한순간에 설 자리를 잃어버린 사람들. 생계를 잃은 자들은 모두 자연스럽게 하루살이 던전으로 모여들었다.

견태성 또한 그중 하나였다고, 금희는 언젠가 박 여사에게 들은 적 있다. 일하던 공장에서 잘리고, 던전에서 하루 번 돈으로 하루를 살았다고…….

"그나마 아빠 등급이 낮아서 천만다행이지. 높았으면 지금 우리 수준에 어림도 없었을 텐데."

"이미 던전 안인데 또 던전을 가게 생겼네. 던전탈트 오 겠으."

"여하튼, 서두르자. 하급 공략대는 보통 인원이 빨리 차 거든. 아빠 못 찾아도 오늘 하루 잘 곳 구하려면 빠르게 움직여야 해."

우리 거지라면서 태평히 주변을 둘러보고 있는 지오를 독촉한다. 지오는 물끄러미 어린 동생을 바라봤다.

"되게 능숙하네."

"뭐가?"

"그냥…… 이런저런 것들."

무슨 뜻인지 알아듣기 어렵지 않다. 견금희는 피식 웃 었다. 거친 바람에 나부끼는 긴 곱슬머리, 높게 질끈 동여 매며 지오를 돌아본다.

"잊었어?"

나도 E급 헌터야. 아빠랑 똑같은.

"등록증이 없다고? 음…… 그럼 곤란한데."

저들끼리는 '헌터 캠프'라고 부르는 듯하나 너덜너덜 초라하기 짝이 없는 임시 천막촌.

접수를 맡고 있던 사내가 손에 든 종이 뭉치를 팔락였다.

간단한 신상과 공략 내역, 그리고 정부 인장이 찍힌 공문서. 조악해 보이긴 해도 저게 이 시대의 헌터 라이선스인 모양이었다.

호오, 지오가 작게 감탄했다.

"생긴 건 불법 체류자도 막 받아 주게 생겼으면서 꼴에 룰도 있나 보…… 읍읍!"

"하, 하하. 얘가 정신이 좀 이상해서요. 시, 신경 쓰지 마세요!"

"……커흠. 아무튼 공략대에 끼고 싶으면 구청 가서 등록증 받아 와. 요즘은 10분도 안 걸린다던데. 괜히 미등록자 썼다가 벌금 물면 우리만 골 아파져."

최근 각성자 범죄가 급증해 단속이 더욱 심해졌다며 남자가 투덜거렸다.

하지만 10분이든 1시간이든, 미래 사람 견 자매가 구청에 갈 수 있을 리 만무.

같은 이유로 다 까이고 돌고 돌다가 지금 이곳이 마지막이었다. 여기서도 까이면 오늘은 진짜 노숙 당첨이다.

조급해진 견금희가 부족한 사회성을 최대치로 끌어모았다.

"저어, 아저씨. 어떻게 안 돼요? 솔직히 저희가 지금 등록 가능한 입장이 아니라서요."

"흠……."

'소녀 가장인가?'

철없는 동생 데리고 언니가 고생이 많구먼.

세상이 이 모양인지라 집 가서 공부나 하라고 오지랖 떨기도 민망했다. 집에 있는 딸이 생각나 좀 딱하기도 하고…….

단단히 오해한 사내가 뒷머리를 긁적였다. 에이, 나도 모르겠다.

"잠깐 있어 봐. 어이, 채 씨! 이리 좀 와 보게!"

부름에 스윽 유턴하는 채씨 처녀. 목에 두른 흰 수건이 공사장 최고참을 연상케 했다.

'목장갑은 대체 왜 끼고 있는데……?'

여기 진짜 막노동판인가? 아님 컨셉충? 지오의 얼굴이 짐짓 심각해지든 말든, 두 일꾼은 능숙히 거래를 시작했다.

"뭔 일이요?"

"여기 학생들이 일거리를 찾는다는데, 데려가서 일당 좀 좋게 쳐줄 수 있나?"

'저기요. 이러면 찐으로 막노동 소개소잖음?'

"뭡니까? 좋은 건수라도 있나 했더니 뭔 핏덩이들을…… 됐습니다. 사절입니다요."

"그러지 말고. 마력도 쓴다네. 내가 확인도 다 했어."

"……마력이요? 근데 이런 막공을 왜 돌…… 아 씨, 등

록증 없는 애들이구만? 너희! 가출했어? 썩 집으로 돌아
가, 머리에 피도 안 마른 것들이 어딜!"

"여, 여보게, 채 씨."

"아재도 거 너무한 거 아니요! 새파랗게 어린데! 무슨
진짜 전쟁이라도 났어? 에라이, 퉤!"

"사정도 모르면서 말 막하지 말게! 능력 있는 애들한테
가만히만 있으라는 것도 다 폭력−"

"죽은 아빠 찾으러 왔는데."

"……응?"

"야, 야, 견지오……!"

분량 다 뺏어 가는 씬 스틸러들의 만행에 참지 못하고
패륜지오 등판.

지오는 손등으로 슥 코를 훔쳤다. 그 덕에 검댕이 흙먼
지가 묻으면서 가족 신파 주인공의 비주얼이 완성된다.

"마지막으로 들은 소식이 던전이라 찾으러 온 거임요."

"……아니, 갑자기 왜 다큐…… 어, 엄마는?"

"집 나감."

용인으로 내려갔으니 아무튼 집 나간 건 맞다.

"이 세상에 동생이랑 나 둘뿐인데 갈 데도 없고, 하루
종일 빵이랑 감자 반쪽밖에 못 먹어서……."

맥모닝과 해시 브라운을 반씩 나눠 먹었으니 이것도 맞
긴 하다.

"가진 건 마력뿐인데 오늘은 길바닥에서 자야겠네. 휴…… 불쌍한 나의 동생 금금아. 아직 성장기인 너지만, 싸늘한 밤이슬 맞으면서 자는 거 괜찮지?"

[철면피] 특성 없이도 당당했다. 거짓말은 하나도 안 했으니까.

옆에서 견금희가 턱을 떨구고, 채 씨와 접수 아재가 입을 틀어막는다.

게임 끝이었다.

·· ✦ ✳ ✦ ✳ ✦ ··

「등록증 없이는 어지간한 데선 절대 안 받아 줘. 채 씨네 정도면 막공 중에서 손꼽히게 괜찮은 곳이니까 한번 잘해 봐.」

어쨌거나 암흑기에 보기 드문 호의였다. 지오는 '나상환'이라는 그의 이름을 나름 기억해 두기로 했다.

"하여간 저 아재, 내가 만만하지. 만날 짐 덩이들만 떠넘기고. 염병할 내 팔자야."

사실 채 씨네 막공 모집은 두어 시간 전, 진작 끝났단다. 나라에서 지원해 주는 물품을 수령하러 온 참에 코 꿰였다며 채 씨가 못마땅한 얼굴로 혀를 찼다.

"아무튼, 미등록이면 등급도 모르겠네. 에라이. 등록은 왜 안 했는데? 어린놈의 시끼들, 나라가 만만해?"

"⋯⋯아빠가 출생 신고를 안 해서요."

이미 저지른 패륜 돌이킬 수도 없겠다, 써먹기라도 해야지 어쩌겠나?

죄책감을 누르며 그래서 주민 번호도 없다고 견금희가 중얼거렸다. *끄덕끄덕.* 지오도 옆에서 심각한 표정으로 동조했다.

담뱃불을 붙이려던 채 씨가 헛손질한다. 아니, 뭔 놈의 사연이⋯⋯ 신파 자판기야?

"⋯⋯그런 개호로자식이 있나. 됐다, 됐어. 관두자. 뭐 사실, 이 막장에서 등록증 없는 놈들이 한둘도 아니고."

"어, 그런 사람이 많아요?"

"많지. 등록하면 국가 소집에 응해야 하는데 호구냐고 왜 하냐는 머저리도 있고, 또⋯⋯ 미치도록 하고 싶지만, 할 수 없는 놈들도 있고!"

"⋯⋯?"

무슨 말이지? 전혀 감을 못 잡는 얼굴의 견금희.

바람 반대 방향으로 담배 연기를 뿜으며 채 씨가 씩 웃었다.

"뭘 모르는 척해? '비각성자'들 말이야."

"⋯⋯비각성자가 던전을 돌아요? 무슨, 애초에 입장도 불가능하잖아요."

"안 되긴 왜 안 돼?"

"아니, 엔터 스톤이……."

푸핫! 우스운 얘기를 들었다는 듯 채 씨가 웃음을 터트렸다.

"뭔 소리 하나 했더니. 엔터 스톤씩이나 달린 곳을 너희가 어떻게 가냐? 꿈 깨라. 그런 곳은 나중에 각성자 등록하고 귀족 되면 가쇼, 아가씨."

"그거 던전마다 달린 기본 템 아님?"

"뭔……."

채 씨가 미심쩍은 눈으로 자매를 훑어봤다. 아까부터 세상 물정 모르는 소리나 해 대고.

'이거 혹시 서민 체험하러 나온 부잣집 망나니들 아냐?'

"예전에 센터 요원이 직접 설명해 준 건데."

'흠, 아니다. 그냥 망상증이군.'

채 씨가 끄덕였다. 동정심을 담아 한결 따스해진 목소리로 설명한다.

"던전에 입구 달려서 바벨이 걸러 주기도 하는, 그런 친절한 곳은 이쪽에게 사치지. 우리가 가는 데는 '굴'이야."

"아……!"

비로소 견금희도 이해했다.

그러니까 채 씨가 지금 말하는 곳은 마굴이다.

바벨의 [최우선 관리 국가]가 되면서 미래 한국에서는

전부 폐쇄된 최하급 던전들.

던전 포탈이 따로 존재하지 않고, 굴처럼 생겨서 다들 '마굴'이라 불렀다. 그런 탓에 확실히 입장 제한은 없지만…….

"그래도 위험할 텐데요, 비각성자한테는."

"어쩔 수 없어."

"……."

"헌터는 턱없이 모자라. 그나마 있는 놈들도 날마다, 아니, 매 시간 죽어 가고 있고."

끝없는 사이렌 소리, 연기에 가려 보이지 않는 하늘. 갈라진 구름 사이로 닫히고 또 열리는 균열이 수두룩하다.

담배를 뻑뻑 피우며 채 씨가 잿빛 도시를 응시했다.

"S급만 나오면 티켓 수도 확 늘어나서 헌터 수도 늘어난다는데……. 이렇게 조그만 나라에 그런 행운이 가당키나 하겠냐고."

"……."

"덕분에 부족한 쪽수로 이 희망 없는 나라 구해 보겠다고 저렇게들 바쁘신데. 귀한 인력들 대신 나머지라도 열심히 들어가 봐야 하지 않겠어?"

헌터들이 제대로 싸우려면 아이템과 마석이 필요하니까.

"하는 일 없이 노느니, 조국을 위해 이런 거라도 해야지."

물론 다들 이런 마인드는 아니겠지만…… 어쨌든 내 경우엔 그렇다며 어깨를 으쓱이는 채 씨.

암흑기를 살아가는 사람들. 지오가 무심하게 말했다.

"그쪽, 비각성자네."

"뭐어······. 아, 그러고 보니 내 소개도 안 했구나."

걸걸한 말투, 살집 있는 체격.

한국대학교 정치 외교학과 4학년. 담배보다 조국을 사랑하는 헤비 스모커, 미래의 국정원장이 씩 웃었다.

"난 채이슬이다. 그냥 채 씨라고 불러."

·· ✦ ✦ ✦ ✦ ··

세 사람을 태운 용달차가 달려 도착한 곳은 관악산.

수도권에선 가장 규모가 큰 마굴이 있는 곳이었다.

그 탓인지 산의 입구에는 아까 전 헌터 캠프와 엇비슷할 정도로 사람들이 바글바글했다.

"어이, 막공장! 이쪽!"

"김 씨! 인원 체크는 끝났수?"

"어차피 다 그놈이 그놈······ 뭐야, 이 애들은?"

"헌터 캠프에서 딸려 온 짐들. 그래도 마력을 쓴다니까 짐꾼으로는 쓸 만할 거야."

"둘 다 어려 보이는데. 흠, 우리 막공장이 어련히 잘하셨겠지."

"나 참······ 너네 인사해라. 난 그냥 허수아비고, 이쪽이 우리의 실질적인 막공장이신 김 씨다. D급 전투계 헌터."

'어떻게 돼먹은 공대인가 했더니.'

지오는 시큰둥하게 그를 훑어봤다.

얼굴에 자잘한 흉터가 가득한 남자, 김 씨는 척 봐도 짬이 장난 아닌 베테랑이었다. 제대로 된 헌터가 있긴 했던 모양이지.

다른 막공과 순서 정리를 위해 채이슬이 잠시 자리를 뜨고, 초보 짐꾼들을 인계받은 김 씨가 턱을 긁적였다.

빤히 그를 쳐다보고 있는 자매.

한쪽은 크고, 한쪽은 작아서 단번에 자매로 보이지는 않았다. 그건 그렇다 치고.

'왠지 낯이 익은데……'

"너희들. 각성한 지 얼마나 됐나?"

"으음, 한 10년 정도."

"……?"

"어, 얼마 안 됐어요."

똑바로 하라며 이를 악무는 견금희와 여기서 더 어떻게 잘하냐며 입을 쭉 내미는 견지오. 나름 귓속말로 떠든다지만…….

"저기, 다 들리는데……"

"헉, 죄송해요! 야 너 진짜!"

김 씨가 어색하게 웃어 보였다.

"아냐, 뭐…… 신경 쓰지 마라. 막공에는 원체 독특한 성격들이 많으니까. 우리 막공도 예외는 아니고. 정말 기가 막히게 재수 없는 녀석이 하나 껴 있거든."

"재수요?"

"말 그대로 '재수'가 없는, 운이 지지리 없는 놈인데…… 어, 마침 저기 오네. 어이!"

순간, 동시에 자매가 멈춰 섰다.

두근, 두근-

못 알아볼 수 없었다.

견금희는 오래된 사진첩 속 사진으로, 지오는 오랜 추억으로 기억하고 있는 얼굴.

"견 씨!"

지오는 입술을 꽉 깨물었다. 동요하지 않을 줄 알았는데, 속에서부터 뜨거운 무언가가 치밀어 올랐다.

멀리서 견태성이 웃는다.

"네!"

'아빠'였다.

4

「밖에 나가면 다들 아빠 판박이래.」

「하하하, 그래? 그렇지. 응. 아빠 딸이지. 우리 지오. 눈에 넣어도 안 아픈, 사랑스러운 내 보물이지.」

날렵하나 오밀조밀한 인상.

놀랍도록 지오와 닮은 얼굴이었다. 지오와 달리 안경에 가려져 있고, 늘 서글서글하게 웃고 있어 다들 인지하지 못할 뿐.

견태성이 이쪽으로 걸어온다.

그리고 바로 그 순간, 견지오는 자신의 어리석음을 뼈저리게 깨닫는다.

아무렇지 않다고?

변하는 건 아무것도 없을 거라고?

'……개소리.'

보자마자 알 수 있었다.

얼마나 그리워하고 있었는지. 또, 얼마나 보고 싶어 했는지.

물밀듯이 뜨거운 게 밀려왔다.

「우리 지오, 엄마한테 또 혼났어?」

「다 아빠 때문이야. 아빠가 없어서 그렇잖아. 이 나쁜 집구석에서 지오 편은 아빠뿐인데.」

「어이고, 그랬어요? 아빠가 잘못했네. 미안해요.」

「야! 견태성! 당신이 자꾸 지오 오냐오냐하니까 애가 저 모양 저 꼴이잖아!」

「아이, 그럼 어떡해~ 이렇게 보고만 있어도 예뻐 죽겠는데.」

최초로 가진, 맹목적인 내 편이었고.

「대체 애 교육을 어떻게 시키는 거야!」

「……애가 실수한 것은 인정합니다. 하지만 아이들 싸움에 어른이 끼어들면 곤란하죠. 애들이 보고 뭘 배우겠습니까?」

「뭐, 뭐요? 이 양반이……!」

「지오 다친 데 없어? 이제 괜찮아. 걱정 마. 아빠가 있잖아. 넌 친구한테 잘못한 거지, 저 아저씨한테 잘못한 거 없어.」

최초로 의지한, 절대적인 방패였으며.

「왜 그래, 우리 딸? 하하, 긴장했구나. 친구들 앞에서 발표하려니까 떨려요?」

「……무서워. 실수하면 어떡해?」

「아빠가 있는데 뭐가 걱정이야. 음, 어디 보자. 저어기 보이지? 우리 지오 잘 보이는 저기에 아빠가 계속 서 있을 테니까, 떨리면 아빠만 봐.」

「씨이, 꼭 있어야 해……. 절대 어디 가면 안 돼. 알았지?」

「아빠가 내 보물을 두고 어디 가요? 우리 딸 다 컸다면서 여전히 어리광쟁이네~ 이리 와.」

세상 무엇보다도 든든했던 나의 버팀목.

"……언니?"

견금희가 조심스럽게 불렀다.

뺨 위를 고요히 가로지르는 눈물 한 줄기.

견지오가 울고 있었다. 소리 없는 무너짐으로.

어느덧 자매 앞에 선 견태성이 당황하며 김 씨를 돌아봤다. 이게 무슨 일이냐는 듯.

"그게, 채 씨가 캠프에서 데려온 새 짐꾼들인데…… 이거 참, 분위기가 갑자기 왜 이러나. 하하……."

"저…… 괜찮아요, 학생?"

"……거짓말쟁이."

빌어먹을, 망할 거짓말쟁이.

절대 두고 가지 않겠다고 그랬으면서.

약속에, 복사에, 사인까지 한 약속이었다. 그 약속이 형편없이 깨어져 버린 이후 견지오는 누구와도 쉽게 약속하지 않는다.

지오는 아무렇지 않은 척 뺨을 벅벅 닦아 냈다. 눈물을 닦자 다시 태연한 얼굴로 돌아온다.

"죄송. 내가 아는 사기꾼이랑 닮아서."

"아…… 음. 사기를 아주 지독하게 당한 모양이야."

"인생을 말아먹은 사기였지. 평범하게 잘 살 수 있었는데 덕분에 여기저기 막노동 뛰러 다니는 신세나 되고."

"저, 저런……. 재수 지지리 없는 우리 태성 씨가 또 한 건 했구먼. 하필 그런 놈을 닮을 게 뭐야. 어서 사과해."

"어, 그, 미, 미안합니다?"

"뭘 또 바보같이 사과함? 내가 아는 사기꾼도 미련한 등신인데 재수 없게."

"……."

어쩌라는 거야…….

이러지도, 저러지도 못하고 절절매는 견태성. 그런 그를 신기하게 관찰 중인 견금희와 신파지오에서 탈출한 패륜지오.

시공간을 건너뛴 세 부녀의 만남에 미묘해지는 공기 속에서.

"김 씨! 막공장이 짐꾼들 데리고 모이랍니다!"

"어어, 그래! 자, 이러지들 말고. 사이좋게 갑시다. 몇 시간 동안 계속 볼 사람들인데. 안 그래?"

김 씨가 수더분한 웃음으로 그들의 등을 밀었다.

"견지오, 괜찮아?"

"엥. 안 괜찮을 게 뭐 있어."

"아니……."

'너 우는 건 정말 처음 봤단 말이야.'

견금희는 뒷말을 삼켰다. 자신에게는 사진을 통해서만 기억에 남아 있는 아빠. 낯선 재회에 놀라고 생경할 틈도 없었다.

그보다는 솔직히, 이쪽이 배는 더 충격적이었으니까.

마굴 앞, 입장 직전의 대기.

짐꾼 역할로 들어가는 자매는 딱히 할 일이 없었다. 맨 뒤편에 붙어서 목소리나 낮출 뿐.

입구에 달린 야명주 불빛이 지오의 뺨을 비춘다. 견금희는 뚫어져라 제 언니를 바라봤다.

누구보다 강하고, 또 '정말로' 이 세상에서 가장 강한 사람.

헌터.

마법사.

그리고…… 언니.

견지오가 아홉 살 때까지 견태성의 등을 보고 자랐다면, 견금희는 평생 이 사람의 등을 보면서 자랐다.

작지만, 절대 무너지지 않을 태산 같은 등이라서. 지독하게 동경하면서, 한편으론 지독하게 미워했던 적도 많았다.

'하지만…….'

오늘은 '사람' 같다.

이렇게나 내 가까이에 있다.

정확한 이유는 모르겠지만…… 오래 곪았던 애증과 열

등감이 살짝 부서지는 느낌이었다. 견금희는 머뭇머뭇 지오의 손을 잡았다.

"……무, 뭐여. 왜, 왜 이러지. 개좋긴 한데 무섭지오. 나 뭐 또 잘못했어?"

"아 시끄러. 조용히 해, 그냥."

으음. 지오가 생각했다. 이건 역시 그건가.

'역시 씨바, 눈물즙 떨군 게 패착이었나.'

늠름하고 위엄 있는 언니로서 쌓아 온 가오가 한순간에 무너져 내린 기분. 이쪽을 힐긋거리는 막내의 눈에 담긴 저건 분명…….

'측은지심이렸다……!'

"저, 금금? 아까 그건 언니가 가슴의 울림 그런 게 있어서가 아니라…… 그게 말야, 아, 그 성약성이 갑자기 엄청나게 슬픈 얘기를 해 가지고."

[당신의 성약성, '운명을 읽는 자' 님이 그, 그래! 다 내가 그랬지, 다 이 오빠 잘못이라며 눈물로 퉁퉁 부은 눈을 손수건으로 가립니다.]

'…….'

님은 왜 혼자 질질 짜고 난리신데요…….

"됐어. 거짓말도 못하는 게 변명은."

이해해. 견금희가 중얼거렸다.

"나야 워낙 어릴 때라 기억도 없어서 잘 모르겠지

만…… 언니는 다르잖아."

꽉 잡았다가 떨어지는 온기.

체온 낮은 이쪽과 달리 막내는 늘 따뜻했다. 지오는 제 손바닥을 한 번 쥐었다가 폈다. 왠지 간지러워서.

그리고 역시나 양반은 못 되시는지, 톡톡 등을 두드리는 손가락.

"저기……."

견태성이었다.

"이거 마셔요, 학생."

흠칫 경계하는 지오에게 슥 내민다.

"아까 일로 컨디션 안 좋을 텐데, 난 울적할 때 이거 마시면 좋아지더라고."

"……."

꿀 유자차.

유리병에 담긴 음료수는 따뜻하다 못해 뜨거웠다. 지오도 당연히 아는 상표, 알고 있는 맛이었다. 견태성이 제일 좋아하는 음료수니까.

아빠가 어린이집에 그들을 데리러 온 날이면, 돌아가는 길에 밤비와 꼭 한 병씩 나눠 마시곤 했다. 하루 일과처럼.

"나 참. 어딜 가나 했더니. 견 씨, 그거 사러 편의점까지 갔다 온 거야? 달려서? 거 사람 정말……."

"하하, 어린 친구가 저 때문에 운 게 영 마음에 걸려서요. 아, 그렇다고 부담 느끼지는 말아요. 정말 별거 아니니까요."

손안의 음료를 물끄러미 내려다보는 지오. 견태성이 부드럽게 말했다.

"눈물점이 있으면 울 일이 많다던데……. 내 딸도 눈물점이 있거든. 거기, 친구랑 똑같은 곳에 두 개."

지오의 눈이 아래를 가리키는 손짓.

그래서 그런지, 신경이 쓰인다며 웃는다. 먼 아래 편의점까지 급히 다녀오느라 송골송골 땀이 맺힌 얼굴로.

말이 없어진 자매 대신 주변에서 물었다.

"젊어 보이는데 벌써 딸이 있으세요?"

"아이 그러엄~ 저 친구가 저리 얼빠져 보이는 것도 다 이유가 있다고. 신혼이야, 신혼. 한창 좋을 때지."

"좋을 때인지는 모르겠지만, 좋기는 합니다. 하하하."

"어이구 능청. 애기가 돌도 안 지났다며. 그쯤엔 보고만 있어도 좋아 죽지, 뭐."

"정말 그렇더라고요. 제 말은 그냥, 출산일에 아웃브레이크가 터지지만 않았어도 더 좋았을 텐데, 하는 아쉬움? 뭐 그런 푸념이죠. 와이프가 고생을 정말 많이 했거든요."

"아웃브레이크면, 1월 1일에요? 와……."

좌중의 감탄 섞인 탄식에 견태성이 쓰게 웃었다.

1월 1일.

바벨탑과 함께 태어난 아이.

천지가 개벽하는 가운데, 갓난아이 울음소리가 울려 퍼졌다.

지금 다시 떠올려 봐도 아찔한 순간이었다. 지진부터 비상계엄령 선포 등등. 병원에서도 아주 난리가 아니었으니…….

"확실히 보통 일은 아닌지, 어느 날은 웬 기자가 찾아와서 말해 주더라고요. 그날 전 세계에서 태어난 아이가 우리 애 하나뿐인데, 알고 계셨냐고."

"신기하네……."

"집에선 전무후무하게 액땜을 치렀으니 장차 큰 인물이 될 거라 생각하기로 했습니다."

"암, 견 씨! 그렇고말고! 원래 위인이 날 때는 세상이 시끄러운 법이야. 그 왜, 옛날에 주몽도 그렇고, 단군도 그렇고."

"그럼 제 딸이 나중에 주몽이나 단군 정도나 되는 겁니까? 하하하. 말씀만이라도 감사한데요."

"알면 오늘 잘해. 또 사고 치지 말고!"

"저야 늘 최선을 다하는데…… 아시다시피 제 운이……."

서로 덕담을 주고받으며 하하 호호 떠드는 막공대.

그들을 보며 지오는 생각했다.

'저건 가짜야.'

과거의 흔적일 뿐이다.

그것도 여우구슬에 박제된 과거를 토대로 움직이는 가

짜들. 그러니 이렇게 마음 아릴 필요 전혀 없는 거다. 응.

하지만…… 애써 냉정해지려고 해도, 그들 틈에서 환히 웃음 짓는 견태성의 얼굴은 한 점 다름없이, 견지오가 기억하는 아빠의 모습 그대로여서.

자매는 웃지 못하고 우두커니 서 있었다. 그 등을 눈치 빠른 김 씨가 뭘 그리 뻣뻣하게 있냐며 퍽 두드린다.

"이봐, 어린 친구들아. 깍쟁이처럼 그러지들 말고. 아까도 말했지만, 앞으로 몇 시간씩 생사를 같이할 사람들인데 나서서 소개라도– 아차차, 내 정신 좀 봐라! 그래, 이름도 못 들었네!"

"……헉."

"이름이 뭐야! 그 정도는 말할 수 있지?"

끄허헉?

'왜, 왜 갑자기 전개가 이렇게 튀는데? 시발, 거리 두기 하라구.'

감상에 빠져 아련하게 분위기 잡고 있을 때가 아니었다. 베테랑의 기습 공격에 막내가 엉거주춤 먼저 답해 버린다.

"겨, 견금희요."

"호오, 또 견 씨야? 그쪽은?"

"……."

순식간에 지오에게 쏠리는 시선들. 견태성도 호기심을 담아 바라본다.

'어, 어쩌지?'

지오가 당황해 쳐다보자 '누구세요?' 눈빛으로 받아치는 막내.

각자도생을 모토로 살아가는 21세기 급식다운 처세였다. 식은땀 뻘뻘 흘리며 지오가 입술을 달싹였다. 겨, 견……

"견?"

"견, 지……"

"견지?"

"죠. ……겨, 견지죠."

세 번째 부캐, 견지죠 탄생.

푸흡! 누가 봐도 조진 작명에 저도 모르게 비웃어 버린 견금희가 뒤늦게 흠흠 헛기침했다.

[당신의 성약성, '운명을 읽는 자' 님이 야아아! 네이밍 스킬은 왜 안 팔아서 우리 애 창피하게 만드냐며 애꿎은 바벨한테 버럭 항의합니다.]

'네놈이 제일 나빠……'

"……사, 상당히 독특한 이름이네. 부모님이 지조 있는 딸을 좋아하시나 봐."

스윽, 그와 동시에 한쪽으로 돌아가는 자매의 고개.

"응?"

어째서 자기를 보는지 모를 견태성이 당황했다. 아재들이 껄껄 웃는다.

"에고 견 씨, 어째! 같은 성씨라고 그런가 본데…… 가만. 혹시 정말 친척 뭐 그런 거 아니야? 그렇잖아~ 견씨가 흔해 빠진 성도 아니고."

"그러게. 희귀성이 한 번에 세 명씩이나. 우연치고는 신기하구먼. 잘 보면 닮기도 한 것 같고. 서로 족보 확인해 봐! 아는 사이일 수도 있잖아."

'어, 언니!'

견금희가 다급히 속삭인다. 안다. 지오는 끄덕였다.

나이스 찬스! 족보 캐내라고 알아서 판이 깔려 준 상황이었다.

견태성이 막 입을 떼고, 집중한 자매의 표정도 덩달아 진지해지는 순간.

"집중―! 잡담 그만하고! 다들 모이쇼!"

'아, 타이밍 뭔데…….'

탕, 탕!

묵직한 철퇴가 입구 바닥을 찧는다. 채 씨가 솜씨 좋게 공대의 이목을 집중시켰다.

"탱커 앞으로! 비전투계와 짐꾼들은 가운데로! 후딱후딱 정렬해!"

눈치 없는 타이밍에 탄식하기도 잠시, 지오는 덕분에 아련한 옛 이름 하나가 떠올랐다.

'정진철 너 인마 반성해라…….'

집중시키는 성량만 들어도 공대장의 수준이 심히 차이 났다. 지금쯤 한창 옥살이 중이겠지만, 이런 비각성자만큼도 못한 놈 같으니.

"들어갑니다!"

그렇게 두 번째로 듣는 공대장의 샤우트가 첫 번째 것과는 비교도 안 되게 관악산을 울렸다. 쩌렁쩌렁하게.

그리고…… 대망의 마굴 안.

지오와 금희는 썩은 표정으로 앞을 바라봤다.

기가 막히게 재수 없는 녀석.

또 운이라곤 지지리 없는 놈.

김 씨의 표현은 존나 정확했다.

"허, 허억, 헉. 견태성이! 야! 너 인마 미쳤어! 거기서 넘어지긴 왜 넘어져! 아무것도 없는 바닥에서까지 엎어지면 대체 어쩌겠다는 거야! 아이고, 하늘이시여!"

"죄, 죄송합니다!"

'……울 아빠가 최강 불운을 타고남.'

삼 남매의 아빠, 보조계 E급 헌터 견 씨는 트롤러 중 트롤러였다.

자식들이 봐도 도저히 실드가 불가한.

[버려진 던전 — '**뱀 동굴(??급)**'에 입장하셨습니다.]

[바벨의 관리 범위에서 벗어난 규격 외 던전입니다. 던전이 불안정하여 입장을 권장하지 않습니다.]

"근데요, 불안정하다고 계속 전체 알림 뜨는데…… 이거 진짜 괜찮은 거 맞아요?"

"맨날 뜨는 거야. 그런 거 일일이 신경 쓰면 굴에는 못 들어오지, 금희 학생."

사고로 죽기 싫으면 당장 꺼져.

에둘러 경고하는 바벨을 읽씹하며 강행하는 막공대. 경고 메시지는 안중에도 없이 마석이나 줍기 바쁘다.

'안전 불감증에 걸려서 붕괴 직전 탄광으로 기어들어가는 광부들 보는 느낌이네.'

지오는 찝찝한 마음으로 마굴을 쭉 훑어봤다. 돌가루가 쉼 없이 떨어져 내리는 벽과 탄광처럼 어두컴컴한 내부.

마굴에 들어온 지 약 1시간 반.

총평하면 막공은 기대 이상, 마굴은 기대 이하였다.

어째서 비각성자가 드나들 수 있는지 납득했다면 이해될까? 날이 다 빠진 무기를 휘두르는 파충류 수인들 하며, 툭툭 깔짝대며 튀어나오는 뱀 등등…….

'솔직히 애들 장난 수준이지, 음음.'

"그건 그렇고. 견지죠! 아무리 짐꾼이래도 거 심하지 않아? 최소한 전열은 맞춰야 할 거 아녀! 정말 기본도 안 돼 있구만!"

"……."

물론 현재 이쪽이 애들 장난 수준도 안 된다는 건 이제 막 말할 참이었다.

기본도 안 된 깍두기지오(전직: 마술사왕)가 스윽 막공장의 눈총을 피했다. 열불 내던 채 씨가 그 모습에 전의를 상실한다.

"허, 됐다, 됐어……. 애한테 골백번 말해 봤자 뭐 하겠냐? 견금희!"

"네?"

"넌 승진. 보니까 몸 잘 쓰던데 칼 들고 후방으로 빠져. 한 씨와 함께 전열의 후미를 지킨다. 오케이?"

"어, 네……."

"네 짐은 옆에 지죠 개랑…… 음, 견 씨한테 넘기고. 아재, 뭔 말인지 알죠?"

"하, 하하. 넵. 죄송합니다……."

멋쩍게 웃으며 견태성이 짐들을 넘겨받았다. 하루 이틀 해 본 짬이 아니었고, 또 그럴 만했다.

모두들 약간의 핏자국, 먼지만 묻은 가운데 저 혼자 걸레짝인 것만 봐도 견적 나오지 않나?

으이구, 한심. 지오가 끌끌 혀를 찼다.

"아빠는 슈퍼맨이라고 개소리한 거 누구임?"

"……우, 우리 지오한테는 슈퍼맨이야."

"에엥. 전혀 모르겠는뎁쇼."

"거기, 짐꾼들! 잡담 금지!"

그쪽이 내 딸이냐고, 울컥 반박하려던 견태성이 공대장의 불호령에 깨갱 했다.

입 꾹 다물고 짐을 드는 짐꾼 부녀.

일행 중 제일 작은 두 명이 낑낑 나눠 드는 그 모습에 지켜보던 막공대가 찜찜한 얼굴로 수군거렸다.

"뭐냐, 이 양심의 가책은……?"

"저게 짐을 든 거야, 짐에 파묻힌 거야?"

짐을 들다가 풀썩 엎어지는 견태성과 그런 견태성에 걸려 휘청거리는 지오. 부녀의 형편없는 부실함에 채 씨조차 할 말을 잃던 와중, 견금희가 단호하게 일갈했다.

"내버려 두세요. 사회생활도 해 봐야죠."

"그, 금그음! 크흑……!"

"엄살 부리지 말고 똑바로 안 들어? 아저씨도 제대로 들어요! 딸들 보기 부끄럽지도 않아요?"

"딸들? 하, 학생, 내 딸은 한 명인데……."

"미래에 더 있을 수도 있죠! 겨우 한 명만 낳을 생각이에요?"

"무, 물론 그건 당연히 아니지만! 난 대가족이 꿈이라서……!"

"작명 센스도 더럽게 없는 아저씨가 꿈도 커. 야, 견지죠! 너 빨리 안 일어나?"

"끄으응……."

엄하게 뒷짐 진 견금희와 그 앞에서 힘겹게 짐을 들어 올리는 견씨 둘.

'저 모습은 마치…… 피라미드 노예들 감시하는 현장 감독?'

채찍만 손에 쥐여 주면 딱이겠는데. 감탄하는 채이슬을 옆에서 김 씨가 툭 건드렸다. 이봐, 막공장.

"그래도 오늘 수확, 제법 쏠쏠한데?"

손전등 불빛으로 그가 정면을 가리킨다.

어둠 속에서 은은한 푸른빛을 발하는 돌벽. 마수정, 즉 마석이 내뿜는 빛이었다.

급이 높을수록 투명해지는 게 마석인지라 그다지 상등품은 아니지만, 여긴 마굴 아닌가? 밑바닥에서 이 정도면 하늘이 베푼 은혜나 다름없다.

"그러게요. 웬일로 운이 좋았수다. 못해도 돈 천만 원은 되겠네요."

"하여간 별일이야. 태성이 없는 날도 아닌데 이런 횡재라니."

본인들이 세계 최강의 운빨킹을 짐꾼으로 부려 먹고 있

다는 사실을 모르는 막공대가 흡족한 얼굴로 끄덕였다.

"거 보세요. 저라고 늘 운이 최악은 아니라니까요. 하하."

"자, 잠깐! 태성이 거기는!"

금세 기가 살아 하하 웃으며 벽을 짚는 견태성의 손.

그와 동시였다.

"거기는…… 벽이 아니니까 조시이임……!"

쿠구궁!

육중한 음과 함께 돌무더기가 우르르 무너져 내린다.

"……."

쿠, 쿠웅. 쿵-!

연달은 소리가 동굴 안을 길게 메아리쳤다.

막공대의 얼굴이 삽시간에 창백해진다.

연쇄적인 충격음. 적들에게는 잠들었던 본능을 일깨우고, 또 그들에게는 기나긴 전투의 재개를 알리는 절망의 신호였다.

아니나 다를까. 희뿌옇게 먼지가 내려앉자마자.

키에에에엑!

멀리서 시작되는 발소리와 마수들의 포효.

쿵, 쿵. 견금희는 땅이 울리는 것을 느꼈다.

'한둘이 아냐.'

새파랗게 질린 낮의 견태성 너머로 채이슬과 시선이 부딪친다. 같은 생각을 하고 있음을 알 수 있었다.

'도망가야 해.'

채 씨가 숨을 크게 들이켰다.

"전력으로!"

견금희도 지오의 뒷덜미를 홱 낚아채며 외쳤다.

"뛰어—!"

서울, 관악산 마굴 바깥.

잿빛 하늘, 삶의 희망이 꺾인 사람들. 평소와 똑같은 풍경 속에 이질적인 소리가 섞이기 시작한다.

"나오세요, 거기 비키세요!"

"위험하니까 다들 가세요!"

곳곳에 둘러지는 통제선과 진입 금지 라인에 사람들이 술렁거렸다.

무슨 일이냐 따져 봐도 돌아오는 건 뉴스로 확인하라는 무성의한 대꾸뿐. 그래도 떡하니 박힌 태극기 마크, 국가 요원 표식에 하는 수 없이 투덜대면서 물러나는데, 누군가 외쳤다.

"어……! 여기 지진 터지나 본데?"

"지진?"

"이거 봐. 낙성대 쪽에서 던전 폭주 떠서 관악산까지 여파가 미칠 거라고…… 관악구에 대피 명령 떴네. 30분 남았다는데?"

"뭐, 뭐요? 어서 내려갑시다!"

다급히 떠나려는 인파로 인해 순식간에 아수라장이 되는 관악산.

아직 빈손인 한 명이 못마땅하게 혀를 찼다.

"에이 씨. 오늘 장사 제대로 텄네. 아니, 그럼 저 사람들은 뭔데? 막으려면 다 막을 것이지."

옆에 있던 헌터가 같이 고개를 돌린다.

저벅저벅.

묵직한 군화 소리와 함께 통제선 안쪽으로 걸어가는 한 무리.

펄럭이는 검은 코트 위로 문양이 반짝였다. 무광 처리를 해 눈에 띄지 않지만, 빛이 반사되면 보이는 맹수의…… 아.

그들을 알아본 헌터가 조심스럽게 목소리를 낮췄다.

"저 사람들 모르세요?"

"누군데?"

"왜 그, 요즘 뜨는 용병 집단 있잖아요? 길드라고 부르던데, 이름이……."

〈은사자〉라던가?

·· + ✳ ✦ ✳ + ··

뚜욱, 뚝.

차가운 감촉이다. 채이슬은 화들짝 눈을 떴다.

동굴 종유석에 맺힌 물방울이 그녀의 이마로 떨어지고 있었다.

'어떻게 된 거지……?'

어지러운 기억을 더듬어 본다.

갑자기 몰려든 도마뱀 수인 떼가 시작이었다.

맨 앞에서 그들을 막던 김 씨가 부상을 당했고, 그로 인해 전위가 삽시간에 무너졌다.

「흩어지면 안 돼! 전열 지켜, 무너지면 안 된다고 이 바보들아—!」

가까스로 버티던 전형마저도 혼자 살아 보겠다며 이탈한 머저리들에 의해 산산조각 나고, 그렇게 남은 일행을 필사적으로 추스르다가…….

'뱀 구멍에 발을 헛디뎠어. 누가 내 손을 잡았던 것 같은데…….'

"깼음?"

"……아!"

어둠 속에서 빛나는 눈동자.

흠칫 놀란 채이슬이 몸을 일으키려는데, 지오가 퉁명스럽게 제지했다.

"안 일어나는 게 좋을 텐데."

"무슨…… 흐어억!"

파사삭, 허공으로 돌가루가 떨어진다. 채이슬은 황급히 숨을 들이켰다.

아래에서 우글거리는 뱀 떼와 움직일 때마다 조금씩 부서지는 바위. 그리고…… 그들 머리 위로, 저 멀리 희미하게 어른거리는 빛까지.

비로소 전체 풍경이 보였다.

땅 밑으로 깊숙하게 파인 뱀 구멍 속이다. 두 사람은 그중간, 툭 튀어나온 바위에 빨래처럼 걸쳐져 있었다.

사지를 아슬아슬하게 피해 간 절묘한 위치.

우연이라면 기가 막힌 천운이었다.

"이, 이게 대체……?"

"보면 몰라? 님 때문에 나까지 뒈지게 생긴 거죠. 저승길 동반자로 스무 살짜리 청춘을 고르다니…… 하. 인성 문제 있어?"

"아, 아니, 와…… 거 미안한데! 그렇게 잡으려면 야무지게 잡든가, 딴 놈보고 잡게 하든가! 한 대 치면 날아가게 생긴 게 어쩌자고 나를 잡아!"

"그게 지금 생명의 은인한테 할 소리? 이 여자 안 되겠네. 잘 가쇼."

툭. 발로 미는 견지오.

후두둑, 돌가루와 함께 그대로 채이슬 쪽 바위가 기울었다.

"으아, 으아악!"

'인성은 네가 존나 문제 있잖아!'

"그니까 가만히 있으셈. 안 그래도 아파 죽겠는데."

아찔한 저승 체험에 숨을 헐떡이던 채이슬이 멈칫했다. 아까 전보다 가까이 붙은 거리 덕에 비로소 볼 수 있었다.

땀으로 젖은 머리칼, 창백한 얼굴.

아무렇지 않은 표정이라 전혀 눈치채지 못했다.

"견지죠, 너 손목이……."

뭘 봐. 지오가 신경질적으로 혀를 찼다.

완전히 글러 먹은 각도로 꺾여 있는 손목. 채이슬을 꽉 잡고 추락하면서 이리저리 석벽에 부딪힌 덕이었다.

'시발. 안 하던 짓을 해 가지구.'

캐붕이 이렇게나 끔찍한 거다.

붙잡은 즉시 지오도 후회했지만, 어쩌겠나? 저도 모르게 무의식중 잡아 버린 것을.

[당신의 성약성, '운명을 읽는 자' 님이 지금이라도 백기 들고 나가는 게 좋겠다며 권고합니다.]

바벨이 한 번 거른 간접 메시지여도 느껴졌다. 그가 화났다는 것쯤은. 그래도…….

'아직 볼일이 남았어.'

【볼 '사람'이겠지.】
【일개 기억에 불과한 잔여물이란 것을 잊지 말거라.】

지오는 무시하고 입 안 살을 짓씹었다. 욱신거리는 고통에 정신이 자꾸만 흐려졌다.

별거 아닌 걸로 다치고, 다치니 눈물 나게 아프고, 이런 평범한 육체를 느껴 보는 것도 상당히 오랜만이다.

이 또한 '가짜'니까 가능한 일이겠지.

"어이, 채 씨."

"어?"

"혹시나 싶어서 묻는데, 아는 기초 마법 스킬 있어?"

"비각성자한테 바랄 걸……."

역시 그런가. 지오가 픽 웃었다.

'가짜라도 더 보고 싶었는데.'

"……가 아니라! 아! 이, 있다!"

"……엥?"

허겁지겁 제 안주머니를 뒤지는 채이슬. 아련하게 분위기 잡고 있던 신파지오의 얼굴이 멍해졌다.

"엊그제 술집에서 내기로 얻은 스펠 북인데, 기초 마법서라나 뭐라나……."

"머, 머글 주제에 님이 그걸 왜 갖고 계시는데요?"

"아니 뭐…… 비각성자여도 언젠가 각성할 수도 있으니까. 일종의 부적 같은 거지."

만에 하나 각성한다면 마법사가 꿈이라면서 철퇴를 멋지게 휘두르던 채이슬(주: 초중고 유도부 출신)이 코를 훔쳤다.

"뭔지는 몰라. 난 룬어 쪽은 아예 까막눈이라."

"펴 봐."

한쪽 팔을 못 움직이는 지오 대신 채이슬이 어둠 속에서 마법서를 펼쳤다.

기초 주문서답게 조악하고 꼬깃꼬깃한 스펠 북.

상위 룬 문자로 수식과 스펠, 마력 배열, 그리고 수인手印이 빼곡하게 그려져 있었다.

지오가 골똘히 응시한다. 집중한 눈이다. 채이슬이 힐끔거렸다.

'마법사였구나.'

각성자 중에서도 만 명 중 한 명꼴로 나온다는 천혜의 재능을 지닌 자들.

어딘가 초연한 분위기가 있다 싶었는데, 그래서였나.

"……거 뭐 좀 보면 알겠나? 기초라지만, 꽤나 길고 복잡한 것이 아주 기본 주문은 아닌 듯한데."

"라이트 주문임."

"……아, 그래?"

기본 중 기본. 최하급 기초 주문, [라이트].

문외한도 아는 이름의 등장에 맥 빠진 채이슬이 어깨를 늘어트렸다.

그러나 장인은 도구를 탓하지 않는 법이다. 개나 소나 쓴다는 삼류 주문일지언정 누군가에게는 넘치도록 충분했다.

"체념이 빠른데?"

마술사왕이 실소했다.

이 '몸'은 확실히 매구가 복제한 가짜 몸, 즉 분신이다. 그리고 모든 분신이 그러하듯 본신의 힘을 끌어오는 데에 한계가 있다.

하지만.

견지오는 입술을 달싹였다.

"[솟구쳐라.]"

[적업 스킬, 1계급 기초 주문(응용 변형)
— '빛의 지류Tributary of Light']

이쪽은 마술사왕.

마魔의 법칙을 넘어서, 마魔로 이루어진 모든 술術을 다스리는 자.

밑바닥이든 어디든, 마력이 있는 곳이라면 다시 일어나지 못할 이유 따위 없으니까.

고작 10초 남짓의 시간.

초기화된 가짜 몸 안의 마력은 한 줌에 불과하나 원리만 알 수 있다면 응용까지 발현은 간단했다.

화아아아악!

단 하나의 [빛]을 부르는 마력 수식이 수십 갈래로 변형 확장한다.

어두운 뱀 구멍이 순식간에 휘황찬란한 별빛으로 가득 찼다. 휘익, 지오는 휘파람을 불었다.

그 부름을 따라 일제히 위로 솟구치는 빛무리.

채이슬이 넋을 놓았다.

마치 수백 개의 유성이 거꾸로 쏟아지는 듯한 광경이었다.

"이렇게까지 하는데 이쪽을 못 찾으면 멍청ㅡ"

그리고 겨우 몇 초나 지났을까.

지오의 건조한 혼잣말이 채 끝을 맺기도 전에.

차랑, 차랑ㅡ

"⋯⋯[만귀명필종 만악조복 옴 급급여율령 사바하.]"

콰아앙! 캬아아아아ㅡ!

소리 없는 일격이 공간을 장악한다. 호시탐탐 독니를 내놓던 뱀들이 단숨에 공간에서 말소되었다.

지오는 빛으로 물든 위쪽을 바라봤다.

'방울 소리……!'

질리도록 들었고, 익히 알고 있는 무령巫鈴 소리다.

거슬러 오르는 유성의 파도를 밟으며 새까만 코트가 펄럭였다.

만귀명필종 만악조복

萬鬼命必從 萬惡調伏

'만귀는 나의 명을 필히 따르고, 만악은 나의 아래 굴복할지어다.'

이런 오만한 제령으로 영들을 부리는 사람은 사바세계에 딱 한 명뿐이다.

충격으로 부서져 내리는 벽과 함께 지오의 몸이 공중으로 낙하했다. 그러나 견지오는 동요하지 않고, 눈을 떼지도 않았다.

'그'가 자신을 잡을 걸 알고 있으니까.

타악!

능숙하게 허리를 감싸 잡아채는 팔.

석상처럼 단단한 품이 그녀를 안정적으로 받쳤다.

보다 젊은 얼굴, 보다 날카로운 맹수의 회색 눈으로 지오를 물끄러미 응시한다.

"……찾았다."

과거의 '범'이 뇌까렸다.

맞닿은 그의 품에서 지오는 희미하지만 익숙한 향을 맡을 수 있었다. 전장 한가운데서도 유유히 담배 한 대를 입에 물 사내.

범이 한쪽 눈썹을 들어올렸다.

"……놀라지 않는군."

"놀라야 해?"

"담력이 대단한데."

－부길드장! 이상 없으십니까!

둘 사이 미묘한 공기를 깨뜨리는, 위에서부터 울려온 목소리.

실소한 그가 실례한다는 말과 함께 지오를 부드럽게 안아 들었다. 이어 코트 깃의 호출기에 입을 갖다 댄다.

"생존자 둘 확인. 구출 완료."

몇 분 전, 견지오 추락 시점.

"안 돼애애! 언니ー!"

"육시랄, 끝까지 방패 내리지 마! 막아! 화살 방향 똑바로 안 봐!"

"이거 놔!"

"정신 차려, 금희 학생! 다 같이 개죽음당할 셈이야!"

애당초 불안정한 마굴이었다.

두 사람이 뱀 구멍으로 나란히 굴러떨어진 직후, 연달은 전투의 여파로 돌무더기가 내려앉았다.

자력 탈출은 누가 봐도 불가능한 상황.

그러니 코앞에서 제 언니가 떨어지는 걸 목격한 견금희의 심정도 십분 이해하지만…….

석문 뒤로 간신히 몸을 피한 막공대가 침음했다.

"제발 진정해! 이쪽도 참담하긴 마찬가지라고. 채 씨가 우리한테 어떤 사람인데……!"

"마찬가지?"

지랄하네. 견금희가 허탈하게 웃었다.

'가짜들 주제에.'

부상을 당하든, 죽어 나가든. 여기서 무슨 일이 일어나도 이들에게 영향이 갈 가능성은 전무하다. 여우가 불러

낸 과거의 잔재에 불과하니까.

하지만 견지오는 달랐다.

아바타 모드여도 일정 이상의 충격은 본신에 고스란히 전이된다. 우튜버답게 던전 콘텐츠에 빠삭하고, 또 경험도 풍부한 견금희는 이 사실을 잘 알고 있었다.

그래서 전투가 시작되면 집요하게 지오의 앞을 지켰고, 평소보다 더 또렷한 정신으로 쌍검을 빼어 들었다.

'오늘의 견지오는 나보다 약해.'

이 [호계옥]에 그녀와 함께 들어온 사람은 위대한 마술사왕이 아닌, 견금희의 조그만 언니 견지오이므로.

여기서만큼은 쟤가 아니라 '내가' 견지오를 지키는 거야.

그래, 오늘만은. 나도 한 번쯤은.

부담스러운 반면, 한편으로는 왠지 모르게 뿌듯하고 홀가분하기도 해서…… 정말 노력했는데.

"결국 또, 실패야"

치미는 자괴감이 버겁다. 드리운 그림자 아래서 견금희가 어두워진 얼굴로 중얼거렸다.

고개를 푹 떨구는 고등학생.

무거운 정적이 내려앉는다.

어찌할 바를 모르고 일행이 눈빛을 교환했다. 끝내 나서는 것은 이 중에서 가장 자상한 사람.

"저, 금희 양. 아직 체념하기는 이른ㅡ"

타악!

어깨를 짚은 견태성의 손이 매섭게 내쳐졌다. 이를 악문 견금희가 그를 노려봤다.

"다 당신 때문이야."

눈물이 고여, 분해서 벌게진 아이의 눈으로.

"안 그래도 묻고 싶었어. 그쪽 만나자고 이 거지 같은 곳에 들어온 것도 다 직접 물어보고 싶어서였으니까!"

"어……."

"왜 나만, 대체 왜 나만 이따위인데?"

"……."

"할 줄 아는 건 아무것도 없고, 잘하는 것도 하나 없고. 맨날 나만 동떨어져서! 왜, 왜! 왜 나만 이렇게 형편없는 꼴로 낳았는데! 왜애애!"

"……."

"왜 나만…… 맨날 이따위로 초라하냐고요, 아빠……."

"……."

"애써도 늘 엉망이잖아요……."

강하게 크려고 노력했다.

사랑하고 증오하는 형제들처럼.

또 강하지 못하다면 그렇게 보이기라도 하려고 죽어라 애쓴 나날이었다.

그럼에도 도저히 끝이 보이지 않는 도돌이표.

쓰러지지 않고자 수만 번 담금질한 갑옷은 보람도 없이 날마다 반복해 부서졌다.

체스판과 닮은 견금희의 좁고 거대한 세상.

부동의 킹과 막강한 퀸 사이에 껴 있는, 초라한 '폰' 하나.

털썩.

젖은 얼굴을 감싸 쥔 견금희가 바닥에 주저앉았다. 해 묵은 서러움을 삼키며.

"……."

견태성은 솔직히 지금 이 애가 무슨 말을 하는지 단 하나도 이해할 수 없었다. 그러나 때때로 사람은 언어에 담긴 것 그 이상을 읽어 내곤 한다.

바로 이 순간, 아버지가 그랬다.

"……부모님이 들으면 속상하시겠네."

"……."

"이렇게나 건강하고 멋지게 낳아 주셨는데."

남들보다 크진 않아도, 늘 체온이 높은 금희처럼 따뜻한 손이 딸의 머리를 덮었다.

"형편없다니……. 잠깐만 봐도 전혀 아닌 걸 알겠던데, 왜 그런 말을 해요? 나까지 서럽게."

"……."

"많이 힘들고, 많이 속상했나 보다. 그치?"

다정한 물음. 너무도 부드러워서 마치 마음을 직접 어

루만지는 것 같았다.

저도 모르게 견금희가 끄덕였다. 어린애처럼.

견태성이 미소 짓는다.

"그렇게 힘들었는데 잘 버텼네, 정말 멋지다. ……나는 있잖아. 마음이 강한 사람이 결국 제일 강한 사람이라고 봐. 적어도 내 눈에 금희는 이미 누구보다도 강한 사람인걸."

견금희는 다소 멍한 기분으로 젊은 날의 아빠를 바라봤다.

정말로, 진부하기 짝이 없는 말이다.

그러나…… 모르겠다. 어쩌면 꼭 필요하고, 꼭 듣고 싶었을지도.

잠시간 흐르는 몇 분의 침묵.

주변에서 내미는 손길을 거절하며 견금희가 천천히, 스스로 일어났다. 그와 동시에.

─14번 채이슬 막공대! 거기 있습니까!

"……!"

─응급 상황으로 비상 파견된 구출조입니다. 관리국에서 왔으니 응답하십시오!

"어, 어어! 저, 저거 대답해야 하는 거 아녀?"

"맞아! 여기요! 여기 있습니다!"

서둘러 힘을 합쳐 석문을 미는 막공대.

삽시간에 분위기가 분주해진다.

정신 차린 견금희가 들어오는 요원을 붙들고 저쪽에 추락한 사람이 있다며 소리 질렀다.

그리고 그 모습을 견태성이 지켜본다. 어딘가 생각에 잠긴 얼굴로.

'아빠, 라……'

머나먼 곳.

허무하고 무한한 경계, 모든 기록과 시간이 공존하는 허공록 가운데.

드러누운 사내가 팔을 뻗었다.

전지全知한 손끝에서 흩어지는 별들.

저마다 바쁘게 빛을 발하는 별무리 한구석, 길 잃은 별 하나가 슬며시 제 눈앞의 어둠을 걷어 내고 있었다.

【이것 봐라……】

이런 모양도 만들어지는군.

자꾸만 '그녀'의 궤도를 흩트림에도 지독하게 얽혀 있어 거둬 내기도, 무시하기도 참으로 애매했는데…… 잘된 일이다.

【역시, 내버려 두길 잘했나.】

이대로만 가면 어느 때보다 그림이 깔끔하겠다.

그들이 흘러가는 정중앙, 가장 찬란한 별을 바라보며 '운명을 읽어 내는 자'가 소리 없이 웃었다.

·· ✦ ✸ ✦ ··

"금그…… 읍!"

"언니!"

와락, 끌어안는 팔.

이산가족 상봉에 버금가는 박력이었다. 발끝이 쭉 들린 지오가 바동거렸다. 좋긴 한데 숨 막혀! 아팟!

"어이. 부상자를 조금 더 배려하지 그러나."

"……네? 헉, 너! 야, 너 손목 꼴이 왜 이래! 블러저에 처맞은 해리 ×터 같잖아!"

아는 문제는 별로 없어도 인성 문제는 많으신 삼수생은 이런 데서 절대 빼는 법을 모른다. 망설임 없이 냅다 손가락질했다.

"저 인성 파탄자가 그랬음."

쟤가 그랬죠. 존나 혼내 죠.

"아, 아냐! 그, 사고로 그런 건데! 와 씨, 뭐 저런! 구해진 마당에 구해 준 놈 욕해 보긴 난생처음일세!"

"저기요."

채이슬을 노려보며 보란 듯이 손날로 목을 슥 긋는 견금희.

해석: 너 씨발 밤길 조심해라.

"무, 뭐 저런 인성 나간 자매가!"

억울한 채이슬이 팡팡 가슴을 쳤지만, 이미 자매의 관심은 딴 데로 흘러간 뒤였다.

견금희가 소리 낮춰 속삭였다.

"야. 근데 견죠, 저 사람······."

"응. 개뜬금없지. 갑툭튀 오져."

"아니, 그게 아니고 내가 깜빡했어. 이 시기에 은사자는 거의 정부 협력으로 움직이거든."

한국사는 급식 견금희가 제일 자신 있는 과목이다. 특히 근현대사 부분.

허구한 날 교과서에 등장하는 게 혈육 이름인데 관심이 안 갈 리가 있나? 덕분에 어디 가서도 남부럽지 않게 빠삭했다.

"생각해 보니 지금이 딱 10월 관악구 던전 폭주 사태 때더라고. 은사자 초창기 업적 중 하나인데, 저 사람은 여기 관악산으로 움직였었나 봐."

소속 길드 코트를 걸친 채 서늘한 얼굴로 지시를 내리고 있는 20대 초중반의 청년. 지오와 처음 만났을 때보다 젊은 모습이었다.

'이때도 골초였나 보네.'

빈 입가를 만지작대는 손가락에 실소하자 스윽 이쪽을 돌아본다.

그대로 마주치길 몇 초.

이번에는 범 쪽에서 먼저 픽 웃었다.

'……담력 좋은 마법사.'

초심자의 만용인지, 믿는 구석 있는 자신감인지. 그로서는 드물게도 파악하기 어렵지만……. 확실한 건 눈이 간다. 계속.

범은 걸음을 옮겼다.

그렇잖아도 그쪽에 흥미로운 게 잔뜩 모여 있었으니까.

하나는 초심자의 탈을 뒤집어쓴 미스터리. 그 옆은 어린 야생마…… 또 하나는.

"요즘에도 귀문鬼門에서 태어나는 [천혈天穴]이 있는 모양이군."

치익, 순간 동굴 안 어둠을 밝히는 청색 불꽃.

단단한 입매 사이로 연기가 흩어졌다. 느긋하게 한 모금 빨아들인 범이 그대로 담배를 견태성에게 건넨다.

"피워."

"예? 아, 괜찮습니다. 저는 담배를 피우지 않아서."

"보는 내가 거슬려. 호의로 줄 때 받지. 잡귀를 쫓는 연초다."

'어깨의 무거운 것들 덜어 내면 한결 걷기 편할 거야.'

이어지는 범의 나지막한 조언에 방금도 발을 헛디뎠던 견태성이 흠칫하며 허겁지겁 받아 들었다. 콜록! 요란하게 기침 터트리는 꼴을 보다가 돌아서는데…….

확, 그의 코트를 당기는 손.

"천혈이 뭔데?"

왜 말을 하다가 말아.

"설명해."

지오가 심드렁히 요구했다. 이러는 게 당연하다는 듯 태연자약한 태도로.

'쟤 뭐지?'

조금 떨어진 곳에 서 있던 〈은사자〉 길드원들이 당황해 그의 눈치를 살폈다.

누가 감히 저렇게 막 대하겠나? 그 '귀주'를.

단독으로 닫은 게이트만 벌써 백여 개.

압도적인 전적과 화려한 무력. 바벨 등록 즉시 랭킹 7위로 진입한 범은 최근 가장 주가를 올리는 강자 중 강자였다.

범의 시선이 내리깔렸다.

툭 치면 툭 떨궈질, 딱 그만큼의 악력. 떼고자 하면 떼어 내지 못할 이유가 없다.

하지만 그는 별 반응 없이 고개 들었다. 제게 닿은 누군가의 손을 그대로 내버려 둔 채.

"섣달그믐에 태어났나?"

"……그건 정확히는 잘 모르겠습니다. 보육원에서 자라서."

"불편한 주제면 관두고."

"아뇨. 하하, 딱히 비밀도 아니라서…… 음, 출생 신고한 날이 그쯤이긴 하네요. 근데 이게 천혈이란 거랑 무슨 상관인지……."

"귀문은 들어 봤겠지."

"……."

대답하던 견태성뿐만 아니라 동굴 안 모두가 갑자기 겸손해졌다. 지오도 배꼽 위로 두 손을 모은다.

멀어진 손을 힐긋 확인한 범이 작게 혀를 찼다.

"기본 소양 아닌가. 하여간 요즘 세상은……."

"……꼰, 콜록, 대! 개꼰대! 콜록! 콜록!"

"야아, 견죠! 티 나잖아!"

"……귀문鬼門. 이름 그대로 귀鬼가 드나드는 문이다.

본 적 있을 텐데. 신기가 있거나 유난히 감이 뛰어난 자들."

"아."

"그런 자들을 두고 이 귀문과 관련해 살을 타고났다고 하지."

귀문의 영향으로 범인보다 영기靈氣, 신기神氣 등이 발달한 경우였다.

하지만 이 세상에는 고작 그런 '살煞' 정도가 아닌, 아예 그 귀문에서 태어나는 아이가 있다.

문이 열리는 섣달그믐 날.

온갖 것들의 기가 견고할 때, 그 기운이 한데 모여 빚어진 생명. 귀문의 미니 버전이나 다름없지만, 때가 되면 여닫히는 문과 달리 이건 닫히지 않는다.

그래서 세상에 구멍이 뚫렸다 하여, [천혈天穴].

"자잘한 병치레, 불운, 불행, 행운, 기적. 전부 겪었을 거다."

"헉! 요, 용하십니다!"

"그래도 선하게 살았나 보군. 좋은 쪽으로 풀렸으니. 이러기 쉽지 않은데…… 몇 급이랬지?"

"E급입니다."

"……왜?"

"네? 왜냐니, 저를 공개적으로 멕이시는 것도 아니고……."

범이 미간을 찌푸렸다.

좋은 방향으로 기울어진 [천혈]은 삿된 것보다 제게 이로운 것들을 끌어당긴다.

'그런데 E급? 격 높은 성위가 붙어도 이상하지 않은데…… 아.'

"그쪽, 자식이 있겠어."

"아, 네! 맞습니다. 왜, 왜요? 설마 우리 애한테도 그 천혈이란 게 있는 건가요?"

"그럴 리가. 천혈은 그렇게 쉽게 만들어지지 않아. 그보다 천혈에게서 태어난 첫 자식은 아마……."

"아마?"

"'인간'이 아닐 테지."

담담하게 단언하는 범.

남의 종족을 바꾸는 놈치고는 하도 태연하셔서 이해하기까지 시간이 좀 걸렸다.

1초, 2초, 3…… 뭐, 뭣? 버퍼링이 끝난 낫휴먼지오가 쩌억 턱을 떨궜다.

'……뭐라구우우!'

저, 저기요. 우리 이거 분명 '평범한 헬조선 사람이었던 내가 알고 보니 조선인민공화국 사람?!'에서 출발하지 않았냐?

북한지오에 이은 인외지오.

족보 확인하러 왔다가 대체 이게 무슨 일? 폭풍처럼 몰아치는 정체성 논란에 정신이 아득해진다. 지오는 짐짓 심각하게 턱을 매만졌다.

'물론 이 킹지오께서 탈인간급 최강자인 건 만물이 알고, 지구촌 친구들 모두가 아는 공명정대한 진실이지만…….'

"종족까지 바뀌면 설정 과다 에반데."

"쉿! 조용히 좀 해! 목소리 섞이잖아."

헛소리 그만.

인상 쓴 견금희가 팔꿈치로 옆구리를 찍었다. 으억! 털썩 무릎 꿇은 인외지오는 안중에도 없이 앞을 바라본다.

두 남자의 대화가 계속 이어지고 있었다.

"뭘 그렇게 놀라나?"

"자식보고 인간이 아니라는데 놀라지 않을 부모도 있습니까!"

글쎄. '인간'이 뭐 대수라고.

긴 세월 속 초월자에겐 별로 와닿지 않는 말이었다. 고개를 모로 기울이며 범이 반문했다.

"왜. 아니면 네 자식이 아닌 게 되나?"

"……말 가려 합시다. 어떻게 태어나건 소중한 내 딸이에요."

"됐군, 그럼. 한번 열심히 키워 봐. 대단하게 클 테니."

길하고 이로운 것이 견태성에게 붙지 않은 이유는 정황상 하나뿐이다.

이미 [문]의 쓰임을 다한 것.

어떤 거대한 숙운宿運이 그라는 문을 진작 통과한 거겠지. 그리고 이런 경우엔 대개 '첫 자식'이 그 이유이자 결과였다.

"간단해. 신이든, 영이든. 강력한 '무언가'가 그쪽을 통해 인간의 태를 얻어 세상에 나온 거다."

만약 삿된 [천혈]이었다면 대악인을 뱉었겠지만, 이쪽은……

"다시없을 위인이 되겠지. 지난 역사 속 이로운 천혈의 첫 자식들이 그러했듯."

"……어. 더, 덕담이셨구나? 말을 하시지. 괜히 정색했네요. 하하하. 그, 복채는 어떻게……?"

"누굴 무당 취급하나."

싸늘한 말에도 견태성은 마냥 좋다는 얼굴이다.

태몽부터 탄생일까지 유별난 첫아이. 그래서 크게 될 거라는 둥, 자주 들어 온 얘기였지만 들을 때마다 기분 좋은 걸 어쩌겠나?

그러나 그를 보는 범의 표정은 어딘가 미묘했다.

"좋아할 얘기는 아닐 텐데."

"네?"

"세상에는 좋을지라도 글쎄. 과연 그쪽에게도 그럴까?"

천혈은 [문]. 뭐가 됐든 간에 결국 본질은 문이다.

그리고 문이란 본디 드나드는 자가 많을수록, 또 드나

든 것의 부피가 클수록 닳기 마련.

범이 볼 때 '저것'은 수명을 다했다.

"쓰임새가 끝난 천혈은 언제 죽어도 이상하지 않아."

멍해진 견태성의 손에서 그가 담배를 빼냈다.

훅, 들이마시자 다시 되살아나는 불씨. 그 연기에 견태성 어깨 위 망령이 타들어 간다.

"이따위 잡귀들이나 달고 다니다가…… 어느 날, 운 나쁘게 객사할지도."

"……."

"가치를 다했으니까. 정해진 숙명이지."

"……잔인하잖아."

잠자코 듣고 있던 지오가 돌아봤다. 끝이 갈라진 목소리. 견금희였다. 주먹을 꽉 쥔 막내가 씨근덕거렸다.

"사람한테 쓰임새니, 뭐니. 세상에 그러라고 태어난 사람이 어디 있어? 부모도 절대 그러라고 낳은……!"

뚝 끊기는 말. 불시의 깨달음 때문이다.

범이 단조롭게 확인 사살했다.

"부모? 천혈은 부모가 없다. 말했을 텐데. 섣달그믐 날 '빚어진' 생명이라고."

그들은 그저, 자연히 생겨날 따름.

휙, 소리 나도록 견금희가 고개 돌렸다. 다그치듯 따진다.

"그럼 이름은요!"

"······응?"

"성이요. 견! 그거 부모님이 물려준 거 아니에요?"

"아······."

견태성이 쓰게 웃었다.

"이건 내가 자란 보육원 원장님의 남편분 성씨야. 좋은 분들이셨지. 오래전 사고로 두 분 다 돌아가셨지만."

그 탓에 급격히 보육원이 쇠해 지나가던 스님에게 거두어진 것이 그의 어린 시절 총 요약.

자매가 서로를 바라봤다.

뜻하지 않게, 바라지 않은 방향으로 퍼즐이 풀렸다.

그때. 그들 쪽으로 다가온 길드원이 조심스럽게 범을 부른다.

"부길드장. C조까지 이동 끝났답니다. 시간이 촉박하니 이쪽도 바로 이동하라는 전갈입니다."

"몇 분 남았지?"

"약 18분 20초 남았습니다."

지반이 약해진 마굴은 위험 때문에 대규모 운신이 불가능했다. 따라서 인원을 쪼개 이동 중이었는데 이번엔 그들 차례란 뜻이었다.

안내하는 길드원들의 목소리에 따라 사람들이 하나둘 움직인다. 다시 어둡고 긴 굴을 걸어가기 시작했다.

본의 아니게 옆에서 얘기를 같이 들었던 김 씨가 위로

하듯 견태성의 어깨를 다독였다.

"이보게, 태성이……."

"왜 그러세요? 저 괜찮습니다."

한 점 거짓 섞지 않은 진심이었다. 진심으로 그는 괜찮았다.

"오히려 좋아요. 부모라면 대부분 그렇지 않을까요?"

천혈의 숙명이 원래 그러하다면, 부모 역시 원래 그렇다.

내 자식이 나보다 더 나은 삶을 살길 바라고, 나보다 더 행복해지길 소원한다.

어린 지오의 사진이 자리한 안주머니를 문지르며 견태성이 미소 지었다.

"저는 좀 볼품없이 살면 어때요. 제 딸만 잘된다면 더한 꼴도 보겠는걸요. 그러니까―"

"어어! 조, 조심!"

쿠구궁―!

여진의 영향인지, 돌연 크게 뒤흔들리는 지축.

그로 인한 낙석이 일행의 머리 위로 떨어져 내린 건 순식간이었다. 하지만…….

견태성은 천천히 고개 들었다.

그의 바로 앞, 검집을 들고 막아선 견금희의 등과 마법사의 염동력에 의해 멈춰 선 낙석 부스러기들.

시선이 교차한다.

저를 지키는 아이들에게서 눈을 떼지 않으며 견태성이 부드럽게 말을 마저 이었다.

"정말 괜찮아."

"……."

"'아빠'는 정말로."

안경 너머로 비치는 눈에 담겨 있는 확신과 익숙한 애정.

거세게, 지오의 두 눈이 흔들렸다. 입술이 파르르 떨린다. 새어 나가는 목소리는 가냘팠다.

"……알고 있었어?"

대체 언제부터?

견태성은 말없이 웃었다.

말도 안 되는 일이라 설마, 설마 했으나 완전히 눈치챈 것은 조금 전.

[천혈]이니 어쩌니 해도, 범이 한 얘기는 결국 분에 넘친 자식을 얻어 그가 단명한다는 소리였다.

그에 본능적으로 이 애들을 살피던 스스로를 자각하면서, 또…… 울지 않지만, 우는 얼굴로 서 있는 '딸'을 보며 마침내 그는 깨달았다.

"크든, 작든…… 사랑하는 내 딸을 눈앞에 두고도 못 알아보면 아빠 자격 상실이잖아."

쿠구구궁!

동굴이 다시 한번 흔들렸다.

당황한 사람들의 비명과 속히 탈출하라는 외침이 어지러이 뒤섞인다. 하지만 그들 생각과 달리 이것은 던전 폭주에 의한 여진이 아니었다.

그보다 더 '외부'에서 온 충격이다.

견지오가 멍하니 중얼거렸다. 기다려.

"……아직 아니야."

'아직 할 말이……'

타악!

그 순간 지오를 붙드는 손.

부드러워도 확실한 선이 존재하던 몇 분 전의 배려와 전혀 달랐다. 거침없었다.

제 손으로 그녀를 잡으면서도 범은 혼란스러운 기색이 역력해 보였다. 지오가 씹어뱉듯 말했다.

"놔."

"……이상해. 나도 이유를 모르겠지만."

"……."

"내 본능이 '이것'을 지금 너에게 주라는군."

화륵, 그의 손가락 사이서 일어나는 청색 불꽃.

걷히자 척 봐도 범상치 않은 종이. 붉은 글씨로 적은 흑부적이 거기 있었다.

[주살부誅殺符].

먼 옛날, 교활한 대여우 길달을 찢어 죽이라 명하였던 귀주의 주살령. 그것이 담긴 신물神物이다.

[당신의 성약성, '운명을 읽는 자' 님이 바깥에서도 아주 애가 타는 모양이라며 실소합니다.]

지오는 물끄러미 범을 바라봤다. 정확히는, 젊은 그에게 서려 있는 '현재'의 그를.

눈을 내리깔며 범이 속삭였다.

"그리고…… 내 본능이 말하길, 굳이 설명하지 않아도 네가 알 거라는데."

응, 맞다. 알고 있다.

'멍청하게 굴지 말자.'

이런 뭣 같은 상황에서도 마법사의 차가운 판단력은 멀쩡하기만 했다.

"……견금희. 이쪽으로 와."

"어, 언니."

"얼른."

인스턴스 던전에 대해 아무것도 몰라도 이 정도는 본능적으로 알 수 있다. 계속 이대로 있다가는 영영 이곳에 갇힌다.

나가려면 정확히 '지금'이었다.

앞쪽 입구를 향해서 다급히 달려 나가는 사람들. 그리고 혼란 속에서도 우두커니 서서 자매를 바라보는…… 아빠.

견지오는 순간 망설였다.

하지만 이 말만큼은 하고 싶었다. 해야만 했다.

"……미안."

마음 한구석 늘 자리하고 있었던 이 말.

내가 더 일찍 강해지지 못해서 미안하다고. 그게 너무나도 죄스럽고, 후회가 돼서…… 도저히 견딜 수 없을 만큼 슬퍼서 바보처럼 당신을 지워 버렸다고.

정말 미안, 하다고.

불가능하다는 걸 알지만, 만나면 꼭 사과하고 싶었는데.

허락된 것은 고작 한마디.

더 구구절절 떠들 시간이 없다. 지오는 이를 악물며 주살부를 찢었다.

꺄아아아아악!

띠링, 띵- 띵!

[경고: 치명적인 상황! 던전 마스터의 상태가 대단히 불안정합니다.]

[소유주가 던전을 유지할 수 없는 상태입니다. 자동으로 던전이 폐쇄 절차에 들어갑니다.]

무너지는 공간 속.

마지막으로 본 그는 다행히도 웃고 있었던 것 같다.

[인스턴스 던전 — '**여우구슬 호계옥狐界玉**'을 벗어나셨습니다.]

"-누나!"

익숙한 공기. 온몸에 폭발적으로 넘실거리는 마력.

단 한 마디면 세계를 무너트릴 수 있는 칼날 위.

언제나와 같은 견지오의 세상이다.

지오는 느리게 눈을 깜빡였다.

정면, 평소보다 창백해진 얼굴의 견지록이 보였다. 낮게 가라앉은 중저음으로 확인하듯 지오의 뺨을 감싸 쥔다.

"괜찮아?"

"응."

견지오는 일어나 주변을 슥 둘러봤다.

시간은 밤.

눈을 감았을 때만 해도 분명 대낮의 성북동 저택 안이었건만, 지금은 웬 월광만 비치는 숲 한가운데다.

옆에서 아직 깨어나지 않은 막내를 챙기는 견지록을 두고, 지오는 손목을 매만지며 걸어갔다.

[적업 스킬, 7계급 고위 주문
— '재생Regeneration']

기괴한 각도로 뒤틀렸던 손목이 순식간에 제자리를 되찾는다.

　목숨이 경각에 달린 치명상도, 사지가 잘려 나간 자도 일시에 회복시키는 고위급 [구생救生] 주문. 고작 손목 치료에 쓰는 걸 다른 마법사들이 보면 기절초풍할 노릇이지만, 뭐…….

　더 이상 한 줌 마력에 매달리는 뉴비지오가 아니니까.

　"쥐똥만 한 마력 갖고 놀다가 본캐 돌아오니까 더럽게 적응 안 되네."

　"멀쩡해 보이는데."

　"고인물 대사 타임이니까 빠지셔. 그쪽 순번은 이다음이야."

　근처 나무에 기대앉아 있던 범이 픽 웃었다. 뒤로 툭 젖혀 기대는 머리칼 사이로 식은땀이 비친다.

　아무리 격이 다르다 하나, [호계옥]은 완전한 여우의 영역.

　남의 심방을 쥐 잡듯 헤집었으니 무리가 간 것도 당연했다. 억지로 꺼내느라 못해도 금제 하나는 풀었을 것.

　터벅.

　지오의 걸음이 비로소 멈춰 선다. 내려앉는 목소리는 밤바다처럼 고요했다.

　"바리윤."

　대여우 '바리윤'.

바닥에 묶여 엉망인 몰골의 매구가 천천히 고개 들었다.

"하나만 묻는다. 잘 대답해."

"……."

"왜 그랬어?"

나한테 왜 견태성을 보여 줬나?

……흐, 흐하하하! 미친 여우는 흐느끼듯 웃었다.

"왜겠어요, 가엾고 어린 나의 상공."

"……."

"쭉 그리워하셨잖아요. 만나면 나올 생각일랑 안 하실 테니까. 계속 영원히 거기 계실 테니까……!"

저 씹어 먹을 귀주 놈의 방해만 아니었어도, '악몽의 3월' 시기로 보낼 수 있었다.

그럼 절대 안 돌아왔을 텐데! 계속 그 안에, 내 품에 있었을 텐데!

그녀의 예상보다 빨리 추격해 온 귀주는, 즉시 과거의 본인과 연결된 교차점을 찾아내 거기로 [호계옥]의 시점을 고정해 버렸다.

광기에 찬 매구의 눈이 분노로 번들거렸다.

반면, 듣는 자의 얼굴은…….

"음. 그게 다야?"

"……사, 상공."

"대답 잘하라고 했잖아, 윤아."

평온하다 못해 무감정한 낯.

지루한 시선으로 죄수를 내려다보던 견지오가 망설임 없이 대낫을 휘둘렀다.

5

결정했으면 머뭇거리지 마라.

설령 그것이 유년 시절을 함께한 여우를 처형하는 일이라도 예외 없었다.

왕과 죽음은 불가분의 동반자.

자비는 미련하며, 주저함은 곧 패착으로 이어질 뿐.

스킬 발동음과 함께 손안에 쥐어진 무기의 감촉이 서늘하다.

『죽음』의 구현화具現化.

악몽과 닮은 날이 무자비하게 허공을 갈랐다. 매구가 반사적으로 질끈 눈을 감는다. 그리고.

차카가가강-!

밤의 숲, 그 일대를 휩쓰는 충격파.

······.

후우- 후우-

소쩍새 울음과 긴장한 숨소리가 적막을 흩트렸다.

견지오가 중얼거렸다.

"비켜."

앞을 가로막은 견지록의 창과 뒤에서 허리와 손목을 감싸 쥔 범의 팔.

낮게 부는 밤바람에 앞머리가 걷힌다.

몸이 맞닿은 거리, 서늘히 빛나는 두 눈 속 황금색 섬광이 섬뜩한 마력을 흩뿌렸다. 견지록은 입술을 깨물었다.

까가가강!

맞부딪친 죽음의 대낫과 성창聖槍 사이로 영묘한 불꽃이 튄다.

'미친······.'

[성위, '숲과 달의 젊은 주인'이 당장 물러서라며 강한 경고를 보냅니다.]

근력만 놓고 본다면 그가 단연 우세해야 옳다. 단순히 놓고 봐도, 창술사와 마법사니까.

하지만 [라이브러리화].

그 전지적 영역이 선포된 지금, 이 [영역] 안의 모든 마력은 오로지 견지오에게만 복종한다.

만에 하나 이곳이 견지록의 최적 필드, 달빛 비치는 숲

속 한가운데가 아니었다면 가차 없이 찍어 누르는 대마력을 제대로 버텨 냈을지나 의문.

장정 두 사람이 붙었음에도 막아 내는 것이 고작이었다.

부지불식간에 머리칼 반쪽이 잘려 나간 매구가 숨도 못 쉬고 벌벌 떨었다.

"……진정해. 죠."

나지막하게 범이 달랬다.

일렁이는 마력에 정장 자락이 펄럭인다.

[박縛의 술]. 새파란 한자로 이뤄진 문자열이 지오를 옭매듯 두르고 있었다.

세 사람의 대치 상태.

긴장하지 않은 자는 딱 한 명뿐이다. 지오가 힐긋 그들을 일별했다.

"이런다고 못 죽일 거 같음?"

"아니."

견지록이 신경질적으로 입가를 당겼다.

"[왕령]만 써도 게임 끝이겠지."

"잘 아네. 비키자. 귀찮게 하지 말고."

"비키면, *씨발*."

카가강! 다시 비껴 부딪친 날들이 비명 질렀다.

"나중에 잘린 여우 모가지 들고 혼자 청승이라도 떨게? 웃기지 마, 시스터."

창대에 새겨진 상위 룬 문자. 직접 새겨 넣었던 그 문장이 또 한 번 견지록의 시야에 들어온다.

[아름다운 죽음이란 없다]

끔찍했던 그날의 3월.

모두가 시민 영웅이라며 아비의 죽음을 추켜세우던 날, 시체 같은 얼굴로 우두커니 서 있던 누이를 보며 얻은 그의 뼈저린 깨달음.

한번 결정하면 번복 없는 성격을 잘 알지만⋯⋯ 그래서 어쩌라고? 그렇다고 후회도 없어?

'아니잖아, 너.'

견지록은 견지오의 '인간성'을 언제든 찾아낼 수 있는 유일한 사람이었다. 그렇기에 한 발짝도 물러설 수 없다.

"못 비켜. 아니. 안 비켜."

견지오보다 견지오를 더 잘 아는 두 사람.

'으으음⋯⋯.'

별수 없나.

"⋯⋯에구구. 김 팍 새 부러쓰."

졌당.

과장스럽게 양손을 쫙 펴는 것과 동시에 낯이 사라진다.

이제 놓으라며 툭툭 가슴팍을 미는 작은 뒤통수. 느릿

하게 범이 몸을 물렸다.

때아닌 랭커들의 충돌에 욕본 풀 조각이 부서진 달빛처럼 흩날린다. 지오는 깊어진 하늘을 물끄러미 올려다봤다.

보름달이 뜨는 4월.

그들의 머리 위에도 만월이 가까웠다. 귀기가 이토록 충만한 날이니 저 미친 여우가 모험을 작정했을 만도 하다.

"바리윤."

주인의 나직한 부름.

기듯이 다가온 매구가 허겁지겁 발등에 이마를 갖다 대었다.

산발인 머리칼, 생채기 난 뺨. 죄 엉망이지만, 달빛 아래 떨어지는 눈물만큼은 여전히 처연하게 고왔다.

"예. 상공……."

"너 선을 넘었어."

"……."

"패드립에도 살인 나는 세상에 죽은 애비를 끌고 와? 사탄도 이마 치면서 기권하겠다."

"……용서, 해 주셔요. 같이 있고 싶어서 그랬어요……."

"그게 최선의 변명이면 네가 미쳐도 아주 단단히 도르신 거죠."

"……."

발등 위로 여우의 눈물이 닿았으나 거기까지다. 지오는 손을 들었다.

"야, 견지오."

"안 죽여."

다만 이런 일이 또 일어나지 않으란 법은 없으니까. 예방 차원의 채찍은 필요했다. 그렇게 지오가 키워드 『대미궁Great Labyrinth』의 구현화를 실행하려는 순간이었다.

"……연심이 죄가 되나요?"

끝이 갈라지는, 가녀린 속삭임.

"아셔요? 1502일이어요."

"……."

"떠나신 날부터 자그마치 4년이 흘렀지요. 단 하루도 그 문 앞에서 기다리지 않은 날이 없어요."

이제나저제나, 나의 임 오실까.

지오가 은사자 대저택을 떠나던 날 이후, 매구의 자리는 늘 대문 앞 계단이었다.

"겨우 삼십 리, 그 거리 너머 계심을 앎에도 자중하라는 명을 따라 그저 기다렸습니다."

흐흐, 매구가 웃으며 흐느꼈다.

"알지요. 알아요. 다 이 윤이의 탓이란 걸. 삿되고 미친 것을 세상에 풀어놓을 수 없으니 그리 말씀하셨음을 알아요. 하지만요, 상공. 안 오셨어요."

알면서도 안 왔잖아.

"이 천한 미치광이가 당신을 사모함을 아시면서도, 천일이 넘어가는 동안 단 한 번도 발걸음하지 않으셨어요."

이미 당신에게 미쳤다는 걸 알고도 더 미치도록 내버려 뒀으면서, 어찌 내게만 죄가 있다고 해?

미치광이처럼 뇌까리던 매구가 고개 들었다. 눈물로 짓무른 얼굴로 지오를 향해 미소 짓는다.

"잔인한 사람……."

뻗어 오는 손.

천천히 겹쳐 쥐어지는 은장도.

"오늘이 지나면 또 얼마나 기다려야 하나요? 그냥 이 자리서 죽이셔요. 차라리 상공의 손으로……."

「그대 손으로.」

흡, 지오가 숨을 들이켰다.

"이 천한 것의 생 끊어 주소서."

「이 덧없는 숨도 거두고 가.」

챙! 댕그랑-!

아슬아슬한 타이밍이었다.

견지록의 창이 쳐 낸 은장도가 풀숲 너머로 떨어진다. 조금만 늦었어도 그대로 매구의 목을 가를 뻔했다.

"견지오! 왜 그래? 고작 [미혹] 따위에 걸리고."

"……아."

'방금 뭐였지?'

순간적으로 스쳐 지나간 영상.

빗속의 설국, 그리고 낯선 남자의…….

'울고 있었어.'

[당신의 성약성, '운명을 읽는 자' 님이 그 뭐냐…… 재작년 그 뭐시기 드라마에서 봤던 장면 아니냐며 웅얼거립니다.]

'……? 뭔 뜬금 개소리? 졸리면 주무세요.'

생각에 잠겨 미간을 좁히는 그때. 비통한 흐느낌이 귓가에 파고든다.

움찔, 지오는 상념에서 벗어났다.

숲 한쪽. 어느새 범에게 제압당한 바리윤이 체념했는지 본신의 여우 상태로 돌아가 엉엉 울고 있었다. 월광 아래 연모래빛 여우털이 반짝인다.

인간을 사랑한 괴물.

그리하여 미쳐 버린, 가련한 괴물.

'……에효. 내 팔자야.'

스킬 취소 알림이 울렸다.

멀리 곱게 누여 뒀던 막내도 서서히 깨어나는 중이다. 찍고 있던 신파도 막을 내릴 때라는 뜻. 지오는 건들거리며 다가갔다.

"어이, 그만 질질 짜시고."

"흐윽, 달래져도 느, 늦었어요. 윤이는 이미 생의 의지를 잃一"

"뭐지이, 이 낮짝에 콘크리트 깐 주객전도는? 어이가 증발하다 못해 승천하네. 너 때문에 늠름한 킹지오께서 뭔 신파극을 겪고 왔는지 알기나 해? 엉?"

"아, 알아요! 윤이도 봤어요! 우시는 모습 보고 윤이도 가슴이 너무 아파서 공격 피하는 것도 잊고 귀주한테 얻어맞기까지 한걸요!"

"자랑이다, 이 스토커야……."

"뭐? 야, 너 울었어?"

끼어드는 밤비를 무시하고 지오가 짝다리 짚었다. 아무튼 결론은 말이야.

"용서해 주마. 딱 한 번만."

"……!"

"물론 맨입으로는 노놉."

대신, 너 일 하나 해.

원래 미친 년 그렇다 쳐도, 맨정신으로 미친 짓 저지르는 어그로가 한 놈 또 있거든.

···+✳✦✳+···

"정말 아무런 사이도 아니라니까요!"

-그러지 말고. 스캔들이라 예민한 거 알아. 정말 오프 더 레코드라 생각하고 조연 씨가 원할 때까지 우리만 아는 비밀로 할 테니까, 응?

"오프 더 레코드고 뭐고. 바빌론 길드장이랑 말 한마디 섞어 본 적 없어요. 저 지금 엄청 바쁘거든요! 끊을게요!"

-조, 조연 씨! 잠깐만!

뚝.

나조연은 짜증스레 휴대전화를 가방에 쑤셔 박았다.

'스캔들은 무슨.'

아니 땐 굴뚝에 연기 내는 솜씨들 한번 대단하시다. 어찌나 끈질긴지 탑에서 나오던 그날, 밤비에게 업혀 나온 사람이 그녀가 아니라고 밝혀지기 전까진 계속 이럴 태세였다.

그래도 그렇지, 어젯밤 폐하 후려치기 하는 밤비 악개들이랑 싸우느라 날밤 깐 최전선의 키보드 용사한테 이런 모욕이라니?

'대한민국 언론 반성해라.'

현 미디어계를 장악 중인 정길가온이 과거에 크게 한번 갈아엎은 이후 좀 나아졌다지만, 여전히 갈 길이 멀어 보였다.

"와아! 시작한다!"

'흑!'

그사이 바뀌고 있는 영상.

나조연은 허겁지겁 어깨빵 놓으며 앞으로 나아갔다.

이곳은 서울, 삼성역 코엑스.

랭커들의 인기가 곧 국가 인지도임을 확신한 정부는 적극적으로 서울 버전 타임스 스퀘어 만들기에 돌입했다.

원래도 완화하고 있던 규제를 슥삭- 치워 버리더니, 전광판 설치를 대대적으로 전폭 지원. 국고야 뭐, 마석으로 넘치다 못해 터지는 수준 아니겠나?

덕분에 삼성역 코엑스 일대는 대낮에도 마력 홀로그램과 영상 불빛의 물결로 눈부시기 짝이 없었다.

그중에서도 특히, 팍스 코리아나Pax Koreana.

대한민국의 집권 시대를 부르짖으며 누구보다 애국에 진심이었던 전 정부가 남긴 최대 업적, 〈국뽕 마취 타임〉.

매주 금요일마다 네임드 랭커들의 활약상을 헌정 상영하는 디스플레이 쇼는 국제적인 명물로 자리 잡은 지 오래였다.

그리고 오늘처럼 발 디딜 틈 없는 인파로 북적이는 날이라면, 그 주인공은 당연히⋯⋯.

둥둥, 둥- 둥둥!

랭킹 1위 전용 비지엠.

원곡 《라×카, 세이브 어스》의 변형 버전이 웅장히 울려 퍼지며, 용의 긴 포효와 함께 영상 전면에 떠오르는 문구.

『왕王, The King』

거대한 흑룡, 검은 인영.

용의 뿔을 그러쥔 흑색 일색의 마법사가 뇌전이 튀는 하늘을 거꾸로 비상한다.

찰칵, 찰칵찰칵찰칵!

어떤 말소리도 없었다. 영상이 나오는 내내 무서울 정도로 셔터음만 들리다가, 막바지에 다다를 즈음에서야 곳곳에서 신음과 탄식이 새기 시작했다.

"아, 씨벌……. 진짜 미치겠다. 국가가 내게 허락한 유일한 마약……."

"엄마 딸내미 오늘 집에 안 가. 여기가 내 무덤이거든……."

"아, 아빠! 이 누나 죽은 거 같아!"

"쉿! 여기 있는 광신도, 아니, 사람들은 건드리는 거 아니야. 가자."

프하아아! 옆자리 꼬맹이가 생사를 우려할 정도로 집중

했던 나조연이 벅찬 숨을 내뱉었다. 보람찬 생이었다…….

'역시 국민을 위로하는 건 우리 폐하뿐이지.'

30분간의 국가 묵인 마약 타임.

머글들은 다 떠나고, 만족한 나조연과 오타쿠들만이 남아 여운을 곱씹던 때였다.

『속보입니다.』

"뭐야, 이 개매너? 코엑스 미쳤나? 여운 느낄 시간은 줘야지."

"와, 영화관에서도 엔딩 크레딧 올라올 때 자르는 게 제일 극혐인데, 개빡치네."

우우우우-!

본인들이 뽕에 취해 죽치고 있었을 뿐, 길바닥은 영화관이 아니라는 사실을 망각한 분들이 단체로 야유를 퍼부었다.

펼쳤던 삼각대 챙기느라 한발 늦은 나조연도 험악하게 인상 쓰며 양손을 누구보다 높이 들어 올리는 그 순간.

"우우우우-! 우우……?"

'자, 잠깐! 자막 상태가?'

『랭킹 5위 견지록 헌터, 다음 주 전격 방중(訪中) 계획 공개, 中 정부 "일정 조율 중"』

휘리릭, 눌러썼던 모자가 바람에 뒤로 넘어간다. 하지만 붙잡을 정신이 없었다.

나조연은 멍하니 시야 한쪽의 채널을 바라봤다.

국내 랭커 1번 채널.

채팅창이 문자 그대로 폭발하고 있었다.

| 21 | 낼공인인증서갱신: 중국? 중국에 간다구요?

| 6 | 야식킹: 점마 저 녹용 완전 미친놈 아이가;;

| 6 | 야식킹: 조국을 두고 가긴 으딜가노 와 나;; 내가 다 조
    상님들 보기 부끄러버가 낯이 막 화끈화끈거리네 마
    니 이완용이가!?!

| 45 | 이시국: 밤비님 이 시국에 어째서;

| 21 | 낼공인인증서갱신: 여론 진정되고 있는데 왜죠ㅜㅜ

| 6 | 야식킹: 마 부칸사람까진 마음으로 이해해도 중국인 라
    이벌은 사양이거든 니 정신 단디 챙기라 마 견지록 듣
    고 있나

| 8 | 다윗: (반성ing) ???저기 나만 이해안대? 쟤 갑자기 차
    이나 왜감???

| 36 | 솟아나라머리머리: 헌터 박해하는 나라를 굳이;;ㅜ

| 6 | 야식킹: 서서서설마 니 내가 욕했다고 그러나

| 6 | 야식킹: 근데 솔직히 그건 니가 심했다 아이가 순번도

안 지키고 45층 46층 와다다 깨버리고 내 쫌 기분 상
할 만하잔아 인정?

| 16 | 샘: 인정합니다.

| 6 | 야식킹: 하... 그래그래 됐다~!! 마 행님이 잘못했다 됐
제 어? 사과했다 그마해

| 8 | 다윗: (반성ing) 아——; 야식매니아쉐끼 니가 잘못했
네 너 사과 제대로 해라 진짜

| 8 | 다윗: (반성ing) 근데 외 사과하는지 알려줄 사람

| 8 | 다윗: (반성ing) 차이나 외 가는지두ㅎㅎㅎ

| 3 | 흰새: 겸허하고 모범적인 자세로 방송 사고 반성 중인
다윗, 외가 아니라 왜다.

견지록 이슈가 불거진 이후–중간중간 최다윗의 방송
사고 눈물 사죄 쇼나 황혼의 뇌절 열폭 쇼가 있긴 했어
도–랭커 채널은 한동안 조용했다.

누구랄 것 없이 관련해 언급을 자제하는 분위기였는
데…… 방금 속보로 고삐가 풀린 듯하다.

'그럴 만하지.'

천상계 랭커는 개인이되 절대 개인일 수 없다.

구시대의 핵무기 그 이상의 가치를 지닌 그들은 세계 어
디를 가도 국빈에 준하는 대우를 받았다.

지금 이 순간에도 상위 각성자를 포섭하고자 각국의

로비스트들이 물밑에서 전쟁을 벌이고 있으며, 경쟁국의 랭커를 제거하기 위한 암약도 만만치 않았다.

따라서 공식적이든 비공식적이든, 출국 절차가 까다롭기에 하이 랭커의 출국은 매우 드문 편이거니와…….

특히 견지록.

몇 년 전, 방문했던 이집트에서 게이트가 터져 가족 여행을 완전히 망친 이후로 그가 외국을 꺼린다는 얘기는 꽤 유명했는데.

그런 사람이 자진해 논란 한가운데로 들어간다니. 그것도 헌터의 무덤이라 불리는 대륙에.

'뭔가 있어.'

"헐. 뭐지? 담판 지으러 가는 건가? 견지록 성격 진짜 대박이다. 개화끈하네."

"아니, 그래도 저기를 왜 가! 그러다가 피랍이라도 당하면 우리는 어떡하라고!"

"에이 설마~ 밤비도 계획이 있겠지."

'맞아.'

나조연의 생각도 마찬가지였다.

'계획 없이 움직일 사람이 아냐. 충동적으로 울타리 밖으로 나갈 만한 사람은 더더욱 아니고.'

살벌한 국제 정세 속에서도 한국이 이토록 유유자적할 수 있는 것은 누군가의 존재로 말미암은 울타리 덕이다.

그건 외부의 시선에서 볼 때 더욱 명확했다.

스코틀랜드 마법사, '마탑주' 멀린이 한 토크 쇼에서 얘기했던 것처럼.

『미국과 한국, 둘 중 적으로 더 상대하기 싫은 나라가 어디냐고? 갓 뎀. 이런 멍청한 질문이라니…… 당연히 한국 아닌가?』

『대답이 빠른데요, 멀린. 왜죠?』

『어차피 당신들이 묻고 싶은 건 국가가 아니라 두 사람일 테니 떠보기는 관두자고. 내 답은 이거야. 티모시는 크고, 죠는 작기 때문이지.』

그럼 반대가 아니냐고 사회자와 방청객이 웃었다. 멀린은 한심하다는 듯 고개를 저었다.

『원론적으로 접근해 봅시다. 내가 바벨을 굳이 가르자면 선한 쪽이라고 믿는 점이 뭔지 아시오, 여러분?』

『글쎄요.』

『바벨은 관계를 만듭니다.』

『관계요?』

『랭커 채널을 보시오. 종일, 단 한순간도 빼놓지 않고 다른 사람들과 연결되어 있지. 마음대로 나갈 수도, 외면

할 수도 없어.』

　일종의 터치touch였다.

『각성자들 간에 '애착'을 형성하는 거요.』

　인간의 습성을 무섭도록 정확히 파악한 구조였다.

『인간은 결코 냉정하지 못해. 구시대 전쟁에서 병사들의 80% 이상이 그저 살인이 싫어 적군에게 총을 쏘지 못했던 것과 같은 이치지. 생전 모르는 적에게도 그러한데 감정 없는 정신 이상자가 아닌 이상, 누구도 나와 연결된 사람의 비극에서 자유로울 수 없거든.』

　그리고 이 잘 짜인 거미줄은 또 다른 거미줄과 연결된다. 사람에서 국가로. 그렇게 점점 그룹의 범위를 확장해 나갔다.
　결국 바벨은 그 누구도 재앙으로부터 쉬이 외면할 수 없도록 설계한 것이다.

『자, 이제 한번 생각해 보게.』

한 채널에 50명.

미국의 국토는 한국의 98.2배.

〖모든 땅에 닿으려면 티모시의 거미줄은 아주 커야겠군. 반면, 죠의 것은 어떻겠나?〗

아주 작고, 탄탄한 거미줄이 모두의 머릿속에 그려졌다.

〖심지어는 그늘 속에 있지. 외부 세계의 무엇도 그자에게 접근하거나 닿을 수 없어. 참 폐쇄적이고 견고한 바운더리 아닌가. 지독할 만큼.〗

멀린이 의미심장하게 웃었다.

〖100만 명당 0.21명.〗
〖……?〗
〖작년 한국의 게이트 사망률 말이오. 경이로운 숫자이지 않소? 바벨의 최우선 관리 국가인 것은 미국도 마찬가지건만.〗

객석이 묘한 침묵에 빠졌다.

멀린은 다리를 꼬아 앉으며 그들을 바라봤다. 이제 웃

고 있는 사람은 아무도 없었다.

『전사가 거인으로서 세계를 본다면, 마법사는 거인의 어깨 위에 올라 더 멀리를 바라본다네.』

장담컨대, 대한민국 그 어디에도 죠의 거미줄이 닿아 있지 않은 곳은 없으리라.

『반도의 왕은 문자 그대로 보이지 않는 왕국을 세운 거요. 내 장담컨대 아마 한국에서 일어나는 모든 일이 그자의 시야 안에 있을걸.』

나라면, 아니, 머리가 제대로 달려 생각할 줄 아는 놈이라면 건드리지도, 적으로 삼지도 않아.

『절대.』

그 방송은 나조연이 가장 많이 돌려 본 방송 중 하나였다. 가장 작은 거미줄로 가장 단단한 울타리를 구축한 구원자. 직접 겪어보니 상상했던 것 그 이상이었다. 누구보다 무심하나, 또 누구보다도 무심하지 못한 사람…….

그리고 견지록은 그 거미줄의 가장 중심을 차지한 핏줄

이다.

'절대 혼자 보낼 리 없어.'

어떤 결심이 비로소 선다.

나조연은 1번 채널, 가장 맨 위의 이름을 보며 발길을 돌렸다. 삼성동에 있는 길드 쪽으로.

··＋✳✦✳＋··

아삭, 정길가온은 풋사과를 한 입 베어 물었다. 선글라스 차림의 상사를 비비안 킴이 곁눈질했다.

"웬 사과세요? 원래 아침 안 드시면서."

"어제 양주를 하도 들이부었더니 속이 난리거든. 뭐라도 채워 넣어야지."

"속 쓰린데 사과요? 위장이 개새끼야, 안 하던가요?"

"아침에 사과는 보약이라던데."

"과일에 산성이 있다는 건 기본 상식이죠."

"어쩐지 더 죽겠더라."

사과가 그대로 가루로 바스라진다.

빈손을 털며 정길가온이 푹 한숨 쉬었다. 날씨는 또 왜 이리 청명하고 난리신지.

"양주 왜 드셨는데요?"

"빠르다. 벌써 물어봐 주고."

"물어보기 싫은데 관심이 필요한 얼굴을 하고 계셔서요. 월급쟁이의 설움이랄까. 왜요, 킹은숙 차기작 캐스팅으로 마음에 안 드는 배우라도 떴어요?"

"상사를 대체…… 됐다. 모르는 척하지, 또. 서류 처리 당신이 했을 거 아니세요, 비서님?"

"딩동댕."

정길가온이 핼쑥한 뺨으로 속을 부여잡았다. 어제의 쓰라린 기억이 또 떠올랐다.

「이사님.」

「아, 나조연 씨. 웬일이에요, 이 시간에.」

「그동안 감사했습니다. 소속 계약, 파기해 주세요! 위약금은 차차 갚겠습니다!」

「……갑자기?」

"그래도 결국 이적이 아니라 임대로 합의 보셨잖아요. 아예 나간다는 사람을. 역시 수완가셔."

"키워줘 봤자 다 부질없어."

"어머. 뭘 키워요! 조연 씨 혼자 컸지. 하신 거라곤 39층에 밀어 넣은 것밖에 없으시면서."

정길가온은 직속 비서의 언어폭력을 애써 무시했다. 덕분에 견지록한테 또 아쉬운 소리 한 것만 생각하면 눈물이 날 지경이다.

「임대 파견직으로 받아 달라고? 내가 왜 그래야 하는데?」

「견 리더. 우리 사이에 정말 이러기야?」

「아아, 알겠다. 나조연 씨가 내 길드로 아예 옮기고 싶어 하나 보네. 맞지?」

「그······.」

「계약서에 잉크도 아직 덜 말랐을 텐데. 안타깝습니다, 정이사. 수고해. 그럼.」

「······원하는 걸 선제하시죠, 바빌론 길드장.」

'대체 왜 내가 찜한 놈들은 다 그 사슴 자식한테 가는 건데······?'

동창 사세종부터 슈퍼 루키 나조연까지. 이쯤 되면 지독한 악연이 아닐 리 없다.

선글라스가 짙어서 다행이다. 정길가온은 입을 틀어막고 먼 곳을 바라봤다.

"내 전용기······."

사 놓고 바빠서 아직 부산밖에 못 가 봤는데······.

록히드 마틴에서 직접 주문 제작한 전용기가 위풍당당한 자태로 활주로에 서 있었다. 비비안은 아련하게 손 뻗는 상사를 질질 챙겨 끌고 갔다.

전용기를 대여(강탈)한 자들은 이미 도착해 탑승 중이셨다. 계단을 오르자 안에서 목소리들이 들려온다.

"말 한마디 해 본 적이 없다니. 후, 그런 식으로 인터뷰하면 사람들이 더 오해하지 않습니까. 강한 부정은 긍정이라고요."

"아니, 인터뷰가 아니라! 그 기자가 전화 걸어서 대답한 것뿐이라고욧! -- 님! 오, 오해세요!"

"제 말은 좀 더 자연스럽게 할 수 없었냐, 그런 조언인데요. 역시 다혈질⋯⋯."

"하! 허! 그럼 그쪽은 참 자연스러워서 다윗 님이랑 칭구칭긔인 척도 제대로 못 하셨나? 인스타 보니까 어깨동무가 얼마나 어색한지 아무도 그쪽이 칭구칭긔라고 안 믿던데욧! 댓글 봤어요? 친구 대행 알바냐고 하더라!"

"⋯⋯안 친한데 어떻게 친한 척을 합니까? 그니까 제가 분명 그 칭구칭긔 대역은 조연 씨가 하는 게 낫겠다고-"

"나 혼자 업힌 사람, 칭구칭긔 다 소화해 내란 말이에욧? 백도현 씨! -- 님을 향한 마음이 그 정도밖에 안 돼요?"

"그런! -- 씨, 오해입니다!"

저벅. 그가 복도 코너를 돌자 소란이 바로 뚝 끊긴다.

호텔 스위트룸 비슷한 인테리어의 내부.

서로 등을 지고 앉아 있는 나조연과 백도현을 보며 정길가온이 실소했다.

'시치미 떼기는……'

"조연 씨. 굿 모닝이에요. 설마 우리 벌써 인사 안 하는 사이?"

"아니요, 이사님! 그게, 좀 죄송해서……."

"알면 됐어요. 이 전용기도 누구 때문에 강탈당한 건데, 몰라주면 섭섭해."

그러자 툭 끼어드는 중저음.

"정 이사. 왜 아침부터 꼰대질이야? 추하게."

"아, 있었어?"

"내 길드원들이 있는 곳에는 당연히 늘 있지."

2인용 소파에 누워 있던 견지록이 귀찮다는 손길로 안대를 벗었다.

'어린놈이 말에 칼 박기는.'

더 상대해 봤자 속만 쓰리다. 화제를 돌리고자 정길가온은 그 옆을 봤다.

견지록과 함께 안대를 벗은 소녀, 초면의 서양인이었다.

금속성 은발에 채도가 낮은 벽안. 딱 봐도 서구적인데 묘하게 살짝 동양적인 느낌도 난다.

'혼혈인가? 어려 보이는데……'

이런 외국인이 바빌론에 있었나?

아무튼 상당한 미모였다. 정길가온은 특유의 사람 좋은 미소로 손을 내밀었다.

"[안녕하세요?]"

"……"

"[하하, 과묵한 성격이신가 보네요. 반갑습니다.]"

……음, 나 오늘 무슨 날인가?

되돌아올 생각을 안 하는 답과 무참히 씹힌 악수에 무안함을 느낄 무렵, 견지록이 대신 답했다. 어째서인지 무시당한 정길가온보다 더 쪽팔린다는 표정으로.

"……그, 영어를 못 해."

"아……! 그랬구나. 말을 하지. [이런, 제가 실수했네요.]"

유창한 영어에 이은 더 유창한 불어.

그러나 이번에도 답이 없다. 뒤에서 백도현이 머뭇거렸다.

"불어도…… 못 하십니다."

하. 이런 뼈아픈 실수라니.

자칭 젠틀맨 정길가온은 스스로에게 실망했다. 그래, 이렇게 서늘한 인상이라면 너무나 당연한데!

"[정말 죄송합니다. 무례를 빚었군요.]"

"……저, 이사님."

나조연이 비통한 어조로 알렸다.

"러시아어도 못 하세요. 전혀."

이후로도 독일어, 스웨덴어, 노르웨이어 등등. 아는 대로 도전했으나 되돌아오는 말은 없었다.

완벽한 패장의 기분으로 정길가온이 무릎 꿇었다.

"도대체 그럼 어떤 나라에서!"

북방 재질 양키지오가 답했다.

"씨바. 평생 들을 외국말 다 들었네."

찰지고 정겨운 한국어, 네이티브 서울 토박이 억양으로.

8장
오르지 못할 나무는 쳐다만 보자

1

죄인을 조지는 데는 여러 방법이 있다.

모 만화 주인공처럼 갱생 펀치를 먹인다든가, 희대의 대악녀처럼 불에 달군 기둥 위를 걷게 한다든가…….

먼치킨 마법사인 이쪽은 특히나 선택지가 뷔페급이었다. 막말로-바리윤에게 하려 했듯-구현화한 『대미궁』 안에만 던져 놔도 죽을 때까지 빛 보는 일은 단념해야 할 테니까.

하지만 견지오는 궁금했다.

'이 근본 없는 사기꾼 새끼, 어디에서 튀어나온 종자지?'

자칭 할애비신 견레이께서 정말 찐 할애비였다면 차라리 간단했으리라.

그러나 작정하고 거짓으로 견지록을 저격했다는 사실을 알게 된 이상, 이제 이야기는 완벽히 성격이 달라졌다.

'분명 뒷배가 있어.'

아이템 조작부터 언론 플레이까지, 꽤나 치밀하게 계획된 접근이었다. 개인 혼자서 가능한 스케일이 아니다.

노리는 것이 견지록뿐인지, 혹 견지오의 신상이 샌 것인지…….

어느 쪽이든 참 찝찝하고 음흉한 의도가 아닐 리 없다. 지오는 알아볼 필요성도, 또 '깨끗하게' 처리할 필요성도 느꼈다. 물론, 정체가 드러나지 않는 한에서.

그 결과…….

「둔갑술이요?」

「구미호 전문이잖아.」

「물론 그렇긴 하지만…… 갑자기 왜……? 지금도 차가운 새침데기 같고 그야말로 완벽한 윤이의 취향이온데…….」

「하기 싫으면 관둬.」

그리고 네 취향 안 물어봤음.

지오가 대낫을 다시 들어 올렸다. 그 칼날 같은 매정함에 바리윤이 납작 엎드렸다.

　「아니! 그건 아니어요! 흐흑!」

　훌쩍이는 여우를 보며 견금희가 물었다.

　「직접 하면 되잖아? 마법 됐다가 뭐 하게.」
　「변신 마법은 리스크가 크지. 시전자의 마력이 흔들리면 바로 깨지니까. 적진에 들어가는 거니 견지오 판단이 맞아. 근데.」

　대신 답한 견지록이 석연찮은 기색으로 지오를 바라봤다.

　「정말 가려고? 늙은이 하나 잡아 오는 건 나 혼자 충분해. 넌 그냥 여기─」
　「이미 얘기 끝난 거 아님? 전용기까지 대여해 놓고 뭐래.」

　사족은 사절이요.
　시스콤을 가뿐히 씹은 지오가 바리윤에게 눈짓했다.
　회복 빠른 여우가 꼬리를 살랑이며 다가왔다. 고혹적인 손길로 지오의 턱을 어루만진다.

　「원하시는 스타일은요, 친애하는 고객님?」

「흠, 아무거나.」

「어머나. 제일 곤란하고 위험한 주문을 하시네.」

「나인 거 못 알아볼 정도만 되면 됨. 그렇다고 털 북슬북슬한 아재나 혹부리 달린 영감으로 바꿔 놓으면 죽을 줄 알아.」

「설마요~ 이 윤이가 상공께 그럴 리가요. 으음, 그럼 살짝, 윤이의 취향만 섞을게요. 그 정도는 괜찮죠?」

지오는 긍정한 것을 후회했다.

워낙 이른 아침이었고, 나긋나긋한 손짓에 취해 깜빡 잠이 들었을 뿐이건만……

깨어나 보니 괘씸한 여우는 이미 튄 후였다.

씨익씨익 하는 둔갑 버전 러시아지오를 보고 견금희가 말했다.

「……지오르스키?」

견지록이 덧붙였다.

「존나 흡혈귀 만화에 나오는 애 같네.」

별님도 끼어들었다.

[당신의 성약성, '운명을 읽는 자' 님이 흥분한 나머지 글자 수 초과로 극찬을 날려 먹은 것을 비통해합니다.]

"……역시 저 꼴로 영어 한마디 못 알아듣는 건 지나치게 이상해. 야, 견지오 너 진짜 컨셉 개이상하다니까."

[성위, '운명을 읽는 자' 님이 실로 아름답습니다, 폐하. 저 심미안 없는 사슴 놈의 악랄한 혓바닥에 현혹되지 마시옵소서 간신배처럼 속삭입니다.]

'변태들 취향 비슷한 건 국룰이냐…….'

미친 여우나 처돌이 별이나 그 밥에 그 나물이셨다.

지오는 비행기 창가에 비친 제 모습을 떨떠름하게 확인했다.

생긴 것은 나름 그대론데 이목구비가 서구적으로 바뀌어 동일인처럼 보이지 않았다. 저 시베리아 양키 누구냐고, 조상님들이 무덤에서 벌떡 일어나 통곡할 비주얼…….

'중2병 실사화 그 자체잖아. 진마 사냥이나 다니면 딱이겠다구.'

"그래도 대한외국인…… 정도로 퉁 치면 어떻게든 되지 않을까요? 요즘에 K-헌터니 뭐니 핫 해서 한국말 유창한 외국 친구들도 많고……."

"나조연 씨. 피의 실드도 정도껏 쳐요. 좀 전에 정 이사 반응 보고도 그런 소리가 나옵니까?"

걸쭉한 한국말 폭격에 뒷걸음질로 퇴장했던 정길가온을 떠올린 죠 악개가 입을 합 다물었다.

경쟁자의 실패에 백도현이 어깨를 쫙 편다. 그는 자신만만하게 말했다.

"이왕 이렇게 된 거 고딕풍으로 밀고 나가죠. 까만 드레스라든가 입고 아예 혼신의 컨셉충처럼 보이는 겁니다. 어떻습니까, 지오 씨?"

"음, 죽고 싶어?"

"실례했습니다……."

딴청 부리는 백 집사와 나도비. 심기 불편한 대한외국인이 그들을 위아래로 쭉 훑었다.

"그나저나 얘네는 왜 따라오는 건데? 너희 할 일 없음?"

"내가 묻고 싶은 말이 바로 그겁니다."

피로감이 물씬한 목소리.

돌아보자 제복 차림의 남자가 코너 벽을 짚고 서 있었다.

군경 조직 특유의 흑복 위로 걸친, 정부 소속 전투계 각성자들의 상징 특수 방어 코트.

가슴팍에는 대한민국 국기와 〈센터〉 마크, 그리고 글자 CRT(Crisis Reaction Team)가 새겨져 있다.

긴급대응반의 영어 명칭이었다.

관리국 소속 긴급대응반 구조진압 1팀장, 랭킹 9위 김시균이 까칠한 뺨을 쓸어내렸다.

저벅, 저벅. 묵직한 군홧발이 기내 바닥을 내디딜 때마다 목소리가 함께 내려앉는다.

"랭킹 31위. 랭킹 10위."

사무적인 시선이 나조연을 지나서 백도현으로 이어지고.

"랭킹 5위. 그리고……."

견지록에서 잠시 머물던 눈은 이내 한곳에 못 박힌다. 김시균이 낮게 중얼거렸다.

"……1위."

"……."

"오랜만입니다, '죠'."

턱을 괸 채 보던 지오가 삐딱하게 고개를 기울였다. 안면에 떫은 티가 역력했다.

"못 알아본다고 한 놈 누구임."

"걱정 마십쇼, 감쪽같으니까. 알고 보면 보여도 모르고 보면 아무도 모를 겁니다."

"규니규늬는 알아봤잖아."

"거녀의 눈썰미를 무시하면 곤란하죠. 그나저나, 전쟁이라도 난답니까? 이렇게 대거 출국이라니. 공사다망한 분들께서."

뼈 있는 말과 함께 시선이 백도현 쪽을 한 번 흘긋 훑었다.

'바쁘다고 청와대 오찬도 씹은 자식이 비행기에서 한가롭게 주스 처마시고 있네…….'

"……아무튼. 출국 절차는 다 아실 테니 복잡한 설명은 생략하겠습니다."

"그렇다고 뭘 또 이렇게 우르르 끌고 와, 사람 불편하게."

지오가 찡그리며 투덜거렸다.

어느새 김시균 뒤를 따라온 센터 요원들이 기내에 시립해 있었다.

비행기 이륙 직전, 정부 측과의 대면 검증은 출국 절차의 마지막 단계에 해당한다. 이 과정에서 랭커는 불순한 의도를 품지 않았는지, 세뇌당하지 않았는지 등과 관련하여 마력적인 확인을 거쳤다.

김시균은 지친 눈 밑을 눌렀다.

"이것도 줄인 거라는 생각은 안 듭니까? 핵폭탄이 국외로 4개나 빠져나가는 상황에."

"……뭣들 하고 있어. 다들 협조해 드리자, 어서."

킹지오 가라사대 세상에는 반드시 대접해 드려야 하는 부류가 딱 둘 있다.

하나는 소방관. 또 하나는 긴급대응반이었다.

오로지 국민과 국가에 헌신하며, 어떤 이득도 추구하지 않는 절대선의 영웅들. 이들의 은혜를 모르면 시민 자격 박탈이니까.

"근데 장 국장은 어쩌고 님이 와? 히야, 캡틴 코리아도 막 부려 먹고 마이 컸다 장일현이!"

"국장님께서도 직접 오고 싶어 하셨지만. '갑작스러운' 랭커들의 '대거' 출국으로 핫라인이 '마비'가 돼서 말입니다. 수습하느라 바쁘셔서 제가 대신 온 겁니다."

'……마, 말에 강조가 많은데.'

아직 양심이 완전히 죽진 않은 모양이다. 랭커 네 마리가 슬그머니 시선을 회피했다.

웃기지도 않은 그 꼴에 한숨을 삼키며 김시균이 지오를 바라봤다.

"물론…… 그와 별개로 할 말도 있고 말입니다."

·· ✦ ✳ ✦ ··

비행기가 먼 활주로를 달린다.

밀려온 바람에 검은 코트 자락이 펄럭였다. 김시균은 이륙하는 기체의 뒷모습을 우두커니 바라보았다.

점이 완전히 멀어지자 내내 참고 있던 요원이 물었다.

"팀장님. 죠가 외국인…… 이었습니까?"

"당연히 가짜 모습이다, 이 멍청아. 어디 가서 헛소리 퍼트릴 생각이라면 관둬."

"아. 그렇죠? 깜짝 놀랐습니다."

'실제로 보면 자빠지겠네.'

막대 사탕을 까서 입에 물며 김시균이 파인 미간을 쓱

문질렀다.

그가 견지오를 처음 만났던 것도 벌써 약 7년 전이다.

1급 재앙이 도래했던 서울.

도심 한가운데를 공포로 물들인 지옥왕 발록, 그놈의 목을 극적으로 나타난 S급이 공방 끝에 베어 냈던 바로 그날이었다.

말로만 듣던 최종 병기의 등장에 국민 모두가 환호했고, 김시균 역시 그중 하나였다.

하나 마냥 기쁨에 겨웠던 그를 차갑게 일깨운 것은……비상 호출에 달려간 센터에서 목격한 그 장면.

「BP 계속 떨어집니다! 체온도! 마나 아웃 오브 컨트롤입니다!」

「블리딩부터 막아! 발록 저주 해주는 아직 멀었습니까?」

「항마 결계가 단단해서 힐이 먹히지 않습니다! 지오 양, 제 말 들려요? 이제 안전한 곳이에요!」

호흡기를 달고 응급 베드에 실려 가던, 상처투성이의 어린애.

「……뭡니까, 이게?」

「김시균 요원. 잘 왔습니다. 당신 마력 타입, 전이轉移 가능한 오픈형 맞죠? 당장 집중 치료실로―」

「팀장님!」

「……」

「지금, ……지금 제가 생각하는 그게 맞습니까?」

아니라고 해, 이 새끼야.

그러나 김시균의 바람과 반대로 장일현은 냉정하리만치 단호하게 대답했다.

「맞아요. 저 아이가 우리의 '죠'입니다.」

몰랐다.

교육 담당이 필요하다는 말에 제 손으로 범을 추천하기까지 했으면서도.

그저, 처음 나타난 S급이니 까다로운 모양이라고 대수롭잖게 여기며 무심히 넘겼다. 그가 그럴 동안 이 어린애는 무슨 일을 겪고 있었던 거지?

그때의 충격을 김시균은 지금까지도 잊지 못한다.

범의 소개로 마침내 깨어난 그 애와 처음 악수했을 때, 맞닿았던 어린 손의 감각 또한.

「표정이 왜 이렇게 구려요?」

「……몇 살이지?」

「빠른이라 살짝 복잡한데. 몇 달 뒤 중학생 돼요.」

'그땐 세상이 정말 미쳐 돌아가는구나 싶었지만……'

7년 만의 악수였다.

김시균은 조금 전, 비행기 안에서 지오와 맞잡았던 제 손을 물끄러미 내려다봤다.

「국내 여론은 당장 출국을 막으란 의견이 지배적입니다. 국민들도 슬슬 눈치챈 거겠죠.」

「뭘?」

「이 나라를 어떻게든 흠집 내고 싶어서 안달 난 국가들이 수두룩하단 걸요. 견지록 헌터가 도마에 오르자마자 기다렸다는 듯 한국을 매도하고 나섰으니.」

마치 외세에 맞서 내부에선 똘똘 뭉치는 분위기 같달까.

「그러나 국민들에겐 미안하지만, 저희는 이번 중국행을 굳이 나서서 만류하지 않을 생각입니다.」

「…….」

「그동안 죠에 대한 정보를 막고 있는 것만으로도 타국의 반발과 압박은 심한 편이었습니다. 한국 정부가 세뇌나 학대를 하고 있는 게 아니냐부터 별의별 비난을 다 들어 왔죠.」

「음, 지금 일러바치는 것 같다면 내 착각인가?」

「정확합니다.」

「오⋯⋯.」

「온갖 눈총을 받는 탓에 우리나라는 불필요할 만큼 소극적으로 굴곤 했어요. 그 탓에 아마 더 얕보인 부분도 있을 겁니다, 지닌 힘에 비해서.」

「흠.」

「외국행은 이번이 세 번째죠. 우리 모두 아무 일 없이 조용한 귀국을 기대하진 않습니다. 그러니까.」

「⋯⋯.」

「기왕 가시겠다면 이 기회에 '한국'의 강력함을 보여 주고 오십시오, 전 세계에.」

언제나처럼.

「나머지 살림 및 귀찮은 뒤처리는 늘 그랬듯, 당신의 나라가 맡겠습니다.」

여기까지가 한국 수뇌부의 전언. 기대해도 되겠냐고 김시균이 손을 내밀었다.

잠시 후, 그의 손을 맞잡으며 '죠'가 씩 웃었다.

「기대 이상은 내 전문이지.」

여전히 작지만, 그때와 비교도 안 될 만큼 단단해진 손이었다.

"……가자."

김시균은 실소와 함께 돌아섰다.

왕이 잠시 원정을 떠난 활주로를 뒤로하며.

2

중국, 베이징.

타다닥!

달리는 소리가 긴 복도를 울렸다. 일렬의 홍등과 황금이 장식하고 있는 호화로운 저택이었다.

"리리! 기다려, 리리!"

"이거 놔!"

"혼자서 어디를 가겠다는 거야, 미쳤어?"

"안 미쳤어. 충분히 제정신이야, 양강. 제정신이 아닌 건 내가 아니라 저 안에 있는 머저리들이지!"

"쉿! 말조심해. 공안한테 끌려가고 싶어?"

분에 겨운 눈으로 등리와가 그를 노려봤다. 양강은 붙잡은 팔에 더욱 힘을 주었다.

"대체 왜 이러는데, 응? 한국의 독주를 막아야 한다고 주장한 건 너였어. 맨 처음 그자를 베이다이허로 데려온 것도 너였다고!"

"장기말로 쓰자고 데려왔지, 휘둘리라고 데려온 게 아니야! 돌아가는 꼴 좀 봐! 늙은이 한 명의 말에 우왕좌왕하는 게 어찌 대국의 정치라 할 수 있지?"

교활한 늙은이, 견레이를 떠올린 양강이 낮게 침음했다.

그자의 작태가 나날이 음흉해지고 있다는 건 그 역시 동의하는 바였다. 하지만.

"……늦었어, 리리. 그자와 중국은 이미 한배를 탔다. 닻을 올린 이상 종착지까지 동행하는 수밖에 없어."

"아니."

등리와는 매몰차게 부정했다.

"악수惡手를 둔 게 나라면 책임지는 것 역시 나 등리와의 몫이야."

조국이 헛발질하는 걸 두고 볼 수만은 없다. 그것도 시작이 제 실수로 인한 거라면 무덤 속에서도 편히 눈감을 수 없으리라.

'조조는 관운장을 얻고자 극진히 대접했어. 결국 그를 얻지 못했어도 그로 인해 적벽에서 목숨을 건졌지.'

견지록 또한 그리 대해야 했다.

지금 저 밀실 안의 멍청이들이 내세우는 주장은 현실과 동떨어진 망상이다. 등리와는 홱, 세차게 등을 돌렸다.

멀어지는 그녀를 양강이 다시 붙잡았다. 잠깐⋯⋯!

"정 그렇게 가야겠다면 같이 가."

"⋯⋯장군의 아들, 지금 배를 갈아타기라도 하겠다는 거야?"

"반역자의 동생을 사랑할 때부터 이미 내 배는 방향키가 고장 나 있었지."

양강이 쓰게 웃었다.

"그래서. 어디로 갈 건데?"

"칭다오."

"아예 시작부터 들이받겠다는 거로군."

"사슴이 베이징, 상하이를 놔두고 그 작은 곳을 목적지 삼은 건 아마도 '그 자식'을 만나기 위함이겠지."

등리와가 독기 넘치는 얼굴로 입술을 짓씹었다.

"죽어도 그놈한테는 안 뺏겨."

아득히, 활주로가 멀어진다.

백도현은 점처럼 작아지는 서울 풍경을 보다가 물었다.

"굳이 칭다오로 가는 이유가 있습니까, 지오르스키?"

"당연히 칭다오 양꼬치 때문이지. 그리고 지오르스키라고 부르지 마셈. 지오 새끼라 하는 것 같으니까."

"정말 그 이유 때문은 아니죠? 당신 냄새 강한 음식은 입에도 못 대잖아요, 지오스키."

"……저기요, 님아. 인생 참 즐겁죠? 당장 여기서 추락해도 여한이 없을 만큼?"

협박에도 그저 하하 맑게 웃는 회귀자. 예전의 극진한 정중함은 어디 헐값에 팔아 치운 모양이다.

'이 회귀자 자식, 오냐오냐해 줬더니 날이 갈수록, 어? 요즘 카리스마 부족이야, 견지오.'

지오는 얼굴 싹 굳히며 위엄 있게 팔짱을 척 끼었다.

"님도 졸졸 따라오는 이유 실토 안 하는데 이 킹지오께서 먼저 말해야 할 이유라도?"

"쟤 아는 인맥이 거기 있어서야."

"……."

믿었던 혈육의 발등 찍기.

지오가 배신감에 쩌리든 말든 견지록은 태평하게 보던 신문을 넘겼다. 나조연이 깜짝 놀라 되물었다.

"네에? 인맥 같은 게 계셨…… 헉! 죄송해욧! 저도 모르게 속마음이! 허억!"

"……."

믿었던 도비의 통수 치기.

최측근들의 2연타에 지오는 아련하게 창밖을 바라봤다. 그려. 어차피 관은 일인용. 세상에 믿을 놈 하나 없지오…….

[당신의 성약성, '운명을 읽는 자' 님이 엣헴, 헛기침하며 믿음직한 존재감을 힘차게 뽐냅니다.]

"죄, 죄송해요. 전 당연히 칭다오가 우리나라랑 가장 가까운 데라 가신다고만 생각해서……."

"뭘 모르네. 헌터 짬밥 10년에 해외 인맥 하나 없는 게 말이나 됨? 쯔쯔, 이래서 뉴비란……."

"중국 말고 없지 않나?"

……저 사슴 새끼 겁나 짜증 나.

제 발 저린 아싸지오가 쾅! 테이블을 내려쳤다. 있거든!

"티, 티모시랑…… 크흠, 티모시랑…… 티모…… 시, 시발……."

대충 안면 튼 〈이지스〉 놈들이라도 대 보려 했지만, 양키들 이름이라 기억이 안 났다. 조 뭐시기랑 루 뭐시기…… 아!

"귀도인가, 오지게 재수 없는 놈도 하나 있는—"

챙그랑!

난데없는 파열음에 세 사람의 시선이 일제히 돌아갔다.

"아……."

부서진 유리잔을 들고 백도현이 멍하니 그들을 마주 봤다. 무언가에 얻어맞기라도 한 듯한 얼굴로.

그리고 그 반응이 의미하는 바를 정확히 읽어 낸 건 둘이었다. 견지록이 중얼거렸다.

"경계할 놈, 명단 추가네."

백도현은 얼른 표정을 수습했다.

'배신자' 귀도 마라말디.

그 이름을 지오에게서 들을 줄은 몰라서 그랬다.

1회 차에서 티모시 릴리와이트를 살해하고 종적을 감춘 〈이지스〉의 부길드장은 '키도' 쪽으로 합류했을 거란 설이 유력한 자였다.

[세계율]이 그의 말을 어디까지 허용해 줄지 모르겠다. 때문에 백도현은 많은 것을 얘기할 순 없었다.

그러나.

"……직접 본 적은 없지만, 좋은 느낌을 주는 사람은 절대 아닙니다."

객관적 판단 운운하는 제3자들은 어디서나 존재한다. 그래서 살해 사건 당시, 귀도의 입장도 들어 봐야 한다며 주장하는 쪽이 일부 있었다.

그러나 몇 시간 뒤, 티모시의 살해 현장이 유출되자 더는 누구도 그리 말하지 않았다.

워싱턴 기념탑. 미국 수도의 중심이자 건국의 상징이며, 위대한 지도자를 기리는 순백의 오벨리스크.

드높고 하얀 그 벽에 두 팔을 벌린 채 죽음이 박제된 영웅.

그 잔혹한 최후는, 십자가에 못 박혀 순교한 또 다른 '신의 아들'을 지독히 빼닮아 있었다.

국가 전체에 대한 모욕이요, 또 한 신앙에 대한 모독.

미국은 유례없는 증오를 표했고, 전 세계가 그 분노에 공감했다. 그의 이름 앞에 붙은 '배신자'가 종교사 최악의 죄인 유다에게서 따왔음을 모르는 자 없었으니.

"죄송한데, 지오 씨. 혹시 친분은 어느 정도……."

"걍 이름이랑 얼굴만 알아."

다행이다.

가라앉은 목소리로 백도현이 이어 말했다.

"이건 개인적인 바람이지만. 가급적, 가까이하지 않으셨으면 좋겠습니다. ……제 판단을, 또 저를 믿어 주신다면요."

지오의 시선이 물끄러미 그를 향했다.

깨끗하고 올곧은 백도현이 가장 강해지는 순간은 검을 들었을 때도, 적 앞에 섰을 때도 아니다. 그는 '진심'을 전할 때 가장 강한 남자였다.

그리고 견지오는 영어 문제의 답은 몰라도, 사람의 진심만큼은 제대로 읽을 줄 아는 사람이다.

"알겠어."

"예."

백도현이 안심하며 끄덕였다. 지오도 진지하게 같이 끄덕였다.

"응. 역시 외국인은 배척해야 제맛이지. 존나 이 그레이트 킹지오만 믿어. 서울 바닥에 아주 양키 씨를 말리고 말리라."

"예…… 예에? 아, 아니, 그게 아니라!"

이, 이게 무슨 극단적 국수주의자 같은 소리야……!

시청 앞에서나 볼 법한 광기의 급발진을 목도한 정상인들이 경악을 금치 못했다.

그런 뜻이 아니라고 멘붕하는 백도현과 너 독해력 무슨 일이냐고 당황하는 견지록, 그리고 뭔지 몰라도 이게 아닌 건 알겠다고 질겁하는 나조연까지.

네 사람이 한창 시끌시끌하던 그때였다.

떠들썩한 소동에 찬물을 끼얹듯, 때마침 울리는 스피커.

직, 지지직-

─…… 캡틴 스피킹. 조종석에서 알립니다.

─1시 방향 4마일, 6000피트 아래쪽에 미확인 마수 발견. 랭커즈 체킹 바람.

동시에 기내 모니터들이 외부 화면으로 전체 전환된다.

얼핏 긴박하기도 한 비상 상황. 그러나 체크를 바란다는 기장의 방송에는 딱히 긴장감이 없었다.

마석으로 떡칠한 비행기도 비행기지만, 기내에 앉아 있는 국보급 병기들을 모르지 않는 탓이다.

지오도 심드렁한 얼굴로 화면을 바라봤다. 음. 생각보다, 이거.

'규니규늬 퀘스트 달성이 빠르겠는데.'

대한민국 영해에서 벗어난 지 고작 20여 분.

집 떠나온 랭커들에게 바벨이 보내는 몬스터 배달이었다.

·· ✦ ✴ ✴ ✦ ··

"여, 여기는 황해! 메이데이! 메이데이!"

며칠 전부터 황해의 주인이 바뀌었다는 소리는 익히 들었다. 그로 인해 연안이 폐쇄되었으며 모든 무역이 일시 중단되었다고도.

하지만 해상海上 몬스터. 바다 위니까 공중은 괜찮겠지.

안일했다면 안일했던 그 생각이 인생에 종지부를 찍는 최악의 선택으로 이어질 줄은 상상도 못 했다.

"크, 크라켄이다!"

"긴급, 긴급! 허억, 응답하라! 헉, 헉, 구조 바란다! 메이데이! 메이데이! 제, 제기랄!"

촤아아악!

절벽처럼 거대한 파도가 그들을 다시 한번 덮친다. 부서진 기체에 매달려 있던 조난자들의 얼굴이 절망으로 물들었다.

경호 목적으로 동승한 헌터 둘은 이미 바다가 삼킨 지 오래. 유일하게 살아남은 각성자, 소년 황쯔쉬안이 울음을 터트렸다.

아는 것만큼 보인다고 했다. 조난자들 중 그보다 저 악마적인 마수의 위협을 체감하고 있는 자는 없을 터.

[해왕종 '심해의 크라켄(A)' 출현!]

[격의 차이가 현격합니다! 감히 대적할 수 없는 강적! 대피를 강력히 권고합니다.]

크오오오오-!

"으아아악! 살, 살려 줘!"

촤악! 기둥 모양으로 치솟은 파도와 함께 나타나는 검은 그림자.

그들이 탄 헬기를 습격한 것도 바로 저것이었다. 소년의 동체 시력으로는 형태를 파악하기조차 버거운 적.

웅대하고 포악한 다리가 휘둘러질 때마다 옆에 있던 일

행이 날아갔다.

산산조각 난 기체 파편이 물살을 따라 출렁인다. 황쯔쉬안도 더는 버티지 못하고 수면 밑으로 가라앉았다.

'사, 살려 주세요!'

따가운 바닷물이 허파를 채웠다. 지금 저를 삼키는 것이 파도인지 공포인지 구분할 수 없었다.

'죽고 싶지 않아…… 엄마, 엄마, 살려 주세요, 제발……!'

점점 아득해지는 시야.

그리고 끝내 까무룩 눈을 감는 그 순간, 소년은 느낀다. 물속 온도가 급격히, 또 기이하리만치 서늘해지는 것을!

"[그것은 가장 낮게 솟아오르니.]"

[적업 스킬, 8계급 최상위 주문
― '얼음성Castle Iceberg']

츠즈즈즈즈– 쩌적!

"푸하아!"

무언의 힘에 수면 밖으로 내던져지는 몸.

흠뻑 젖은 등이 기체 파편과 쿵! 부딪쳤다. 신음하며 황쯔쉬안은 힘겹게 바닥을 짚었…… 바닥? 화들짝 놀라 고개를 든다.

그러자 그제야 보였다.

새까만 황해에 도래한 '얼음성'이, 또 광활하기 그지없는 빙해氷海가.

수면, 파도, 물결…….

모조리 전부, 얼음이다.

괴물에게 찢기던 파도가 몰아치는 형태 그대로 얼어붙어 있었다. 심지어는 이 모든 공포의 원인, '크라켄'까지도.

"아……."

소년은 비로소 마수의 모습을 제대로 볼 수 있었다.

집채만 한 눈동자가 바로 코앞, 얼음산 속에 갇혀 있다. 몸부림치는 다리, 분노에 가득 찬 눈까지 빠짐없이 박제된 채로.

그리고…… 일면 잔혹하기까지 한 그 빙산 위에 홀로 서 있는 자.

쳉, 쳉, 채앵- 콰아앙-!

소름 끼치는 금과 함께 쩌적 갈라지던 빙벽이 그녀가 발을 내려디딤과 동시에 터져 나간다.

바스라진 조각이 삭풍처럼 흩날렸다. 얼어붙었던 크라켄의 잔재였다.

조난자들이 넋을 놓았다.

분명 조금 전까지 끔찍한 악몽 속이었는데…… 귀신에

홀리기라도 한 기분이다.

황해의 새 주인을 무자비하게 으스러뜨린 정복자가 그들 쪽으로 걸어왔다. 소년 황쯔쉬안은 멍하니 물었다.

"……누구, 누구세요?"

그에 바다를 건너온 정복자, 견지오가 답했다.

"한국."

··✦ ✴ ✦ ✴ ✦··

"어이! 수란, 멀었어?"

"잠깐만! 거의 끝났어! 할머니, 매대 정리 끝났고 문도 닫았어요. 먼저 가 봐도 되죠?"

간절하게 두 손 모으는 손녀를 보고 조모가 미소 지었다. 수란은 신이 나 뛰쳐나갔다.

뉴스에 의하면 '그들'이 칭다오 국제공항에 도착하는 시간은 오후 5시.

아직 꽤 넉넉했다. 수란은 서둘러 택시에 올라탔다. 택시 기사인 친구 유걸이 투덜거린다.

"느리다고, 너."

"시간 괜찮잖아? 공항까지 30분 정도 걸릴 텐데."

"어림없는 소리. 도로 상황 최악이래. 다들 몰려갔다고."

준비한 플래카드를 들고 수란이 울상 지었다.

"안 되는데! 설마 못 보는 건 아니겠지? 안 돼, 유걸! 나 오늘만을 기다렸단 말야! 제발 빨리 가자!"

"그럼 더 서둘렀어야지. 너 같은 애들이 얼마나 많겠냐? 밤새 기다리는 애들로 공항이 어젯밤부터 마비라더라."

유걸이 절레절레 고개를 저었다.

세계 랭킹 11위. '신의 창' 견지록.

그와 같은 월드급 랭커의 해외 방문은 잦은 이벤트가 아니다. 특히나 이곳 중국에선 더더욱. 비자 문제도 까다롭거니와, 무엇보다 타국과 자국 랭커 간의 접촉을 극도로 지양하는 중국 정부 탓에 안팎 모두에서 꺼린다고 봐야 했다.

따라서 이번처럼 공식 방문은 극히 이례적인 케이스.

누가 와도 흥미를 모을 판국에 오는 사람이 심지어 그 '신창神槍'이라니!

"하아. 샤오루小鹿니까 당연해. 내 남편은 왜 이렇게 인기가 많은지."

견지록의 사진을 쓰다듬으며 수란이 중얼거렸다. 옆에서 유걸이 안쓰럽게 그녀를 바라봤다.

"⋯⋯망상에는 약도 없다던데."

샤오루(작은 사슴), 루 거거(鹿哥哥: 사슴 오빠) 등등. 현재 중국에서 견지록의 인기를 가늠케 하는 별명들이었다.

최상위권 헌터가 많아 그만큼 콘텐츠도 많고, 노출도

많고……. 국제적으로 한국 헌터들의 위상이 드높은 건 거부할 수 없는 현상이다.

그러나 중국에선 조금 달랐다. 중화적 사고방식으로 인해 타국 헌터들에게 꽤나 박한 편이었으니까.

몇 년 전, 백두산 게이트 사건이 아니었다면 여전히 그랬을지도 모른다.

백두산 사건은 계기이자 전환점이었다.

당시의 영웅적 활약으로 '대제大帝'라는 애칭을 얻을 만큼 폭발적인 인기를 구가하는 죠로 인해 자연스럽게 한국 헌터들도 덩달아 떡상.

그중에서도 화려한 전투 및 전적과 훤칠한 키, 세련된 비주얼을 자랑하는 견지록은 대륙인들 입맛에 맞춤이나 다름없었다.

"오늘 못 보면 정말 콱 죽어 버릴지도 몰라. 재작년 춘완(春晩: 설맞이 공연)에 초청한다고 얘기만 돌고, 결국 안 와서 얼마나 속상했는데."

"중앙 방송에서 요청했는데 거절은 견지록이 한 거잖아. 중국 최대 축제의 초청을 거절하다니, 건방진 한국인 같으니."

"유걸! 교통사고 나고 싶지 않다면 입조심하는 게 좋을걸!"

"넌 나한테 화낼 때가 아닐걸!"

"무슨 소리야?"

"애타는 친구를 위해 내가 비밀 루트를 뚫어 놨으니까 말이야!"

공항 직원인 친구에게 직원용 출입구를 따로 부탁해 놨다며 유걸이 으스댔다.

고마워해야 한다는 그의 말은 정확했다.

도착한 공항은 그야말로 인산인해. 칭다오 시민이란 시민은 모두 여기 모인 듯했다.

마수 출현으로 바닷길이 막혀 몇 주째 삭막한 도시를 생각해 보면 그럴 만도 했다. 다들 즐거운 일이 달리 뭐가 있겠나?

유걸의 친구를 따라 두 사람은 조심히 안으로 이동했다.

국빈을 맞아 활주로엔 공안과 칭다오시가 속한 산둥성의 최고 지도자, 당 서기를 비롯한 고위급들이 여럿 와 있었다.

그럴싸한 그림을 위해선지 공항 직원들을 포함해 시민들도 일부 있어 수란은 그들 틈에 자연스럽게 자리했다.

"거기. 쓸데없는 거 내려."

"죄, 죄송합니다."

"국기만 허용이야. 주의하도록."

공안의 날카로운 지적에 수란은 화들짝 놀라 플래카드를 내렸다. 옆의 동료가 실실 웃는다.

"냅 둬. 저렇게나 좋다는데."

"풀어 주면 안 된다고. 끼어들지 마."

"뭐 어때? 어차피 같은 인민의 동지가 될 텐데. 환영쯤이야."

"쉿. 아직 소문이잖아."

'인민의 동지?'

수란은 귀를 세웠다. 요즘 한창 언론이 시끄럽긴 했다.

견지록이 곧 중국의 랭커가 될 거라는 둥, 그의 마음은 이미 중국으로 기울었다는 둥……. 하지만 과장된 설이 하루 이틀도 아니고, 이번에도 그 비슷한 거라 여겼는데. 설마 진짜인 걸까?

일말의 의심도 잠깐이었다. 수란은 곧 그들 얘기를 잊고 방방 뛰며 호들갑 떨기 시작했다.

와아아아─! 짝, 짝짝!

미끄러지듯 활주로를 구르는 비행기.

유선형의 몸은 날렵하고, 은색과 푸른 줄로 래핑한 외관은 멋들어졌다.

긴 계단이 땅에 놓이자 당 서기와 정치인들이 이동한다.

그리고 잠시 후, 플래시와 셔터 음이 한층 격렬해지면서…….

"온다, 나온다!"

"진짜 견지록이야!"

"샤오루! 샤오루!"

계단 위에 선 견지록이 인상을 팍 찡그렸다.

그저 쏟아지는 환호성이 시끄럽다는 듯, 그를 보는 수많은 시선은 안중에도 없는 모습이었다. 하지만 저 까칠한 성질마저도 인기의 요인. 수란은 목이 터져라 소리 질렀다. 사랑해요, 라오궁(남편)!

"사랑…… 어?"

저건 누구지?

누가 동행하는지는 뉴스를 통해 들었다.

밤비와 같은 〈바빌론〉 소속의 S급 검사 백도현. 그리고 더블 A급 힐러 나조연.

최근 한국뿐만 아니라 세계적으로도 주가가 제일 높은 신성新星 두 사람이었다.

둘 모두를 대동하고 방문한다는 소식에 과연 견지록이다, 중국에 호감 있는 게 틀림없다 온갖 설이 무성했는데, 저건…….

'……러시아인?'

꼭 장인이 공들여 빚은 도자기 인형 같다.

검은 목 티, 검은 진, 짙은 선글라스. 견지록과 똑같은 가죽 재킷을 걸친 소녀를 초신성 둘이 '극진히' 에스코트하고 있었다.

등 뒤에는 백도현, 바로 옆에는 나조연.

두 사람이 얼마나 집중하고, 온 신경을 다하는지 앞서

내려가는 견지록과는 아예 다른 일행처럼 보일 지경이다.

맨 앞줄에 서 있던 수란은 그녀가 약간 멈칫하자 뒤에서 감싸 안듯 닿았다가 떨어지는 백도현의 팔을 볼 수 있었다. 순간 흐트러지는 남자의 표정까지도.

"신창神槍! 하하하, 반갑습니다! 중국에 온 걸 환영합니다."

"[……이렇게까지 떼거리로 몰려올 필요 있습니까? 분명 사적인 용무라고 알렸을 텐데.]"

견지록이 성의 없이 손을 맞잡았다. 통역으로도 걸러지지 않는 시니컬한 말이었으나 웃고 있는 당 서기의 표정엔 변화가 없었다.

오히려 그러지 말고 기념사진부터 찍자고, 철판 깐 정치인이 막무가내로 견지록을 붙잡는 그때.

"카메라 내려!"

"왜, 왜 이러십니까!"

"닥쳐! 물러나!"

파각! 와그작!

바닥으로 내던져 부서지는 카메라들과 얻어맞으며 쫓겨나는 언론 관계자들.

같은 공안이었으나 난입한 자들은 견장의 색이 달랐다. 붉은색도 제복색도 아닌, 황금색.

"고, 공안부 헌터들이다!"

꺄아악! 점점 거세지는 양쪽 공안의 충돌에 시민들이

비명을 질렀다. 순식간에 활주로가 시끄러워진다.

"이건 반역……!"

타앙-!

…….

털썩, 쓰러진 군인을 군홧발이 툭 밀어 치워 낸다.

피로 물든 카펫을 그대로 걸어오는 일련의 무리.

중국 인민 해방군, 정복 차림의 여자가 열기 남은 권총을 내렸다. 왼쪽 가슴 위에 **빽빽**하게 달린 약장略章이 화려하다.

"내 앞에서 반역을 운운하면 안 되지, 감히."

"……이게 무슨 행패입니까, 등리와 대교!"

"그렇게 됐소, 리웨이 당 서기. 조국이 헛짓하는 걸 두고만 볼 순 없어서. 윗분들에겐 계획 변경이라 말하시오. 이 '공주' 등리와가 전부 책임질 터이니."

월드 15위. 중국 랭킹 2위.

'허해 공주' 등리와가 비죽 웃음 지었다. 견지록 일행을 돌아보며 살짝 목례한다.

"여기서부터는 '우리'가 모시겠습니다, 한국의 친구들."

흠 없이 정중하나 조금도 웃지 않는 눈으로.

중국 칭다오.

산둥반도에 자리한 항구 도시. 소요 비행 시간은 약 1시간.

한국과 가장 가까우며, 중국 내에서는 네 번째로 큰 항구 도시였다. 제일 핫한 특산물은…….

'양꼬치엔 칭다오…….'

지오는 침울하게 창밖을 바라봤다. 먹구름과 먼지가 잔뜩 낀 도시 전경을.

[당신의 성약성, '운명을 읽는 자' 님이 요 쬐끄만 삼수생 깜찍이가 벌써부터 술 생각이나 하냐고 엄히 뒷짐을 집니다.]

'누가 마신대?'

그래도 구경조차 못 하는 거랑은 기분이 엄연히 다르시다 이거지. 유명 맥주는커녕 거리 구경도 못 하고 호텔 안에 틀어박힐 줄 누가 알았겠나?

도청기 여부를 체크하고 돌아온 백도현이 고개 저었다.

"만만치 않으리라 예상은 했지만, 첫발부터 중국의 인민 영웅이 등장하다니…… 의외입니다."

"허해 공주가 그런 타입인 줄 몰랐어요."

창백한 낯으로 나조연이 빈 물병을 내렸다. 탑의 튜토리얼에서 간접 경험하긴 했지만, 살인을 코앞에서 직접 본 건 처음이었다.

"세계적인 힐러라는 분이 어떻게……."

"중국 랭커들의 매스컴 노출은 철저히 제한되어 있으니까요. 게다가 힐러…… 보다는 군인이라 이거겠죠."

중국 내 모든 각성자는 군에 소속된다. 의무적, 혹은 강제적으로.

납치에 가깝게 지오 일행을 데려온 등리와의 계급은 대교. 한국군 계급으로는 준장 격에 해당하는 위치였다.

아무리 뛰어난 랭커라 해도 고작 스물넷인 그녀의 나이를 생각해 볼 때, 꽤나 파격적인 인사. 그러나 지오는 당연하다고 생각했다.

'그놈을 놓쳤으니 중국도 얼마나 애가 타겠어. 쯔쯔.'

시큰둥하게 턱을 괴는 지오를 보며 백도현이 중얼거렸다.

"누가 와 있는 줄 알기나 할는지. 어리석게 굴지 말아야 할 텐데 말입니다……."

"후우……. 그러게나 말이에요. 저쪽에서 원하는 게 뭘까요?"

"[원하는 건 많지 않습니다.]"

밀폐된 호텔 스위트룸 안.

잘게 땋은 양 갈래 머리, 그리고 짙은 피 냄새가 인상적인 젊은 장군은 다리를 꼰 채 말했다.

"[그쪽도 중국에 얻고자 하는 게 있어 왔겠죠. 전적으로 당신을 돕겠습니다, 신창神槍. 대신 우리의 체면도 어느 정도 세워 주길 바랍니다. 들어 봤겠죠? 관시關係라고.]"

"……."

"[이 나라에는 서로 도움을 주고받음으로써 맺어지는 관계가 존재합니다. 나를 도와줌으로써 우리의 친구가 되십시오. 그거면 됩니다.]"

"친구라. 정확히 뭘 원합니까?"

"[우선, 정말 협력할 생각이 있는지 그 진심부터 확인해야겠죠.]"

"……."

"[몇 주 전부터 당국의 골치를 썩이고 있는 문제가 하나 있습니다. 상당히 높은 등급, 포악한 마수이긴 하나…… 당신과 당신 동료들 전력이면 충분할 겁니다.]"

등리와가 테이블 쪽으로 상체를 수그렸다.

조명 그림자가 기울 듯 드리운다. 짐짓 섬뜩한 미소로 그녀가 속삭였다.

"[……황해의 '크라켄'. 그 끔찍한 바다의 악마를 처리해 주십시오. 이게 친구가 되기 위한 당국의 우선 조건입니다.]"

견지록의 표정이 굳었다. 중저음이 착 가라앉는다. 뭐? 그거라면……!

"이미 뒈졌는데."

"[……]"

"……."

"[……네?]"

"죽었다고. 오는 길에."

그 문어, 저기 하품하면서 멀뚱멀뚱 앉아 계신 우리 집 먼치킨께서 조진 지 오래다…….

"[…….]"

한참 굳어 있던 등리와가 매섭게 통역사를 노려보았다.

"[지금 제대로 통역한 게 맞나?]"

"[그, 그게…….]"

"[똑바로 해!]"

"[맞아요, 대교.]"

획, 등리와의 고개가 돌아갔다.

견지록의 좌측, 통역 담당으로 동석한 나조연이었다. 성조가 완벽한 표준 중국어로 나조연이 다시 한번 말했다.

"[귀관이 이해한 것이 정확합니다. 황해의 크라켄은 오는 길에 우리 '한국' 측에서 이미 처리했습니다.]"

정확히는, 우리의 유아독존 킹이 그런 거지만.

중국어를 전혀 못 알아들어 일행에게 배워 간 '한궈'만 중얼거리고 왔다던 지오의 투덜거림이 떠오른다. 나조연은 입가를 만져 스미는 웃음기를 가렸다.

옆에서 견지록이 삐딱하게 턱을 기울였다. 신기하네.

"마수 출현 가능성이 농후하니 주의하라는 안내문은 중국 측에서 먼저 보내왔던 걸로 기억하는데. 왜 놀라?"

만났을 거라 조금도 예상을 못 해서? 아니면…….

"혹시 그쪽, 자기 나라에서 무슨 일이 일어나고 있는지도 전혀 파악 못 하나?"

"[이, 말을 가려 하시죠……!]"

"대교."

"[…….]"

"딱히 큰일도, 의도한 것도 아니었지만, 결과적으로는 이쪽에서 먼저 도움을 준 꼴이 되었는데 이제 어쩔 겁니까?"

사무적인 눈빛. 등리와가 입술을 질끈 깨물었다.

'대체 어떻게……?'

인정한다. 어지러운 내부 사정 덕에 모든 소식이 그녀를 통할 순 없었다. 그러니 그 점은 차치한다고 쳐도, 이미 만났다니. 심지어는 처리까지 끝났다니…….

한국 헌터의 수준을 모르진 않는다.

하지만 이건 예상을 훨씬 상회했다.

추정 1.5~2급 게이트 마수 크라켄은 함부로 처리가 불가능한 상대다. 마수 자체가 주는 난이도도 극악하긴 하나 무엇보다 지리적 배경이 문제였다.

구시대 원전과 해양 연구소.

하나둘 마석 에너지로 대체하고 있다지만, 여전히 많은 원전이 황해 연안에 남아 있었다. 자칫 잘못했다간 곧바로 원자력 사고로 이어지기 십상.

빠른 스피드와 압도적인 전력 차를 전제하지 않는 한, 대적 자체를 고민해야 하는 적이었다. 게다가…….

대륙은 드넓고, 바벨은 매정하다. 칭다오 한 도시에만 계속 신경 쓸 만큼, 현재 중국의 게이트 상황은 그다지 여유롭지 못했다.

'그러니 위에서도 안달 나서 더 막무가내로 구는 거겠지만…….'

시간 벌기용으로 던진 회심의 패가 이리 허무하게 꺾일 줄은.

잠시 말없이 그들을 바라보던 젊은 장군, 둥리와는 가까스로 입을 뗐다.

"[……증명이 가능합니까?]"

"당장 바다에 가 보면 알 텐데. 아니면…… 뭐, 혹시 이런 걸 원합니까?"

샤- 악! 견지록이 느릿하게 손을 쥐었다가 폈다.

인벤토리 소환. 옅은 푸른빛이 도는 투명한 수정이 그의 손바닥 위로 떠올랐다.

마수의 심장, 마석魔石.

검푸른 빛에서 급이 높아질수록 투명해지는 특성상 척 봐도 2급 이상에 준하는 마석이었다.

말 그대로 부르는 게 값인 최상급.

등리와의 눈에 일순간 욕망이 일었다가 사라졌다. 눈앞의 남자는 그녀가 함부로 욕심을 부릴 만한 상대가 아니므로. 그러나.

"넘기는 것쯤이야 별로 어렵지 않습니다."

"[……!]"

"나야 차고 넘치는 게 돌멩이고, 어차피 그쪽 영해에서 나온 거니까. 다만."

"[…….]"

"그 웃긴 테스트 결과가 좀 궁금하네. 만약 황해의 크라켄으로 이쪽 진심을 확인했다면, 그다음엔 뭘 요구할 생각이었습니까?"

손안을 구르는 마석의 빛이 어지럽다.

등리와는 마른침을 삼켰다. 어느새 방 안의 공기가 완전히 달라져 있었다.

음산한…… '숲'의 기운이다.

낮은 목소리, 서늘한 눈빛으로 견지록이 실소했다. 중국에 얻고자 하는 게 있어 왔겠죠, 라…….

"내가 이 나라에 왜 왔는지 '정말' 모릅니까, 등리와 대교?"

탁.

마석이 사라진다. 등리와가 얼어붙었다. 그제야 또 다른 그의 별명이 떠올랐다. 신의 창.

그리고…… 신살神殺의 창, 견지록.

"이봐, 중국인."

"[……]"

"내 핏줄로 장난질하는 건 여기까지야."

이집트 카이로에서 단신으로 태양의 파편을 잔혹하게 토벌하여 [성창聖槍 롱기누스]의 주인이 된 자. 맹렬한 금빛이 도는 눈으로 그가 이를 드러냈다.

"이 바빌론의 견지록과 '진심'으로 상대하고 싶지 않다면 그 새끼 당장 내 눈앞에 데려와."

같잖은 수로 질질 시간 끌지 말고.

"[……거, 건방진 한국 놈이!]"

날을 세운 살기에 당황한 군인들이 다급히 총을 꺼내 세웠다. 전부 장전된 총.

그러나 그 방아쇠가 당겨지는 일은 결코 일어나지 않았다.

"[으, 흐아악! 내, 내 손!]"

모두가 경의를 담아 말했다.

미성년의 견지록이 먼 이집트에서 홀로 경이로운 전공을 세웠다고.

아니. 틀렸다.

견지록은 단 한 번도 혼자였던 적이 없다.

그의 뒤에는 늘 그와 등을 맞대고 있는 또 다른 등이 있었다. 거대한 세계를 발밑에, 비좁은 관계를 시야에 둔 난

폭한 지배자의 등이.

세상의 폭군, 견지오가 차갑게 그들을 응시했다.

얼어붙은 총과 제 손을 붙든 군인들이 우르르 무릎 꿇었다. 혹한의 빙화가 손쓸 새 없이 그들의 전신으로 빠르게 퍼져 나갔다.

벌떡 자리를 박찬 등리와가 아연한 얼굴로 그 장면을 바라봤다.

'분명 항마 결계가 켜져 있을 터인데……!'

"[이게 대체 무슨 짓……!]"

손속이 과하지 않나!

견지록을 돌아본 등리와가 꽉 주먹을 쥐었다. 누구 짓인지 좌중의 시선을 따라가자 알 수 있었다.

내내 거슬릴 정도로 심드렁한 표정으로 이쪽을 보던 그치. 저 작자였다.

"[……신창! 본관은 분명 당신 편이라고 말했습니다! 당신과 친구가 되고 싶다고! 그런데, 저런, 저런……!]"

등리와는 분통이 터져 외쳤다.

"[저런 러시안에게 홀려 이쪽을 무시하다니!]"

…….

……네?

어? 잠시만, 뭐라고?

한국인 모두가 당황하건 말건 등리와는 그저 악에 받

쳐 악쓰기 바빴다.

"[비열한 서방국 놈들을 가까이한다고 익히 듣긴 했지만! 정말로 실망이다! 동양의 긍지는 어디 팔아 치웠나! 같은 아시아 동지들끼리 돕고 살아도 모자랄 판국에!]"

아니, 저기요…….

중국어를 몰라도 '러시안'이라는 단어와 뉘앙스, 보디랭귀지만 봐도 내용 파악은 충분히 가능했다.

그리고 머뭇머뭇, 더듬더듬 나조연의 통역까지 끝나자 할 말을 잃고 한쪽으로 향하는 눈들. 그 시선의 가운데.

지오르스키(국적: 대한민국/서울 토박이)가 천천히 검지를 들었다. 저 자신을 가리키며.

"설마…… 나?"

……끄덕끄덕.

"저요?"

끄덕끄덕.

"……흐으음. 죽을 날이 가까우면 눈도 침침하다는데, 저 불쌍한 ××같으니. 이 킹지오가 곧 편안하게 해 주마."

"차, 참으세요! 지오 씨! 지금 당신 모습이 외국인인 건 맞지 않습니까!"

"헉! 죠, 죠죠 님! 인종 차별은 나빠요!"

그렇게 말만 침착하신 자칭 '한국'께서 스킬을 시동 걸고, 질겁한 질서선들이 붙어서 뜯어말리길 수 분.

소란이 잦아들자 스위트룸은 일시에 고요해졌다.

서 있는 자들은 한국 측 네 명과 등리와, 그리고 그녀를 지키고 있던 양강뿐.

'예상 밖의 개판이긴 하지만…….'

대화를 나누기엔 오히려 적절해졌을지도.

친구, '친구'라……. 반복해 언급되던 단어 하나가 영 거슬린다. 견지록은 뒷목을 주무르며 말했다.

"아무래도…… 중국 수뇌부가 두 패로 갈라졌다는 정보가 진짜였나 보네."

"……."

"'나'를 두고."

그에 양강이 대답했다. 제법 유창한 한국어로.

"역시, 알고 계셨군요."

3

「이것만 해 주면 돼. 할 수 있지? 그럼 이번에야말로 정말 네가 원하는 것을 줄게.」

「하.」

「별로 어려운 일도 아니잖아, 자기. 네 그 끔찍한 힘으로는.」

피와 먼지. 더러워진 뺨으로 그녀가 조소했다.

「이러고도 네가 나를 사랑한다고? 역겨우니까 그 개소리 그만 좀 지껄이고 다녀.」

말은 사나운 반면 목소리엔 힘이 없었다. 지쳐 보인다.

그는 서슴지 않고 그 더럽혀진 뺨에 입술을 갖다 대었다. 정중하고, 우아하게 그녀 앞에 제 모든 무릎을 꿇으며.

「사랑해. 나 자신보다, 그 누구보다. 매 순간, 이렇게 얽힌 너와 나의 운명을 증오할 정도로. 그리고…… 매 순간, 이렇게라도 만난 우리의 운명에 경배할 만큼.」

「…….」

「다만…… 미안해, 내 사랑.」

「……개자식. 저리 꺼져.」

「나는 그런 너보다 이 연약한 세계를 더 사랑할 뿐이야.」

용서를 바라지 않아.

절대 나를 용서하지 마.

그저 우리 함께 종장으로 치닫기를 바라는 이 역겨운 사랑조차 사랑이라 부를 수 있도록…… 부디 그것만 내게 허락해 줘.

"……3월, 13월! 야, '키도'!"

"……깼어. 매드독."

"제길, 대체 잠을 언제까지 처자는 거야? 여기가 네 관짝이냐? 바쁘다는 새끼가 뭔…… 어? 야…… 야, 너 울어?"

키도는 눈가에 무거운 팔을 얹었다. 미치도록 눈이 부셨다.

'꿈'만 꾸면 늘 이런 식이다.

계승된 기억이 완성되어 갈 때마다 으레 겪는 과정이었다.

자기가 험하게 깨워 그러냐며 매드독이 제 발 저려 눈치를 살핀다. 이번 생에도 변함없이 순진한 형제를 보며 키도가 쓰게 웃었다.

"아냐, 그런 거."

"아니면 괜찮지만! 재수 없는 악당 자식이 몸은 귀족마냥 종잇장 같아 가지고!"

"무슨 소리. 이 정도면 훤칠한 편이지. 아하, 나 걱정해 주는 거야, 허니?"

"걱정은 무슨 씨발! 남을 비열하게 죽이면 죽였지, 뭘 해도 안 죽을 악당 놈을 내가 왜!"

"그 악당 짓, 너도 하고 있다는 건 계속 까먹나 봐. 친애하는 나의 형제."

키도는 눅진한 몸을 일으켰다. 걸어가 창밖을 우두커니

응시한다. 버려진 그들의 땅, 무주無主의 땅을.

늘 그렇듯 태양 없이 그림자만 드리운 그의 고향이었다.

낮게 부는 바람에 천연한 하늘빛 머리칼이 흔들렸다. 삭막한 죽음의 황무지를 감상하며 키도는 읊조렸다.

"울리고 싶다 해도 정작 우는 건 늘 내 쪽이구나……."

이 빌어먹을 운명.

매드독이 기다린다. 오랜 서약의 '집행자'는 다시 평소와 같이 웃는 낯으로 뒤를 돌아보았다.

"어디 보자. 우리의 '트릭스터'는 중국에 잘 스며들었으려나?"

"4월 그놈 하는 짓이야, 뭐. 알아서 개판 쳐 놨겠지."

"좋아. 그럼 이쪽도 슬슬 출발해 볼까."

한국. 친애하는 왕께서 자리를 비운, 기나긴 재앙의 시작점으로…….

·· ✦ ✳ ✦ ✳ ✦ ··

'트릭스터Trickster, 위조자 그놈이다.'

백도현은 확신했다.

장소를 다시 옮겨 스위트룸 내 따로 마련된 밀실.

양강과 등리와는 방 안에 별 장치가 없음을 빈틈없이 확인한 뒤에야 그들을 앉혀 두고 말했다.

「견레이가 가짜라는 것쯤은 처음부터 알고 있었습니다.」

「……하.」

「아무리 혼란스러운 시기라 해도 한 명의 주장만을 믿고 나라 전체가 움직일 만큼, 당국은 만만하지 않으니까요. 특히 우리처럼 '통제'가 중요하다면 더욱더.」

양강은 자조적으로 웃었다. 다만.

「그 모든 거짓을 차치하고서라도, 그가 우리에게 보여 준 능력과 미래가 달콤했을 뿐이죠.」

「능력?」

「견레이는 특수계 각성자입니다.」

전투계, 보조계, 생산계, 특수계.

각성자는 크게 네 가지 계열로 갈라진다.

이 중에서도 특수계는 특이特異 능력자들. 선천적으로 이능을 타고나거나, 메이저 카테고리가 아닌 기타에 속하는 능력자들을 일컬었다.

전자의 경우, 가장 유명한 케이스가 대한민국의 랭커 최다윗. 후자의 경우로 널리 알려진 직업 타이틀이 [테이머]다.

이들은 랭킹이나 등급만으로는 그 능력치를 파악하기

어려웠다. 특히 특정한 쪽으로 능력이 심화해 기울었다면 깊이를 가늠할 수 없어 변수의 가능성은 배가된다.

양강이 말했다.

「그리고 그의 능력은…… [현실 위조].」

꽈악, 백도현이 주먹을 움켜쥐었다.

「일시적으로 공간이나 물건을 조작하는 것은 물론, 사람들의 정신까지 세뇌하고 조종합니다.」

「아. 그, 그럼 그 혈연 증거라고 내민 아이템도 혹시……!」

「그렇습니다, 힐러. 가짜입니다.」

「이런 개……! 아, 죄송해요.」

「더 말하면 놀라겠군요. 이야기는 이제 시작인데…….」

「뭘 더 말해? 뻔하지.」

지오가 툭 내뱉었다. 전체적인 그림 파악은 그자의 능력을 듣자마자 끝났다.

「밤비 세뇌. 결국 그게 목적이셨나 본데.」

「…….」

「왜, 중국으로 데려오기만 하면 알아서 대륙인 만들어 주겠다고 그 사기꾼이 그러던?」

   그걸 믿다니, 망상도 참 대단하다. 지오는 짧게 혀를 찼다.
   언어를 몰라도 한심해하는 뉘앙스 정도는 느껴진다. 등
리와의 얼굴이 빨개졌다. 발끈하는 그녀를 양강의 손이
지그시 눌렀다.

  「믿을 수밖에 없었습니다.」
  「…….」
  「그땐 당 수뇌부의 절반이 그에게 넘어간 뒤였으니까요.」

   늙은이는 교활한 혓바닥을 놀렸다.
   덫을 놔라. 내 앞에 데려다 놓기만 하면 S급 랭커를 당
신들의 것으로 만들어 주겠다.
   당국에선 의심하여 말했다. 증명해 보라.
   그에 견레이는 웃으며 '능력'을 사용했다. ……분열의
시작이었다.

  「누가 세뇌당했고, 누가 선동당한 것인지 이제는 더 이상
구분이 불가능한 상황입니다.」

   끊임없이 의심하는 등리와가 아니었다면 자신도 비슷

한 꼴이었을지 모른다며 양강이 쓰게 웃었다.

'흔적 없는 내부 분열······.'

트릭스터가 즐겨 쓰는 수법이다.

제 예상이 맞았다. 백도현은 굳은 입매를 쓸어내렸다.

째깍, 째깍.

각자 생각에 잠긴 채 시간이 흘렀다. 쭉 이어지던 침묵을 양강이 다시 깼다.

"오해할까 봐 한 가지는 확실히 말해 두고 싶은데."

"······."

"친구가 되고 싶다는 리리의 말은 진심이었습니다. 그녀는 만에 하나의 위험성 때문에 견레이와 당신들을 만나게 하고 싶지 않았을 뿐이에요. 크라켄으로 시간을 벌면, 그 사이 이쪽에서 군을 장악해 견레이를 우리 손으로 끝낼 생각이었습니다."

"······왜?"

"[일거양득.]"

등리와가 신경질적으로 말했다.

"[늙은이 목 하나로, 내부도 정리하고, 신창 당신에게 빚을 지워 둘 수도 있으니까.]"

견지록이 실소를 터트렸다.

"아하, 그래. 이쪽이 크라켄을 너무 빨리 죽이는 바람에 계획이 제대로 꼬이셨다 이거로군."

정확하다. 중국인 둘이 침묵했다.

"그러다가 실패라도 하면, 그쪽은 처형, 이쪽은 감금행이고? 안일기도 하셔라."

"……허점 많은 계획이란 걸 몰랐겠습니까? 묘수를 내기엔 시간이 촉박했을 뿐. 이쪽도 나름의 사활을 걸었다는 것만 알아주시죠."

양강은 담담하게 일렀다.

모 아니면 도.

깔끔히 축출해 내기엔 견레이는 너무 깊숙이 뿌리박혀 있다. 제거하려면 어차피 피를 각오해야만 했다.

하지만 지오는 이들이 진짜 '묘수'를 빼고 말하고 있단 것을 알았다.

그래서 이 상황이 그저, 웃겼다.

"어이."

"……?"

"결국 말이야. 그렇게 피아 식별 안 돼서 곤란한 내전이라면, 아무도 그 사기꾼을 지지하지 못하도록 공개적으로 끌어내리면 그만 아님?"

왜냐면 견지오 또한 잡음 없는 가장 '깔끔한' 처리를 원하여 이곳 칭다오까지 왔으므로.

"왜 빙빙 모른 척 피해 가? 웃기네, 얘네. 그놈 여기 있잖아.”

“…….”

“등요한.”

콰앙!

테이블을 세차게 밀치며 등리와가 일어났다. 험악한 낯으로 걸어가 그대로 총구를 지오의 이마에 갖다 댄다.

“[감히……! 누구 면전에서 그 반역자의 이름을 대나!]”

밀실 안 공기가 급격히 싸늘해졌다.

철컥, 장전되는 소리가 날카롭다.

일촉즉발의 상황.

하지만 등리와를 말리려고 일어난 양강은 기민하게 알아차린다. 이 방 안의 한국인들 중 단 한 명도…….

‘동요하고 있지 않아.’

본능적인 식은땀이 흐른다. 그는 서둘러 외쳤다.

“[리리, 잠깐……!]”

늦었다.

“그러는 넌.”

“[……뭐?]”

“‘감히’ 누구 앞에 총구를 갖다 밀어.”

[적업 스킬, 7계급 고위 주문
—‘희생자의 적사슬Bloody Chain of Victims’]

"커허억!"

턱 끊기는 호흡과 함께 등리와가 목을 감싸 쥐며 바닥으로 나동그라졌다.

빠르게 핏빛으로 물드는 얼굴. 시전자에게만 보이는 철혈의 적사슬이 등리와의 숨통을 사방에서 비정하게 옥죄였다.

"[리, 리리!]"

목의 살갗을 파고드는 적사슬에 검붉은 상처가 팬다.

등리와의 바짝 곤두선 손톱이 바닥을 긁었다. 발버둥치는 연인을 붙든 양강이 그만하라고 비명 질렀다.

저대로 5초면 죽는다. 견지오는 심드렁히 턱을 괬다.

'나도 죽일 생각까진 없어.'

그냥, 다신 함부로 아무 데나 총구를 갖다 대지 못할 만큼. 딱 그 정도만 죽여 놓을 생각이다.

그리고 바로 그때였다.

"그만, 그만요…… 지오 님."

"……."

덜덜 떨면서 잡아 오는 손.

채도 낮은 가짜 벽안이 고개를 들었다. 물기로 촉촉한 다갈색 눈의 성자, 견지오의 힐러가 그녀에게 청하고 있었다.

"이, 이쯤 하면 충분히 알아들었을 거니까…… 네? 그러니까."

"……."

1초, 2초, 3초.

타악.

"커헉, 컥!"

거친 숨을 토해 내며 등리와가 등을 말았다.

헐떡이는 호흡과 적막만이 밀실을 채우는 가운데.

지금 이 상황에 가장 놀란 사람은 말렸던 나조연도, 죽을 뻔한 중국인들도 아니다. 견지록은 얻어맞은 기분으로 제 누이를 바라봤다.

'……말을 들었다고?'

가족도, 범도 아닌 다른 사람의 말을?

그러나 피붙이의 변화에 그가 당황하든 말든, 장내에 깃든 긴장감은 여전히 가시지 않고 있었다.

스스로 성력을 일으켜 회복한 등리와가 간신히 안색을 되찾았다. 호전적인 두 눈에는 아까와 달리 옅은 두려움이 서려 있었다.

상대가 마법사인 것쯤이야 봐서 안다.

마법사와 힐러. 전투계와 보조계가 태생적으로 지닐 수밖에 없는 격차 또한 알고 있다.

하지만 등리와는, '허해 공주'는 세계 제1의 힐러였다.

보이지 않게 전신에 두르고 있는 보패만 해도 족히 열 개가 넘는다. 그럼에도…… 정말 그럼에도 어떤 저항조차 불가능해서.

"[너, 너…… 누구야.]"

그녀와 비슷하게 창백해진 낯으로 양강 또한 물었다.

"당신 대체 누구입니까?"

꾸며 낸 벽안 속, 숨겨지지 않는 황금색 마력 회로가 빛을 뿌렸다. '죠'가 웃었다.

"알려 주면. 감당할 자신은 있고?"

글쎄. 없어 보이는데.

··✦✳✦✳✦··

상황 파악은 다 끝났다.

등리와 쪽이 괜히 자존심을 부렸을 뿐, 서로 필요한 것은 결국 일치했다.

'그놈' 등요한.

칭다오 라오산嶗山 깊이 틀어박혀 있는, 그 중국 랭킹 1위 말이시다.

시간 낭비할 필요 없다. 일행은 둘씩 그룹을 나눠 움직이기로 했다. 두 명은 의심을 피하기 위해 등리와 쪽과 함께 호텔에 머무르고, 나머지 둘은 라오산으로 직행.

그리고 놈과 유일한 구면인 견지오는 당연히…….

"떼잉……. 뽑기 운 더럽게 없어. 왜 님임?"

"……제가 어때서요."

[네놈이 어떻긴 뭘 어떠냐고, 당연히 최하의 허접 파트너 미스터 회귀자 아니냐며 성약성이 대신 신랄하게 비웃습니다.]

'굿 별, 굿 별. 잘해쓰.'

[당신의 성약성, '운명을 읽는 자' 님이 오랜만의 칭찬에 울컥하여 요 봐라! 내 주식 아직 안 죽었다, 이 지조 없는 도박꾼들아! 허공에 냅다 삿대질합니다.]

'누구랑 말하는 거야? 이 언니 아프다니까, 진짜……'

"어쩔 수 없습니다. 단념하세요. 리더는 대표고, 조연 씨는 통역해야 하니까요. 지오 씨 곁엔 저밖에 없는 현실을 그만 받아들이셔야 합니다."

"그럼 이 킹지오가 겨우 잉어 전력 따위를 떠맡았단 거임? 어휴, 진짜 내 팔자야."

"이, 잉여겠죠! 무슨 잉어 킹도 아니고!"

"뭐 인마? 지금 예체능 무시해? 님 뭔데, 문과? 누가 인성 터진 문과 놈들 아니랄까 봐. 쯔쯔."

"솔직히 별로 예체능 같지도 않…… 아니, 그보다 문과라뇨! 그런 모욕을. 저 공고 출신입니다."

한때 지역구에서 잘생긴 공고 오빠로 이름 날렸던 백도현이 정색했다. 매우 쓸데없는 정색이었다.

지오가 미안해져 눈썹을 늘어트렸다. 허어얼.

"백 집사 공부 못했어……?"

"······당신이 할 말은 아니잖습니까! 그리고 나름 열심히 했습니다. 취업이 급해서 현실적인 선택을 했을 뿐이지."

라오산으로 향하는 새벽길.

인적 없는 시간을 골라 움직였기에 주변은 고요했다. 물론 비단 시간대 때문만은 아니다.

지오는 산의 입구, 태산처럼 굳게 밀폐된 석벽을 올려다 봤다. 옆으로 백도현이 다가와 선다. 두 남녀는 나란히 서서 잠시 그것을 감상했다.

"에휴우. 솔직히 동행이 님만 아니었음 했는데."

"진심으로요?"

"주인공은 어딜 가나 사건을 몰고 다니잖아. 님이 우리 세상의 코×인 걸 아직도 몰라?"

"주인공······? 제가 말입니까?"

어처구니없는 소리를 들었다는 듯 백도현이 웃었다. 새벽바람에 그의 흑발이 얕게 흔들렸다.

"웃겨?"

"웃기죠."

"뭐가."

"세상의 주인이 그런 말을 하니까요."

"······."

"주인공은 당신이죠. 축도, 기준도, 균형도 전부 당신에게 있지 않습니까."

"……."

"그리고…… 이기적인 저의 세상 또한."

모두 다 당신에게 있다.

부여된 사명을 저버리고, 끝끝내 시계를 되감는 데 성공한 '심판의 검'. 이기적인 실패자 백도현이 지오를 돌아봤다. 지오도 그를 마주봤다.

희미한 서광이 깃든 회귀자의 얼굴. 눈빛은 새벽처럼 고요했다.

"……그러고 보니 물어본 적이 한 번도 없네."

"예, 말씀하십쇼."

"백도현 너, 왜 회귀했어? 아차. 이런 것도 페널티 받으려나?"

"아뇨. 그 정돈 상관없지만……."

그가 웃었다. 글쎄요. 음.

"몹시 사랑했고, 또 놓쳐 버린 사람들이 모두…… 지나간 시간 속에 있어서."

한 번만. 마지막으로 딱 한 번만.

"제 첫사랑을 다시 보고 싶다고…… 그런 생각을 했을지도 모르겠네요."

"……그게 나고?"

그 질문에는 살짝 놀랐다는 듯, 백도현이 실소를 터트렸다. 그런 걸 왜 묻습니까.

"저 헷갈리게 해 드린 적 없잖아요."

당신이 모른 척할 뿐이지.

"……뭐, 그건 인정. 그냥 하던 대로 집사 놀이나 해."

"거리 잘 재고 있는데 먼저 물어보셔 놓고선……."

"님이 하루 종일 혼자 찝찝 아련한 얼굴 하고 있으니까 그런 거잖아."

지오가 발로 바닥을 툭툭 차며 투덜거렸다.

신경 쓰고 있었나. 제 뺨을 쓸며 백도현이 멋쩍게 웃었다.

"그냥…… 견레이 그 사람, 아무래도 제가 아는 놈 같아서요."

"훅 들어오네? 웬일."

"추측이 확신이 되었기도 하고. 또 이건 미래가 아니라 지금 우리한테 일어나고 있는 일이니까요. 말해도 됩니다."

"흐응."

"매드독이 소속된 국제 테러 집단, 들어 보셨죠? 해방단. 거기 소속된 놈일 겁니다."

〈해방단〉의 알려진 네임드는 총 열셋. 1월부터 13월까지.

그들은 국적도, 행적도 없다. 오로지 있는 것은…… 목적.

세계의 혼란, 그리고 파멸.

"놈들에겐 이름도 없습니다. 신원을 감추려는 의돈지 뭔지, 매드독처럼 자기들끼리 정한 별명으로만 불려요. 제 생각에 이번 놈은……."

그중 4월. 얼굴 없는 위조자 '트릭스터Trickster'.

내부 분열, 군중 심리전을 전문으로 하는 협잡꾼이었다.

"리더의 일이 점점 낌새가 이상하길래 따라와 봤더니. 아니나 다를까……."

누명, 오명, 추문, 이간질, 세뇌.

각성자 또한 사람이다. 수많은 사람들에 둘러싸여 살아가는 랭커들은 특히나 이 관계의 덫에서 자유로울 수 없었다.

1회 차에서 각국 최상위 랭커들을 타깃으로 잡아 무너트리면서 유명해진 놈이었으나…… 설마 이렇게 빨리 접근해 올 줄은.

"보자마자 알아챘어야 했는데, 죄송합니다."

"님이 미안해할 일은 아니지."

처음 만났을 때부터 느꼈지만, 얜 쓸데없이 사과를 많이 한다.

테러범이라……. 어디서 기어 나온 잡종인가 했더니. 지오는 무심하게 물었다.

"그래서. 잡기 힘들어?"

"아뇨. 교활한 쥐새끼일 뿐인걸요. 계획대로 가면 됩니다."

지닌 무력 자체는 일천하다.

트릭스터 본인 또한 그걸 잘 알아 절대 자신을 무력만으로 제압할 수 없게끔 판을 짜는 놈이었다. 제 시체마저 상대의 목을 죄는 사슬이 되도록.

하여 만약 일이 안 좋게 꼬였다면 견지록은 골치 아픈 오명의 덫에 빠졌을지도 모르지만…… 다행히 공략집은 다 나온 상황.

등리와가 탈출구를 막고, 대대적으로 '진실'을 벗겨 내면 군중이라는 무기를 잃은 놈은 독 안에 든 쥐에 불과했다.

"그럼 됐어."

더 자세한 건 직접 족치면서 들으면 될 일이다. 지오는 짧게 한숨을 내뱉었다.

"하, 결론은 이 자식이 꼭 필요하단 얘기인데."

"그렇…… 겠죠?"

"공부 나름 열심히 하셨다는 백 씨. 어디 저 빨간 한자나 함 읽어 봐."

짝다리 짚고 건들거리는 지오.

하여튼 정말 마이페이스다. 그래서 더 좋아하는 거지만. 백도현은 피식 웃고 다시 석벽을 바라봤다.

시야를 꽉 채우며 서 있는 거암, 그 위에 선명히 새겨진 적색 글자 하나.

"금할 금(禁)."

출입을 엄히 금지함.
누구의 출입도 허하지 아니하며, 허가받지 않은 접근 시 당에 의해 최고형에 처할 수 있음

반역자反逆者.

국가 내란죄, 혹은 전복을 꾀한 죄인에게 나라가 내린 무기한 유폐幽閉형.

그러나 사형도, 추방도 시킬 수 없어 억지로 내린 벌이며, 죄인 또한 제 발로 걸어 들어갔음을 모르는 자 없었다.

누가 뭐래도 등요한은 중국 각성자의 대표, 로컬 부동의 일인자니까.

지오가 턱짓한다. 백도현은 가볍게 그녀를 안아 들어, 드높은 석벽을 한 번의 도약으로 뛰어넘었다.

"그런데 어떻게 아는 사이십니까, 등요한과는?"

"백두산."

"백두산이면…… 아!"

짤막한 탄성. 왜 몰랐나 깨달은 눈치였다.

지오는 고개를 크게 끄덕였다. 절대 까먹으면 안 되지. 응.

마술사왕 위인전이 나오면 큼지막하게 몇 페이지는 들어가 줘야 하는 업적이다.

아무렴, 조국의 청탁을 받아 울며 겨자 먹기로 징집됐던 비극의 히스토리 아니겠나?

'하여튼 장 국장은 진짜 나한테 잘해야 해.'

[당신의 성약성, '운명을 읽는 자' 님이 그렇고말고, 그것

때문에 고등학교 첫 중간고사도 말아먹지 않았냐며 속닥입니다.]

백두산白頭山.

민족의 영산이긴 하나, 북한과 중국의 경계에 위치한 그 산은 엄밀히 말해 견지오의 관리 영역 밖이다.

거기서 게이트가 터지든 말든 이쪽은 큰 상관도, 어떤 의무도 없는 문제셨다 이거다. 그런데.

「벌써 이틀째입니다. 이러다가 쟤네 진짜 망합니다. 견지오 헌터! 제발!」

「한반도 커버하기도 바빠 죽겠는데, 북한을 내가 왜? 호옥시나 이쪽으로 넘어오면 그때 처리해 준다니까?」

「지오 양…….」

「그리고. 원래 거기 진작 망하지 않았음? 게이트로 초토화돼서 사실상 주인 없는 땅이라며.」

「예! 그러니까 말입니다!」

장일현 국장이 뜨거운 눈빛으로 가슴을 팡팡 두드렸다.

「그러니 더더욱! 후일 있을 영토 소유권 분쟁에서 우리가 유리하려면 임팩트 있게, 널리 파워를 보여 줄 필요가 있다 이 말이죠!」

「아하. 결국 과시용으로 한국 1위를 백두산 분화구에 던지

시겠다? 북한 완전 망하면 보쇼, 우리가 이런 것도 했던 우리 땅이니 넘보지 말라는 의미로다가?」

「정확합니다! 하하! 역시 고등학교에 진학하시니 이해력이 남다르십니다!」

「하하핫. 칭찬 감사.」

「하하하, 뭘요. 저희 사이에.」

「응. 그럼 잘 가고.」

「……」

중간 과정이 어쨌든 가긴 갔다.

전투 총 소요 시간 51시간.

한국의 지원군, 단 1명.

백두산 천지를 장악했던 1급 마수 전설계 환수종 천둥새는 죠가 지원 참전한 지 약 1시간 만에 완전 토벌되었다.

지리적 위치상 이와 관련해 한국 쪽에는 많은 정보가 돌지 않았지만, 중국에선 달랐다.

비로소 걷힌 먹구름 사이로 비치던 일광一光, 절망의 푸른 뇌전을 발겨 찢던 황금빛 우레.

익일 대륙 내 일간지의 모든 일면을 차지한 글자는, '대제大帝'. 온통 그 이름뿐이었다.

"그날 거기 등요한도 갔던 겁니까? 그런 얘기는 못 들었는데요."

"흠, 졸라 늦게 도착했으니까."

그를 부를 것인가, 말 것인가.

수만 명의 생명을 경각에 두고도, 중국 정부는 마지막의 마지막까지 망설였다고 한다. 덕분에 지오는 전투가 끝나고, 천둥이 잦아들던 시점에서야 중국의 대역 죄인과 조우할 수 있었다.

"어떤 사람이었습니까?"

"만나 본 적 없나 봐?"

"예. 건너 얘기만 들었습니다. '일만의 요한'……."

"그것뿐?"

백도현이 잠깐 머뭇거렸다. 그게.

"소문에 의하면 엄청나게 게으르다고…… 진짜입니까?"

바스락, 수풀을 스치는 소리.

오셨네. 지오는 씩 웃었다.

"직접 물어봐. [영역 선포.]"

라이브러리, 단축키
『북마크 ─ 넘버 2. 한 권의 보패寶牌』

콰아앙-!

앞면은 평화, 뒷면은 전쟁. 어떤 신화 세계가 응축되어 새겨진 고대의 보패가 필드에 구현된다.

인류 문헌 속, 가장 화려하게 업적이 기록된 방패. 이것은 어린 견지오가 최초로 첫 시도 만에 해냈던 구현화이기도 했다.

《일리아스》 18권. 위대한 대문호가 장장 한 권에 걸쳐서, 또 수많은 인류 후손들이 긴 시간을 공들여 묘사하고 찬사해 둔 무구였으므로.

카가각! 거나한 충돌이 일었다.

아킬레우스의 황금 방패가 펼쳐 낸 장막을 월아月牙 모양의 창날이 사납게 깎아 낸다.

고대 영웅의 병장기를 소유한 것은 상대 또한 마찬가지.

날카로운 바람에 앞머리가 휘날린다. 지오는 한 손을 까딱해 마력을 한 겹 강화했다.

어차피 저 인내심 없는 놈은 오래 버티지 않을 것이다. 예상대로.

'밀렸다.'

상대의 발이 바닥을 긁었다고 생각한 순간.

휘리릭!

공중을 한 바퀴 돌아 거암 위로 착지하는 놈의 몸. 지오는 코웃음과 함께 펼쳤던 영역을 거뒀다.

"[여전히 무시무시하네.]"

"한국말로 해. 쥐어 터지기 싫으면."

"……이야아. 오랜만이야! 죠! 모습이 그게 뭐야? 못 알아볼 뻔했잖아!"

아하하하. 여포의 병장기, 방천화극方天畫戟을 어깨에 걸치며 등요한이 쾌활하게 웃었다.

지오도 비죽 입가를 비틀었다.

"식후 운동거리도 안 되는 게 어디서 덤벼, 덤비긴. 은퇴 생활 황천강에서 마무리 짓고 싶어?"

"……와우. 성격 진짜 놀랍도록 발전 없이 그대로다. 이건 그냥 확인이지, 예컨대 인사 같은?"

"아하, 님은 인사로 자살을 시도하는 편?"

"……."

좀 말려 봐…….

초면의 중국인이 보내는 무언의 호소에 백도현이 움찔 어깨를 떨었다. 그러니까 저 사람이.

"……정말 그쪽이 '일만의 요한'입니까?"

"흠. 한때 그렇게 불렸지."

"아니…… 등요한은 못해도 서른이 넘었을 텐데……?"

말끝을 흐리는 백도현.

그에 월드 랭킹 6위, 중국 1위. 은퇴 헌터 등요한이 대답했다. 아아, 이거?

"대충 어른의 사정쯤으로 쳐 둬, 젊은이."

꼬맹이, 아니, 많이 쳐 봐야 13세쯤 되어 보이는 풋풋한 소년의 얼굴로.

·· + ✳ ✳ ✳ + ··

　일만壹萬의 요한.

　둥요한이 그런 이명을 갖게 된 배경은 그의 성위 고유 능력에서 기인했다.

　십여 년 전의 허베이성.

　1급 균열이 열리며 일만 마리의 고스트 떼가 성도를 뒤덮고, 불어난 여파가 베이징까지 미쳐 수도마저 위험해졌을 무렵.

　홀로 일만 원귀의 진명을 불러 그들이 원래 있던 곳으로 되돌려 보낸 한 명의 각성자.

　어떻게 이런 일이 가능하냐는 군중의 물음에 그가 대답했다.

　「모두가 여포나 항우가 나의 성약성일 거라 추측하더군요. 아닙니다.」

　나의 별은 황제黃帝의 신수.

　「그리고 내 눈은 만물의 '진실'을 봅니다.」

참과 거짓을 구분하고, 진실을 읽는 눈.

등요한은 [진실안眞實眼]의 소유자였다.

전 세계에서 [진실]을 보는 것으로 가장 유명하고, 또 모두가 그를 인정하여 어떤 부정의 여지조차 없는 사람.

대륙을 홀린 사기꾼을 끌어내리고, 구설수를 깔끔히 종결하기에 이보다 적절한 패는 없었다.

지오는 팔짱 끼고 말했다.

"님 눈깔 좀 써 줘야겠음. 공개적으로."

등요한이 배를 긁으며 답했다.

"안 돼. 돌아가."

"조건을 말해."

"없어. 잘 가."

"……."

……낯선 중국인에게서 나의 향기가 난다.

너무도 익숙한 노답 바이브에 지오가 저도 모르게 흠칫했다. 뭐지, 이 데자뷔는……?

'마, 마치 거울을 보는 것 같아……!'

지오는 당황해 일단 던지고 봤다.

"저, 저기요. 님 산속 생활 오래 했잖아? 아쉬운 게 있을 텐데? 어? 분명 속세가 그리울 텐데?"

"……? 별로."

등요한이 뒤를 슥 돌아봤다. 지오도 따라 봤다.

동돌이 무너지면서 자연 생성된 바위 동굴, 그 안.

뜨듯하게 깔린 전기담요와 캐나다산 최고급 구스 다운 이불부터 그 옆의 게이머 책상, 풀 세팅한 조립 컴, 그리고…… 저, 저건!

'블×자드에서 새로 내놓은 오버블로 시리즈!'

나, 나도 아직 못 해 봤는데에!

이게 뭐야, 은퇴 환경이 이런 거였으면 나도 은퇴할래. 당장 은퇴시켜 줘요…….

혼이 나가 손 뻗고 있는 은퇴지망하지오를 허겁지겁 붙잡으며 백도현이 당황해 외쳤다.

"아니 대체! 열심히 일하는 사회인들을 절망시키는 이 근본 없는 스케일은 뭡니까! 와이파이는 제길, 중국 도착하고 나서 여기가 제일 잘 터지잖습니까!"

"음. 국가가 은퇴한 영웅을 지원해 주지 않으니 스스로 구명할 수밖에. 인민 동지들의 인터넷은 내가 훔쳐서 잘 쓰고 있…… 아, 안 돼! 부수지 마악!"

질투에 이성 나간 삼수생과 절규하는 은퇴 헌터, 그리고 오늘도 한결같이 피곤한 회귀자까지.

잠시 후, 난장판이 간신히 잦아든 뒤.

등요한이 근엄하게 말했다. 휘두르는 킹지오 팔에 잘못 얻어맞아 코피 터진 얼굴로.

"좋다. 정 그렇다면 내 조건을 대지. 너희, 본좌 대신 [서왕모의 세숫대야]에 들어가 다오.”

서왕모의…… 뭐?

‘하다못해 이젠 남의 세숫대야에 들어가라?’

이것들이 작다고 무시하는 것도 아니고, 어딜 자꾸 들어가래?

[호계옥]에서 탈출한 지 얼마 되지 않은 지오가 확 인상을 구겼다.

“기각.”

“그래. 동굴을 나가면 왼편…… 응?”

친절히 설명하려던 등요한이 확 고개를 돌렸다. 뭐, 뭣?

“네가 조건을 말하라며!”

“말하랬지, 누가 들어준대? 그리고 보통 ‘조건을 말해’ 하면 ‘허거덩, 우주 최강 킹지오 님! 저 따위 미천한 놈이 어찌 감히! 즉시 받들겠습니다요!’ 해야 정상 아님?”

‘대체 어떤 갑질의 삶을 살고 있는 거야, 이 한국인…….’

“예. 맞죠. 누가 봐도 그쪽이 정상입니다.”

‘이 새낀 또 뭐야……?’

제정신 아닌 한국인들을 보며 중국인이 입을 벌렸다. 원래 한눈박이의 세상에선 두눈박이가 비정상이 된다더니.

‘설마…… 이게 한국의 바벨 시대 성공 비결인가? 다들 어딘가 조금씩 미쳐 있는 게?’

상식을 잃고, 나의 성공 시대 시작됐다.

그들 앞의 외국인이 사이버 대학 광고 같은 깨달음을 얻건 말건, 지오는 부서진 조립 컴의 잔해 위에 방만히 걸터앉았다.

"이 몸 말씀은, 공산당이면 공산당답게 굴라 이거임. 모든 인민은 동지라며? 그럼 죗값도 연대 책임지셔야지. 안 그래?"

우리 사슴을 국제 도마 위에 올려놓은 죗값. 또…….

이 '나'를 거슬리게 한 죗값.

원죄는 견레이에게 있으나 너희가 보탠 몫 또한 결코 잊을 생각 없다. 그를 의미하는 차가운 눈빛에 등요한이 쓰게 웃었다.

'자비 없는 것도 여전하네.'

백두산에서의 그날이 떠오른다.

「마술사왕'…… 정말 굉장해. 도움에 진심으로 감사한다. 이 우정은 나 개인적으로도 절대 잊지 않도록 하지.」

「우정?」

천둥새의 뇌전은 주인인 마수의 죽음 후에도 쉽게 잦아들지 않았다. 푸른 전류가 비명처럼 튀는 대지 위, 홀로 고고히 선 폭군이 웃었다.

「까불지 마. 이건 '우정'이 아니라 '빚'이지.」

그저 서늘하고, 무감동한 눈으로.

「계산 똑바로 해. 정신 똑바로 차리고.」

「……..」

「네가 지각해서 이번에 너희들이 우리에게 치러야 할 빚의
값은 12만 제곱킬로미터의 땅이 될 거거든.」

뭐, 원래 우리 것이었지만.

그때 이후로 수년이 지나도 여전히 변함이 없는 얼굴.

두르고 있는 외양은 조금 달라졌을지라도 진실을 꿰뚫
어 보는 그에겐 별 의미 없었다.

지오를 보며 등요한이 차분히 말했다.

"하지만 내게도 명분은 필요해."

"……."

"샤오루의 일은 정말 미안하게 생각한다. 그래서 나 역시
도울 마음이 있어. 그러나…… 너희도 알지 않나, 내 처지?"

8년 전 이맘때쯤, 등요한은 조금은 다른 미래를 꿈꿨다.

각성자의 자유, 개인의 의지는 무엇으로도 제한할 수도, 억
압할 수도 없음을 부르짖으며 광장에 높이 깃발을 내걸었다.

결과는 참혹했다.

수많은 동포가 목숨과 '가족'을 잃었다. 등요한 또한 마

찬가지였다.

"이 동굴 밖으로 잠깐이라도 나가려면, 모두가 납득할 순 없어도…… 적어도 한 명, 그 애에게 보여 줄 이유는 있어야 해."

그의 하나뿐인 가족, 배다른 동생 등리와.

총을 든 어린 등리와가 제 오라비를 막아서며 외쳤다.

「동지들의 피를 밟고, 뼈와 살을 깎아 먹은 조국의 어리석은 배신자!」

새파란 증오로 빛나던 동생의 눈을 등요한은 지금도 잊지 못한다.

비참한 혁명의 끝이었다.

"[서왕모의 세숫대야]는 몇 년 전, 위구르족을 돕고 선물로 받은 수반水盤이야. 우루무치 톈산에 있던 걸 내가 이쪽으로 옮겨 왔지. 그곳에 빠뜨린 내 동생의 옥비녀를 찾아다오. 그게 이 몸의 조건이자……."

초라한 반역자가 웃었다. 슬픈 미소였다.

"나, 등요한의 명분이다, 대제大帝."

바벨이 신세계의 문을 열고, 한낮에도 별들이 드리우면서 세상에는 그간 가려져 있던 것들이 모습을 드러내기 시작했다.

신화, 전설, 민담…… 인류가 막연히 상상하고, 말과 말로써만 전해져 오던 것들.

그것들은 대개 힘으로, 무기로 나타났지만, 때로는 전설 속 모습 그대로 사람들 앞에 나타나 보이기도 했다.

바로 눈앞, 이 [서왕모의 세숫대야]처럼.

등요한의 거처에서 조금 떨어진 곳이었다.

한 쌍의 거암이 비스듬히 기울어진 틈, 그 아래에 자리한 연파란 물결의 샘.

지오는 다가가 샘을 물끄러미 내려다봤다. 신기하게도 수면에 얼굴이 비치지 않았다.

'모르고 보면 걍 특이한 웅덩이 같은데.'

"이걸 들어서 옮겼다고?"

〖아니, 코어는 손바닥만 한 그릇이라니까. 거기서 물이 솟으며 불어나는 거고. 여기보다 넓은 데 두면 호수만큼 커져. 톈산 산맥에 있던 것처럼.〗

여덟 개의 눈이 달린 사자가 말했다.

희끄무레한 형상의 신수, 등요한이 안내차 보낸 제 분신이었다.

"……혹시 들어갔는데 아련한 과거가 기다린다거나, 내

마음대로 못 나온다거나, 녹슨 칼 든 뉴비가 된다거나 어? 그런 요망한 개수작을 부려 놓진 않았겠지?"

호계옥 PTSD 환자 견지오가 의심에 찬 눈매를 좁혔다.

〖왕모의 기운이 깃든 성소聖所에 대고 못 하는 말이…… 남들은 들어가고 싶어도 못 들어가는 곳이라고.〗

"음? 어째서 이곳에 들어가고 싶어 합니까?"

〖이런 의심 많은 한국인들 같으니……. 서왕모가 누구냐? '불사不死'를 관장하는 분 아니야! 나 회춘한 것 좀 봐라. 이 뽀얗고 탱탱한 젊음 안 보여?〗

물에 살짝 손을 적시고 있었던 백도현이 흠칫하며 빼냈다. 그도 모자라 옆의 지오까지 얼른 잡아당긴다.

싸늘해진 분위기에 등요한이 당황해 손사래 쳤다. 아니, 아니!

〖내 말은, 계속, 맨날 수백 번씩 드나들면 그렇다고! 너희는 아무리 길어 봤자 한 시간이나 되겠어? 나 못 믿어?〗

"메이드 인 차이나는 신용이 안 갑니다."

〖……〗

더 말해 봤자 부질없다.

라오산에 남아 있는 진법들이나 해체하러 가겠다며 등요한이 쓸쓸히 자리를 떠났다.

샤아아- 그렇게 연기로 화해 사라지는 신수.

고개를 절레절레 젓던 것도 잠시, 지오는 다리 굽혀 몸을 풀기 시작했다. 헛둘, 헛둘.

"뭐…… 하십니까?"

"보면 모름? 준비 체조."

"……수영도 할 줄 아세요?"

"뭐래. 나 YMCA 아기 스포츠단 출신임."

샛별동 아기 물개라고 들어 봤나? 자유형, 배영, 접영, 평영 뭐든지 가능하시다.

빠듯한 집안 사정에도 자식들 교육열 하나는 누구에게도 뒤지지 않았던 S급 엄마 박순요 씨. 덕분에 어렸을 적 발레부터 시작해 안 배운 게 없는 조기 교육 영재가 당당히 콧대를 세웠다.

백도현은 내심 감탄했다.

'이분……! 가만 보면 미술 빼고 못하는 게 별로 없어!'

"자고로 수영은 현대인의 필수지. 이런 기본도 안 배우니까 물건 툭툭 빠뜨리고 남한테 찾아 달라 마라 광범위 민폐나 끼치고 말야. 쯔쯔."

등리와의 옥비녀.

남매가 틀어지기 직전 소녀 등리와가 샘에 빠트렸다는 그 물건은, 이후 등요한이 찾으려 애썼지만 도저히 찾을 수 없었다고 한다.

소유주가 적대하는 자는 절대 찾을 수 없도록, 비녀에 딸린 자체 도난 방지 기능 때문이었다.

'잃어버린 내 물건만 우주에 한 트럭일 텐데, 남의 물건이나 찾아 주고 있고, 에휴.'

눈깔이 아주 대단한 벼슬이다.

홍달야의 세계안부터 등요한의 진실안까지. 씨바, 이게 무슨 눈깔 대전이냐고.

'눈깔이 트렌드인가? 이러다가 ×륜안, 빨간 눈 우르르 등장해서 킹지오 도태되는 거 아녀?'

[당신의 성약성, '운명을 읽는 자' 님이 우리 애기 자기, 멋진 눈깔 필요해? 이 오빠가 하나 찾아봐? 그으윽한 목소리로 창고를 뒤적입니다.]

'……그만해.'

애 앞에선 찬물도 못 마신다더니, 처돌이 별님 앞에선 농담도 못 한다.

마무리 단계로 손발을 탈탈 터는 지오 옆에서 백도현이 웃으며 운을 뗐다. 사실요.

"저는 좀 궁금하기도 합니다."

"뭐가?"

"등요한이 그랬잖습니까. 이 서왕모의 수반…… 찾는 자의 '답'을 보여 준다고."

회춘은 부가 기능일 뿐. 북유럽 아이슬란드 쪽에 위치한 [미미르의 샘]과 마찬가지로 서왕모의 수반은 저를 찾는 자에게 지혜를 빌려준다.

조금 전, 동굴을 나서며 백도현은 등요한에게 물었다.

「당신은 그럼, 거기서 뭘 봤습니까?」

"가장 소중한 것."

"……."

"등요한은 자신의 소중한 사람을 봤다고 하더라고요. 어쩌면 그래서 계속 이곳을 드나들었을지도 모르죠. 그리워서."

'가장 소중한 것……'

지오는 물끄러미 내려다봤다. 아무것도 비치지 않고 있는 수면은 그 속을 모르게 그저 고요하기만 했다.

"그래도 그처럼 너무 오래 걸리면 안 되겠지만요. 얼른 다녀오죠. 한국도 슬슬 걱정되고."

"그 해방단 뭐시기 때문에?"

"예. 아무래도, 당신이 자리를 비웠지 않습니까. 지오 씨는 걱정 안 되십니까?"

"뭐, 별로."

지오는 무심하게 대꾸했다.

"안전장치 해 놨거든. 크고 비싼 걸로다가."

··✦·✳·✦·✦·✦··

서울, 모 프랜차이즈 카페.

모의고사가 얼마 남지 않았다. 카페 안은 공부하러 온 학생들이 책 넘기는 소리로 가득했다.

창가에는 하얀 햇볕이 눈부시다. 딸깍, 부러진 샤프심에 견금희는 인상을 구기며 샤프를 내려놓았다. 그때.

순간 책 위로 드리우는 그림자.

달고 쓴 냄새가 훅, 풍겼다. 견금희가 세상에서 제일 사랑하고, 또 미워하는 사람의 향기였다.

"또……."

"……."

선글라스를 아래로 살짝 비끼며 귀도 마라말디가 웃었다.

"'혼자' 있네? 우리 금희."

배경음이 말소되듯 사라지고. 그 자리를 차지한 부드러운 미성의 이방인.

견금희는 빤히 귀도를 올려다봤다. 그리고…… 이내 씩 웃었다.

"혼자? 글쎄."

탁.

그런 그녀의 어깨를 둘러 감싸는 팔.

팔뚝은 가늘디가늘고, 손톱은 선녀처럼 고운 모양으로 가다듬어져 있다. 하지만 눈빛은 전혀 아니었다.

카페 안을 삽시간에 뒤덮는 화려하고 농염한 요기妖氣.

대여우 '바리윤'이 붉은 입술을 모으며 눈웃음 지었다.

"어머나. 우리 왕제님한테 무슨 볼일이라도?"

그녀 한 명만이 아니다. 어느새 다가온 청의 동자가 헛기침하며 부채로 이방인의 팔을 툭툭 쳤다.

"이보게. 안 앉을 거면 그만 비키지 그려? 거긴 지엄하신 왕명에 의해 이 어르신 자리거든."

'왕명'이라…….

정말 만만치 않다니까, 우리의 킹께선.

귀도는 속 모를 미소와 함께 느긋하게 다리를 꼬았다.

"으음, 경계가 심하네. 인사차 들른 것뿐인데. 한국에 온 김에, 친애하는 친구 얼굴도 보려고."

이쪽 '볼일'이야 조금 먼 곳에 따로 있거든…….

안전장치?

살짝 놀란 눈치로 돌아보는 백도현. 지오가 흘긋 보고 고개를 기울였다.

"세상을 넓게 보시는 그레이트 킹지오의 안배랄까. 왜?"

"아뇨. 그게……."

목을 긁적인 백도현이 약간 수줍게 웃었다.

"통했다 싶어서……. 사실 저도 해 놨거든요. 크고 아주 비싼 걸로."

·· ✦ ✶ ✦ ✶ ✦ ··

"씨발, 쉬바아아알! 내가 대체 왜! 와이이! 여기 울산 구석까지 내려와 있어야 하는데! 아앙?"

─진정해라. 그게 약속이지 않나. 한번 맺은 약조는 지키는 것이 무도인의 도리다.

"이 갑갑한 조선 여편네! 순위 오르면 꼰대력도 같이 오르냐? 넌 느그 오른팔이 걱정도 안 돼?"

─일의 원인이 된 방송 사고는 엄연히 네 실수였다고 다윗 너 또한 반성을─

"아아아아, 안 들려, 안 들려!"

「어깨동무…… 까지 해야 합니까? 분명 친구 시늉만이라고 종주께 전해 들었는데.」

「썅! 나도 싫거든, 새꺄! 그냥 해! 머리에 피도 안 마른 루키 새끼가! 칭구칭긔 정체 감춰 주려면 제대로 해야 할 거 아냐!」

「머리에 피가 마르면 죽습니다. 인스타에 올라가는 것도 부담스러운데, 후우…….」

「이런 씨. 때려쳐! 야, 때려쳐! 나도 싫어, 너 당장 꺼져!」

「대신 음, 이렇게 하는 건 어떻습니까? 최다윗 씨가 제 부탁도 하나 들어주는 걸로.」

–결국 그의 청을 들어주기로 결정한 건 다윗 네 선택이었지.

"그거야……."

「엉? 울산 홍가를 지켜 달라고? 왜? 흠, 거긴 홍고야 님 계신 곳인데…… 아, 암튼! 내가 네 부탁을 왜! 싫어! 네버!」

「싫다면 어쩔 수 없지만…….」

"그래도 그래. 건방진 루키 새끼. 내가 해타 수문장이지, 홍가 수문장이야? 왜 울산까지 와서 이러고–"

……잠깐.

"야. 하얀새. 이따 다시 연락할게."

덮고 있던 잡지책을 내리며 최다윗이 상체를 일으켰다.

멀지 않은 지평선 너머, 유유히 그녀의 정면으로 걸어오는 자가 있었다. 쭈뼛 곤두서는 전신의 감각. 최다윗은 본능적으로 느꼈다.

'적이다.'

저게 백도현이 말한 '부탁'이구나.

「그분의 친구라고 들었습니다. 그러니 친구의 친구로서…… 정중히 부탁드리는 겁니다.」

친구의 친구는 또 다른 친구.

최다윗은 똑똑하지도, 눈치가 빠르지도 않다. 분명히.

그러나 그녀는 한번 배운 것을 절대로 잊지 않았다.

매드독이 걸어온다.

〈해타〉 역사상 최강 최흉의 수문장, 한국의 두 번째 S급은 활짝 웃음을 지었다. 잇새로 드러나는 송곳니가 날카롭다.

"씨발…… 드럽고 치사해서 내가 번호 따고 말지."

걔가 너 친구 아니라고만 해. 백도현. 뒈졌어, 넌.

일렬의 까마귀 떼가 경계에 찬 울음소리를 토해 냈다. 그리고 피처럼 붉은 땅거미가 저물어 앉는 울산 땅, 그 위로…….

파악!

한 쌍의 날개 돋친 그림자가 기지개를 켠다. 전설 속 야차와 같이 포악한 기세로.

실소하며 매드독이 중얼거렸다. 키도 이 망할 구라쟁이 악당 새끼.

"[손쉬운 암살이라더니, 지랄하네.]"

대문 앞부터 무시무시한 게 떡 버티고 있잖아.

[상고시대의 파편 — **'서왕모의 수반水盤'**과 접촉합니다.]

물속은 차가웠다.

그리고 생각했던 것보다 훨씬 드넓고, 또 화려했다.

마치⋯⋯ 수중의 정원.

표범과 호랑이, 인어와 닮은 갖가지 형상의 자연 정령들이 물살을 헤엄치고, 그들 가운데 보석과 대리석으로 조각된 전각이 호화롭게 자리해 있다.

환상 속으로 들어온 기분이다. 지오는 제 손안을 스치는 오색 안개를 멍하니 바라봤다.

【곤란해. 아무 데서나 홀리면. 정신 차리거라.】

'아차.'

웃음기 섞인 별님의 말에 화들짝 정신이 든다.

'⋯⋯좁쌀만큼도 겸손할 줄 모르는 대륙 스케일 같으니. 물속에서까지 사치스러움으로 시선을 뺏다니.'

샘 안으로 발을 딛자마자 이럴 수 있나 싶을 정도로 전혀 다른 공간이었다.

지오는 호흡에도 별 이상이 없음을 확인했다. 대화까진 무리겠지만.

두리번거리자 방금 지오와 똑같은 표정으로 넋 놓고 구경 중인 회귀자가 있다. 발로 툭 차자 소스라치게 놀라며 돌아본다. 지오는 수신호를 보냈다.

'정신 차리셈.'

백도현도 응답했다. 엄지를 들어 앞의 광경과 번갈아 가리키면서.

'대박입니다, 지오 씨.'

'알았으니까 비녀 찾아. 당장.'

'아, 네. 그럼 저는 저쪽으로 가 보겠습니다.'

갈라져 찾는 편이 효율적이다.

과연 신의 파편 안인지, 놀랍도록 평화롭기도 했고.

지오는 인어 꼬리가 달린 호랑이를 지나쳐 물속 깊이 헤엄쳤다. 한발 늦은 바벨의 알림음이 들려왔다.

[격이 높은 기연機緣과 조우하셨습니다.]

[채널에서 벗어난 외부 특수 구역입니다. 네트워크와 연결이 약합니다. 정신계 특성의 활성화를 권장합니다.]

'엥. 뭐야, 바로 저기 있는데?'

전각 한쪽, 나동그라진 목련 모양의 옥비녀.

소유주의 적에게만 보이지 않는다는 말이 정말이었나 보다. 허무할 정도로 빠른 발견이었다. 지오는 마력을 움직여 두 발을 내디뎠다.

　그리고 무심코 그것을 주워 드는 순간.

　【하나가 아니라 여럿이로구나.】

　'……어?'

　【아니야. 결국 '하나'인가.】

　나긋하게 턱을 쓸어내리는 손가락!

　지오는 놀라 두 눈을 깜빡였다. 곧이어 안개라고 짐작
했던 것이 누군가의 거대한 소매였음을 알아차린다. 올려
다보는 시선에 목이 점점 위로 꺾였다.

　일어나는 물거품 속에서 그녀가 견지오를 마주 들여다
본다.

　풍성한 올림머리에 여러 쌍의 비녀, 하늘거리는 오색빛
긴 소매. 상서로운 기품이 서린 눈썹.

　'서왕모西王母'가 온화하게 웃었다.

　【어지러워. 애석하나 그대에게 본후가 내줄 수 있는 답
은 가장 가까운 잔재뿐인 듯하오, 대제.】

희미한 웃음소리, 그와 함께 그대로 의식이 멀어졌다.

·◦ ☾ ☾ ● ☽ ☽ ◦·

쿵, 쿵, 쿠웅-!

"헤아 술라파! 헤아 임페라토르!"

지오는 눈을 떴다.

그리고 그들이 바로 '자신'을 부르짖고 있음을 깨달았다. 전쟁의 신 술라파, 위대한 정복자 임페라토르. 신과 그들의 황제를 칭송하는 대군의 목소리가 전장을 우렁차게 울린다.

땅을 내려찍는 군화와 창들의 울림에 지축이 요동쳤다.

그만. 대제는 손을 들었다. 얼마 전, 전투에서 잘린 흑단발이 사나운 바람에 휘날렸다.

다시 기이하리만치 고요해진 전장 위.

말 머리가 향하는 방향을 따라 길이 열린다. 따각, 말발굽이 멈췄다. 대제가 담담히 명했다.

"죄인을 꿇려라."

명에 끌려온 죄인이 축축한 땅에 머리를 박았다. 두려움으로 가득 찬 눈동자가 위를 향한다.

감정 없는 황금안이 그를 무료하게 내려다보고 있었다.

"……폐하, 제, 제발"

"옛정으로 유언을 허한다, 장군. 남길 말이 있거든 지금 하라."

"혀, 현명하신 나의 폐하! 소신의 충언을 들어 주소서! 우리 인류는 더 이상 희망이 없습니다, 잠깐 비참하더라도 적들과의 화합만이 마지막 희망……!"

촤아악!

뺨으로 튀는 핏물에 제장들이 질끈 눈을 감았다.

장군의 비참한 목이 바닥을 굴렀다.

어린 황제의 곁에서 장장 스무 해를 함께한 소꿉친구였다. 며칠 전까지만 해도 옥좌와 가장 가까운 자리에 앉아 있었던.

검을 거두며 대제가 말했다.

"인류의 미래는 짐이 정한다. 희망 또한 짐에게 있음이지."

"……."

"받아 적어라, 서기. 처형된 장군 칼리파의 죄목은 변절이 아닌 신성 모독. 하여 신께서 내린 황제, 이 주신의 영광된 딸 아타나스가 손수 즉결 처형하였노라고."

장면이 바뀐다.

화려한 태피스트리가 걸린 천막 안, 지오는 작전 지도를 내려다보고 있었다.

짙은 패색, 열악한 수세守勢……. 돌려 말하고들 있으

나 장군들이 표명하고자 하는 바는 일치했다. 각 군의 지휘관들이 그들의 황제를 애가 타 바라보았다.

이만큼 버틴 것도 기적이다.

대제가 무슨 생각을 하는지, 도저히 어심을 헤아릴 길이 없었다. 최측근인 장군이 조심스럽게 입을 뗐다.

"외람되오나, 폐하. 현재로선 한발 물러나 후일을 도모하는 것이-"

그때였다.

뿌우우우우-!

뿔나팔 소리. 턱을 괴고 듣던 대제가 고개를 들었다.

"폐, 폐하! 겨울 공公! 겨울 공의 귀환이옵니다!"

장군들과 함께 천막을 걷고 나가자 머리 위 하늘, 거대한 흑룡이 창공을 가르고 있었다. 곧 선회하여 이쪽으로 비행한다.

바람이 불었다. 그녀가 몹시 친애하는 북풍이다. 지오는 웃음을 터트렸다.

타닥!

착지와 동시에 사람으로 화한 흑룡이 직진해 걸어왔다.

겨울밤처럼 고요한 심연의 눈, 밤하늘이 담긴 눈의 용기사가 주인 앞에 우아하게 무릎을 꿇었다.

"녹턴 윈터-가르트. 당신의 적을 토벌하고 그대 앞에

무사 당도하였나이다."

"수고했다, 나의 바람."

어깨를 두드려도 일어나지 않는다. 아직 바라는 것이 남은 표정. 지오는 짐짓 장난스럽게 손을 내밀었다.

그러자 그가 기다렸다는 듯 속눈썹을 내리깔며 손등에 제 입술을 묻는다. 진득한 소유욕과 밀애를 담아.

해가 모두 저물고, 마침내 둘만 남은 심야.

벼랑에 선 대제는 우두커니 자신의 땅을 내려다보았다.

공중대륙, 부유하는 섬들. 그 사이로 흐르는 은하수는 놀랍도록 인간과 가까우며 별들은 어느 곳보다도 존재감이 뚜렷했다. 손끝에 닿는 별빛을 툭 건드리며 대제가 물었다.

"어디까지 다녀왔지?"

"세상의 끝까지."

그녀의 겨울이고, 용이며, 바람인 사내가 답했다. 시선을 떼지 않으며 이어 말한다.

"마룡왕은 신격에 거의 도달했더군. 더는 인간의 힘으로 대적 가능한 적이 아니다. 이제 그만해."

"그거 알아?"

"무얼."

"나를 인간으로 대하는 것은 당신뿐이야."

그래서 수많은 놈들 가운데 너만은 달랐던 걸지도. 담

담한 고백에 그가 괴롭게 얼굴을 일그러트렸다.

"아니…… 아니야. 그대는 내게 그리 말해선 안 돼. 내가 어떤 마음으로 이 짓을 되풀이─"

"또 알지 못할 소리를 하네."

"……그만하자. 이쯤하면 충분해. 너와 나, 우리 둘만 있는 곳으로 떠나. 제발. 제발, 이렇게 부탁할게."

제 몸집의 반만 한 여자에게 그저 무력하게 애원한다.

자신의 두 손을 부여잡은 그의 머리칼을 쓸어내리며 대제가 물었다.

"내가 누구지?"

"……아타나스 아우렐 1세."

소녀왕으로 자라 제 머리 위에 스스로 황금의 관을 올린 자. 공중대륙 최초의 통일 황제이자 신들이 내린 마지막 왕, 인간계의 영광된 지배자. 그리고.

"지오. 나의…… 지오."

어찌하여 당신은 늘 죽음 앞에 서는지.

또 어째서 난 그대에게만 이토록 무력한지.

버려진 눈으로 자신을 바라보는 연인. 그러나 여자는 그 간절한 뺨을 매만지며 매정하게 일렀다.

"떠나려거든 혼자 가. 짐이 곧 제국이고, 제국이 곧 짐이야."

싸늘하다 못해 잔인한 거절.

녹턴은 비참한 심정을 누르며 가까스로 웃었다. 그녀의 허리를 당겨 안는다.

"제국과 인류가 너를 삼키고……. 정녕 그대에게 내 몫은 없나? 이쪽은 초월의 격마저 네게 모조리 내던졌는데."

닿지 못할 연에 눈이 멀어 자진해 높은 곳에서 내려온 남자. 별들이 방관하는 하늘 아래, 굴종한 절대자가 속삭였다. 쓸쓸한 쉰 소리로.

"간청하니…… 그대 입술 정도는 나의 것으로 해 줘."

부드럽게 턱을 그러쥐는 손길.

이어 입술이 맞물리고, 집어삼키는 키스가 이어졌다.

흡! 견지오는 눈을 떴다.

그리고 경악했다.

'시발. 전생에 나 황제였나 봐!'

4

아, 아니지. 그게 내 전생이 맞긴 한가?

서왕모표 전생 체험의 여운이 상당히 강렬하시다.

지오는 주변을 휘휘 둘러봤다. 몸이 저절로 움직이고 있었다. 내려다보자 물빛 호랑이 인어가 낑낑대며 뭍으로 실어 나르는 중.

'……뭔데? 이 미안해지는 배달 방식은.'

분위기 파악이 안 돼 얼떨떨하게 보고 있자, 탁! 도착하는 동시에 흘겨보고 사라지는 호랑이. 무거워 죽겠네, 하는 눈빛이었다.

"어쭈. 저게, 야! 누가 배달해 달래? 배달의 민족만도 못한 마데 인 차이나 호랭이가! 콱 씨!"

"지오 씨, 괜찮습니까?"

[당신의 성약성, '운명을 읽는 자' 님이 헉! 울 애기 깨어났냐며 관리자의 멱살을 던지고 헐레벌떡 달려옵니다.]

[뭘 봤는지 A부터 Z까지, 가나다라 하나도 빼놓지 말고 전부 말해 보라며 오빠 궁금해서 콱 죽기 직전이라고 생떼 부립니다.]

'으응. 외간 남자랑 키스밖에 안 했음.'

[바벨 전 연령가 모니터링 모드 ON - 위험 수위 욕설을 필터링합니다.]

"뭐야, 백 씨 먼저 나온 거야?"

"예. 찾을 건 찾았다고 그만 나가라는 목소리가 들리더니……."

말끝을 흐리는 백도현. 가만 보니 안색이 영 별로다.

지오는 마력으로 남은 물기를 걷어 내며 물었다.

"님이 본 건 뭐였는데?"

자신이 겪었듯이 그 또한 무언가를 봤을 터.

조금은 난감한 기색으로 백도현이 제 입가를 매만졌다.

처음에는 예상했던 대로 견지오, 지난 회차의 그녀를 봤다. 백도현이 죽어도 잊지 못할 그날의 첫 만남을.

그러다가…….

"웬 남자분과 만났습니다."

"남자?"

백도현이 석연찮은 얼굴로 끄덕였다.

"제가 가진 기억이 아니었어요. 직전에 바벨의 경고음도 들렸고, 아마 격이 다른 존재의 개입이었지 않나 싶은데…….'

"흠, 님네 성약성 아녀?"

"그랬다면 제가 알았겠죠."

【하던 대로 해. 네가 가는 방향이 정답이다. ■■■의 계약자.】

'대체 그건 뭐였을까…….'

오만한 웃음소리가 아직도 귓가를 맴돈다. 찝찝한 감정을 추스르며 백도현이 어색하게 웃어 보였다.

"아니, 아닙니다. 별거 아니에요. 지오 씨는 뭘 보셨습니까? 꽤 늦게 일어나셨는데."

"대륙 통일을 이룩한 나."

"아하, 네…… 네? 네에?"

오해하기 딱 좋은 위치 선정.

'대륙'을 딛고 선 두 다리와 견지오를 번갈아 보며 백도현이 기함했다.

"무, 무슨! 3차 세계 대전은 절대 안 됩니다!"

"뭔 헛소리야. 세숫대야 체험에서 덜 깼어? 으, 쓸데없는 거나 보여 주고 하여튼 중국제는……. 괜히 기대했잖음."

"아…… 크흠, 지오 씨도 썩 유쾌한 체험은 아니셨나 봅니다."

"뭐, 수확은 킹지오가 아니라 엠퍼러지오였다는 것 정도……? 보여 줄 거면 수능 정답이나 보여 주지. 쓸데없이 뭔 진작 쫑 난 과거를 보여 주고 있어, 에라이."

서왕모가 들으면 기절할 인성질을 선보이며 견지오가 손에 쥔 옥비녀 상태를 체크했다.

아무튼 미션은 완료. 와중에 야무지게 잘도 챙겼다.

그렇게 두 사람이 당당한 걸음으로 거암 틈을 빠져나오는데……. 먼저 앞서 나가던 지오가 돌연 우뚝 멈춰 섰다. 응?

"왜 그러십니까?"

"……저기, 우리 물속에 얼마나 있었지?"

"그렇게 많이 지나지는 않았을 겁니다. ······음, 삼십 분
정도 지났네요."

상태창의 시계를 확인하며 백도현이 대꾸했다. 삼십
분? 그를 돌아보는 지오의 표정이 어딘지 미묘하다.

"요즘엔 삼십 분 만에 해가 져?"

"예? 그게 무슨······."

한 발 딛자마자 의문은 바로 풀렸다.

백도현은 멍하니 산 아래 풍경을 내려다봤다.

중국 칭다오.

약 9백만 명이 거주하는 대도시. 그 거대한 항구 도시
가 완전한 암흑 속에 잠겨 있었다.

불빛 한 점 없는 도시는 일견 공포스럽기까지 하다.

"이, 이게 대체······?"

아래에 있을 사람들 쪽으로 즉시 생각이 미쳤다. 백도
현이 서둘러 랭커 채널을 열려는 찰나.

"안 돼."

"네?"

"안 된다고. 랭챗."

표정 없이 허공의 창을 응시했다. 회색으로 변한 채팅
창, 그리고 그 위의 경고 메시지.

[Temporary Blocked]

[외부 간섭으로 해당 랭커 채널이 일시 차단 중입니다.]

[남은 시간 00:00:45:31]

타닥, 탁!

"다행이다! 나와 있었구나! 봤어? 칭다오 전역이 갑자기 정전에—"

"등요한 씨!"

서둘러 달려온 등요한의 말을 자르며 백도현이 외쳤다. 다급한 기색은 비슷했으나 이유는 달랐다.

"그쪽 랭커 채널 지금 활성화됩니까? 월드 말고, 로컬!"

"……어? 잠깐만. 어. 멀쩡한데?"

'한국 쪽만 막혔어.'

눈썹을 와락 일그러트리는 백도현. 답지 않은 그 모습을 지오는 물끄러미 바라보았다.

"짚이는 게 있는 모양인데. 이 어이없는 상황."

"……예. 바벨 쪽 문제는 아닐 겁니다."

하지만 지금 여기서 설명하긴 곤란하다. 백도현이 등요한 쪽을 눈짓했다. 지오도 끄덕였다.

'뭐, 나도 짚이는 게 아예 없진 않으니까.'

"그럼 당장은…… 아군 상태 파악이 우선이란 얘기네."

"방법이 있을까요?"

백도현은 뱉고서야 아차 싶었다. 별 희한한 질문을 다

듣겠다는 표정으로 그를 돌아본다. 견지오가 픽 웃었다.

"나한테 물어본 거 맞아?"

밤비 쪽이야 삼계명으로 대강 파악 가능하지만, 더 전체를 보려면…….

'이쪽이 낫겠지.'

[적업 스킬, 6계급 응용 주문(심화)
— '마법사의 눈Wizard Eyes']

심연 같은 어둠에 잠긴 대도시.

그 위 허공으로 이질적이고 거대한 실금 하나가 그어진다.

그리고 다시 견지오가 눈을 떴을 땐, 도시 전체가 그녀의 시야 안에 있었다. 깜빡, 하늘을 뒤덮은 눈과 똑같은 움직임으로 내려다보면서.

[마법사의 눈] – 좌표

36° 01'32.4"N 120° 12'54.4"E

칭다오항 첸완 항만 하역장.

군용 트럭 한 대가 어둠을 틈타 진입한다.

야간용 특수 고글을 착용한 장정 한 무리가 주변을 경계하며 차에서 뛰어내렸다. 차림은 군복이 아니다.

"[등신 자식! 운전 실력 하고는! 겨우 이 거리를 그렇게 헤매?]"

"[헷갈려 죽겠는데 그럼 어떡해? 네가 해 봐! 나니까 그나마 빨리 도착한 거라고.]"

"[시끄러워. 다들 잊었어? 1시간 동안 칭다오시 전체가 정전이라잖아. 운전수 탓만 할 거 없지. 서둘러. 우린 '물건'만 실으면 끝나.]"

"[몇 번 컨테이너라고 했더라?]"

"[어두워서 번호로는 못 찾아. 흰색에 검정 래커로 칠한 엑스 표시가 두 개라고 했으니 잘―]"

철그럭, 텅!

트럭 뒤로 올라간 한 명이 사슬에 걸리며 소음을 냈다. 순간 바짝 얼어붙는 장정들.

들이쉰 숨은 한참 뒤에 터져 나왔다.

"[……씨발, 조심해! 미쳤어? 깨면 우리 다 끝장이야!]"

쏟아지는 질책에 발이 걸린 남자가 뒷머리를 긁적였다. 무안함을 감추려는지 과장스럽게 어깨를 들썩인다.

"[괜찮아, 괜찮아~ 제아무리 랭커라도 그 정도 양의 카펜타닐이면 코끼리 수백 마리도 거뜬히 재우겠다. 새끼들, 쫄기는.]"

"[보통 랭커셔야 말이지.]"

두려움 담긴 시선들이 트럭 한쪽으로 흘긋 향했다.

하나둘씩 컨테이너를 찾아 흩어져도, 그들을 사로잡은 긴장감은 쉬이 가시지 않았다. 여전히 신경이 그쪽으로만 날카롭게 곤두선다.

보초로 남은 자들이 눈을 떼지 못하고 계속 힐끔거렸다.

검게 칠한 관 속, 죽은 듯이 옆으로 쓰러져 있는 곱슬머리의 미청년.

굵은 사슬에 묶여 있지 않았다면 이리 가까이서 보는 일은 엄두조차 못 냈을 것이다.

누군가 견디지 못하고 긴 탄식을 내뱉었다.

"[제기랄, 심장 쫄려. 그 '견지록'을 이렇게 볼 줄은…….]"

"[……어이, 그만들 보자. 기분도 이상해지고. 담배나 한 대 줘 봐.]"

뻑뻑, 담배 연기가 여러 갈래로 솟았다. 긴장을 풀고자 시답잖은 잡담이 이어졌다.

"[잘생기긴 더럽게 잘생겼네, 미친 새끼.]"

"[혹시 이번 일도 저 얼굴에 홀려 돌아 버린 어느 마나님이 의뢰한 거 아니냐?]"

"[알 바야? 저 얼굴이면 어디서든 잘 먹고 잘 사실 테니 우리 걱정이나 하자고. 이번 일 완수금만 들어오면 진짜 이 바닥 손 터는 건데…… 거래는 확실한 거지?]"

"[확실하지 않으면 어쩔 건데? 언제 우리 같은 용병이 의뢰인들 신용도 따지면서 일했냐? 그저 시키면 네 알았습니다, 하는 거지. 이번에도 그래. 뭐 아는 게 있어—]"

"아는 게 없어?"

"[······.]"

······잘못 들은 게 아니다.

나직하게 울려 퍼진 건 분명, 중저음의 한국어.

심장이 크게 뛰었다.

찰각, 찰그락. 터엉—!

이어 그들 발밑으로 떨어지는 한 쌍의 사슬.

잘려 나간 단면은 어떤 군더더기도 없이 매끄러웠다.

어느새 모여 앉은 그들의 머리들 위로 그림자가 짙게 드리워져 있었다.

용병들은 뻣뻣이 굳은 고개로 위를 올려다봤다. 누군가 마른침 삼키는 소리 하나까지 우레처럼 들리는 그 순간.

관 위를 짓밟고 선 청년.

견지록이 시니컬하게 턱을 기울였다. 한쪽 귓바퀴에서 통역기를 떼어 내 툭, 그들에게 던진다.

"다시 말해 봐. 마지막 문장."

그들은 국제적으로 활동하는 블랙 용병들이었다. 기본

적인 한국어는 당연히 알아듣는다. 공포로 잠식된 입이 제멋대로 움직였다.

"[아, 아는 게 있어야……]"

"맞습니까?"

남은 한쪽의 통역기에 대고 견지록이 확인처럼 물었다.

그 움직임 하나하나가 용병들에겐 사형 선고처럼 들렸고, 그건 썩 틀린 판단이라고 볼 수 없었다.

스, 사악!

어둠 속에서 암흑보다 선명한 윤곽이 나타난다.

[전용 무기 소환]. 이단적인 암녹색 섬광이 일었다.

어디선가 숲이 바람에 춤추는 소리가 들려왔다. 집단 환상에라도 빠진 것처럼 모두가 같은 착각을 공유했다.

신살의 성창이 날렵한 존재감으로 허공을 가른다. 공포에 침식된 피식자들을 내려다보며 견지록이 사납게 웃었다.

"빌어먹을 새끼들이…… 아까운 시간만 버렸잖아."

[적업 스킬, 7계급 상급 초절超絕 기술
— '라크리모사Lacrimosa']

[마법사의 눈] – 좌표

36° 03'57.1"N 120° 22'43.0"E

칭다오시 스난구 A 호텔 옥상.

"[이봐, 어떻게 되고 있죠?]"

"[쉿! 잠깐, 잠깐만요.] ……네, 네. 아는 게 없다는 말이 맞…… 여보세요? 길드장님?"

되돌아오는 응답이 없다. 내내 아슬아슬하게 이어지고 있던 연결이 마침내 끊긴 것이다.

탄식이 샜다. 잠시 이마를 짚다가 나조연은 구석에서 몸을 일으켰다.

"[납치범들 쪽에선 아는 정보가 없다고 합니다, 대교.]"

"[……제길. 그럴 줄 알았어.]"

"[당연해. 이런 일에 군의 흔적을 남겨 둘 리 없으니까……. 아무튼, 그럼 신창은? 바로 이쪽으로 합류한다고 합니까?]"

"[연결이 끊겼어요.]"

어두워지는 등리와의 얼굴. 곧바로 양강을 돌아보며 둘의 빠른 대화가 이어졌다.

"[어디에서 정보가 샜는지 파악은 아직이야?]"

"[내부에서 샌 게 아닐지도 몰라. 그쪽에서도 이쪽 상황을 계속 주시하긴 했을 테니까.]"

"[그래도 말이 돼? 이렇게 극단적으로 상황을 몰아가

다니! 다들 정말 미친 것도 아니고!]"

"[진정해, 리리. 솔직히 우리가 다소 느긋했던 면도 있어.]"

나조연은 착잡한 심정으로 그들의 얘기를 들었다.

이른 새벽, 지오가 떠난 지 1시간가량 지났을 무렵이다.

돌연히 호텔이 '흔들렸다'.

비스듬하게 건물이 기울었고, 균형을 잃은 물건들이 우박처럼 떨어져 내렸다. 복도에 가득 찬 비명을 들으며 나조연은 순간 지진인가 생각했지만, 아니었다.

정면 유리창 너머로 보이는 광경은…… 미로가 된 호텔 주변.

[현실 위조 ─ 공간 조작, 미로화]

근처의 모든 불빛이 나간 것은 바로 다음 순간이었다. 당황하는 나조연의 입을 옆에서 견지록이 틀어막은 것 또한.

「쉿. 누가 옵니다.」

선수는 이미 빼앗겼다. 침착해야 할 때.

일단은 저들 장단에 맞춰 보겠노라, 통역기를 건네며 그가 암흑 속으로 사라졌다.

"콜록!"

나조연은 짧게 기침했다.

짙은 담배 연기가 가까웠다. 끝이 짧은 필터를 빨아들인 등리와가 신경질적으로 중얼거렸다.

"[이상해. 내가 아는 '견레이'의 힘은 절대 이 정도가 아닌데. 한시적이겠지만, 그렇다 해도 범위가 지나치게 넓잖아. 어떻게 이럴 수 있지?]"

나조연은 왠지 그 답을 알 것 같았다.

"[⋯⋯버프요.]"

"[뭐?]"

"[각성자가 지닌 능력 이상을 발휘하는 이유가 달리 뭐가 있겠어요? ⋯⋯버프Buff. 그 사람한테 조력자가 있는 거예요. 그것도 아주 강한 보조계 각성자가.]"

"[⋯⋯하, 뭘 모르니 하는 얘기겠죠. 우리 군에 소속된 수준급의 각성자들은 대부분 나 등리와의 휘하에 있습니다.]"

"[만약 내부에서가 아니면요?]"

"[⋯⋯.]"

"[그보다 바깥⋯⋯ 외부의 어떤 세력이 일부러 견레이를 보내고, 작정해서 이 판을 짠 거면요?]"

등리와가 차게 표정을 굳혔다.

"[⋯⋯여기서 나눌 얘기는 아닌 듯하군요.]"

나조연의 추측대로라면 나라 전체가 특정 집단에게 놀아난 꼴이 된다. 이물질로 인한 단순한 의견 대립 따위가 아니라.

등리와는 주변을 슥 둘러봤다. 이쪽을 연신 흘긋대는 장병들과 민간인들, 점점 좁아지고 있는 발밑…….

후우─ 이게 마지막 개비다. 등리와는 꽁초를 툭 떨어트렸다. 큐브 조각처럼 뒤틀리고 있는 아래 공간으로 붉은 점이 흔적 없이 사라졌다.

괜히 현 상황이 암담한 게 아니다. 견레이의 [공간 조작]은 지금 이 순간에도 진행 중이었다.

발이 묶여 있는 옥상의 면적은 계속해서 줄어드는데, 낭떠러지 아래에선 기괴한 소용돌이가 휘몰아친다.

'저기 떨어지면 몸뚱어리가 으스러지는 정도로 안 끝날 테지.'

끔찍한 상상을 하고 있는 와중에, 나조연이 조용히 등리와 옆으로 다가섰다.

"[저어…… 이런 질문이 어쩌면 실례가 될지도 모르겠는데요.]"

"[하시죠.]"

"[방도가 전혀 없어서 아무것도 안 하고 계신 건 아니죠?]"

그 '허해 공주'다.

세계 제1의 힐러.

성력 면에선 프랑스의 성녀보다 한 수 아래로 평가받지만, 힐러로서는 단연 선두. 전투계에 가까운 지젤 대신 세계 최고의 힐러로서 명성을 떨치고 있었다.

세계적인 명사를 논할 때면 빠지지 않고 거론되는 이름들 중 하나였으며, 보조계인 힐러가 그만한 위상을 얻으려면 단순 치료술만으론 절대 불가능하다.

분명 해결책이 있겠지.

그러니 얌전히 기다리는 것이 옳겠지 싶지만…… 사실 당장의 사태를 해결할 '키'로서만이 아니라, 개인적으로도 나조연은 그녀가 늘 궁금했다. 일단은, 같은 힐러니까.

"[무례한 질문이 맞네. 내 능력에 대해 전혀 아는 바가 없습니까?]"

"[중국 헌터들은 베일에 가려져 있고, 또 제가 각성한 지 얼마 안 됐기도 해요.]"

쭈뼛대면서도 피하지 않고, 똑바로 부딪쳐 오는 나조연의 눈.

아무런 때도 묻어 있지 않은 눈빛이다. 등리와, 그녀 자신과는 다르게.

"[……메이 릴리.]"

"[네?]"

"[메이 릴리 같아서. 한국에도 있을 텐데, 아닙니까?]"

"[이, 있어요. 우린 은방울꽃이라고 부르는데…… 그런데 갑자기 그런 말은 왜…….]"

글쎄. 순진한 또래의 여자를 보며 등리와는 차게 코웃음 쳤다.

"[내 능력은 둘 중 하나입니다. 소멸시키거나, 소생시키거나.]"

뭐? 나조연이 깜짝 놀라 돌아봤다.

아니, 그럼 더 간단하지 않나? 왜 손 놓고만 있냐고 따지려는데, 등리와의 말이 곧바로 이어진다.

"[그리고 범위 조절이 일절 불가능하죠.]"

"……아."

"[피아 구분도 불가. 아군과 함께 모두 죽거나, 적과 함께 다 같이 살거나. 내 선택지는 언제나 이 두 가지뿐입니다.]"

당의 부름에 의해 등리와가 처음 능력을 사용했던 곳은 타클라마칸 사막.

같이 간 군대도, 싸우던 몬스터도, 모조리 사라졌다.

전투가 끝나고 유명한 죽음의 사막 위에 남은 것은 오로지 그녀 한 명뿐.

없을 허虛, 바다 해海.

등리와의 이명이 '허해 공주'가 된 순간, 또 그녀가 스킬보다 권총과 가까워진 계기였다.

"[이렇게 좁고, 잔뜩 모여 있는 데서 능력을 쓰면 결과는 안 봐도 뻔하죠.]"

능력 사용 페널티도 어마어마한데 뭐 하러 그런 도박을.

"[내 능력은 이딴 곳에서 낭비할 게 아닙니다. 더 가치 있는 곳에서 써야지.]"

"……."

"[뭡니까, 그 얼굴은? 세계적인 힐러라는 게 전혀 힐러 같지 않아서 실망이라도 한 표정인가?]"

그래도 어쩌겠나? 위대한 바벨께서 이런 것도 힐러라 하시는데.

냉소와 함께 등을 돌리는 군인.

당황해 붙잡으려는데, 급박히 다가온 양강이 먼저였다.

"[리리! 근처 기지와 연락이 닿았어! 2분 뒤에 이쪽으로 헬기가 도착할 거래.]"

같이 들은 나조연의 표정이 환해진다. 하여 등리와는 그 헬기가 몇 대인지 굳이 되묻지 않았다.

투두두두-

예상보다 더 빠른 도착이었다.

이 정도면 연락이 닿기 훨씬 전부터 이미 등리와를 찾기 위해 움직이고 있었던 듯싶다.

마석 기술을 적용한 전투용 헬기는 공간이 뒤틀리는 어둠 속에서도 거침없었다. 물론 그럼에도 착륙까진 무리였지만.

헬기 불빛이 옥상을 비춘다. 요란한 경고음과 함께 아슬아슬하게 기체가 지면으로 기울었다. 민간인들에게 빨리 이쪽으로 오라 재촉하며 나조연이 외쳤다.

"[다음 헬기는 언제 오나요!]"

헬리콥터의 소음 탓인지 돌아오는 답이 없다. 나조연은 재차 물었다.

"[저기요! 다른 헬기는 언제 오냐고요!]"

"[안 와.]"

"[네?]"

옥상 면적이 가파르게 좁아지고 있었다.

헬기 안에서 무어라 말하려는 양강을 밀치며 등리와가 탑승했다. 그대로 상체를 틀어 어리둥절한 얼굴의 나조연에게 손을 내민다.

"[그러니 멍청한 짓 그만하고 그쪽부터 얼른 타, 힐러.]"

어…… 지금 내가 이해한 게 맞나?

나조연은 멀거니 헬기 안의 군인들을 바라봤다. 전원 일말의 동요도 비치지 않고 있었다.

나조연은 또 뒤를 돌아봤다.

옥상 문 쪽에 바짝 붙어 선 민간인들. 모두들 두려움과 체념에 잠겨 있고…… 그때, 제 아버지를 붙잡은 꼬마가 고개를 든다. 그대로 그녀와 눈이 마주쳤다.

등 뒤에서 등리와가 말했다.

"[이봐, 뉴비. 본관이 충고 하나 할까? 선배로서.]"

나조연은 등리와를 올려다봤다. 이제껏 만난 그 누구보다 피 냄새가 짙은 세계 최고의 힐러를.

"[괜한 감상에 빠지지 마.]"

네 얄팍한 동정심이 모두를 그르치는 악수惡手가 될 테니.

"[한가하게 그만 걸 쥐고 있는 사람까지 돌봐 줄 만큼, 너그러운 시대가 아니거든.]"

"……."

"[알아들었으면 잡아. 어서.]"

이쪽으로 오라, 강권하는 손.

나조연은 천천히 그 손을 잡았다. 그리고 군인의 거친 손등을 한 번 그러쥔 다음, 미련 없이 놓았다.

"[……이 멍청한 계집.]"

등리와가 이를 악물었다.

"[너와 하등 상관없는 자들이야! 너라고 뭐 다를 것 같아?]"

나조연은 답했다.

"다르죠."

"[……!]"

"힐러는 '이 시대의 등불'이다."

프랑스의 성녀, 지젤 주누이가 한 말이었다.

"아픈 자의 손을 잡고, 고통받는 자들을 구원의 길로 인도하는 것. 그것이 힐러의 몫이고 마땅히 짊어져야 할 의무다."

만약 각성을 한다면 반드시 힐러가 되길, 그리고 마침내 원하던 길로 들어서면서 나조연은 그 선서를 가슴 깊은 곳에 새겨 넣었다.

'누군가'와 만나면서 더더욱.

"[눈치채셨잖아요? 그때.]"

"[……]"

"[귀관의 목숨을 쥐었던 그분, 제가 옆에서 말렸던 그분이 누구인지.]"

나조연은 웃었다.

"저는 모두를 '왕'에게로 인도하는 등불이 될 거예요. 당신과 다르게."

내가 비추는 길은 왕도王道.

등불로서의 나는 누구보다 떳떳한 빛으로 왕의 앞을 비추리라.

더는 디딜 곳이 존재하지 않았다. 발이 미끄러진다.

한 점의 후회도 없이 나조연은 그대로 낙하했다.

시야에서 등리와가 멀어져 간다. 색소 엷은 다갈색 긴 머리카락이 공중에서 나부꼈다.

[축하합니다! 주어진 조건을 모두 충족하여 퍼스트 타이틀의 발아 단계가 완료되었습니다.]

[퍼스트 타이틀, '구주救主의 등불(전설)'이 개화합니다!]

'도와주세요……!'

빛이여.

추락하는 나조연이 구명줄처럼 약속의 진언을 속삭였다.

언제 어디서든 약속된 빛을 불러오는 그 주문에 암흑 속에서 광휘 한 줄기가 치솟고…… 누군가의 [눈]이 정확히 그 지점에 다다른 것도 동시였다.

타악!

그녀를 낚아채는 손.

나조연이 조금 전 잡았던 등리와의 것보다 훨씬 작고 부드러운 손이었지만, 세상 그 무엇보다도 단단했다.

낙하가 멈춘다.

공간의 비틀림도 멈췄다.

절대적인 [영역]이 선포된 시점에서 이제 지배권은 단 한 명에게만 허락되어 있었으니까.

한 줄기의 빛과 맞닿으며 황금색 마력 회로가 반짝인다. 한 사람의 안에 있는 어떤 우주.

나조연의 손을 붙잡은 견지오가 피식 웃었다.

"……야, 등불."

"……"

"들킬까 봐 여기선 용가리도 못 꺼낸다고. 귀찮게 하지 마."

나의 구원자.

나의 하나뿐인 주인공.

너무나도 안심이 돼서 이상하게 눈물이 나왔다. 나조연은 서러운 얼굴로 입술을 말았다.

"귀, 귀찮게 해도 매번, 항상, 맨날 구해 주시니까 그렇죠!"

"옴마, 이 당당한 적반하장 보소. 도비 너 많이 컸다?"

"죠, 죠 니이임…… 흐윽, 사, 사람들이……!"

"알겠으니까 질질 짜지 마, 좀. 듣기 싫음."

받쳐 줄 공간이 없어서 문제라면 만들어 주면 될 일.

월드 랭킹 1위가 여기 있다는 걸 광고 때리면 안 되니까, 공간 수복까진 아니더라도 적당히 안전한 걸로 가자.

마술사왕은 수천 겹의 연산을 마무리했다.

[적업 스킬, 7계급 고위 주문(변형)
— '매트릭스Matrix']

빛과 닮은 황금 선들이 대도시를 맹렬히 가로지른다. 피어나 하나의 선에서, 또 다른 하나의 선으로.

그렇게 성대한 마력으로 엮이는 광범위한 그물망.

하늘을 감싸고, 대지를 감싼다.

이 도시 어느 곳에서도 추락하는 자는 더 이상 존재하지 않았다.

⋯✦✶✦✦✶✦⋯

황금빛 그물로 감싸인 도시 전역.

마법, 그 자체였다.

넋을 놓고 바라보는 나조연을 지오가 심드렁하게 일깨웠다.

"정신 차려. 아직 안 끝났으니까."

"아……! 네, 넵!"

"곧바로 트릭스터 놈부터 조질 거야."

"트릭스터요? 그게 누구……."

나조연은 어리둥절한 표정. 가까운 건물 위로 착지한 지오가 힐긋 옆을 바라봤다.

두 사람과 거의 비슷한 타이밍으로 도착하는 청년이 있었다. 희뿌옇게 빛나는 백색 사자와 함께.

"자세한 설명은 쟤한테 듣고."

"앗, 도현 씨!"

흐트러진 호흡을 가다듬으며 백도현이 바로 섰다.

"지오 씨. 그렇게 갑자기 가 버리시면……!"

"울 도비가 죠 님 부르면서 용왕님 앞 심청이처럼 몸을 홱 던져 버리는 걸 나보고 어쩌라구. 이쪽도 피해자임."

"헙! 허억, 죠죠 님! 그, 그렇게 말씀하시면 제가 너무 노답 같잖아요오."

"조연 씨…… 정말 민폐가 따로 없군요."

"넌 닥쳐! 외국어 한마디 못 해서 지오 님 뒤만 졸졸 따라간 깍두기 같은 게!"

"까, 깍두기요?"

은방울꽃 운운한 등리와의 비유가 창피할 정도로 순식간에 동네 건달처럼 백도현에게 턱을 쭉 내미는 나조연.

몇 번째인지 모를 도비 VS 집사 대전이 또 시작된 것도 잠시.

둘 다 본인들이 어디에 있는지쯤은 자각 가능한 종자들이다. 충격적인 깍두기 발언에서 빠르게 회복한 백도현이 지오에게 서둘러 알렸다.

"트릭스터는 원거리 능력 같은 건 없다고 봐야 합니다. 괜히 내부로만 파고드는 놈이 아니라서…… 반드시 이 근처에 있을 거예요."

"알아, 그 정돈."

이미 느끼고 있거든.

[마력 투시魔力透視].

도시 전체의 마력 흐름이 시야에 선명했다. 이 중에서 견지오가 모르는 색, 뒤틀린 특이점만 찾아내면 일은 간단하다.

1단계, 2단계를 지나…… 3단계. 세 번째 리미트가 풀린 마력 회로는 빠른 속도로 제 주인의 뜻을 실행했다.

그렇게 수 초 뒤.

견지오는 뚫어져라 한쪽을 응시한다. 확신을 담은 시선

이 향하는 곳은, 칭다오 TV 타워.

칭다오시의 모든 전경이 내려다보이는 꼭짓점이었다.

·· ✦ ✳ ✦ ✳ ✦ ··

"포인트 3이 멈췄다. 강제로."

늙은 손가락이 큐브를 내려 둔다. 더 이상 뜻대로 돌아가지 않는 장난감을 응시하며 트릭스터가 길게 웃었다.

"키도의 말대로야. 정말로 그 무시무시한 괴물이 중국에 왔나 보군."

"웃을 때만은 아니지 않아?"

전망대에서 내려온 소녀가 투덜거렸다.

"난 무서워. 벌써 다리가 후들거린다고. 정말 괜히 건드리는 게 아닌가 몰라."

"13월의 말은 절대적이지. 그게 우리 해방단의 첫 번째 원칙이고. 설마 반대라도 하는 건가, 6월?"

"반대가 아니라 푸념! 이 정도는 할 수 있잖아."

6월, '헬퍼'가 백금색 머리칼을 검지로 빙빙 꼬았다.

눈앞에 펼쳐진, 빛의 그물이 드리운 대도시.

실로 압도적이고 경이로운 힘이었다. 이렇게 바라만 보고 있어도 어떤 외경심이 들 만큼.

"이게 단 한 사람의 힘이라니……. 아무리 내가 버프를

준대도 이걸 어떻게 우리 둘이서 상대하냐고! 말이 돼?"

우린 전부 죽을 거야. 비관에 찬 헬퍼의 혼잣말에 트릭스터가 끌끌 웃었다.

"글쎄, 승산이 아주 없진 않아 보인다만."

"무슨 헛소리야?"

트릭스터는 답하는 대신 손에 쥔 거울 조각을 들어 보였다. 그러자 손가락 마디 크기의 그 거울 안에 비치는, 한 그림자.

피로 물든 장창을 거머쥔 청년.

견지록이었다.

'거울 환영의 미로……!'

트릭스터가 자랑하는 승률 100%의 덫이다. 헬퍼는 와락 인상을 일그러트렸다.

"미쳤어? 키도가 절대 건드리지 말라고 했잖아!"

"건드리지 말라고 한 건 왕 쪽이었지, 사슴 쪽이 아닐 텐데?"

"그게 그거지! 둘이 그렇게 죽고 못 산다는데!"

헬퍼가 답답함에 씨근덕거렸다. 저 겁대가리 상실한 노인네 같으니!

"잊은 거야, 트릭스터? 우리의 역할은 잠깐 그 사람 시야만 가리는 거야. 치고 빠지는 거라고! 여기서 끝장을 보는 게 아니라!"

삼십 분만 더 끌면 전부 끝난다.

자존심만 강한 등리와는 예상에서 벗어나지 않게 움직였고, 그녀의 각성자 부대가 일찍 빠져 준 덕분에 수월하게 키도가 말한 타이밍과 맞출 수 있었다.

등리와는 더 큰 그림을 그리며 군대를 물린 거겠지만, 결과적으로 트릭스터의 용이한 운신에 도움만 준 격이었다. 이들이 결국 필요했던 것은 누군가의 시야를 차단할, 1시간 남짓한 시간뿐이었으므로.

"할 일은 거의 끝났어. 시간만 끌어. 앞서가지 말고. 어리석게. 내 말 듣고 있는 거지?"

초조히 입술을 짓씹은 헬퍼가 건네는 조언. 하지만 트릭스터는 그저 히죽 웃어 보일 뿐이었다.

"이런, 이미 늦었어."

·· ✦ ✳ ✦ ✳ ✦ ··

치직, 치지지지직-!

"……응?"

여유롭게 거닐던 걸음이 멈춘다. 지오의 한쪽 눈썹이 슥 치켜 올라갔다.

겉보기에는 멀쩡했던 TV 타워.

그러나 내부는 전혀 아닌 모양이다.

안쪽으로 발을 내딛자마자 풍경이 일변한다. 지오는 선명히 얼굴이 비치는 바닥을 물끄러미 내려다봤다.

'거울……?'

사면四面이 거울. 마치 놀이동산의 서커스 미로 비슷한 구조다.

고개를 들자 수십, 수백 개로 갈라지는 제 모습이 보였다. 같이 들어왔던 일행은 어느 쪽에서도 보이지 않는다.

지오는 시큰둥하게 발로 바닥을 내려찍어보았다. 깡, 까앙! 거울 특유의 탁한 소리가 공명하듯 울려 퍼졌다.

'감각은 환영이 아닌데.'

……알 게 뭐람. 보나마나 또 허접한 장난질이겠지.

큐브처럼 갈라지던 호텔 건물을 떠올리며 지오가 마력을 끌어모았다. 공간에 관한 주도권 싸움. 승자는 정해진 싸움이나 마찬가지였다.

그리고 조금 전처럼 [영역]을 막 선포하려는 그때.

─누나.

"……."

─누나!

"……견지록?"

무의식적인 반문이었다.

조금 어린 목소리긴 하지만, 이건 분명히…… 지오는 몸을 홱 돌렸다. 옆을 스쳐 지나는 감각!

타다닥, 가벼운 어린애 발소리가 미로를 울렸다.

홀린 듯이 지오는 쫓아 걸어갔다.

하늘색 칼라 티셔츠에 반바지. 남매가 다녔던 샛별 유치원의 원복이다. 틀림없이 어린 견지록의 모습이었다.

보일 듯 말 듯, 꼬리잡기라도 하는 것처럼 코너를 돌아 아슬아슬하게 사라지는 뒷모습. 뒤따르는 지오의 걸음이 점점 빨라졌다.

거울로 이뤄진 벽을 넘을 때마다 눈앞의 견지록도 같이 자라났다.

꼬마에서 소년으로.

소년에서 청소년으로.

그리고 그를 쫓는 지오의 걸음을 따라, 거울 벽면이 전부 그 시절의 영상으로 물든다.

동년생 남매가 함께 자란 기억들…… 견지오의 기억 속 견지록의 모습들이었다.

-누나, 누나! 토이 스토리 아직 안 봤지? 나랑 같이 보기로 약속했잖아, 응?

-아, 그, 꽃밤비……? 친구가 갖고 싶대서 줘 버렸어. 우리 이제 그런 인형 갖고 놀 나이 아니잖아. 아니, 잃어버린 게 아니라 선물로 줬다고! 너 나 못 믿어?

-저기요. 여기 1반에 견지오 있죠. 불러 줘요. 누구냐니, 그쪽은 그럼 누군데? 알 거 없잖아.

-야, 자정 지났다. 이제 네 생일이야. 촛불 다시 붙여. ……아, 못난이 진짜. 케이크가 날아오면 피해야지, 그걸 맞고 있냐? 저 세 시리즈들 진짜……. 봐 봐, 눈 천천히 뜨고. 아파?

-졸업 축하해. 견지오.

-이거 뭔데, 웬 목걸이? [삼계명]? 거추장스럽게 뭔, 싸울 때 방해…… 아 씨! 하면 될 거 아냐! 그 표정 집어치워라, 당장.

-누나. 야, 견지오…….

목소리가 희미하게 멀어진다.
지오는 우두커니 멈춰 섰다.

화려하고 눈부셨던 장면들이 지나고, 어느새 견지오는 폐허 한가운데 서 있었다.

하늘은 진홍색이고, 구름은 검다. 파각, 밟히는 돌 조각의 감각에 지오가 흠칫하는 순간.

【아니지.】
【이건, 보여 주면 반칙이지.】

『경고. 허용 범위에서 벗어난 개입입니다. 주의 바랍니다.』

"누나."

가까이 잡힐 듯 선명해진 목소리.

사라진 영상에 의문을 가질 틈 없었다. 지오는 다시 미로의 코너를 지나쳤다. 그러자······.

새액, 색-

멍하니 걸음을 뗀 지오가 발아래를 내려다봤다. 찰박. 어디선가 흘러온 핏물이 고여 신발 코앞까지 닿아 있었다.

전부, 동생의 것이었다.

두 무릎을 꿇은 미청년. 인기척을 느꼈는지 천천히 눈꺼풀을 든다. 시선이 마주쳤다.

장창에 의지하며 견지록이 피투성이 몸을 가까스로 일으켰다. 지오는 동생의 피 묻은 손이 다가와 제 뺨을 만질 때까지 꼼짝도 하지 못했다.

견지록이 신음 같은 웃음을 토해 냈다.

"너 때문이야……."

"……."

"네가 다 망쳤다고……."

체온도, 목소리, 감촉도 전부 진짜였다.

거짓이라 믿기엔 지나치게 현실적이다. 태어나 어느 때보다 무력한 기분으로 지오가 눈을 깜빡였다.

그녀의 뺨을 쥔 견지록의 손에 점점 힘이 들어가고 있었다. 그리고 다른 쪽 손에 든 장창의 방향이 이쪽을 향해 틀어지는 찰나.

꾹 다물렸던 지오의 입술이 달싹인다.

"……뭐래. 못생긴 게."

콰직!

가슴을 뚫고 나온 창날.

방향은…… '양쪽'이다!

마력 송곳으로 견지록을 꿰뚫었던 지오가 퍼뜩 고개 들었다. 동시에, 강한 파열음과 함께 비산하는 거울 조각들.

쨍그랑!

쪼개지는 거울 사이로 누군가 비친다.

흐트러진 머리칼, 사나운 눈매.

'진짜' 견지록이었다.

"미안하지만 화목한 집안이라, 이딴 저열한 장난질에는 안 놀아나거든."

가짜 견지오의 가슴에 창날을 박아 넣은 견지록이 이쪽을 바라본다. 건조하던 눈빛에 점점 초점이 서리고…….

"……견지오?"

"어, 밤……!"

밤비를 외치려던 지오의 말이 끊겼다.

터엉!

장창이 바닥으로 나동그라지는 소리가 크게 울렸다.

견지록은 말없이 지오를 끌어안은 두 팔에 꽉 힘을 줬다. 무너지듯 웅크린 등, 어린애처럼 지오의 어깨와 턱에 연신 뺨을 파묻는다. 마치 확인이라도 하는 것처럼.

"씨발……. 기분 좆같아, 진짜로……."

"……."

얘가 무슨 기분일지 지오도 알았다. 이쪽 또한 별반 다르지 않았으니까.

가짜든 뭐든, 혈육 얼굴을 한 것의 가슴에 칼날을 박아 넣는 일은 정말 조금도 유쾌하지 않았다. 지오는 식은땀으로 가득한 동생의 이마를 손등으로 한 번 훑어 주고, 비스듬히 뺨을 기댔다.

그리고 내리깔았던 그 눈이 다시 들렸을 때는.

'놀아 주는 건 여기까지야.'

황금. 가장 따뜻한 색으로 가장 차가운 빛을 띠는 마력이 흉포하게 빛난다.

"[영역 선포.]"

콰가각!

미로가 깨져 나갔다.

산산조각 나는 세계.

단호한 선포에 [공간]이 법칙을 이탈해 순식간에 뒤바뀐다.

요동치고, 부서지고, 중첩하는 공간 속에서 지체 않고 두어 번의 도약이 연달아 이루어졌다.

적에게 어떤 여유도 남겨 줄 생각 없었으니까.

그렇게 경악에 물든 얼굴. 단번에 시야 안으로 들어온다.

추레한 몰골을 한 늙은이.

눈 깜빡인 사이 들이닥친 공포의 실물에 트릭스터가 외마디 비명을 내질렀다.

"어, 어떻게⋯⋯!"

"다물어."

콰강!

견지오는 가차 없이 그 얼굴을 짓밟았다.

뒤를 따라온 수만 개의 거울 조각이 왕의 의지를 따라 일제히 적에게 날을 세우고. 바람 대신 칼날을 두른 먹이사슬 최강의 사냥꾼이 부드럽게 속삭였다.

"엑스트라들은 꼭 힘의 차이를 보여 줘야 찌그러져."

지구가 둥글다고 눈으로 봐야 믿는 등신들처럼.

"후회도, 변명도 죽어서 해라. 그게 네 명청함의 대가니까."

쓰러진 트릭스터는 경악을 감출 수 없었다.

'말도 안 돼. 불가능해. 대체 어떻게……!'

[거울 환영의 미로].

이것은 덫에 들어온 대상의 '기억'을 학습하는 미로였다.

단순한 환상 따위가 아닌, 기억 속 오감을 그대로 재현해 내는 만큼 진짜인지 가짜인지 구분은 절대로 불가능했다. [현실 위조], 그 능력을 가진 트릭스터만이 펼칠 수 있는 조작과 세뇌의 최종 완성형 덫이라 봐도 무방하다.

괜히 자신만만했던 게 아니었다.

어떤 강적이라도 빠져나오지 못한 필승의 덫이었는데…….

믿기지가 않는다. 트릭스터의 얼굴이 충격과 공황으로 무너져 내렸다.

'이 괴물이, 정말 인간이긴 한 건가?'

"어디 가려고."

[공간]을 조작하려던 트릭스터의 시도가 단번에 무위로 돌아간다.

지오가 차게 비웃었다.

"이 공간의 지배권이 누구한테 있는지 아직도 파악이 안 돼?"

"……여, 여기서 나를 죽이면 후회는 그쪽이 하게 될 거요!"

부서진 거울 조각이 살을 파고든다. 가까스로 입은 뗐지만, 트릭스터는 그를 사로잡은 두려움까지 숨기진 못했다.

견지오가 반문했다. 후회?

덤덤하다 못해 지루하게까지 보이는 표정으로.

"내가?"

"아아악!"

트릭스터가 파드득 경련하며 사지를 웅크렸다. 보이지 않는 속도로 베고 간 칼날. 얼굴 전체가 불에 덴 듯 뜨거웠다.

"이 미, 미친 괴, 괴물……! 세, 세상 사람들이 절대 널 가만두지 않……!"

"아. 믿는 게 그거야, TV?"

"……!"

지오는 허리를 펴 감상하듯 주변을 둘러보았다.

사각지대 곳곳에 숨겨져 있는 카메라들. 전부 방송 중임을 알리는 빨간 불이 들어와 있다.

동시 송출이 가능한 칭다오 TV 타워. 이 또한 트릭스터가 안배해 둔 트랩 중 하나였을 터.

과장된 연극 톤으로 지오가 뇌까렸다.

"에그머니나, 저게 모야! 아이고, 불쌍한 견레이! 손주를 찾기만 했을 뿐인데 저렇게 잔혹하게 죽일 필요까지 있나? 견지록이나 한국 랭커들 좀 넘한 듯. 흑흑."

"······."

"이왕 죽는 거 그림이라도 잘 빠지길 바랐을 텐데."

저런, 어쩐다? 주춤주춤 뒷걸음질하는 트릭스터의 옷자락을 밟으며 견지오가 실소했다.

"안됐지만, 오늘 네 죽음의 목격자는 온 세상 통틀어 나 한 명뿐이야."

"······무, 무슨 짓을!"

"쯔쯔, 멍청아. 수법이 넘 뻔하잖니. 새롭게 시작된 세상엔 새로운 수작질을 가져왔어야지."

트릭스터는 전혀 이해 못 하는 눈치다.

당연했다. 놈의 입장에선 이제야 처음 부려 본 작당이다. 완전히 간파당했을 거라고 짐작이나 하겠는가? 하지만.

'이쪽 패는 회귀자거든.'

「저는 가지 않겠습니다.」

어둠 속에서 눈을 빛내며 백도현이 말했다.

「트릭스터는 비열한 모사꾼입니다. 분명 최악의 경우까지 생각해 뒀을 거예요. 굳이 TV 타워를 근거지로 삼았다면······ 아마 생중계가 목적일지도 모르죠. 외부에 남아 여지를 차단해 놓겠습니다.」

[마법사의 눈]은 아직 활성화 중이다.

지오의 왼쪽 눈에는 송신 안테나를 부수는 백도현과 나조연, 그리고 세뇌된 군대를 빠르게 제압 중인 등리와의 모습이 고스란히 보였다.

"그럼, 진짜 빠이. 아디오스."

"자, 잠깐! 사, 살려 다오! 난 아는 게 많아! 너, 너도 궁금한 게 많을 텐데?"

"별로."

"견지록―!"

"……"

처음으로 반응이 있었다.

됐다! 트릭스터는 허겁지겁 지오의 바지 자락을 붙들었다.

"그, 그렇지! 네 동생! 견지록! 너와 네 동생을 우리가 어떻게 알았는지 궁금하지도 않나? 응? 얼마나 파악하고 있는지 궁금하잖아."

"……"

"다 말해 줄게. 전부! 목숨, 목숨만 살려 줘."

"트릭스터!"

저 미친놈이! 구석에 웅크려 숨어 있던 헬퍼가 반사적으로 소리 질렀다. 얼른 다시 후다닥 숨었지만.

트릭스터의 눈에 반짝 생기가 돌았다. 구제될 기회를 찾았다고 생각하는 듯했다. 그러나.

"어머니가 말씀하셨지."

"……아?"

"인생에 관해선 협상도, 흥정도 하지 마라."

마치 반복되는 광고 멘트처럼 단조로운 목소리.

그것이 트릭스터가 들은, 생애 마지막 순간의 말이었다.

좌아악! 캉, 카가강!

붉은 피로 만든 길이 길쭉하게 바닥에 그려진다.

짧고 긴 여러 모양의 거울 파편들에 박혀 밀려나면서 트릭스터가 남긴 핏물이었다.

순식간에 생겨난 거울의 무덤.

비명조차 없다. 찾아온 죽음은 그저 고요했다.

터벅터벅. 느긋한 발소리가 적막을 울린다. 헬퍼는 비명을 삼키며 황급히 주머니를 뒤졌다.

'도, 도망쳐야 해. 워프, 워프석이……!'

"야."

"……"

바로 눈앞에 드리운 얼굴. 코끝이 맞닿을 거리였다.

"쫄지 마. 어린애는 안 죽여."

그 말이 더 무섭다는 걸, 과연 저자는 알까……?

헬퍼는 숨도 못 쉬고 쳐다봤다. 피범벅이 된 공간 속에서 핏자국 하나 없이 말간 낯을 한 공포를.

"대신 너희 대가리한테 전해."

"……."

"조금이라도 오래 살고 싶으면 개수작 그만 부리고, 잘 도망 다니라고. 재주껏."

이쪽은 이미, 보는 즉시 무조건 죽이기로 결정했으니까.

벌벌 떨며 간신히 워프석을 깨트리는 데 성공한 헬퍼가 사라진다. 지오 또한 돌아서는 그때.

"쿨럭! 크, 크흐흐…… 정의, 인 척하지 마라……."

"……."

"역겨운…… 너무도 가증…… 스럽구나……."

빽빽이 꽂힌 거울 조각 틈이었다.

툭…….

트릭스터의 손이 떨어진다. 완전히 빛이 사그라진 그 눈을 지오는 물끄러미 바라보았다.

'뭔 개솔.'

무슨 유언마저 판에 찍어 낸 악당처럼 졸렬하냐, 생각하면서.

칭다오에는 다시 빛이 돌아왔다.

뒤늦게 TV 타워에 도착한 군은 참혹한 현장에 말을 잇지 못했다. 당혹감을 억누르며 등리와가 외쳤다.

"[이런 정신 나간……! 당과 국제 여론에는 뭐라 말하려고! 저자는 우리 군이 처리하도록 놔뒀어야죠!]"

"쟤 진짜 간이 배 밖으로 나왔나 봄. 내가 누군지 눈치 깠다고 하지 않았음?"

"그, 그러게요……?"

지오가 쟤 뭐지 갸웃하는 와중에도 등리와는 길길이 날뛰기 바빴다. 어떻게 이리 막 나갈 수가 있냐는 둥, 잘나신 한국인들이라 세계인들의 눈치 따윈 보지 않기로 작정한 거냐는 둥.

물론 그 물음에 답한 것은 한국인이 아니었다.

"[그거라면 내가 해결하기로 했어, 리리.]"

"[……너!]"

귀신을 본 것처럼 등리와의 얼굴이 일그러졌다.

처음에는 놀람으로, 다음 순간에는 활화와 같은 분노로.

"[이 반역자가! 감히 여기가 어디라고 기어 나오나! 뭣들 하고 있어! 구속해!]"

쭈뼛대며 다가오는 군인들을 등요한이 손을 들어 저지했다.

"[그럴 필요 없어. 일을 마치면 내 발로 돌아가마.]"

한때, 국가의 영웅.

한때, 인민의 희망.

활동하지 않은 지 오래됐어도 베이징의 바벨탑 꼭대기에는 매일 그의 이름이 반짝였다. 아무리 상관의 명이라도 로컬 랭킹 1위 앞에서 위축되지 않기란 불가능했다.

섣불리 움직이지 못하는 장병들, 그 탓에 주변이 물에 잠긴 듯 고요해진다.

모인 시선 속에서 등요한은 증오에 몸을 떠는 여동생 앞으로 다가섰다. 조심스럽게 품에서 무언가를 꺼내 내민다.

"[봐주겠니? 잠깐 나온 거야. 이걸 리리 너에게 전해 주러…… 아주 잠깐.]"

비단으로 감싼 옥비녀.

[서왕모의 수반]에서 지오가 찾아온 옛 물건이었다.

등리와의 두 눈이 풍랑처럼 흔들린다. 수년 만에 마주선 이복 남매는 그렇게 서로를 뚫어져라 바라보았다.

"리리가 저래도…… 등요한 선생이 나서 준다면 문제는 간단해질 겁니다. 뒷일은 염려 마십시오."

이 정도로 다 된 밥의 마무리조차 못 한다면 지도층의 자격이 없다. 양강은 정중히 포권했다.

"신세 졌습니다."

일행 모두에게 건네는 인사였지만, 눈길은 한 곳에 닿아 있었다. 지오가 시큰둥하게 받아쳤다.

"맨입 인사는 사절이야."

양강이 미소 지었다.

"물론이죠. 귀빈을 빈손으로 돌려보냈다간 대륙의 수치가 될 겁니다."

체면을 세우고, 성의를 보여 줄 만큼의 힘.

중국 부주석이자 인민군 상장의 외아들, 양강에겐 그 정도 능력쯤은 충분히 있었다.

·· + ✳ ✦ ✳ + ··

〖조국과 나의 모든 명예를 걸고 보증합니다. 견레이는 한국의 견지록과 어떤 혈연도, 관계도 없는 파렴치한 범죄자입니다.〗

〖등요한 헌터! 혹시 복귀하시는 건가요?〗

〖증거라고 주장했던 아이템은 명백히 조작되었으며, 그자는 특수계 각성자로서 당의 간부들이 자신에게 협조하도록 세뇌하였습니다.〗

〖갑자기 나서신 이유가 뭐죠? 아무런 연관도 없을 텐데요! 답변 부탁드립니다!〗

〖특별한 이유는 없습니다.〗

들이미는 마이크들 앞에서 등요한은 쓰게 웃었다.

『……라고 말하고 싶지만, 진실을 밝히러 나온 자리에서 또다시 거짓을 입에 담아선 안 되겠죠.』

전 세계로 방영되는 생중계였다. 플래시가 우레처럼 터졌다.

『'한국'이 말하더군요. 진정한 동지라면 회피하지 말고 나라가 벌인 일에 같은 책임을 지라고.』

그에 부끄러웠고, 공감했을 뿐이노라. 등요한이 말했다.

『젊은 친구가 겪지 않아도 됐을 곤혹에 한 명의 각성자, 랭커, 같은 헌터로서…… 또 이 나라의 한 국민으로서 깊은 유감을 표합니다.』

[진실의 눈], 8년 만의 공개적인 등장.
파장은 뜨거웠다.
중국 정부는 즉시 다급한 성명을 발표했다.
거짓된 능력으로 당을 우롱하고, 인민과 세계인들을 현혹한 범죄자는 당의 적법한 절차에 따라 처리했다는 내용이었다.

거기엔 도의적인 사과도, 밝혀진 정황도 없었지만, 많은 자들이 알아서 답을 찾아내었다.

시류에 밝은 자들은 파워 게임에서 보기 좋게 밀렸으니, 중국이 물밑으로 한국에 적잖은 배상을 치르리라 떠들었고. 또…… 눈으로 목격한 자들, 캄캄한 칭다오에서 도시를 감쌌던 황금빛 기적을 직접 목도한 자들 역시 입을 모아 수군거렸다.

'시대의 대세는 이미 굳어졌다.'

세계의 패권이 어디에 있는지 더 이상 따지고 우겨 봤자 아무런 의미 없었다. 이제 너무나도 명명백백했으므로.

"[받아.]"

귀국길의 활주로.

저녁노을을 배경으로 등리와가 권총 한 자루를 내밀었다. 나조연은 얼떨떨하게 그녀를 바라봤다.

"[초, 총을 갑자기 왜……?]"

"[물론 당신은 필요 없다고 생각하겠지.]"

등리와의 시선이 힐긋 한쪽을 향했다가 떨어졌다. 삐딱한 표정으로 선 단발머리 여자를.

"[……하지만 맹신하지 마라. 선善으로 향하는 왕도에도 피가 흘러야 하는 날은 올 테니.]"

경험으로 하는 얘기다. 그래도 머뭇거리는 그 손을 등

리와는 끌어 잡아 억지로 쥐여 주었다.

"[정 부담스럽다면 네가 아니라, 과거의 나에게 선물하는 걸로 해 두지.]"

어쩌면 너와 비슷했을지도 모르는…….

씁쓸히 웃은 그녀가 뒤로 두 걸음 물러났다.

배웅하는 인원은 처음 입국할 적보다 현저히 적었다. 중국 내 분위기도 어수선할뿐더러 등요한은 다시 라오산으로, 양강은 수습을 위해 베이징으로 떠났으므로 불가피한 일이었다.

견지록이 먼저 비행기 계단을 오른다. 하나둘 뒤따르는 그때.

처- 억!

옷자락을 스치는 소리에 지오가 무심코 뒤를 돌아봤다.

흐트러짐 없는 자세로 경례를 보내는 군인들이 있었다. 그 맨 앞, 그녀와 눈이 마주친 등리와가 나지막하게 중얼거렸다.

"[다신 보지 말자, 한국의 왕.]"

지오도 피식 웃었다.

"누가 할 소리를."

그리고 나름 홀가분하다면 홀가분하게 조국에 돌아온
그들을 기다린 소식은, 애석하게도……

부고訃告.

누군가의 죽음이었다.

9장
금적금왕 上

1

[환마종 '매드해터'가 격노에 차 권속을 불러들입니다!]

"3시 방향! 포메이션 유지해! 크윽!"

"부길마! 괜찮으십니까?"

끝없이 떨어져 내리는 터널 속.

발 디딜 곳이라곤 무중력 상태로 부유하는 괴이한 모양의 개체들뿐이다. 동화 《이상한 나라의 앨리스》 속 병정과 닮은 마수를 베어 내며 우나샘이 거대한 버섯 위로 착지했다.

빠져나갈 구석이 보이지 않는 필드.

위아래 변칙적으로 출몰하는 적들뿐만 아니라 사방의 벽을 둘러싼 초상화들 때문에도 결코 방심할 수 없었다.

"으, 으아아악!"

가까이 붙어 있던 초상화의 공격에 길드원 한 명이 비명과 함께 추락한다.

"미친 새끼, 정신 똑바로 안 차려!"

"죄, 죄송합니다!"

우나샘은 다급히 옆의 길드원을 끌어 올리며 후방을 확인했다. '그'의 입모양이 말하고 있다. 조금만 더.

'조금만, 조금만⋯⋯!'

탁한 분홍색 머리카락에 노을과 비슷한 빛이 얽혀 들었다. 그리고 붉은 피와 섞인 땀방울이 날렵한 턱을 타고 떨어져 내리는 순간.

"⋯⋯됐다."

홀리기 싫으면 싹 다 고개 돌리라.

등의 문신이 섬뜩한 핏빛으로 빛난다.

완성된 마지막 진에 손바닥을 내려찍으며 황혼이 속삭였다.

"[제4문 아수라도阿修羅道, 개문開門!]"

쿵, 쿵, 쿵-!

붉은 영기가 허공에 욕계欲界의 문을 그려 낸다.

계약한 영주의 부름을 따라 마침내 문이 열리고.

끼이익!

위에서 내려다보던 매드해터의 거대한 머리가 휙, 정확히 이쪽을 향했다.

[적이 강한 경계를 드러냅니다!]
[주의! 환마종 '매드해터'가 최후 공격을 준비합니다.]

"반피 아이가, 여긴 예열 끝났다."

문득, 벌건 안광이 번들거린다. '영주'의 허가가 떨어지기만을 애타게 기다리는 투귀들.

피 맛으로 비릿한 어금니에 으득 힘을 준다. 황혼은 망설임 없이 그들의 족쇄를 끊었다.

"가라."

캬아아아아악!

그렇게 끊임없이 투쟁하는 [수라도]의 재림再臨.

갈기갈기 찢어발겨지는 매드해터를 지켜보다가 황혼은 고개를 내렸다. 영원할 것만 같던 추락이 끝나고 있었다.

드디어 보이는 바닥, 그리고…… 승리의 종.

어김없이 나타난 크리스털 종의 모습에 어쩔 수 없는

웃음이 샌다. 매번 겪지만, 도통 적응되지 않는 이 기분.
그러나 또 절대로 벗어날 수 없는…….

황혼은 시원하게 웃었다.

"존나게 보고 싶었다, 이 웬수 같은 바벨 자슥아!"

《승리의 종이 울립니다!》
《승자에게 별들의 가호를!》
《바벨탑 48층 공략에 성공하셨습니다.》

··+✳✦✳+··

[축하합니다, 한국!]
[바벨탑 ― 48층 클리어!]
[길드 '여명'이 승리의 종을 울립니다.]

[Loading ■□□□□ 20%]
[바벨탑 ― 국가 '대한민국' 채널 업데이트를 실시합니다.]
[다음 층의 해금을 위해 업데이트 점검에 들어갑니다. 점검
중에는 탑에 입장하실 수 없습니다.]

……채널 업데이트?
뜬금없는 통보에 멈칫한 것도 잠깐이었다.

지난번 서버 점검도 그렇고, 요즘의 바벨은 도무지 예측하기가 어렵다. 물론 예측한다고 어떻게 할 수 있는 상대도 아니긴 하지만……

'그나저나 벌써 또 공략인가……? 정말 빠르군.'

얼마 전, 길드 〈D.I.〉 쪽에서 47층을 공략 완료한 이래 고작 사흘 만.

이유는 모르겠으나 최근 들어 최상위권 랭커들의 공략에 급격히 속도가 붙고 있었다.

덕분에 주변국에선 너네 무슨 속셈이냐, 좋은 영약 구한 거면 같이 나눠 먹자 등등, 호들갑이 난리도 아니다.

장일현은 한숨과 함께 초코 라테 잔을 내려놓았다. 그러자 인중에 묻어 있는 깜찍한 우유 거품이 드러난다.

못 볼 걸 목격한 근처의 학생들이 경악해 수군거렸다.

"뭐야, 컨셉인가? 보기 부담스럽게 왜 저래……?"

"카페도 물갈이 같은 것 좀 해야 하는 거 아냐? 시선 강탈 지린다. 우리 아빠 또래 같은데, 와우네."

"그러게. 멜빵이 웬 말임? 물갈이가 아니라 확 얼굴갈이 해 버리고 싶게."

"헉! 까, 깜짝이야! 누, 누구세요?"

"……거기. 일행 아닌 척 그만하고 이리 오세요."

"……"

"거기 모자 쓴 단발머리 학생. 예. 못 본 척하지 말고, 삼수생 그쪽이요. 그쪽 말고 대체 누가 있습니까!"

쳇.

꽤나 자연스럽게 위장 중이었던 견지오가 교복 학생들 틈에서 터덜터덜 걸어 나왔다. 손목에는 대충 꿰찬 쇼핑백이 달랑거리고, 오늘도 한결같이 편한 차림…… 어?

"웬일로 옷차림이 점잖으십니다? 저번처럼 변장한 것도 아니고. 요즘엔 바빌론 출근할 때도 추리닝 입고 가신다는 소문이 여의도에 자자한데……."

"소문이 아니라 스토킹이겠지."

검은 니트 톱에 벨트까지 야무지게 찬 치노 팬츠 차림의 지오가 장 국장을 쭉 스캔 떴다.

"아재는 꼴이 그게 뭐야? 세 줄 이내로 해명 부탁. 밖에서 보고 대리 수치심 느껴서 도망갈 뻔."

"……이런 인적 많은 곳에서 보자 하셔서 어쩔 수 없었습니다. 지오 양만 신상을 감춰야 하는 게 아니라니까요. 이쪽도 매일같이 뉴스에 얼굴 팔리는 사람입니다!"

"흠, 그렇구만. 컨셉이 어디 보자…… 마리오?"

"박사…… 아니, 됐습니다."

장일현은 재빨리 외투를 걸쳐 멜빵을 가렸다. 별생각 없었는데 급 부끄러워졌다.

학생들로 시끌벅적한 신촌의 대형 프랜차이즈 카페 안.

처음엔 무슨 이런 장소를 골랐나 싶었지만, 막상 오니

그들이 대화 나누기엔 썩 나쁘지 않아 보였다. 벅적한 말소리에 파묻힐 테니까.

"귀국하신 지 열흘 좀 넘으셨죠? 그간 워낙 일이 많아서…… 꽤나 정신없으셨겠습니다."

지오가 시큰둥하게 대꾸했다.

"내 일도 아닌데 뭘."

"그런가요."

장일현은 쓰게 웃었다.

"중국 쪽과는 역사관을 정리하는 선에서 마무리할까 합니다. 사실 이 정도만 해도 적잖은 이득이죠. 더 얽히지 않는 것만으로도 피곤한 일은 상당히 줄어들 테니."

"음음."

"하지만 말씀하신 등요한의 사면 문제는…… 아무래도 힘들어 보입니다. 그쪽에서 워낙 예민하게 나와서. 죄송합니다."

"별로. 바라는 게 있냐고 묻길래 걍 던져 본 거니까. 신경 끄셈. 사실 집안 문제는 지들끼리 푸는 게 맞긴 하잖아."

"그럼 다행입니다만……."

쿨하게 괜찮다고 하니 용건도 간략해졌다.

일의 사후 처리 과정 보고.

이런 자리를 가질 때마다 지오는 약간 귀찮은 눈치였지만, 장일현은 고집을 꺾지 않았다.

적어도 당신이 나서서 국가가 어떤 이득을 보았고, 또 어떤 방향으로 나아가고 있는지쯤은 알려 주는 게 맞으니까. 그의 이런 생각은 견지오가 어릴 때부터 쭉 변함이 없었다.

"할 말은 그럼 다 끝난 거지?"

"아! 그게, 지오 양."

떠나려는 지오를 장일현이 다급히 붙잡았다. 최근 벌어진 일의 전후 사정은 그도 범과 견지록을 통해 들었다.

지오가 눌러쓴 모자를 검지로 슥 들어 올린다. 평소와 변함없이 무심한 얼굴.

그러나 오랜 측근인 장일현은 보이는 게 다가 아님을 아는 사람이었다.

"정말…… 울산에는 안 가 보셔도 괜찮겠습니까?"

"……."

대낮의 카페.

견지오는 교복 입은 학생들이 유난히 많은 카페 안을 슥 둘러보았다.

아마도 홍달야가 살아 있었다면 딱 저쯤이었겠지.

"……장 아저씨."

"……."

"세상이 참 커요. 요즘 부쩍 그런 생각이 드네. 세상은 원래 컸는데, 희한하게."

"지오야. 그건 네 책임이ㅡ"

"고민 중이에요."

말을 자르며 지오가 다시 모자를 꾹 눌러썼다. 쇼핑백을 챙겨 들며 가볍게 실소한다.

"결론은 언제나 그랬듯 내가 내겠음. 그럼 이만."

"……어, 어디 가는데!"

"병문안이용."

살래살래 손을 흔들며 나가는 견지오.

그 뒷모습을 보며 장일현은 이곳이 모 대학 병원 근처임을 상기해 냈다.

···✦✦✦✦✦···

'음…… 몇 층이랬더라?'

곰곰이 더듬다가 버튼을 누른 지오가 승강기 안 모니터를 올려다봤다.

랭킹 뉴스가 나오고 있었다.

한 주간의 랭커 현황 및 순위 변동을 알려 주는 스트레이트 뉴스로 시청층이 제법 탄탄한 방송이다.

지오는 채널 이름 바로 아래 달린 근조 리본을 뚫어져라 응시했다. 한 계단씩 상승한 1번 채널 랭커들의 순위 또한.

[당신의 성약성, '운명을 읽는 자' 님이 장일현이가 틀린 말을 한 건 아니지 않느냐며 눈치를 살핍니다. 홍고야나 홍달야나, 어차피 죽음이 가깝게 예정된 자들이었다고

속삭입니다.]

'그래도 찜찜한 걸 어쩌라고.'

아는 사람의 죽음이 주는 무게란 그랬다.

아직도 홍고야가 우려 주던 차의 맛이나 홍달야의 불꽃 같던 눈이 생생한 걸 생각하면 더욱더.

'이래서 혼자 섬처럼 사는 편이 낫다는 거였는데.'

울산 홍가를 급습한 자들의 정체는 밝혀지지 않았다.

목격자들의 진술을 종합한 결과, 국제 테러 단체인 〈해방단〉의 소행이라 짐작되었으나 그들의 목적이 무엇인지 만큼은 도무지 알 길이 없었다.

……까지가 언론에 공개된 내용이지만.

회귀자 백도현은 어두운 표정으로 고했다.

「아마도…… 홍해야를 제거할 목적이었겠죠.」

홍해야의 암살.

혹시나 싶어 안전장치까지 해 두고 갔으나 역부족이었다. 설마 그 '매드독'이 몸소 출두했을 줄 누가 알았겠는가? 고작 고등학생 남자애 하나 암살하자고.

「왜, 겨우 E급짜리를 그렇게 아득바득 없애야 할 이유가 뭔데?」

「……그건.」

띵-

「49층이 열리면 지오 씨도 알게 되실 겁니다. 저번처럼 진행된다면요. 그걸 그쪽에서 어떻게 알았는지는 모르겠지만…….」

"죄송합니다. 좀 들어갈게요."

"어? 13층 이미 눌러져 있네."

우르르 승강기에 올라타는 간병인 무리. 지오는 모자를 꾹 눌러쓰며 구석으로 비켜섰다.

"어머. 근데 지훈 엄마, 안색이 안 좋네. 엄청 까칠해졌어. 애 돌보기 많이 힘들죠?"

"아뇨…… 그런 건 아니고."

"말도 마세요. 지훈이 옆 베드 환자 때문이잖아요. 나이롱환자 같던데 어후, 진상도 그런 진상이!"

"아니에요. 많이 다친 것 같던데요. 헌터라던데……."

"요즘 헌터들이 정부 지원금 타 먹으려고 요만큼 다친 것도 이만크음! 다쳤다고 부풀리는 거 몰라요? 쯔쯔. 젊은 처녀가 입도 얼마나 걸던지. 아주 입만 열면 욕이야."

"나쁜 분은 아니에요. 좀 거칠어서 그렇지. 보호자분은 또 되게 친절하고 착하세요."

"아아, 그 되게 유명한 길드장 닮았다는 사람 말이지?"

"네. 처음에는 동일인인 줄 알고, 사인 요청까지 했지 뭐예요. 창피하게……. 보다 보니 아니라고 확신했지만."

"어떤데?"

"그게…… 설명하기 어려운데 음, 측은하달까. 구박받는 거 보면 저도 모르게 짠해지기도 하고……."

띵–

문이 다시 열리고, 수다 떨던 간병인들이 움찔했다. 안 듣는 척 열심히 엿듣던 지오도 흠칫했다. 아주머니들의 평은 정확했다.

"……지오?"

되게 친절하고 착한, 되게 유명한 길드장.

〈해타〉의 하얀새가 우두커니 거기 서 있었다. 눈 밑과 볼이 움푹 꺼진, 핼쑥한 몰골…… 좀 많이 애잔한 간병인의 모습으로.

··✦✳✦✳✦··

"어, 어머, 아는 사람이었어요? 민망해라! 하해리 씨! 오늘도 점심 못 챙겼죠? 이거, 시간 있을 때 먹어요. 그, 그럼 우린 가 볼게!"

"감사합니다, 지훈이 어머님."

팥빵을 소중히 쥔 채 정중하게 인사하는 하얀새. 진심이 묻어나는 듯이다.

'뭔데, 이 총체적인 난국……'

일반인한테 단팥빵 적선받고 기뻐하는 랭킹 3위에 대체 뭔 말을 해야 하냐, 이거? 지오가 붕어처럼 뻐금거렸다.

"……하해리?"

"아. 요즘 다윗이 열중하는 영화가 해리 포터라서. 혼자 온 건가?"

"아니 뭔 병원에 가명을……"

"경솔했군. 대호법께서 그렇게 떠나신 이상, 되도록 다른 사람들과 항상 동행하라 내가 랭커 채널에 일러두지 않았나. 가명은 본명으로 등록하면 병동이 소란스러워질 테니 당연한 조치다."

'이미 졸라 소란스러워 보이는데…… 니네 존나 핫 이슈 그 자체 같은데.'

온 동네 사람들이 지들 얘기밖에 안 한다는 걸 전혀 모르는 눈치다. 머리가 지끈거려 지오는 얼른 화제를 돌렸다.

"그보다, 님 어디 가? 왜 병실에 안 붙어 있고."

"음. 잠깐 영암에 다녀오게 됐다. 방문한 손님에게 본의 아니게 실례를 하는군. 얼른 다녀올 테니 잠시만 기다려주겠나."

"영암……?"

"영암을 모르나? 전라남도 영암 말이다. 소중한 우리 국토에 조금 더 관심을 가지면 좋겠군."

"갑자기 전라도요? 대체 왜죠?"

"다윗이 멜론을 먹고 싶다고 해서. 그럼."

"……그럼은 개뿔! 장난하냐!"

정강이를 걷어차 벽창호(랭킹 3위)를 격침시킨 킹지오가 성큼성큼 병실로 직진했다.

인원 빼곡한 6인실.

문 앞 명패에 뻔뻔한 이름이 고스란히 박혀 있었다.

'최헤르미온느……'

나의 조국, 상태 괜찮아요?

이걸 보고 아무도 이상하다고 생각 안 했단 말이야? 정말 진심이세요?

드르륵─

"혈랭? 벌써? 캬! 랭킹 3위 위엄 지렸다. 크으으, 미쳤네! 영암을 무슨 이 앞 편의점 다녀오듯 다녀오……!"

그리핀도르 카디건을 걸친 양아치가 까먹던 귤을 툭 떨궜다. 멍하니 이쪽을 보며 중얼거린다.

"……볼드모트?"

"닥쳐."

바보들의 행진……!

견지오는 강한 현기증을 느꼈다.

－병원장과 얘기 끝났어. 바로 VIP 병동으로 옮겼다고 하던데.

"응."

－이런 건 굳이 네가 말 안 해도 동맹으로서 충분히 도울 수 있는 범위인데 말이지. 종주도 고집이 여간 센 게 아니군.

"벽창호잖아. 암튼 감사."

범의 나직한 웃음소리를 들으며 지오가 통화를 끝냈다.

고층의 VIP 병동은 인적 하나 없이 조용했다. 병실로 들어가자 다윗이 엣헴! 크게 헛기침한다.

"거…… 꼬, 꼭 안 옮겨도 되는데? 거기서도 지낼 만했다고!"

"지 이름 하나 멀쩡히 못 썼으면서 뭐래?"

지오가 콧방귀 꼈다.

헌터 전용으로 증축한 세×란스 병원은 층의 구분이 철저하다. 23층 아래로는 그냥 일반 병실이나 마찬가지.

상급 힐러들이 상시 대기하며, 마력 특수 기계로 처바른 진짜 닥터 케어는 VIP 병동부터였다. 물론 그만큼 입원 비용도 천문학적.

그래도 돈 잘 버는 랭커들이니 얼마든지 커버 가능한 범위였으나…… 남다른 〈해타〉께선 사정이 또 달랐던 모양이다.

"호의 고맙다, 지오. 최근 재단 기금을 늘려서 자금 운용이 약간 곤란한 처지였거든."

'글공부하다가 집안 살림 다 말아먹은 선비 남편 같은 멘트 좀 그만혀…….'

"됐음. 구구절절 사정 말할 필요 없어. 별로 알고 싶지도 않고."

지오는 털썩 소파에 걸터앉았다.

입원한 지 꽤 지났을 텐데도, 최다윗의 팔목에는 여전히 부목이 대어져 있었다.

"님은 꼴이 그게 뭐임? 아직까지."

하얀새가 답을 대신했다.

"호전은 됐다. 다만, 다윗이 계속 움직여서 말이지. 산성 독에 녹아내린 피부가 완전히 재생되려면 시일이 좀 걸린다 하더군."

그들도 처음부터 다인실 생활을 한 건 아니었다. 지금이야 보기에 멀쩡하지만, 처음 최다윗이 병원에 실려 왔을 때는 전신 화상 상태였으니까.

응급실 힐러들이 달라붙어 최상급 포션과 힐을 퍼붓지 않았더라면 어떻게 됐을지 모른다.

백도현은 제 잘못이라며 자책감을 쉬이 떨치지 못했다. 제 앞에서 고개를 들지 못하는 그를 보며 지오는 문득 의문이 들었다.

'글쎄, 누구 탓일까…….'

친구의 친구는 또 다른 친구라고 다윗에게 가르쳐 준 것은 지오였다.

특별한 친분 하나 없는 백도현의 부탁에 최다윗이 움직인 것도 전부 그 탓.

다가선 지오를 깨끗한 눈으로 최다윗이 마주 본다.

어떤 고통과 시련을 겪어도 변함없이 맑기만 한 눈이었다. 아주 옛날부터.

지오가 실소했다.

"야, 멍청아. 아팠냐?"

"……당연, 샹! 그걸 질문이라고 하냐? 내가 너, 너 그 1위라고 쫄고, 눈치 보고 그럴 거라 생각하면 착각……!"

[적업 스킬, 7계급 고위 주문(심화)

— '초속 재생Hyper Regeneration']

"늦게 와서 미안."

"……."

"좀 바쁘셨다. 돌봐야 하는 연약해 빠진 사람들이 주변에 워낙 많으셔야지."

"……."

"근데 사실 이건 변명이고……. 용기가 잘 안 났어. 나 때문에 아픈 사람은 너무 오랜만에 봐서."

맞닿았던 손이 떨어진다.

최다윗은 멍한 얼굴로 새살이 돋아난 팔목을 내려다봤다. 진물도, 쓰라림도 더 이상 없었다.

한낮의 햇살이 병실에 드리운다.

이렇게나 날이 밝은데…… 눈앞의 쟤 얼굴은 왜 이렇게 안 보이지? 최다윗은 팔을 뻗어 지오의 모자를 벗겨 냈다.

툭.

빛과 닿아 따스한 색을 띠는 눈이 그제야 드러난다. 그걸 보자 입술이 파르르 떨렸다.

"……너 때문이 아냐."

기댈 것 앞에서 사람은 별수 없이 약해지곤 한다.

최다윗의 눈가에 눈물이 서서히 차올랐다.

"내가, 내가 약해서…… 모자라서, 고야 님을 그렇게 보냈어."

미치도록 진저리 쳤던 제 능력이었다.

지금도 그다지 좋아하진 않는다. 그럼에도 찢어진 날개에 대고 제발 움직여 달라 애원하며 최다윗은 울부짖었다.

한 팔을 뜯긴 매드독이 웃었다.

「제기랄, 타임 오버네…….」

악당이 퇴장한다. 홍고야의 거산 같던 등도 무너졌다.

까마귀들이 목 놓아 울었다.

화염 속에서 월계 홍가는 그렇게 무너졌다.

순진하고 솔직한 최다윗은 우는 모습마저 딱 저다웠다. 아이처럼 고개를 들고 엉엉 운다. 지오는 그 울음소리를 조용히 들었다. 한참 동안.

탁, 지이잉-

병원 안의 자판기 커피는 다른 곳과 묘하게 느낌이 달랐다. 지오는 물끄러미 종이컵을 내려다봤다.

'요상하게 병원 오는 일이 잦아진 거 같은데. 기분 탓인가?'

"다윗은 괜찮을 거다. 강한 사람이니까."

"응."

"그대는…… 괜찮나?"

담담하게 묻는 하얀새의 저음. 지오는 자근자근 잇자국을 내던 종이컵에서 고개 들었다.

"나한테 묻는 거?"

"백도현에게 들었다. 월계 홍가와 아는 사이였다지. 특히, 그 [세계의 눈]을 가진 아이와 모종의 연이 있었다던데."

"울 백 씨, 나불나불 잘도 떠들었네. 걍 스쳐 간 인연이었음."

"그런 스쳐 가는 인연조차 드물었던 지난 십 년이 아니었던가."

"……."

하얀새가 언제나 고요한 그 낯으로 지오를 들여다봤다.

"그대를 들쑤실 생각은 없어. 다만, 한 가지…… 매몰차고 싶어 하는 사람과 매몰찬 사람, 둘이 다르다는 것쯤은 알기에 하는 말이다. 그대는 어느 쪽이지?"

"……."

"부디 마음이 향하는 방향으로 같이 가길 바라. 내 경험상…… 삶에서 뒷걸음질하지 않으려면 오로지 그 길뿐이더군."

지오는 눈앞 하얀새처럼 절대적인 선인이 아니며, 감상에 쉽게 빠지는 성격도 아니었다. 따라서 홍가의 비극에 제 책임이 있다고, 그런 팔자 좋은 생각까지 하진 않는다.

그러나…… 말마따나 매몰찰 수가 없었다.

계속 생각이 났다. 홍고야의 차와 홍달야의 눈빛 같은 것들이.

만약 조금만 더 신경을 썼다면, 살 수도 있지 않았을까?

그리고 지오가 막 입을 떼려는 순간이었다.

[Loading ■■■■■ 100%]

[업데이트 완료! 채널 공지 사항이 출력됩니다.]

▶ 채널 '국가 대한민국' 전체 공지

— 축하합니다! ＊｡٩(ˊᗜˋ*)و＊｡
— 행성 어스, 로컬 '국가 대한민국'이 첫 번째 한계선을 돌파하였습니다! 이에 따라 해당 채널은 49층의 특별 과정, 《제로베이스》 단계에 도전합니다.
— 《제로베이스》는 지역 탑의 위탁 관리직 '디렉터Director'를 선발하기 전, 해당 채널의 자격 여부를 판단하기 위한 검증 과정입니다.
— 간단히 말해 물갈이와 비슷합니다. ٩(๑>ᴗ<)و
— 과정의 공정성을 위하여, 해당 채널을 대표해 49층에 입장할 9인의 도전자는 지역 바벨탑에 의해 선별됩니다.
— 채널 대표 9인은 총 9일에 거쳐 선별되며, 선별 즉시 탑 내부의 미션 필드로 소환됩니다.
— 불가피한 사유로 선별 인원의 참여가 불가할 시 해당 자리는 공석이 되니 각별한 주의 바랍니다.
— 선별 인원 9인 외 특수 참여 인원 '키 플레이어'는 원점을 전제로 하는 《제로베이스》 원칙에 따라 최하급(E~F급) 각성자 사이에서 랜덤 선별됩니다.
— 그럼, 여러분의 무운을 빕니다! ◇＊｡٩(ˊᗜˋ*)و◇＊｡

주의 사항

> · 입장은 단 1회에 한정 (재도전 불가)
> · 성위 발급 전용 티켓 사용 불가 및 중도 포기 불가
>
> 공략 실패 시
> · '국가 대한민국' 탈락
> · 지역 바벨탑 티켓 발급 중지

"이게 무슨……."

해괴하고 긴 공지였다.

'이 재수 없는 이모티콘 퀘스트 창에만 뜨는 거 아니었냐?'

탑 공략 전, 바벨이 이렇게 긴 브리핑을 해 주는 것은 전례가 없는 일이었다. 떨떠름하게 스크롤을 훑는 지오 옆에서 하얀새가 벌떡 일어났다.

"티켓 발급 중지?"

드르륵, 쾅!

"야! 야, 미, 미친! 바깥에! 얼른 와 봐!"

최다윗의 다급한 부름에 하얀새가 먼저 달려간다. 지오도 굳은 표정으로 뒤따랐다.

병원 창밖, 새까만 바벨탑 위로 거대한 모래시계의 형상이 떠올라 있었다. 지오는 창턱을 짚었다.

[바벨탑 49층이 해금되었습니다.]

[제로베이스 오프닝, '키 플레이어' 선별 중…….]

그리고 그 시계의 모래가 다 떨어지는 순간.

지오는 며칠 전 백도현의 말을 비로소 이해할 수 있었다.

「49층이 열리면 지오 씨도 알게 되실 겁니다. 저번처럼 진행된다면요.」

웅장한 팡파르가 서울 하늘을 적신다.

허공에 투명한 빗금이 그려지고, 이어 나타나는 이름은…….

> 채널 '국가 대한민국'
>
> **49th | ZERO-BASE**
>
> 키 플레이어Key Player
>
> : 각성자 홍해야(E/권외)

2

소년은 주변을 돌아봤다.

빈집…… 텅 빈 폐허.

전국의 날씨가 티 없이 화창한 가운데, 울산 하늘은 구름 떼에 가려 먹먹하기만 했다. 마치 떠난 자들을 애도하고, 홀로 남은 자를 위로라도 하는 것처럼.

하지만 그런다고 이 공허한 마음이 채워질 리 없었다.

홍해야는 그을음만 남은 바닥을 우두커니 내려다봤다.

대고모를 돕겠다며, 어리석게 나섰던 저를 막아선 죄로 뼛가루도 남기지 않고 타 버린 쌍둥이 동생의 흔적을.

야윈 등에는 억겁처럼 무거운 화마를 이고, 불꽃과 닮은 눈으로 그의 동생 홍달야가 웃었다.

「오빠. 원망하지 마. 누구도…… 아무것도…….」

「다, 달야! 아, 안 돼, 안 돼애애!」

「이건 우리 운명의 섭리일 뿐이야.」

「달야-! 아아아아악!」

해가 떠오르기 위해선 달이 비켜나야 한다.

이 세상은 본디 그런 식으로 돌아가고, 또 이야기는 그렇게 다수를 위한 방향으로 흘러간다.

숙명과 사명 속에서 홍달야는 그렇게 사그라졌다.

홍해야는 최후의 순간, 그를 지켜 내고 죽은 쌍둥이 누이의 얼굴을 선명히 기억한다. 그 어린 낯엔 한 줌의 미련조차 비치지 않았다.

하지만 그의 이해는 그것과 별개였다. 슬픔도, 분노도……

홍해야는 상처가 아물지 않은 주먹을 꽉 움켜쥐었다.

절대 잘못 듣지 않았다. 전투 도중, 암습의 목적을 다그쳐 묻는 대고모에게 적은 분명히 그렇게 답했다.

「그러게, 씨발. 이런 시대에 어울릴 사람은 신중하게 골라야 한다는 걸 그 나이 처먹고도 몰라, 할망구?」

「뭣이라!」

어깨 너머로 마주치는 시선.

멀찍이서 넋 나간 얼굴의 홍해야를 보며 매드독이 씩 웃었다.

「원망하려면, 골라도 한참 잘못 고른 너희들의 킹을 탓하시라고.」

공교롭게도 홍해야는 그의 말이 누구를 가리키는지 알 것 같았다. 홍가의 유일한 생존자가 되어 비로소 개화하기 시작한 힘 덕에, 남들보다 한층 더 명확히.

"……견지오."

갈라진 입술 새로 신음 같은 소리가 샌다. 그리고 어두운 얼굴로 홍해야가 고개를 든 순간.

바람이 분다.

방금까지 소년이 서 있던 자리에는 더 이상 아무런 그림자도 남아 있지 않았다.

한국 바벨탑, 사전 테스트 단계 《제로베이스》 최초 소환.

'키 플레이어Key Player'의 입장이었다.

·· + ✦ ✦ ✦ + ··

[일반] 홍해야? 이 개듣보는 뭐죠 정보 있으신 분?

[일반] ※제로베이스 사전 뜻: 결정에 앞서 전면 재검토※

[일반] 설마 한국탑 난이도 다시 헬된다는 소린가;

[이슈] 바벨탑 티켓발급 중지되면 한반도에 벌어질 일.txt

[일반] 채널 공지 우리나라에만 떴다는데 진짠가요??

[이슈] ㄷㄷ방금 뜬 키플레이어 홍해야 내가 아는 애 같은데

추천 174 반대 11 (+398)

··

화성에서 나랑 같은 기수였음

걍 개평범하고 이름이 좀 특이해서

기억하고 있었는데 뭐지ㄷㄷㄷㄷ

뭔지 모르겠지만 대충 스케일 씹어먹는 대규모 이벤트각인

데 얘가 가도 되나 내 기억으론 별이나 특성 하나도 없는 흔해
빠진 e급따리인데

....

- 뭐냐 자세히 좀 풀어봐

  └ 풀 것도 없음 ㄹㅇ 찐으로 개평범한 무능력자임 화성 훈련
    소에서도 존재감 ㅆㅎㅌㅊ

  └ ㅁㅊ

- ?? 탄식 쎄게 나오죠

- E급;;ㅎ 우리 예쁘게 조진거 같다 느낌 쎄하다 지금

- 아ㅋㅋㅋ옆집 고시생 형님 짐싸네ㅋㅋㅋㅋ

  └ 역시 논지파악은 안되지만 눈치파악 하나는 개빠른 헬조선
    고시생ㄷㄷㄷ

- 아니 근데 진짜 업데이트는 뭐고 제로베이스 뭔데 디렉터? 이
  게 다 뭔솔?? 아무나 세줄 요약 좀

  └ 공지 읽어

  └ 넘 길어서 안읽음ㅈㅅ

- 바벨 선넘네—— 물갈이 들먹이질 않나 티켓 발급 중지에; 꼭
  남의 집 바벨 같다 너어

- 손절각 세게 들어온거 아니냐ㅋㅋㅋㅋㅋ탈락 어쩌구 하는거
  보면 략간 심상치 않은데

  └ ㄹㅇ 첫번째 한계선은 뭐야 그럼 뭐 두번째 세번째도 있다
는 거?

- 미쳤네 바벨 드디어 본색을 드러내는건가 진정한 디스토피아 가나요
  - ???: 무슨소리야 우리 바벨느님께서 한국을 얼마나 편애하시는데 그러실 리 없잖아!!
  - ???: 우리 베리 하고 싶은거 다해♡
  - 바벨교도들 어서 오고
- 낄낄거리고 있을 때가 아닌 거 같은데. 물갈이라는 단어는 뭔가를 거르겠다는 뜻이잖아요. 국가 탈락과 연결하면 우리나라가 어떤 경쟁에서 걸러진다는 소리 아닌가?
  - ㅇㅇ마즘 디렉터를 가질 자격을 보겠다는 거임
  - ?? 그니까 시발 그 디렉터가 대체 뭐냐고
  - 나도 모름ㅎ 공지에 써진 대로 걍 읽었는데용
- 공지 보면 지역 탑의 위탁 관리직이라는데 이거 게임으로 치면 GM 같은 거 뽑겠다는 소리 아냐? 바벨이 게임 시스템이랑 좀 닮았잖아
  - 헐 이거네
- 엥 뭐야 그럼 바벨이랑 쌍방소통 가능해진다는 소리??? 호옥시 그 중간다리 역할 맡기려고 자격 검증 운운하는 거고???
  - 헉?
  - 와 미친
  - 시발이거네ㅋㅋㅋㅋㅋㅋㅋㅋ
- 아맞네 그래서 권한 큰 관리직 넘겨주기 전에 니들 자격 테스

트하겠다는 거고 ㅅㅂ대박이네

- 미친 그럼 개중요한거자너 대표 9인은 무슨ㄴ 기준으로 뽑는데?????

- 아니 님들 저기요; 탈락하면 티켓 발급 중지한다는 데서 이미 중요성은 얘기 끝난거고ㅋㅋㅋㅋ설마 니들 그걸 방금 깨달은 거세요?

　└ 진짜 헌트라넷 수준 알만하네요

- ㅇㅋ 드디어 사태 파악 끝났다. 이거 무조건 랭킹 1위부터 9위까지 줄지어 차출해야함ㅇㅇ

　└ 앗흠넹 무슨수로요? 랜덤이라는데ㅎㅎㅎ

　└ 몰라 아무튼 보내야함 안가면 응~ 매국노

　└ 응~ 우리 열등반 친구 사태파악 다시하고 오자~

- 저기 원글러 돌아와바 홍해야 누구라고?ㅆㅂ 뭔 옹해야도 아니고

- 야 누가 옹해야 재소환진 좀 그려봐라;; 빨리;;

- 조땟네ㅠㅜㅠㅜㅠㅜ어캄ㅠㅠ 이보세요 옹해야씨 돌아오세요 거기 당신이 낄 자리 아닙니다ㅜㅜㅠ!!!!

·· ✦ ✳ ✦ ✳ ✦ ··

　모든 게 미스터리한 무주의 무탑을 제외하면, 49층의 공식적인 해금은 대한민국이 처음.

그런고로 전 세계 최초로 벌어진 사태였다.

난데없고 답도 없는 바벨표 통보에 화들짝 놀란 것도 잠시, 성질 급한 한국인들은 발 빠른 논쟁에 들어갔다.《제로베이스》및 디렉터에 대한 추측부터 채널 공지가 무얼 말하는지 등등, 각종 해석이 난무했지만 가장 뜨거운 불판은 역시······.

채널 선별 대표 9인.

떡 줄 놈(바벨)은 생각도 않는데, 과연 누가 《제로베이스》에 들어가는 게 옳은가 따져 대기 시작한 것이었다.

〖안녕하십니까, 국민 여러분! 《선택! 바벨 9》 진행을 맡은 캐스터 진정주입니다. 긴급 편성에도 불구하고 프로그램을 향한 관심들이 아주 뜨겁습니다! 생방송 시작과 동시에 문자 투표 수가······ 현재 몇 건이죠?〗

〖흠, 글쎄요. 100만?〗

〖아! 지금 막 300만 건을 돌파했다고 하네요. 이야, 정말 열기가 뜨겁습니다. 지금 이 상황 어떻게 보고 계세요, 최준성 해설위원님?〗

〖당연합니다. 제로베이스니 디렉터니, 전문가들이 백날 책상머리에 앉아서 분석하고 따져 봤자 뭘 알겠어요. 지들이 바벨 속을 알아? 뭐 하루 이틀 겪어요?〗

〖아, 저······ 위원님. 전국 생방송이니만큼 말씀을 좀 부

드럽게 해 주시는 편이 어떨까 싶은데.』

『제 말은, 우리 국민들도 이제 바벨의 돌발성을 모르는 게 아니란 말이죠. 어차피 닥쳐 봐야 알게 될 텐데, 추측 같은 게 무슨 소용이야! 당장 우리의 사활이 걸린 듯한 이 '채널 대표'! 이런 데 초점 맞추는 편이 낫다고 여긴다 이겁니다.』

『뭐 나름의 일리가 있습니다. 홍해야 군이 누군지 캐내고 그런 일보다는 앞으로의 일에 집중하자 이 말씀이시잖아요?』

『안 그래요? 이미 선택돼서 떠난 애를 뭐 어떡해요. 학적 조사하고, 화성 훈련소 동기들 인터뷰 딴다고 그 헌터가 여기 다시 불려 오기라도 한답니까? 이미 가 버린 사람이라 이겁니다.』

『하하하, 네~ 아! 말씀하시는 순간, 문자 투표 400만 건을 돌파합니다! 이쯤에서 슬슬 중간 순위 한번 점검해 봐야겠죠? 대한민국 바벨탑 《제로베이스》 대표 9인! 현재 국민의 1순위 희망 라인업입니다!』

요란하고 발랄한 배경음이 울린다.

버스 안 승객들의 고개가 일제히 스크린 쪽을 향해 돌아갔다.

백도현도 눌러쓴 모자 밑으로 시선을 들었다.

저녁 6시. 퇴근길이 한창인 대중교통은 인파로 꽉 차 북적대고 있었다. 캐스터의 호쾌한 목소리를 따라 순위 그래픽이 공개될 때마다 웅성거림이 커져 간다.

"어차피 랜덤 선별이라면서 저거 왜 하는 거야?"

"뭐 어때, 그냥 재미로 하는 거지. 어? 9위가 여강희야? 의외네. 퍼스트 라인 랭커도 아닌데."

"요즘 핫하잖아. 백도현이 초신성으로 확 뜬 이후로 기세가 죽긴 했지만."

떠드는 시민들의 낯엔 별다른 위기의식이 비치지 않았다. 티켓 발급 중지니 탈락이니 운운해도 정작 위기의 실체가 불분명한 한계였다.

'단순히 글자만으로는 쉽게 와닿지 않으니까.'

예전에도 그랬다.

사람들이 사안의 심각성과 중요성을 깨닫는 시점은 떠났던 9인의 대표가 복귀했을 때. 그리고 디렉터까지 최종 선별되고 난 후였다. 우리도 모르는 사이, 엄청난 위기가 지나갔다면서 다들 뒤늦게 아주 식겁했었다.

'1회 차에서 달라진 건 딱히 없어 보이고……. 다행이다.'

회귀의 나비 효과로 이 또한 바뀔까 봐 얼마나 노심초사했던가?

최대한 조심스럽게 움직이려 노력했는데, 이번에도 홍해야가 '키 플레이어'로 선별된 걸 보니 적잖이 안심이 된다.

시기가 약간 이르긴 하나……. 그건 그가 주요 길드의 주축들에게 [디렉터]의 존재를 알렸으니 당연한 결과였다.

'그래도 전처럼 해야가 들어갔으니 무난하게 통과하겠지. 일단 고비는 넘겼어.'

월계 홍가가 지닌 전설의 [눈]을 계승할 홍해야는 탁월한 디렉터의 재목이다.

디렉팅 면에서는 순수 재능으로 키도를 압도하기에, 이쪽과 틀어지지만 않는다면 적어도 내부에서 흔들릴 일은 없었다.

1회 차에서도 단단했던 한국이 빠르게 무너져 내리기 시작한 건 홍해야의 탈선으로 인한 디렉터의 부재가 시발점이었으니까.

'마지막으로 봤을 때 약간 불안정해 보이긴 했지만…….'

결국은 일어날 일이었다.

원인이 어찌 됐건 쌍둥이 홍달야의 죽음은 필연적이다. 그녀가 종말의 운명을 갖고 태어난 이상.

그러니 힘들겠지만, 홍해야는 이번에도 이겨 낼 것이다. 백도현은 애써 씁쓸함을 지워 냈다.

'……문제는 키도가 어떻게 해야의 존재를 미리 알고 있었나, 이건데.'

[이번 정류장은 세종 사거리, 은사자 파크입니다. 다음 정류장은-]

"잠시만요. 지나갈게요."

도착지다. 상념은 잠깐 밀어 두고 버스에서 내리는 그의 등 뒤로, 캐스터의 목소리가 명랑하게 울려 퍼졌다.

『마지막으로 대망의 대국민 희망 대표 라인업, 그 1순위는!』

『이야~ 역시나네요! 이 예측할 수 없는 순위 양상에서 단 한 명만은 정말 어떤 경우에도 1위의 자리를 내놓지 않습니다. 역시 부동의 1위예요! 표 차도 압도적입니다!』

『언제 어디서나 전 국민의 염원이고, 구세주인 존재 아니겠습니까? 당연한 거죠. 이렇게 든든한 치트 키가 또 없거든요!』

백도현은 모자를 고쳐 썼다.

확실히 대중 주목도가 엄청난지 거리 곳곳에서 버스 안과 똑같은 방송이 나오고 있었다. 보이는 차트 최상단엔 흰 글씨의 소심한 문구가 박혀 있다.

*본 순위는 실제 선별 인원과 관련이 없음.

말 그대로다. 저 희망 라인업은 아무런 의미도 없다.

죠를 위시해 인기 좋은 최상위권 랭커들로 가득 채웠던 전 국민의 위시 리스트를 비웃듯, 저들 중 누구도 바벨에게 선택되지 않으므로.

그의 기억에 의하면, 1회 차 《제로베이스》에 선별된 채널 대한민국의 대표 9인은 대표라는 타이틀이 무색할 만큼 전부 신선한 얼굴들이었다.

딱…… 한 명만 빼고.

"어떻게 오셨죠? 이쪽에서 방문객 카드 작성해 주세요."

"여기에 적으면 됩니까?"

"네. 작성하시면서 헌터 라이선스도 같이 확인 부탁드립니다."

막 이름을 적으려던 백도현이 멈칫했다. 도어 데스크의 직원은 사무적인 얼굴로 그를 힐긋 바라봤다.

"헌터 라이선스를 미지참하셨거나 각성자가 아니실 경우, 당일 출입은 어려우십니다. 따로 방문 예약 절차를 거치셔야 해요."

"그건 아닙니다만……."

'어쩔 수 없나?'

조용히 만날 수 있는 인물이 아니긴 했다.

백도현은 인벤토리와 연결된 품에서 차분하게 물건 하나를 꺼내 올려놓았다. 직원이 미간을 좁힌다.

"뭐 하시는 거죠? 라이선스가 없으시면 이만—"

"이게 제 라이선스입니다."

바래고 낡은 회중시계.

생김새는 누구도 쉬이 거들떠보지 않을 만큼 초라하지만, 그의 시간을 되돌리고 이 자리에 데려다 놓은 위대한 물건이었다.

백도현은 시계에 소량의 마력을 불어넣었다.

눈앞 정면은 물론, 주변을 지나던 직원들까지 놀라 숨을 들이켰다. 헌터 라이선스에서 마력 홀로그램이 떠오르는 경우는 단 한 가지밖에 없다.

"S, S급……!"

랭커 시스템에 등록된 고유 엠블럼은 열 자루의 검이 꽂힌 시계.

그리고 오색 빛깔 마력 문자가 그 영광된 상징을 장식한다.

HUNTER LICENSE / KR /

− THE FIFTH S −

백도현

너무나도 당연히, 이다음의 일들은 별로 어렵지 않았다.

길드 〈은사자〉 사옥.

이런 엄청난 곳에서도 국내에 다섯뿐인 S급 딱지는 제법 위력이 있었다. 백도현은 그 즉시 최상층 접객 대기실로 안내되었다.

최강의 길드라는 명성에 걸맞게 임원 직속 비서도 모두가 기도부터 남달랐다. 그에게 잠시만 기다려 달라 양해를 구한 뒤 우아하게 돌아선다.

하지만 그들이 아무리 저들끼리 소리를 죽여도, 백도현에겐 속삭임 하나하나까지 선명할 따름이었다.

"어떻게 해?"

"부대표님이 들여보내라고 오케이하셨잖아. 괜찮지 않을까?"

"아니, 근데 말씀으로 안 하시고 버튼만 누르셔서. 게다가 안에 지금 선객도 있는데."

재확인해 볼까, 그러다가 무능하다고 찍히면 어떡하냐 쑥덕거림이 이어지기도 잠깐. 결심한 비서단이 빈틈없는 미소를 그려 냈다.

"안으로 들어가시면 됩니다, 백도현 헌터."

일반 회사처럼 비서가 손수 문을 열어 주는 구조가 아니었다. 따로 존재하는 안쪽 문으로 들어서자마자 백도현은 왜 그렇게 과정이 복잡했는지 깨달았다.

'이러니까 그랬구나.'

주인은 부재하고 다른 사람이 주인 행세를 하고 있으니 바깥에선 혼란스러울 수밖에.

멀찍이 광화문, 도심이 훤히 내려다보이는 대표실 안.

노을이 지기 시작한 시간을 따라 드넓은 실내로 불그스름한 색이 스미고 있다. 그 중심에 주인처럼 앉아 있는 한 사람.

뒷모습임에도 못 알아볼 리 없었다.

그의 위대한 마법사는 숨겨지는 사람이 아니다. 백도현은 한숨처럼 웃었다.

"지오 씨."

휙, 의자가 돌아간다.

삐딱하게 턱을 괸 견지오가 두 눈을 깜빡였다. 언제나처럼 무감정한 인형 같은 낯이었다.

"엥, 진짜 백 씨네. 여긴 뭔 일?"

"지오 씨야말로……. 오늘 다윗 씨 병문안 간다고 하지 않으셨습니까?"

"다녀왔지. 근데 저거."

방금까지 보고 있었던지 가리키는 방향엔 망설임이 없었다. 백도현은 지오의 손끝 너머 창밖, 거대한 모래시계를 같이 바라봤다.

《제로베이스》 오프닝이었던 키 플레이어 선별이 끝난 직후, 한 바퀴 돌아간 모래시계는 그새 바닥이 드러나고 있었다.

총 9일에 걸쳐서 아홉 명.

오프닝은 오프닝일 뿐. 진짜 시작인 '오늘', 첫째 날의 첫 번째 대표는 아직 선별되지 않았다.

"당최 뭐가 뭔지 모르겠어서 말야. 아는 놈들 중에 젤루 머리 좋은 사람한테 와 봤음. 보다시피 바쁘다고 팽당했지만."

"……저것에 대해 제일 잘 아는 사람은 저 아니겠습니까?"

"뭐야, 삐지지 마. 님은 보나마나 세계율이니 뭐니 제약 있다고 말 안 해 줄 거잖아?"

쯔쯔. 지오가 혀를 찼다.

"미스터리한 남자 노매력이야. 맨날 알려 줄 듯 안 알려 주고 간 보는 것도 아니고. 엉? 내가 무슨 된장찌개야?"

"……."

늘 그렇듯 지오는 딱히 책망하는 어조가 아니었지만, 백도현은 찔렸다.

그 스스로 너무나 잘 알고 있는 탓이다. 자신이 저 사람 앞에서 얼마나 구질구질하고, 한심한 남자가 되는지.

"디렉터 관련해서 미리 말씀을 안 드린 건, 죄송합니다."

"됐음. 님도 나름대로 이유가 있었겠지."

"……아뇨."

슥, 지오의 눈썹이 치켜 올라갔다. 그에 백도현은 부정한다. 다시 한번, 충동적으로.

"아니요. 이유 같은 거 없었습니다. 이유보다는 그러고

싫었어요. 그냥…… 그런 욕심이었습니다."

"무슨 욕심?"

"다른 사람들은 다 알더라도, 당신 한 사람만은 거기서 멀어졌으면 좋겠다는, 아마도…… 그런 추하고 못난 욕심."

꼭꼭 숨겨 놨던 밑바닥의 말이 술술 나오는 건 어떤 데자뷔 때문인지도 모르겠다.

노을 진 역광을 뒤로하고 그를 마주 보던 눈.

백도현이 세상에서 가장 위대한 마법사를 제 마음 깊숙이 새겨 넣었던, 처음 그날의 데자뷔 말이다. 마치 그날처럼 견지오가 그를 바라보고 있었다.

그 앞에서 무해한 얼굴의 회귀자는 구질구질하고, 유해한 제 마음을 형편없이 꺼내 놓았다.

"당신이 욕심나서, 욕심을 부렸습니다. 과거처럼 닿지도 못한 채 멀어질까 봐……."

또다시 아무것도 못 하고, 그저 무력하게, 그자와 함께 있는 당신 소식만 전해 듣는 머저리 같은 꼴이 될까 봐.

"무서워서요."

"……."

"또, 싫어서요."

동양화 속 귀공자처럼 짙은 색의 눈썹, 흔들리는 눈을 품은 깨끗한 도화지 같은 낯.

견지오는 백도현만큼 발음이 또렷한 사람과 만나본 적

이 없다. 그리고 이렇게 말할 수 있는 사람은 종류 불문하고 상대의 닫힌 문을 정확하게 두드려 왔다.

빛이 저무는 시간, 백도현이 어두운 낯으로 물었다.

"이제 멀어지실 겁니까?"

"……왜. 이제서야 괜히 말했다 싶어?"

"후회는 말을 꺼낸 순간부터 이미 하고 있었습니다. 처분을 기다릴 뿐이죠."

속눈썹을 축 내리깐다. 견지오는 생각했다.

저 회귀자 자식……. 아무래도 저러면 지가 청순해 보인다는 걸 아는 게 분명하지.

"처분은 무슨. 병든 강아지도 아니고. 요즘 세상에 마음대로 동물 버렸다간 삼대가 저주받는 거 몰라?"

"그렇다고 제가 진짜 개는 아니잖습니까."

"생물학적으로는 물론, 아니지."

지오가 심드렁하게 덧붙였다.

"근데 '내 개'는 맞잖아."

"……."

"뭔데 그 표정?"

"……그런 말에 기뻐하면 제가 너무 이상한 사람이 될 것 같아서, 있는 힘껏 참는 표정이요."

그 대답엔 웃을 수밖에 없었다. 저도 모르게 실소한 견지오가 고개를 절레절레 가로저었다.

"진짜 이상하다니까. 님은 내가 왜 좋아?"

"그걸 아직도 모르십니까?"

"전혀 모르겠는데."

정말로 아리송한 얼굴.

저럴 때면 꼭 제 나이처럼 보인다. 가장 싱그럽고, 사랑스러운 스무 살.

백도현은 조금 더 가까이 다가가 부드럽게 소릴 죽여 대답했다. 글쎄요…….

"어쩌면, 제가 너무 이상한 사람인가 보죠."

차 없는 티타임이 끝났다.

주제로 돌아갈 시간. 지오는 특유의 시큰둥한 얼굴로 다시 말문을 뗐다.

"뭐…… 사실 아무것도 모르진 않았음."

"예?"

"디렉터 말야~ 하여튼 회귀했다면서 기본도 몰라. 견지록이 아는 건 99%의 확률로 나도 알게 된다는 거 이젠 좀 알아 두지 그래?"

"아……?"

"그리고 님이 울산에서 디렉팅 뭐시기 잠깐 언급하기도 했고."

"아."

짧게 탄식한 백도현이 겸연쩍어하건 말건. 빙그르르, 의자를 한 바퀴 돌린 지오가 태평하게 턱을 긁적였다.

"암튼 그러니까, 저게 결국은 그 디렉터를 뽑기 위한 사전 테스트란 얘기잖아?"

"아, 예. 그렇죠."

"님이 여기까지 온 건 저거랑 이쪽 호랭이가 연관이 있어서일 테고. 어디 보자…… 요것 봐라, 9인에 범 자식이 포함되는 모양이네?"

명탐정이지오, 발동. 간만에 예리한 지적을 던진 지오가 척 팔짱을 끼었다.

어서 실토하라는 기백에 백도현이 엉거주춤 끄덕인다.

"저도 참여했던 입장은 아니라서 큰 정보는 없지만, 은사자 부대표가 마지막 날 선별되거든요. 그때까진 아직 비교적 여유가 있으니까 미리 대비하시라 힌트라도 드리려 왔습니다."

"사람이 바뀔 가능성은 제로?"

"음…… 바뀌려면 해야부터 다르지 않았을까요? 그럴 가능성은 낮다고 봅니다."

백도현은 벽시계를 체크했다. 정확히, 6시 55분.

"얼마 안 남았네요. 첫 번째 대표는 오늘 저녁 7시 정각에 선별될 겁니다."

《제로베이스》 선별 과정은 워낙 요란했던 탓에 기억하려 애쓰지 않아도 하나하나 선명하다. 창 너머 거대한 모래시계의 형상을 바라보며 그가 중얼거렸다.

"첫 번째까지 두고 보면 조금 더 그림이 확실해지겠죠."

"아는 사람이 들어간다니까 확 찝찝하네. 걍 바뀌면 좋겠당."

"걱정 안 하셔도 됩니다. 다녀온 경험자들의 말에 의하면 난이도 무난한 진영 게임 비슷하다고 했거든요."

"진영 게임? 이보쇼, 백 씨. 내가 간 보듯 조금씩만 말하지 말랬지. 확 씨."

"아, 아니. 그게 아니라! 저도 잘 모른단 말입니다. 그분들도 제약 때문에 얘기 못 한다고 이런 식으로 두루뭉술하게만 말했어요!"

"뭣? 그럼 안심할 것도 아니잖아! 님 장난해? 내가 아는 사람 중에는 범 자식만 들어가는 거 확실함?"

"확실하다니까요. 어어, 때리지 마세요! 부대표님은 대체 언제 오시는 겁니까!"

멈칫, 주먹을 험악하게 흔들던 지오가 불현듯 우뚝 굳는다. 쿠션을 들어 방어하려던 백도현이 고개를 모로 기울였다.

"왜 그러십니까?"

"아니……."

엄청나게 찝찝한 표정으로 지오가 미간을 설핏 구겼다.

"그게…… 내 별님이 웃는데?"

"예?"

"그것도 존나 재수 없게 쪼개. 이 똥별 자식, 남 비웃을 때 빼곤 이렇게 안 처웃는데 갑자기 뭔……."

말이 떨어짐과 동시였다.

째깍, 초침이 정각을 가리킨다.

7시.

우렁찬 팡파르 소리에 두 사람이 전면 창으로 고개를 돌렸다. 그리고 허공에 뜬 글자를 미처 다 읽기도 전에.

투욱-

"……어?"

지오는 나사 빠진 얼굴로 바닥에 나동그라진 쿠션을 멍하니 바라봤다.

방금까지 백도현이 들고 있었던…….

[당신의 성약성, '운명을 읽는 자' 님이 아이고 배야, 아이고 나 죽어 무릎을 팡팡 칩니다. 웃음 참느라 죽는 줄 알았다고, 저 한 치 앞도 모르는 바보 자식을 봤냐며 낄낄댑니다.]

"으응……?"

이, 이게 무슨……?

눈앞 빈자리와 쓸쓸한 쿠션을 지오가 호두 잃은 포로리처럼 두리번두리번 번갈아 보던 그때.

달칵.

"음? 왜 그러고 있어."

타이밍 기가 막히게 돌아온 이 방의 주인이었다. 약간 피로한 기색의 범이 외투를 벗으며 말했다.

"아, 그러고 보니 손님이 와 있다던데. 바빌론의 초신성…… 벌써 돌아갔나?"

"……아아니, 그게요."

그게 말입니다. 이걸 대체 뭐라고 설명하냐……?

잠시 삐그덕거린 지오가 망연자실한 표정으로 범을 돌아봤다.

"이, 있었는데……."

없었습니다…….

채널 '국가 대한민국'

49th | ZERO-BASE

첫 번째 입장

: 백도현(S/Rank.10)

·· + ✹ ✹ ✹ + ··

작별 인사도 못 하고 강제 징집당해 버린 백도현은 시작에 불과했다.

모래시계가 다시 한 바퀴를 돈 둘째 날 오후.

"조연 언니! 바빌론으로 완전 이적하셨다는 얘기 진짜 예요?"

"어제 어떤 유튜버가 파견직은 그냥 눈 가리기용 언플이라고 막 언니 저격했어요. 재수 없어."

일러바치듯 투덜거리는 소녀들. 교복 입은 아이들을 둘러보며 나조연이 미소 띤 낯으로 손사래 쳤다.

"아니에요. 정말 파견이에요. 여기에 사인해 드리면 되나요?"

"네에! 언니 진짜 실물 존예. 저 D.I. TV에 언니 메디컬 테스트 영상 올라왔을 때부터 좋아했어요. 기다릴 테니까 꼭 다시 돌아오셔야…… 어, 언니?"

"헉, 야, 야! 저기 봐!"

모두가 경악해 하늘을 올려다본다.

절반만 완성된 사인…… 선이 그어지다 만 종이를 움켜쥔 소녀가 넋 나가 중얼거렸다.

"미친……."

채널 '국가 대한민국'

49th | ZERO-BASE

두 번째 입장

: 주인공의하나뿐인조연

나조연(AA/Rank.30)

··✦✳✦✳·✦·

▷ 로컬 — 대한민국

▷ 국내 랭커 1번 채널

| 8 | 다윗: 후,,,, 좋은 녀석들이었는데,,,

| 8 | 다윗: ㅠ부디 좋은 곳에서 떡락왕생하길,,,,ㅅㅊㅅㅊ

| 3 | 흰새: 떡락왕생이 아니라 극락왕생이다.

| 27 | 도미: 저기? 지적할 포인트가 거기가 아닌거 같은데요;

| 17 | 청희도: 보내버렸잖아... 완전히 보내버렸다고......

| 6 | 야식킹: ㅋ내는 진작 알아봤다ㅋ

| 6 | 야식킹: 이래가 사람은 자고로 라인을 잘 타야 한다
고ㅋㄱㅋㅋㅋ 안 글나? 이게 다 길드를 첨부터 잘못

| 6 | 야식킹: 근데 뭐고 왜 또 아무도 말 안 하는데

| 6 | 야식킹: 이새끼들 처떠들다가 나만 오면 잠수타고 지
랄이고

| 20 | 낼공인인증서갱신: 앗

| 12 | 상상: 저런… 들켜버렸습니다 여러분

| 8 | 다윗: 저쉑 어디서 멀 주워 처먹엇길래 갑자기 눈치가
저아젓지ㄷㄷㄷ;;

| 4 | 알파: 오해입니다~^^ 랭커들 사이에서 따돌림이라니

그럴 리가요

| 20 | 낼공인인증서갱신: 맞아요. 알파님은 흰새님한테 랭킹 추월당한 이후로 쭉 일관되게 채팅에서 안 보이셨는걸요!

| 3 | 흰새: 그랬나. 미안하다, 길가온.

| 4 | 알파: ……아니^^

| 27 | 도미: 근데 첫째 날이 백도현, 2차가 조연씨, 3차가 센터의 계나님이었죠? 4차가 이태엽씨인가 요즘 뜨는 은사자쪽 탱커였고... 오늘은 또 누굴까요?

| 20 | 낼공인인증서갱신: 와 이렇게 보니 정말 라인업이 화려하긴 하네요

| 9 | 규니규닉: 단순히 화려한 정도가 아닙니다. S급 1명, 더블A급 1명, 트리플B급 2명까지. 이정도면 대도시 방어급 스쿼드에 필적합니다.

| 9 | 규니규닉: 추이를 보면 선별 인원 레벨이 여기서 더 높아지면 높아져도, 낮아질 가능성은 희박하니 여러분도 유의해두시죠.

| 17 | 청희도: 아니 지금 들어간 스쿼드로도 웬만한 건 찜쪄 먹겠는데 대체 49층에서 뭐가 벌어지길래... 전쟁이라도 벌이는 건가

| 8 | 다윗: 머야 결론은 우리도 대기타란 소리?? 샹—— 난 환잔데 서얼마 부르겟어??

| 17 | 청희도: 바벨이 잘도 그런 사정 신경 쓰겠네요ㅎ 참
    나이브하다고 해야 할

| 8 | 다윗: ??몬데 갑툭튀 시비까지? you 자살히망자?

| 8 | 다윗: 저래서 마법사놈들은 주기적으로 뒤지게 처패야
    한다니까 간을 탑에 두고다녀서 툭하면 기어올라요

| 8 | 다윗: 아차차 물논 한명은 제외^.~

| 8 | 다윗: ? 뭐야 다들 왜 답이 엄냐―― 나 황혼 당o함??

| 20 | 낼공인인증서갱신: 아 아니 그게;;

| 44 | 이시국: 5차... 5차가

| 12 | 상상: 하늘 좀 보십쇼

| 8 | 다윗: ?????헐ㅅㅂ머야

| 8 | 다윗: 청희도 저새끼 이름 왜 저기잇냐??????

『제로베이스 5일 차 선별 대표. 랭킹 17위 '아크메이
지' 청희도. 제35차 튜토리얼 출신의 이 서울 청년은 AA
급 올라운드형 마법사로서 올해 만 26세가 되는―』

띡.

"그만 보고 밥 먹어! 록이 넌 가서 누나 깨우고. 이놈의
기지배는 해가 중천을 넘어간 지가 언젠데 아직까지 처자
고……."

"냅둬, 엄마. 일요일이잖아."

"삼수생한테 주말이 어딨어? 옆집 선영이는 주말이면 자기 계발한다고 산악 동호회니 뭐니, 집에 있지를 않는다던데. 속 터져, 정말."

'선영 언니 진짜로 무서운 사람이라니까……'

견지오가 선영이 PTSD에 시달릴 만도 하다. 가슴을 두드리는 박 여사를 보며 견금희가 혀를 찼다.

"……야, 네 힘으로 안 걸어?"

"어이구 저 웬수. 견지오! 네가 나이가 몇인데 남동생한테 들려서 오고, 정신 안 차릴래!"

"으으으……"

밤비 손에 질질 끌려 나온 지오가 양팔을 허우적거렸다. 제대로 뜨지도 못하는 눈으로 걸어가 식탁 상석에 자연스럽게 앉는다.

"으으윽, 박 여사. 오늘 반찬은, 흐아아암, 뭐지~?"

곧바로 이어지는 등짝 스매시와 비명은 견가의 일상 루틴이었다. 익숙하게 소란을 씹은 견금희가 옆을 돌아봤다.

"청희도면 마탑 소속인가? 유명한 사람 맞지? 이름 자주 들어 봤는데."

"어. 멀린이 눈여겨본다 언급해서 유명해졌지. 자기네 간판 격이라 한국 마탑 쪽에서 이리저리 띄워 주기도 하고."

잘 빠진 손가락이 능숙하게 젓가락질한다. 섬세하게 발

라 낸 갈치 살을 건너편 숟갈 위로 얹으며 견지록이 대꾸했다. 물론 주는 대로 받아먹기 바쁘신 삼수생께선 누가 얹어 주는지 안중에도 없었지만.

"잘나가는 사람들만 골라서 참 나…… 잘도 데려가네. 이러다가 오빠도 끌려가는 거 아냐?"

"견금희. 따뜻한 밥 먹다가 무슨 그런 재수 없는 소리를 하고 있어? 넌 네 오빠가 가면 좋겠니?"

"아니이, 좋겠어? 그냥 그럴 수도 있지 않겠나~ 싶어서 하는 말이지. 엄마."

"가정도 하지 마. 말이 씨가 될까 두려우니까. 중국에서 욕보고 돌아온 지 얼마나 됐다고?"

"금희가 틀린 말 한 거 아닌데. 가능성은 열어 두는 편이 나아. 갑자기 사라져서 놀라는 것보다."

대수롭잖은 투로 뱉은 견지록의 말을 견금희가 다시 받았다.

"내 말이! 이번엔 걸리면 피하지도 못하잖아. 어떻게 방법을 찾는다 해도, 안 갔다간 대국민 역적 될 게 뻔하고."

요즘 바깥 분위기 장난 아니라면서 설레설레 고개를 젓는 막내.

바벨의 업데이트 공지 이후로 벌써 5일 차.

그만큼 나라 안팎은 온통 《제로베이스》 관련 얘기들뿐이었다. 이미 선별된 인물들을 매스컴에서 날마다 집중 조명하는 것은 물론, 물밑에서도 종류 불문 온갖 말이 오갔다.

5대 길드의 한 축인 견지록 또한 예외가 아니었다. 그의 선별을 우려한 정부 쪽과 접촉하길 벌써 수차례.

《제로베이스》가 아직 안개에 가려져 있는 탓에 뾰족한 수확은 없었지만⋯⋯.

"너무 걱정 마요, 엄마. 그래도 돌아가는 상황을 보면 내가 갈 가능성은 희박해 보여."

"왜? 뭐 좀 들은 거 있어?"

"각 직업군에서 한 명씩 데려가는 게 아닌가, 센터에선 그렇게 추측하더라고."

"그럼 오늘 마법사에 검사, 힐러, 탱커⋯⋯ 아. 권계나가 오빠랑 같은 창술사였나?"

물컵을 들며 견지록이 눈짓으로 긍정했다.

센터의 예측이 맞아떨어진다면 권계나와 중복되는 직업군인 그는 선별 조건에 해당하지 않는다. 또한⋯⋯.

'청희도가 갔으니 마법사도 후보군에서 제외지.'

수저 위로 올라오지 않는 갈치 살에 심기가 불편해 보이시는 분. 지오에게 마지막 토막을 얹어 주며 견지록이 피식 웃었다.

"금금이 약간 애매하긴 한데⋯⋯. 차출되는 등급 평균을 보면 나보다 가능성이 더 낮지, 아무래도."

"야, 알거든? 아무도 E급이 또 갈 거라곤 생각 안 해."

"당연히 그래야지. 금희가 가기라도 했다간 엄마는 정말 제 명에 못 살─"

"으아. 잘 먹었다!"

팡팡, 지오가 볼록해진 배를 두드렸다. 만족한 얼굴로 흐뭇하게 엄지를 척 들어 올린다.

"대존맛. 캬, 우리 여사님 솜씨가 나날이 훌륭해지는구만. 어디서 따로 수련이라도 하는감? 허허. 샛별동 맛집이야, 맛집!"

"……."

"응? 표정들이 왜 이래?"

그래. 잘 드셨다는데 뭐…….

좋은 게 좋은 거니 뭐라 할 것은 아니긴 하지만, 참.

"귀한 제주산 은갈치를 앞에 두고 왜 돌 씹은 표정들이야. 아아, 알겠당. 애들 소환당할까 불안해서?"

"제발 너 눈치…… 어?"

"참 나~ 별걱정을. 안 그래도 우리 박 여사가 또 걱정병 도졌을까 봐 이 효녀가 미리 다 대비해 놨지. 잠만 기둘."

……저 노답이 웬일로 사람 같은 짓을 하지?

후다닥, 방으로 달려가는 지오를 세 사람이 멍하니 바라보는데.

"자아, 호잇!"

"……."

철컥. 찰그락.

"이러면 '불가피한 사유', 어? 완죠니 제대로시다 이거지오. 인정? 어~ 인정."

"……."

"구하느라 증말 힘들었다. 휴~ 개조까지 한다고 밤샘까고, 잠도 못 자구. 박 여사 보고 있나? 여사님네 장녀가 이렇게나 동생들을 생각하는 효녀시다."

자식 농사 한번 잘하셨다고 허허 웃음 짓는 삼수생. 뒷짐 지려는 듯했지만, 불가능했다.

양팔 모두 방금 지가 지 손으로 수갑 채웠으니까…….

한쪽은 견지록과, 또 다른 한쪽 팔은 견금희와 우애 좋게 두 개의 수갑을 나눠 낀 장녀.

신나서 팔을 흔들 때마다 사슬이 요란하게 절그럭거린다. 박순요는 히힛, 윙크하는 큰딸을 마주 보며 다정히 웃었다.

"풀어."

"응? 왜죠? 이것 봐. 불가피한 사유! 두둥!"

"풀라고, 당장."

"……."

"방금 먹은 은갈치가 생애 마지막 밥상이 되고 싶지 않으면."

"……넵."

··✦✳✦✳✦··

"······뭐야? 우리 분수에 맞지 않는 이 호화로운 레스토랑은?"

이곳은 경음악이 흐르는 서울의 모 파인 다이닝 안.

어색한 몸짓으로 메뉴판과 하얀새를 번갈아 보며 최다윗이 속닥거렸다.

"음, 와인 페어링은 3잔으로. 저쪽은 준비해 주지 않으셔도 됩니다. 술을 잘 안 하는 친구라."

"바로 준비해 드리겠습니다."

메뉴판을 거둬 총총 사라지는 직원. 적응 안 되는 얼굴로 최다윗이 다그쳤다.

"뭐냐고, 여기! 너 채식주의자라 고기도 안 먹잖아?"

"내 쪽은 생선으로 바꿔 나올 거다. 퇴원도 했는데 모처럼 이런 것도 괜찮지 않나?"

"그거야 그런데······. 퇴원 기념이라고? 진짜? 나 그럼 제대로 각 잡고 먹는다?"

이게 얼마 만의 나이프질이야. 신나서 룰루랄라 무릎 위로 냅킨을 까는 벗을 하얀새는 물끄러미 바라보았다.

'사형수의 최후 만찬을 챙겨 주는 간수들이 이런 기분인 건가······.'

─……렇다고 하네. 알아 둬. 가설이 맞으면 일반 전투계는 거의 뽑혔다고 봐야 하니까. 여튼, 국장 연락은 왜 안 받아서 나처럼 귀한 인력을 메신저로 낭비하나?

「모르는 번호는 잘 받지 않아. 워낙 광고 전화가 잦아서.」

 ─……이봐, 하얀새 씨? 설마 요즘도 보험 다 가입해 주고 그러는 건 아니지?

「음. 그대 말은 그럼 다윗이 선별될 확률이 높다, 이 말이군.」

 ─뭐 확률상으로는…….

「알았다. 전해 줘서 고맙다, 길가온.」

"새대가리. 뭐 하냐? 안 먹어?"

"……다윗, 그대 원래 이렇게 야위었나? 뺨이 마치 사흘을 내리 굶은 아기 반달곰 같군."

"왓? 뭔 헛소리를 하고 자빠졌어. 너 어디 아프냐?"

"아니다. 든든히 먹어 두도록."

"네가 안 그래도 많이 먹을 거야. 날이면 날마다 오는 기회도 아닌데, 조온나 많이많이 처먹을 거예요~ 호호호."

그리고 최다윗이 야무지게 스푼을 들어 올리고, 와인병을 품에 든 직원이 룸의 문을 연 순간이었다.

"어, 어머! 손니임!"

"……."

깡-!

거치대를 잃고 그릇 안으로 추락한 스푼.

……차갑다. 하얀새는 묵묵히 제 얼굴에 튄 감자 수프를 닦아 냈다.

"괜찮으세요? 이, 이게 무슨!"

"……괜찮으니 다 치우고 와인만 준비해 주십시오."

조금만 더 빨리 올걸…….

'미…… 미안하다, 다윗.'

와인 맛이 유달리 쓰디쓴 《제로베이스》 오프닝 6일 차, 디너였다.

·· ✦ ✦ ✦ ✦ ··

"국장님. 아무래도 저희 추측이 맞아떨어진 듯합니다."

"현재까지 차출된 랭커들 현황이 어떻게 되지?"

"전투계 검술사, 창술사, 방패 전사, 마법사 각 1명. 보조계 힐러 1명. 특수계 무투가 1명. 그리고 1시간 전, 일곱 번째로 선별된 여명 길드장이 특수계 계약술사에 해당합니다."

"확실히 중복된 직업군은 없는 거로군."

"예. 싱크 탱크 쪽에선 남은 2인을 궁수나 레인저 계통의 원거리계 딜러로 예측 중입니다."

"그렇게 되면 최상위 랭커의 공백은 이걸로 끝이란 소

리인데…… 다행히 국내 전력 유지엔 별문제가 없겠어.”

‘하지만 정말 다행인가?’

그만 나가 보라는 손짓과 함께 장일현은 안경을 벗었다. 피곤한 눈가를 주무르며 창가에 선다.

《제로베이스》 오프닝 7일 차 저녁.

며칠 봤다고 모래시계의 형상이 그새 제법 눈에 익었다. 장일현은 서류들로 덮인 책상을 한 손으로 쓸어 보았다.

가장 맨 위의 서류철, 두께도 제일 묵직하다.

전부 ‘누군가’의 돌발적 차출에 관련해 대비하는 내용들이었다. 부재가 길어질 시 국내외에 미칠 영향부터 그 대안까지…….

정부 측 싱크 탱크의 전문가들은 여러모로 좋지 않은 때라고 입을 모았다.

‘39층과 케이스가 다르긴 해.’

채널 업데이트뿐만 아니다. 국제 테러 단체의 범행이 있었던 게 바로 최근.

홍고야의 사망이 시사하는 바는 결코 적지 않았다.

세계 곳곳에서 게릴라처럼 출몰하는 〈해방단〉은 동기 없이 불특정 다수에게 범행을 저지르는 것으로 악명 높다. 그러나 무작위 범행을 저지르는 그들에게도 일관된 특징이 하나 있는데, 절대 단독 행동을 하지 않는다는 점이었다.

‘매드독 혼자서만 들어왔을 리 없어.’

게다가 홍고야가 아무리 국내 톱 텐까지 올라갔던 랭커라 해도, 필드에서 물러난 지 한참 된 노인이다. 고작 그런 퇴역 헌터 한 명 노리고 테러단의 수괴가 움직였다? 이상한 점은 한두 개가 아니었다.

'더 이상 한국 랭커들도 그들의 타깃 바깥이 아니란 얘기다. 그리고…… 노리는 게 따로 있다는 건데.'

대체 뭘까?

또 매드독의 동행은 그 시간에 어디서 뭘 하고 있었을까…….

이런 고민들을 생각하면 '죠'가 차출되지 않은 건 좋은 일일지도 모른다.

하지만 장일현은 애석하게도 다행이란 생각이 들지 않았다. 싱크 탱크의 의견도 마찬가지.

아무리 정세가 불안하다 한들, 그만큼 바벨이 암시한 실패의 리스크가 너무나도 컸으니까.

[티켓]의 발급 중지는 곧 한국 헌터계의 사멸을 말한다.

절대로 일어나선 안 될 일이었다.

'베스트는 가서, 최대한 일찍 돌아오는 건데…….'

장일현은 뚫어져라 창밖을 바라봤다. 타들어 가는 속도 모른 채 시계는 얄궂게 모래알을 떨구고 있었다.

7번째 입장.

TV 화면 속엔 어제저녁 떴던 황혼의 이름이 보이고 있다.

온 에어는 영국 공영 방송. 외신 기자들이 다급히 많이 들어왔다더니 시간대별로 한국 상황을 퍼다 나르는 중이셨다.

지오는 리모컨을 꾹 눌렀다. 조용해진 실내에 범이 고개를 든다.

"언제까지 서류만 볼 거?"

"……아. 이런. 몇 시지?"

[당신의 성약성, '운명을 읽는 자' 님이 저런 호로자식, 2시간이나 지났다며 극대노합니다. 울 애기를 앞에 두고 일이 눈에 들어오냐, 저런 냉혈한을 봤냐며 이 다정다감한 오빠 사전에는 절대 불가능한 일이라고 틈새 어필합니다.]

"미안. 잠깐 기다리라는 게 벌써 이렇게 됐군."

한숨과 함께 앞머리를 쓸어 올린다. 버석한 낯에서 피로감이 엿보였다. 물론 다른 사람들은 쉽게 못 알아챌 종류지만.

지오는 빤히 범을 바라봤다.

긴 소파에 엎드린 채 흔들리던 양발이 멈추고. 범이 다시 눈을 깜빡인 다음에는, 그 위치가 달랐다.

"님 몇 시간 잤음?"

순식간에 마주 본 자세.

그의 책상 위에 걸터앉은 견지오가 턱을 기울였다. 이마가 맞닿는다.

"⋯⋯."

범은 숨을 죽여 가만히 제 어린 주인을 올려다봤다.

무슨 생각을 하는지 짐작할 수 없게끔 항상 고요한 눈. 그러나 마주한 자를 노도처럼 뒤흔드는⋯⋯.

울대에 커다란 사과 조각이라도 걸린 느낌이다. 가라앉은 저음으로 그가 답했다.

"⋯⋯2시간?"

"구라 까네."

"1시간⋯⋯."

"죽을래?"

"⋯⋯15분 정도."

툭, 이마가 부딪친다. 지오는 담백하게 몸을 물렸다.

'흐음, 용케 제정신이네.'

의식적으로 인간의 형形을 유지하는 범은 늘 고도의 자제력을 필요로 했다. 숨 쉬고, 걸어 다닐 때조차 계속 에너지를 소비한다고 보면 된다.

서약에 따르면 본디 그를 거뒀던 자미궁의 주인이 나눠 부담해야 옳지만⋯⋯.

범은 날이 갈수록 강해지는 반면, 은석원은 나날이 약해지고 또 죽어 가기에 그 균형은 깨진 지 오래.

요즘 눈을 못 붙일 만큼 바쁜 이유 또한 은사자 사후 승계 작업 때문임을 생각하면 여러모로 씁쓸해지는 지점이었다.

"도와줘?"

지오는 대수롭잖게 물었다. 진짜로 별일이 아니었으니까.

이미 자미궁, 즉 〈로사전〉의 죄수 대다수는 옛날 옛적에 굴종하고 그녀의 권속으로 들어왔다. 서약을 이양하고, 새로이 낙인을 찍어 견지오의 마력에 기생한 지가 한참.

이제 그만 무無로 돌아가길 자처한 자들을 제외하면 고집부리고 있는 건, 현재 범이 유일했다.

"거절하지. 이건 내 나름대로, 마지막 남은 보루라서."

"웬 마녀 할망구 도움은 받고, 내가 주는 건 싫다? 흥, 맘대로 하셔. 님이 힘들지, 내가 힘든감?"

"그 친구가 들으면 섭섭해하겠어. 외모에 신경을 많이 쓰는 편이던데."

의자 뒤로 등을 묻으며 범이 나른하게 말했다.

"대마녀는 괜찮은 사람이야. 너도 한 번쯤은 만나 봐도 나쁘지 않을 만큼."

"남극엔가 산다며. 추운 거 딱 질색."

"남극 아니고 북극. 그가 받은 숙명이 '극지의 대마녀'니 어쩔 수 없지."

예전 같았으면 이런 말은 농담으로도 안 했다. 그 견지오가 북극까지 간다는 건 상상도 못 할 일이니까.

그러나 요즘 돌아가는 행태를 가만히 보고 있자면, 얘가 어디까지 범위를 확장해 나갈지 범은 잘 파악이 되지 않았다.

'멀어지고…… 있는 건가.'

언제까지 품 안에 끼고 살 순 없는 노릇임을 알지만, 정말 한순간이구나 싶다.

범은 조용한 눈빛으로 지오를 바라봤다.

"……무엇보다 그가 관리하는 [운명의 물레]는 진짜라서."

월계사의 생불부터 극지의 대마녀 등, 세계 근간에 속한 '파수꾼'들에겐 각자 맡은 [경계의 신물神物]이란 것이 존재한다.

대마녀가 보관한 [운명의 물레]도 그중 하나로서, 아무에게나 보여 주진 않지만 견지오라면 문제없을 것이다.

"기분 나쁜 물건이긴 해도 세상의 흐름을 읽는 데 그보다 탁월한 건 몇 개 되지 않아. 지금 너처럼 궁금한 게 많을 때 제격인 물건 같지 않나?"

"그래서 지금 나보고 북극까지 가라고?"

"아니. 세상엔 그런 것도 있다고 알려 주는 거다."

멀뚱히 저를 보는 지오에게 범은 팔을 뻗었다. 작은 턱을 조심스럽게 감싸 들어 올린다.

범이 속삭였다. 깊고 진한 애정으로.

"있을 때 아껴 들어."

"……"

"내가 너에게 알려 줄 수 있는 건…… 이제 얼마 남아 있지 않아 보이거든."

빈틈없는 성격답게 불협화음 없이 완벽히 정리된 공간.

그 안에서 흐트러진 감정으로 말하는 남자는 묘한 감상을 불러일으켰다. 지오는 잠깐 침묵하다가 팍 인상을 찌그러트렸다.

"님 졸려? 뭔 사망 플래그 같은 소리를 하고 자빠졌어. 재수 없게."

"……"

뭣 씹은 표정의 지오. 정말 못 말린다. 범은 바람 새듯 웃었다.

"하여간, 분위기 깨는 재주 하나는 타고났지."

"누가 헛소리하래? 안 그래도 가뜩이나 예민해지신 킹 지오 앞에서. 말을 해도 한마디 한마디씩 이쪽 심기 살피면서 하라고."

"왜, 백도현이 내가 제로베이스에 선별이라도 된다고 하던가?"

"……응?"

……으응? 내가 지금 뭘 들은 거지? 지오는 눈을 깜빡이다가 얌전히 두 손으로 귀를 쫑긋 모았다.

"……넹? 다시 한번만 말씀해 주실? 저가 환청을 들은 것 같아 가지고.”

“보아하니 그런 모양이군. 몇 번째라지?”

“마…… 아, 아니! 으엉?”

입력 오류 난 로봇처럼 허둥지둥하는 쪽과 달리 범은 태연하기만 했다. 여유롭게 턱을 괸다.

“뭘 그렇게 놀라나. 정말 모를 줄 안 것처럼.”

“아니, 뭐, 대체 뭘 알고 계신뎁쇼?”

“글쎄. 디렉터 관련 정보를 밤비한테 최초로 준 것도, 네 변화에 가장 크게 일조한 것도 전부 그 녀석이라는 확신에서 비롯된 합리적 추론?”

식은땀을 비 오듯 흘리기 시작한 월드 랭킹 1위.

반면 직장 동료의 점심 메뉴라도 맞히는 듯한 평온함으로 범이 말을 잇는다.

“너나 밤비나, 타인의 말에 쉽게 움직이는 애들도 아니고. 설득하려면 적절한 근거가 있어야 했을 텐데, 그게 뭘까…… 생각해 보면 꽤 간단해지지.”

“……그, 어, 그러니까.”

“이 땅의 예지자는 죽었고, ‘운명’을 엿보는 자들은 자기 구역에서 움직이지 않으니…… 가능성들을 이리저리 제해 보면.”

“……어, 어……?”

“전생 혹은 회귀.”

책상을 툭툭 두드리던 손가락이 멎는다. 범이 한쪽 입가를 들어 올렸다.

"제 실력에 자신이 있는 걸 보면 이 경우에는…… 회귀겠군."

"……처, 천재!"

헙! 저도 모르게 탄복해 버린 지오가 서둘러 입을 틀어막았지만, 게임은 끝나 있었다.

명탐정 범이 느긋하게 다리를 꼰다. 지오는 털썩 무릎 꿇었다. 미, 미안하다…… 백 집사……!

'하지만 저 요오망한 박수무당 놈이 졸라 똑똑한 게 내 잘못은 아니잖아……?'

[당신의 성약성, '운명을 읽는 자' 님이 요망한 놈 유죄, 허술한 회귀자 유죄, 울 애기 언제나 무죄라며 일당백으로 거듭니다.]

휙휙 바뀌는 제 표정 변화 덕분에 범이 확신을 얻어 갔다는 사실은 꿈에도 모르는 삼수생. 견지오는 다시 뻔뻔하게 허리를 쫙 폈다.

"……그렇다! 추리 실력이 사, 상당히 제법이지만, 그 이상은 답해 줄 수 없다! 그것이 의리지오! 으리!"

"이쪽도 딱히 더 필요하진 않은데. 얻을 건 다 얻었거든. 그래서. 내가 언제 선별이라지?"

"마지막 날! 아, 아니! 대답해 줄 수 없다니깐?"

"하지만 지금은 이미 다 바뀐 거 아닌가? 보아하니 첫 번째로 뽑힌 본인께서도 전혀 몰랐던 듯싶은데."

"어어~ 그니까. 개웃기지, 하핫. 존나 당당하게 확실하다고 하더니 일빠로…… 아악!"

와르르 무너지는 견지오.

유도 신문 그만 못 하겠냐며 날뛴다. 범은 째려보는 눈길을 흘려 넘기며 품에서 연초를 꺼냈다.

"……음. 확실히, 그 초안은 그른 것 같군."

갑자기 확 달라진 어조였다.

조용히 창가 쪽을 눈짓한다. 왜 저러지? 물음표를 띈 지오가 다가서는데.

"……뭐야, 씨발."

턱, 유리창을 세차게 짚는 손.

단번에 무섭도록 굳은 얼굴을 보며 범이 중얼거렸다.

"그리고…… 센터가 주장했던 가설 또한, 폐기해야겠어."

채널 '국가 대한민국'

49th | ZERO-BASE

여덟 번째 입장

: 밤비

견지록(S/Rank.5)

··✦✳✦✳✦··

"저…… 금금. 너 괜찮아?"

"안 괜찮을 게 뭐가 있는데."

"아니, 그게에……"

"왜 이래? 할 말 있으면 빙빙 돌리지 말고 해. 똥 마려운 개처럼 낑낑대지 말고."

평소처럼 쿨 워터 향내 팍팍 풍기는 대답이었지만, 설보미는 힐끔힐끔 눈치 보기 바빴다.

진짜로 괜찮은 건가, 의심하는 눈치다. 견금희가 등굣길 내내 동네 아줌마들로부터 받았던 눈빛과도 동일했다.

'동물원 원숭이 취급은 견지록이 탑에 처음 들어갔을 때 이후로 다 끝난 줄 알았더니…….'

"됐다. 그냥 꺼져. 집안 분위기도 초상집 같은데, 바깥에서까지 유족 취급당하긴 싫으니까."

"유, 유족이라니! 내가 언제!"

"틀려? 다들 밤비 놈이 무슨 사지에라도 끌려간 것처럼 굴잖아. 지긋지긋해, 진짜."

백도현, 최다윗, 황혼 그리고 어제 견지록까지. 탑으로 소환된 S급만 벌써 넷.

49층에서 대체 무슨 일이 벌어지는 거냐며 나라는 뒤

집어졌고, 견가네도 마찬가지였다.

이마에 머리띠를 둘러매고 드러누운 박 여사부터 불안증이 극에 달해 반쯤 돌아 버린 견지오까지.

「……시발 이거 뭐야? 야! 이거 수갑 당장 안 풀어? 어쩐지 꿈자리가 뭣 같더니! 견지오!」

「아, 안 돼…… 끄흐흑, 주, 죽어도 못 보내……!」

「아오, 이 멍청아! 들어간 라인업을 봐! 가면 언니 네가 가지, 내가 가겠냐? 나 학교 가야 돼! 풀어, 이 미친!」

'진짜 개또라이…… 감금죄로 확 신고해 버릴까 보다.'

아침부터 노답이랑 수갑플 실랑이를 하느라 스트레스 게이지가 아슬아슬했다. 아직도 얼얼한 손목을 매만지며 견금희는 신경질적으로 이맛살을 구겼다.

"설뽀 너 눈치껏 행동해. 딴 애들까지 죽상으로 난리 치면 나 진짜 개빡칠 거 같으니까. 알겠어?"

"으응. 알겠어. 근데 진짜 괜찮은 거…… 맞지?"

"탑 성애자가 탑에 들어간 것뿐이잖아. 평소랑 다를 게 뭔데? 항상 그랬듯 관계없는 사람들이 난리 치는 거지."

5월. 불어오는 바람은 이르게 더워지고 있었다.

서울 땅 어디에서나 보이는 모래시계를 흘긋 올려다보고 견금희는 걸음을 재촉했다. 그 뒤를 설보미가 후다닥 뒤따랐다.

미리 엄포를 놔 둔 덕일까, 학교에선 비교적 조용히 지낼 수 있었다. 애당초 견지록이 견금희의 오빠라는 사실은 제일 가까운 친구들만 아는 비밀이기도 했고.

바깥세상의 소란과 동떨어진 학교는 고요하기만 하다.

교과서를 차분히 읽어 내리는 교사의 발음을 흘려들으며 견금희는 창가를 바라봤다.

새파란 하늘을 보고 있으려니 문득, 지난달의 만남이 생각났다.

「마라말디, 잠깐만.」

「야박하게 쫓아내더니 그새 마음이 변한 거야?」

「궁금한 게 있어서.」

「숙녀의 질문은 늘 환영이지.」

「……견지오가 너를 왜, 아니, 너 우리 언니한테 무슨 짓 했어?」

중국으로 떠나기 직전, 견지오가 경고했다.

자신이 자리를 비운 동안 접근해 오는 자가 있거든 그게 누구든지 멀리하라고.

「생각 없어 보여도, 걔 절대 이유 없이 안 그래. 특히나 나한 테는 더더욱.」

견금희는 제 언니가 저를 얼마나 조심스럽게 대하는지 알고 있다. 솔직히, 모를 수가 없었다. 그러니 이렇다 할 설 명 하나 없이 무조건 경계하라는 식의 통보는 그들 자매 사이에선 이례적이라 봐도 좋았다.

게다가 마치……

'내가 누구와 만날지 알고 있는 것처럼 말했어.'

「글쎄, 견지오가 누구야? 귀여운 이름이네.」

「모르는 척 때려치워. 견지오가 자기 '정체'에 관한 건 신경 쓰지 말라고까지 얘기하고 갔으니까.」

「하하. 꼼꼼하기도 해라. 우리 왕께선 부족한 게 없다니까.」

「그만 말 돌리고 똑바로 대답해. 당신, 나한테 일부러 접근 한 거야? 견지오 긁으려고?」

배신감과 비참함이 동시에 들었다. 그리고 수치심 또한.

눈앞 저 잘난 얼굴의 사내에게 견금희는 말하지 않은 얘 기가 없다.

그도 그럴 것이, 그는 세상에 단 하나뿐인 '비밀 친구'였 고…… 그렇다고 믿었으니까.

다락방 속 일기장에 비밀을 적어 내리듯 풋풋한 마음으로, 그렇게 견금희는 모든 이야기를 그에게 털어놓았다. 시시콜콜한 하루의 일과는 물론이요, 마음 속 깊이 어두운 바닥까지 전부 다.

「재밌었니? 즐거웠어? 세상에서 제일 잘난 언니를 두고 혼자 미워했다가 좋아했다가, 개지랄 떠는 꼴 보니까! 재밌었냐고, 이 개새끼야……!」

화가 나면 달아오르기보다 도리어 창백해졌다. 견금희는 백지장 같은 낯으로 귀도를 노려봤다.
그 앞에서, 새파란 눈의 이방인이 답했다.

「아니. 가여웠지.」
「……뭐?」
「또, 공감했고.」

그때 그 순간, 그의 표정을 어떤 단어로 표현해야 적절할지 모르겠다.
한 가지 확실한 것은, 견금희가 그를 여러 번 만나는 동안 한 번도 본 적 없는 얼굴이라는 사실. 견금희는 저도 모르게 뱉었다.

「너……. 너, 걔를 좋아하는구나.」

「그럴 리가.」

악당은 담백하게 부정했다.

「사랑하지.」

「……!」

「겨우, 고작, '좋아하는' 정도일 리가 있니?」

고저 없이 단조로운 투로 말하는 그가 매우 낯선 존재
처럼 느껴졌다. 주춤, 물러서는 견금희를 보고 키도가 부
드럽게 웃었다.

「그러지 않아도 돼. 말했잖아, 우린 동병상련의 동지라고.」

저벅저벅. 가까워지는 거리가 현실감 없었다.

그림자 없는 조화처럼 깨끗한 낯으로 그가 고개를 기울
인다. 아름다운 이방인이 속삭였다.

「금희 네가 그렇듯, 나도 마찬가지야. 하루에도 수천 번씩
미웠다가…… 다시 수만 번씩 그 여자가 사랑스러워. 다만.」

내가 가진 감정은 너무나도 오래되어 네 것보다 훨씬 짙고, 해로워서―

"어? 야, 금금. 저기 너희 언니 아니야?"

"앗, 맞아! 지오 언니다! 언니!"

하굣길, 교문으로 향하는 내리막길이 아이들로 시끄럽다.

그 시끌벅적한 한복판에 바람 한 줄기가 불어온다. 햇살이 잘게 부서진다.

빛 한 점 안 드는 흑발이 흰 목덜미 위에서 흔들렸다. 이쪽을 돌아본다. 웃는다.

"금금!"

「악취가 나.」

견금희는 멍하니 지오를 바라봤다. 가까이 하기엔 쓰고, 멀리하기엔 지나치게 달콤한…….

"……언니."

'나를 늘 최악으로 내모는, 내가 가진 최고의 내 것.'

그가 옳았다.

귀도 마라말디와 견금희. 그들은 동병상련의 동지가 맞았다.

·· + ✦ ✳ ✦ ✳ + ··

샛별고 근처 패스트푸드점 안.

무리 지어 앉은 학생들, 간단히 허기를 채우러 온 직장인, 아이 손을 잡은 주부들 모두 누구랄 것 없이 한쪽을 힐긋거린다.

『절대로 보내선 안 됩니다! 바벨도 양심이 있으면 절대 그러면 안 되는 거예요!』

벽면의 TV에서 방송인 하나가 핏대 세워 열변을 토해내고 있었다. 견금희가 치즈 버거의 포장을 까며 말했다.

"너 소환됐다간 진짜 폭동이라도 날 분위긴데?"

"어엉, 뭐……."

무료한 낯으로 지오는 끄덕였다.

국내 S급이 (한 명 빼고) 모두 불려 가자 매스컴은 즉시 우디×급 태세 전환을 시전했다. 사실 그들만 그런 것도 아니다.

국민 여론 자체가 그렇게 변했다.

빈집 위기설이 강력하게 대두하면서 현재는 죠가 절대 가선 안 된다는 의견이 지배적인 상태.

'얼른 가라고 24시간 날밤 까며 남의 이름 전시해 댈 땐 언제고. 하…… 나라 칭얼거림 들어주기 피곤하다, 증말.'

국가의 대들보, 소녀가장이지오가 콜라를 쪼로록 들이켰다.

예상 플랜이 제대로 어그러지자 센터 쪽도 분위기가 흉흉하긴 매한가지. 지금만 봐도…….

"이상하네. 우리 테이블 주변만 왜 이렇게 아저씨들 천지야?"

"긍까. 죽여 버릴까?"

위장 중인 센터 소속 시크릿 요원들이 흠칫 어깨를 떨었다. 비 오는 날 아기 염소처럼 떨리는 눈으로 지오를 바라본다.

살쾡이 눈빛으로 응해 줬다. 꺼져라, 세금 도둑들아. 니들이 감시한다고 바벨이 보쌈 안 해 가냐?

"크흠. 마니 머겅, 울 금금. 부족하면 더 시키고. 언니 용가리 지갑 챙겨 나왔음. 잘했지?"

"……뭔데, 안 어울리게? 꼭 헤어지기 전에 마지막으로 챙겨 주는 것 같잖아. 설마 진짜 내가 갈까 봐? 너 집착도 심하면 병이야."

"네가 안 간다고 헤어질 가능성이 완전 제로인 건 아니니까."

"무슨 소리야?"

의미심장한 말이다.

막 한 입 베어 물려던 견금희가 짜증스럽게 버거를 다시 내려놓았다. 입맛이 뚝 떨어졌다.

"뭐냐고. 지금 네가 가기라도 한다는 거야, 뭐야?"

지오는 잠시 막내를 바라봤다.

「센터도 난리겠군. 직업군 운운하던 추측은 망상에 불과했다는 걸로 밝혀졌으니.」

「그럼 이제 뭐가 어떻게 돌아가는 건데?」

「내 의견이 궁금한가?」

「하, 저기요. 지금 내 앞에 님 말고 누가 있죠?」

범이 견지오를 지그시 응시했다. 긴 시선이었다.

「글쎄, 이렇게 된다면······.」

「······.」

「······정황상, 바벨이 국내 최고 전력, 즉 S급들을 전부 소환하고 있다고 봐야 옳겠지.」

이제 국내에 남은 S급은 단 한 명이다.

말마따나 정말 이대로 견지오가 최후의 인원으로 선별된다면, 한 가지 찝찝한 점이······ 성약성.

'망할 별님이 계속 입 다물고 있다는 부분인데.'

39층 이후로 묘하게 지오가 탑에 가는 걸 내키지 않아 하지 않았던가? 나댈 법한데도 조용한 게 꼭.

'내가 가길 바라는 것 같아.'

지오는 힐긋, 매장 안의 시계를 확인했다.

바벨이 선별 인원을 발표하는 시간대는 보통 16시에서 19시 사이. 시곗바늘이 이제 오후 6시 50분을 넘어선 이상, 예상 시각은 다음 정각이다.

'간다면 남은 시간은……'

[성위, '운명을 읽는 자' 님이 3분 남았다며 속삭입니다.]

'……!'

시발, 빠르기도 하셔라!

그건 뒤늦게 도착한 확인 사살이었다.

드르륵-!

의자가 밀린다. 확 가까워지는 얼굴에 견금희가 놀라 숨을 들이켰다.

"뭐, 뭐야?"

"잘 들어. 박 여사한테는 내가 선영이한테 자극받아서 등산 갔다고 전해. 은사자들이 매일 따라붙어도 놀라지 말고, 거부하지도 말고. 넌 그냥 어른들이 시키는 대로 따라."

"……언니?"

"고집부리지 말고. 다 너를, 또 우리 가족을 위해서니까."

당황해 떨리는 견금희의 눈동자. 어린 티가 나는 막내를 보며 지오는 부드럽게 웃었다.

"언니가 너 정말 많이, 사랑하는 거 알지?"

성위를 씹고 욕할 시간도 없다. 지오는 자리를 뜨며 눈짓했다. 주시하던 요원들이 일사불란하게 견금희의 주변으로 모여든다.

빠르게 계단을 내려가며 한 손으로 허공을 짚었다.

'이런 건 처음인데.'

▷ 로컬 ─ 대한민국

▷ 국내 랭커 1번 채널

| 20 | 낼공인인증서갱신: 이래저래 정말 쎄하네요.

| 25 | 성탄: 다들 쉬쉬하고 있지만, 왠지 한 명으로 선택지가 좁아지고 있는 거 같죠ㅜㅜ

| 20 | 낼공인인증서갱신: 밤비님까지 불려 가면서 바빌론 분들도 침묵하니까 챗도 점점 휑하고....

| 1 | 죠: 모두들

| 1 | 죠: 비상 상황 대비. 외부 경계도 절대 늦추지 말 것

| 1 | 죠: 나 부재중이라고 까부는 새끼 있으면 돌아와서 순살이다 ㅇㅋ?

| 25 | 성탄: …헉?

'좀 내버려 둬도 믿을 만해.'

그렇게 되도록 오랜 시간 이 나라를 지키고, 또 눌러왔다.

터벅, 인적 없는 골목으로 걸어 들어간다.

저무는 석양빛이 좁은 골목 틈을 비집었다. 지오는 그 사이 공간으로 저 먼 위를 응시했다.

해 질 무렵, 하늘의 색이 가장 호화로워지는 시각.

아무것도 없던 허공에 문득 파문이 일고, 어느 때보다 우렁찬 팡파르가 한반도를 적셨다.

모든 이가 고개 들어 한곳을 쳐다봤다.

현재는 누구도 바라고 있지 않지만…… 바벨은 언제나 그들의 기대를 자비 없이 꺾곤 했다.

채널 '국가 대한민국'

49th | ZERO-BASE

마지막 입장

: 죠(S/Rank.1)

·· + ✳ ✱ ✳ + ··

[《제로베이스》 ─ 로컬 채널 '국가 대한민국(어스)', 선별 대표 전원 소집 완료.]

《각성자(S) | 랭커 승인 완료》
《바벨탑에 돌아오신 걸 진심으로 환영합니다, 견지오 님!》

3

《49th 플로어. 메인 시나리오 ─ 〈성간星間 토너먼트 | 제로베이스〉 Loading……》

[승인 완료 ─ **각성자(S)**]
[랭커 확인 ─ **1위 '마술사왕' 죠**]

[행성 대표가 포함된 스쿼드입니다. 챔피언 우대 점수로 인해 예선 기준 초과, 시드에 배치됩니다.]
[인터스텔라 토너먼트 제3구역 본선 32강 B조 ─ **START!**]

시야가 캄캄해진 것과 동시였다.

거리감 먼 소리가 연이어 귓전을 때리더니, 어딘가로 빨려 들어가는 듯한 감각이 들었다.

그렇게 시나리오 배경 설명, [백그라운드 영상]이 시작되었다.

제국력 61년. 제도帝都 게헴-멤브로그.

파사삭!

빠르게 수풀을 헤치는 몸놀림.

잿빛 황무지가 된 다른 도시들과 달리, 아직까지 성황의 힘이 가시지 않은 제도엔 초록빛이 남아 있었다. 이 사이에서 추적자를 따돌리는 건 일도 아니다.

가뿐히 병사들을 떨궈 낸 소년이 산속 외진 오두막의 문을 열어젖혔다. 수프를 젓던 노인이 돌아본다.

"이런. 또 성내에 들어간 것이냐? 위험하다고 내 누누이 말했거늘."

"헤헤……. 그래 봤자 진짜 마룡군도 아니고, 인간 출신 병사들이잖아요. 그따위 변절자 놈들 하나도 안 무섭다고요."

"안일한 마음이 화를 부르는 법이야."

"스승님은 지나치게 조심하시는 거고요. 제자도 다 컸겠다, 뭐가 그렇게 무서우세요?"

"허허, 이 녀석이."

"아야! 왜 때려요! 에이, 말을 말지. 소피아는 어디 갔어요?"

"곁들일 열매를 따러 간다더니 좀 늦는구나. 오겠지."

아하. 소년은 턱을 괸 채 콧노래를 흥얼거렸다.

평화로운 일상의 오후…… 전쟁터 고아 출신의 소년에겐 이보다 값진 것이 없었다.

길고 길었던 〈인마대전人魔大戰〉의 패배 이후로 50년.

유일한 희망이었던 제국이 무너지자 인간계는 빠르게 쇠퇴기에 접어들었다.

승자의 잔혹한 군림이 시작되었고, 마룡군 식민지로 전락한 이 땅에는 내일이 보이지 않았다. 바깥세상 어딘가에선 제국군 잔존 세력이 구생의 기회를 엿보고 있다 들었지만, 다 부질없게만 느껴졌다.

'그러든가 말든가……. 난 이대로가 좋은걸. 스승님이랑 소피아만 있으면 상관없어.'

하지만 멍청한 착각이었다.

빛을 되찾는 것은 '그들'의 일이 아닌, '우리 모두'의 일이라던 스승의 말이 옳았다.

안일한 마음이 화를 부른다던 경고 또한.

"소피아! 스승님-!"

"……쿨럭! 가, 거라. 우린 가망이 없는 듯하구나."

"아, 안 돼요! 흑흑, 저 혼자…… 다 두고 저만 가라고요? 웃기지 마요! 제발!"

화르륵!

서서히 불씨가 옮겨붙는 오두막 안.

벽난로 근처에 미동 없이 엎어진 소피아에게선 숨이 느껴지지 않았다. 소년은 스승의 가슴에 박힌 검 자루를 어쩔 줄 모르고 바라봤다.

성도 구경을 끝내고 뒤늦게 뒷문으로 돌아왔을 땐, 이미 모든 상황이 끝나 있었다.

문 바깥에서 왁자지껄한 웃음소리가 들린다. 소년도 익히 아는 목소리들이다. 매일 그가 따돌리면서 갖고 놀던 마룡군의 병사들.

분노에 떠는 그의 손을 스승이 감싸 잡았다.

"……지금 이 순간의 분노를 잊지 말거라."

"스승님……!"

"내가 네 나이일 적에, 내 나라를 잃을 때 바로 그런 기분이었느니라……."

가장 소중한 것을 짓밟히는 비참함. 또 그걸 지켜볼 수밖에 없는 무력감. 원수를 향해 활화처럼 타오르는 증오.

"가. 서쪽으로 가거라. 그리고 독수리와 사자가 지키는 동굴을 찾아. [눈]이 열린 지금의 너라면 위대한 과업을 이을 수 있을 것이다."

"무, 무슨 말씀을 하시는 거예요? 싫어요. 제가 스승님과 소피아를 두고 어디를 가요!"

스승이 자애롭게 웃었다.

어디서나 볼 법하던 초로의 동네 노인. 평소의 그 푸근하고 평범한 얼굴이 아니었다.

"이 스승의 유언이자…… 마지막 소원이라 해도 말이냐?"

"……."

"잘 들어라. 나의 이름은 오스문도 하탄-로그……. 제국 대제大帝의 최후 핏줄이다."

헉, 허억. 소년은 달렸다.

필사적으로 달릴 때마다 그를 둘러싼 풍경이 바뀌어 간다.

서쪽으로, 광야로, 황무지로, 또……

검은 독수리와 황금 사자가 웅크려 있는 동굴로.

고대어로 지체 높은 자를 뜻하는 '하탄'을 성 앞에 붙이는 것은 방계 황족. 제국 유일한 황제의 성에는 '레테'가 붙는다. 레테-로그. 뜻인즉슨, '신께서 총애해 마지않는'…….

소년이 동굴에서 겪은 시련은 결코 수월하지 않았다.

먼지와 피로 젖어 몰골이 엉망진창이다. 그러나 소년은 상관 않고 제 손안에 쥔 황금 열쇠를 뚫어져라 바라봤다.

모두가 신들이, 별들이 이 세계를 떠났다고 말했다.

그러나 소년은 지금 이 순간 느낄 수 있었다.

이 열쇠, 대제의 황금 열쇠에 깃들어 있는 그들의 총애를.

소년은 소리 내어 열쇠의 문장을 읽었다.

"[긴 어둠 속에서 나는 죽지 않는 희망이 되리라.]"

시험관이었던 사자가 말했다.

"축하한다, 첫 번째 도전자."

"도전자?"

"성공한다면 닫혔던 전장은 다시 열릴 것이요, 침묵하는 순례자들의 열망이 깨이고, 별들 또한 감았던 눈을 뜰 것이다. 그리하여."

소년은 사자를 올려다봤다. 짐승의 표정은 알 수 없는 노릇이지만, 마치 그가 웃는 것처럼 느껴졌다.

"죽음의 사슬에서 풀려난 인간의 영웅들이 마침내 그대 부름에 응하리라."

키를 쥔 소년Key-Player이여!

문을 열어라.

사슬을 풀어라.

그들을 깨워라.

'그래. 이것만 있으면……!'

불씨는 명운을 다하지 않았다.

꽈악. 소년, 키 플레이어는 황금 열쇠를 움켜쥐었다. 정면을 직시한다.

어둠 속에서 금빛 눈이 번뜩였다.

"제국은 다시 일어날 수 있어."

그리고 시점이 다시 돌아와, 엄습하는 최초 시작 때와 같은 이질감.

그대로 서서히, 소년의 모습이 멀어진다.

지도 화면이 축소되듯 시야 범위가 점점 확장되어 갔다. 동굴 안에서 바깥, 도시에서 부유섬, 곧 공중대륙 전체로.

장소가 획획 바뀔 때마다 익숙한 얼굴들이 언뜻 비치다 사라진다. 최다윗, 견지록, 백도현 등등.

모두들 적잖이 당황한 얼굴. 그러나 이 토너먼트의 참가자는 그들뿐만이 아니었다.

시야가 계속 멀어졌다.

이젠 부유하는 섬들을 감싼 하늘로.

온통 어둡다. 곧 먹구름이 시작되는 지점이 보인다.

휘이이, 바람 불어 구름이 걷히자 드러나는…… 광활한 평야를 아찔하게 채운 마룡왕의 군대.

바로 그 가운데 낯선 얼굴의 외국인들이 있었다. 이곳 세계와 전혀 어울리지 않는, 현대 복식을 갖춘 채. 마치, 지오와 한국 랭커들처럼.

[《제로베이스》 컷 신 — '시네마틱 무비: 열쇠를 쥔 소년'이 종료되었습니다.]

[시드Seed 팀이 포함된 라운드입니다. 약자 우선 결정권에 의하여 진영 배정 절차가 생략됩니다.]

[당신은 '**제국군**' 진영입니다.]

[제로베이스 룰에 의거, 참여 인원의 능력치가 전원 초기화됩니다!]

[— 제로(0) 세팅 완료!]

[▶Tip: 선별 대표의 잠긴 능력치는 '**오너먼트**' 획득 시 '키 플레이어'가 지닌 열쇠를 통해 해제 가능해요.]

/✛ 오너먼트Ornament: [미션 아이템]

오너먼트 1개당 선별 대표 1인의 능력 제한을 풀 수 있다.

단, 아이템 사용이 가능한 자는 열쇠를 지닌 '키 플레이어'에 한함./

[Loading…… 잠시만 기다려 주세요. 이 작업은 오래 걸리지 않습니다.]

"……시발. 이게 뭔 상황이야?"

어? 되, 된다. 푸하!

지오는 시험 삼아 아무 말이나 뱉어 보았다. 나온다! 드디어 목소리가 뜻대로 나왔다.

"씨, 답답해 뒈지는 줄 알았네."

바벨 이 자식 너무 막 나가는 거 아닌가? 랭커한테도 인권이라는 게 있는데 말도 못 하게 해, 눈도 못 감게 하질 않나.

'동의도 안 구하고 이래도 돼? 노잼 영상 보느라 깜빡 졸 뻔.'

덕분에 챙겨 온 긴장감도 다 죽으셨다. 지오는 뒷짐 지고 물끄러미 발아래 펼쳐진 대륙 지도를 바라봤다.

성층권에서 내려다보는 듯한 뷰가 꼭 삼류 RPG 게임 스타트 화면 같다.

다른 점이 있다면…… 굉장히 현실감이 넘친다는 것. 당장에라도 저기에 떨어져도 이상하지 않을 만큼.

'흠, 그래도 진영 싸움이란 거 하나는 맞혔네. 회귀자 체면치레는 했어, 백 집사.'

스토리 배경 설명 같은 오프닝 영상부터, 두 쪽으로 확연히 색깔이 나뉜 공중대륙까지.

멀리 갈 것도 없이 전쟁판이다. 견적은 간단히 나왔다. 다만……

'어디서 많이 본 배경인데.'

하늘에 둥둥 떠다니는 섬들이나 거대한 공중대륙이나 영 낯설지가 않아요. 왜지?

'게다가 씨바 딱 봐도 제국군이 불쌍할 정도로 불리한 포지션인데 왜 제국군인데?'

21세기 민주주의 국가 시민한테 제국군이 웬 말이지오. 나도 (겁나 쎄 보이는) 마룡군 할래, 내 초이스 돌려줘요……

물론 이해 안 되는 점은 그 외에도 수두룩했다. 셀 수 없을 지경이다. 당장 지금만 봐도, 대체 왜 지도 위에 둥둥 떠 있어야 하ー

[▶Tip: 이해가 어려울 땐, 망설이지 말고 도우미를 부르세요!]

……뭔데 이 타이밍?

"도, 도우미? 도와줘요, 도우미 맨?"

[▶Tip: 도우미는 토너먼트 진행 중 라운드당 1회 소환 가능하며, 제한 시간은 5분입니다. 기회를 신중하게 사용하세요!]

"아아아니! 취, 취소! 취소오! 캔스으을!"

"부르셨어요? 견지오 님!"

"아악!"

지오가 털썩 허공에 무릎 꿇었다. 고소 공포증이 없는 게 천만다행이다.

속도 모르고 도우미가 발랄하게 인사했다.

"만나서 넘나 반갑습니당! 제3구역 담당 보조심판관 '베이비 셜리'라고 해요! 무엇이 궁금하신가요?"

매우 깜찍한 토끼 천사 모양의 요정이셨다.

그러나 귀여운 모습과 다르게 토끼 셜리는 오자마자 한 손으로 타이머를 꺼냈다. 방긋방긋 웃으며 스위치를 누른다.

존나 프로페셔널했다……

"견지오 님? 어서 질문하세용! 시간이 얼마 없거든요!"

'치, 침착하자.'

"그, 나 왜 여기 있음?"

"앗! 곧 이동하실 거예요. 아직 키 플레이어가 테이블에 착석 전이라서요. 참참, [테이블]이 뭔지 모르시종? 테이블이란, 선별된 9인의 대표님들이 현재 계신 이곳, 미션 필드 말고 키 플레이어만의 전용 시험 공간을 말해요!"

"별도의 공간이라고?"

"넹! 쉽게 비유하면 음, 선수들이 열심히 시합하면 그 바깥에 감독석 있죠! 그거랑 비슷해용! 키 플레이어가 그곳에 앉아 견지오 님을 포함한 선별 대표들의 역할Role도 분배하고, 또 여러분이 미션 필드에서 [오너먼트]를 찾아내면 그걸 받아서 열쇠로 열기도 하는 공간이에요! 간단하죠?"

이 토깽이…… 맘에 들어.

개떡처럼 물어도 찰떡같이 대답해 준다.

"오너먼트인가 그건 어디 있는데?"

지오는 설명충 토끼가 도망 못 가도록 잡으려 팔을 허우적거렸다. 깡충깡충, 잘도 피하면서 셜리가 대답한다.

"그거야 저도 모르죠! 가서 구석구석 한번 잘 찾아보세용!"

"뭐 이런…… 너 가만 안 있어? 제, 젠장. 애초에 능력치는 왜 또 초기화하는 건데! 바벨 너희 계속 이렇게 뭣같이 탑 운영할래?"

"……어머나?"

바벨? 얄밉게 토끼던 토끼가 우뚝 멈춘다.

희한한 걸 보듯 지오를 응시하더니 무언가 생각하길 몇 초. 이내 타이머를 꾹 누른다.

딸칵, 간 떨리게 이어지던 초침 소리가 멎었다.

"······뭐지, 갑자기?"

눈앞에 확 가까워진 토끼 얼굴을 지오가 떨떠름히 마주 봤다. 어린 선홍빛 눈동자에 담겨 있는 것은 명백한 호기심.

"흠. 저는 바벨 소속이 아닌데······. 진짜 하나도 모르세요?"

"뭘?"

"이상하다. 행성 대표에······ 시드 팀이잖아요? B조면, 어디 보자. 제3구역에선 세 번째고, 지역 서버에선 두 번째인데."

셜리가 고개를 갸웃거렸다.

"선두권이 이렇게까지 모를 수 있나? 구역 바벨탑 관리자가 아무것도 설명 안 해 주던가요?"

······?

'저기, 누구 바벨한테 들은 것 있는 사람······?'

소, 손 들어 봐. 일단 난 아녀······.

"바벨탑 관리자가 누군데?"

"아이고, 날마다 보면서도 모르세요? 누구겠어용!"

'······날마다?'

매일 탑과 랭커들을 '관리'해 주는 자. 그런 기능을 하는 것은 지오가 아는 선에서 하나뿐이다.

"설마······ 시스템 창?"

떨떠름한 표정의 지오를 보며 토끼가 팔짱 끼었다. 짧은 한숨과 함께.

"달리 누가 있어요? 희한하다니까. 바벨과 얘기할 기회가 충분히 있었을 텐데…… 무슨 계속 빈둥대다가 49층까지 후다닥 벼락치기 한 것도 아니고."

"……"

흠칫, 불시에 정곡 찔린 지오의 어깨가 한차례 떨렸다.

눈 오는 날의 개떼처럼 급발진해 탑을 때려 부수던 한국인들의 모습이 섬광처럼 머릿속을 스쳐 지나갔다. 막판엔 경쟁 심리가 발동해 광기까지 난무했던……

동족들의 공략 깽판을 떠올리며 작아진 견지오.

그 모습에 빠르게 상황 파악을 마친 토끼가 입을 틀어막았다. 경악에 차 삿대질한다.

"서, 설마 무식하게 벼락치기를 했다고요? 탑 공략을?"

'시발, 내가 한 짓도 아닌데 이 쪽팔림 뭔데? 성질 급한 한국인 친구들아……'

남들 몇 년 걸릴 일을 작정하고 한 달 만에 해치워 버린 민족.

그 최선두에 자랑스러운 남동생도 있었다. 지오는 입 가리고 헛기침했다. 크흐흠.

"참 나, 그 집 바벨이 바빴을 만도 하네요. 키 플레이어 후보 골라내는 것도 일인데, 토너먼트 등록까지 급하게 치러야 했을 테니까."

"······이게 뭔 등록까지 해야 하는 거임? 어디에?"

어디서부터 설명해야 하나······. 베이비 셜리는 턱을 괸 채 허공에 엎드려 누웠다.

"다 얘기해 드릴 순 없어용. 저는 제3구역 담당 보조심 판관이지, 채널 전담 관리자가 아니니까요. 그건 월권이 거든요."

학교로 비유하면 이 경우에 랭커들은 학생, 한국 바벨은 담임, 셜리는 외부 초빙 강사에 해당한다. 학생들 상황과 수준도 잘 모르면서 멋대로 가르치려 들 순 없는 것이다.

게다가.

"전담도 아닌데 제가 비싼 [코스트]를 치르면서까지 알 려 드릴 이유도 없고요."

"흠, 너 존나 재수 없네. 그럼 위이대하신 셔어얼리 님? 대체 이 뒤처진 중생에게 무엇을 알려 주시겠나이까?"

"지금 레벨에서 알아도 무방한 상식이용."

비아냥거림을 가뿐히 씹은 셜리가 곁눈질로 시간을 체 크했다.

"잘 들으세요. 인터스텔라 토너먼트는 바벨 본부가 관 장하는 성간 경쟁이에요. 1차 한계선을 돌파한 후보들을 각 구역별로 매치하고요."

바벨탑의 특정 층에 도달하면, 처음으로 외부와 통하

는 '문'이 열린다.

얼핏 몬스터 게이트와도 비슷해 보이나 분명한 차이점은 보다 안전한, 또 보다 높은 차원의 교류란 점이었다.

세계와 세계가 맞닿는…… 일종의 성계星界 정류장.

탑은 이때 담당한 구역의 랭커들을 보내 위로부터 테스트받게 하는데, 그것이 바로 인터스텔라Interstellar 토너먼트였다.

"미친…… 그럼 다른 세계가 있다고? 외계인? 찐으로?"

"이 광활한 은하를 견지오 님네만 쓴다고 생각하는 게 더 양심 없지 않아요?"

"헐, 저 토깽 말하는 것 좀 보소? 굉장히 논리적! 근데 그딴 토너먼트 참가 난 동의한 적 없는뎁쇼."

"동의요?"

피식, 토끼가 코웃음 쳤다.

"이건 '의무'죠. 바벨이 자원봉사자도 아니고, 그럼 뭘 보고 계속 투자해요?"

지오는 빤히 토끼를 바라봤다. 계속 묘하게 거슬린다 싶었더니 이제야 알겠다. 이 토끼…….

'아까부터 원주민 말려 죽이던 콜럼버스 시절 양키 개척자들처럼 지껄이고 자빠졌네.'

하지만 지금은 성질내기보다 정보를 캐내야 할 시점이다. 그 정도 사리 분간도 못 할 만큼 멍청이는 아니었다.

"하, 하, 핫! 뭐, 그렇지. 근데 뭘 위한 투자더라?"

"거기까진 말씀드릴 순 없죵."

"……이 ××할 놈의 ×× 토끼 ××가 보자보자 하니까 장난하는 것도 아니고, 야 이 ××."

토끼가 부르르 떨며 귀를 접는다. 한바탕 욕설을 퍼부은 지오가 씨익씨익 숨을 몰아쉬었다.

"힝, 귀가 썩겠어요. 도우미를 이렇게 막 대하는 건 견지오 님뿐일걸요!"

"닥쳐. 지금 킹지오 인생 최고의 친절함을 갱신 중이시니까."

"친절은 제가 베풀고 있죠! 같은 서버 출신인 A조의 모 팀만 봐도, 이런 정보 하나 없이 맨땅에 헤딩했을 텐데."

"흐음. 무주의 땅?"

"오? 아시네요! 아예 모르는 사이도 아니면 그쪽한테 정보 좀 얻지 그러셨어요?"

"걍 막 던져 본 건데 너 덕분에 확실해짐. 감사."

"……"

농락당한 토끼가 멍해졌다. 현타에 빠질 뻔한 것도 잠시, 금세 회복해 헛기침한다.

"그, 그래도 그쪽은 훨씬 운이 좋았으니까."

"뭔 솔?"

"부전승으로 올라갔거든요."

"뭐, 뭣! 그럼 이런 왕재수 토끼와 만담도 안 거치고, 거 저먹었단 소리? 아이고, 내 배야."

"……경쟁 상대가 있어야 라운드도 진행되는 법이니까 요. 선별 대표를 무려 9일 동안 선발하는 이유가 뭐겠어요?"

9일은 이른바 '대기 시간'이다.

동일 구역에 같은 조건을 충족한 상대 후보가 나타날 때까지 기다리는 기간.

이 기간 안에 상대가 나타나지 않을 시, 당연히 부전 승. 제3구역의 A조 두 팀이 그런 식으로 올라갔다.

"그에 비하면 '국가 대한민국'은 꽤나 불운한 편이죠. 소 속 구역이 폐쇄된 채널이 제3구역으로 흡수되면서 진출 한 케이스거든요."

그들이 하루만 더 늦었어도 '한국' 또한 부전승이었을 거라며, 토끼가 고개를 흔들었다.

"야, 잠깐. 그럼 내가 아까 영상 끝나면서 봤던 마룡군 쪽 외국인들이…… 호옥시?"

외국인이 아니라 외계인이었어?

눈이 동그래진 지오를 향해 토끼가 밝게 끄덕였다.

"네! 상대 팀이에요."

"……시발."

"너무 나쁘게는 생각 마세요! 치열한 경쟁이 좋은 성장 으로 이어지는 법이잖아요? 상대는 그 행성의 최후 생존

자라 온 사활을 걸겠지만, 견지오 님은 시드 팀이니까! 아자, 아자!"

'시드는 원래 일찍 탈락하지 말라고 약소 팀이랑 붙여 주는 게 관례 아니냐……?'

바벨 기준 시드가 내가 아는 시드랑 좀 다른 것 같다…….

절망에 빠진 삼수생.

제법 우스운 꼴이었지만, 한가하게 구경할 만큼 여유롭지 않았다. 토끼는 부르르 떨기 시작한 시계 초침을 보며 한숨 쉬었다.

"이런, 제가 늦출 수 있는 시간은 여기까지가 한계 같네요. 키 플레이어가 방금 [테이블]에 앉았거든요."

키 플레이어가 선별 대표들에게 역할을 부여하면 그 즉시 게임 시작이다.

느려져 있었던 주변의 시간 흐름이 제 속도를 찾아가고 있었다. 지오가 확인했다.

"또 부를 순 없는 거지?"

"네. 아쉽지만, 도우미 소환은 1회가 끝이에요."

"그럼 마지막으로 하나만."

발아래를 내려다보던 시선을 든다. 지오는 물끄러미 바라봤다.

"왜 도와줬어?"

토너먼트의 배경부터 상대 팀이 처한 상황까지. 토끼는

제 말마따나 알려 줄 수 있는 선에서 거의 모든 것을 알려주었다.

그리고 견지오는 세상에 이유 없는 호의란 존재하지 않다는 걸 잘 안다.

시계를 쥔 흰 토끼가 웃었다. 보조심판관 셜리는 대답했다.

"당신이 현시점 가장 강력한 도전자니까."

"……."

"우승 후보에게 경의를 갖추지 않는 심판은 없죠."

그럼 안녕히.

띵! 맑은 음과 함께 타이머가 울린다.

도우미와의 문답은 그렇게 끝났다.

·· ✦ ✳ ✦ ✳ ✦ ··

견지오가 사라진다.

셜리는 빈자리에도 정중히 인사하던 몸을 바로 일으키지 못했다. 식은땀이 바닥으로 투둑 떨어졌다.

"셜리, 괜찮아?"

"……하. 무서워 죽는 줄 알았어."

동료 심판관인 여우가 다가와 어깨를 다독였다. 숨죽이고 있던 것은 이쪽 또한 마찬가지였다.

"지독하다, 지독해. 이 흔적 좀 봐. 이쯤이면 거의 묻지도 따지지도 말고 통과시키라는 시위 아냐?"

"시위가 아니라 협박이지."

셜리는 축축한 턱을 훔쳤다.

견지오의 등 뒤에서 그저 바라만 보고 있을 뿐인데도, 그렇게 두려울 수가 없었다.

두려움을 쉬이 떨쳐 내지 못하는 동료를 보며 여우가 푸념처럼 한숨 쉬었다.

"그러게 왜 고작 3구역 같은 데 오셔서……."

"말조심해. 듣겠어."

"머리 아파서 그래. 윗분들 신경전에 우리만 이게 무슨 꼴이냐?"

"그만하자. 아무튼 너도 잘 지켜봐. 만에 하나 그 후보한테 불이익 비슷한 거라도 갔다간 보통 난리로 끝나지 않을 테니까."

외부의 심판관들도 본 적 없는 총애였다.

제 화신에게 그 정도로 관심을 쏟는 성위들이 49층에서 원하는 것은 대개 정해져 있다. 그리고 그 사내는 자신이 원하는 것을 얻지 못할 만큼 나약하거나 너그럽지 않았다. 오히려…….

"……무사히 끝나야 할 텐데."

'모두를 위해서.'

셜리는 불안한 시선으로 저 멀리 공중대륙을 바라보았다.

한국 바벨탑 49층.

시드인 홈 팀에서 고른 미션 필드는 그들 심판관에게도 미지의 세계였다.

·· ✦ ✹ ✦ ✦ ··

['키 플레이어' 홍해야(대한민국), **테이블 착석 완료]**

[선별 대표의 역할을 배정 중입니다. Loading……]

옷장 속과 비슷한 공간이다.

'아니, 관 속이라고 해야 하나?'

지오는 차분히 둘러봤다. 뒷면에 어떤 상징이 그려진 빈티지 카드들이 지오의 주변을 빙글빙글 돌고 있었다.

기사의 투구와 검, 지팡이와 책, 빛과 십자가 등등……. 각자 상징하는 바가 누구나 알 수 있을 만큼 명료하고 직관적이었다.

'어디 보자. 클래스…… 캐릭터 카드? 이 중에서 고르는 거네. 진짜 완죠니 롤플레잉 게임.'

게임과 다른 점이라면 선택권이 이쪽에게 없다는 것 정도.

데구르르-!

주사위 구르는 소리가 공간을 가득 울렸다.

[모든 역할 배정이 완료되었습니다.]

지오는 두 손 모아 기도했다.

'제발, 편하고 중요도 겁나 낮은 개꿀 백수 역할 주세요. 제에발.'

[축하합니다!]
[견지오 님은 제국군 — 공격의 축 **'드래곤 스트라이커 Dragon Striker'**입니다!]

'시바아알……!'

[스타팅 포인트를 설정하세요.]

가뜩이나 적군에 비하면 매우 협소하던 지도 위의 선택지가 눈에 띄게 줄어들었다.

지오는 텅 빈 눈으로 지도를 바라봤다.

'최, 최전선……!'

이제 선택 가능한 푸른 불이 들어와 있는 곳은 전부…… 마룡군 진영과 밀접하게 맞닿은 최전방 지역뿐.

'홍해야 이 자식 나한테 뭔 억하심정 있는 거 아녀? 서, 설

마아, 아니겠지이······.'

[주어진 시간 초과 시 랜덤으로 배정됩니다. 남은 시간 1초!]

"안 됏!"
지오는 허겁지겁 그나마 적진과 멀어 보이는 땅을 선택했다.

[제국 서쪽 '델파마의 늪'을 선택하셨습니다.]

'비, 비유법임. 응, 이건 무조건 비유다. 하핫, 설마 진짜 늪이겠어? 에이.'

·· ✦ ✳ ✸ ✳ ✦ ··

그리고 먹구름 가득한 긴 터널을 빠져나오자······.
'정말 늪지였다······!'
"어떤 멍청한 인간이 스타팅 포인트부터 늪지대를 골랐는지 만나면 정말······."
"······."
"공격조 메인이 골랐을 텐데 안 봐도 뻔하죠. 보나마나 해타의 야차 같은 야만인일 겁니다. 안 그래요?"

"······어어? 어, 어어어."

"이래서 무식한 주먹들이랑은 아예 얽히질 말아야 하는데. 그래도 바빌론 길드장이 들어왔다니 그나마 안심은 되네요."

후우! 차오른 숨을 몰아쉬며 청희도가 뻐근한 허리를 폈다.

예민하고 신경질적인 최강 엘리트. 마법사에 대한 선입견 그대로 생긴 청년이 싸늘한 얼굴로 콧등 위 안경을 추켜올렸다.

"빨리 좀 오세요. 갈 길이 까마득하단 말입니다. 바벨은 어쩌자고 49층에 B급을 보내선······."

"으윽, 가, 가고 있어. 발이 계속 빠져서."

"게으름 부릴 시간이 없다고요, 건지호 씨!"

"저기, 내 이름은 건지호가 아니라 견지오······."

"처음 보는 검사의 이름을 외울 만큼 마법사의 두뇌는 한가하지 않습니다."

'저런 염병할 마법 빠돌이······.'

마법계의 대종주, 마술사왕은 슬프게 걸음을 재촉했다. 늪에 푹푹 박히는 발을 철벅이면서.

때는 불과 이십여 분 전으로 돌아간다.

'몸이 무거워······!'

능력치 초기화는 바리윤의 [호계옥]에서도 겪어 본 일이지만, 체감이 전혀 달랐다. 그때가 맛보기에 불과했다면 이건 정말 본 게임이란 느낌.

스타팅 지점은 광활하기 그지없는 늪지대.

높고 우중충한 고목들이 창살처럼 하늘을 가리고, 물이끼로 불투명한 수면에선 고약한 냄새가 풍겼다.

"허거……!"

지오는 스르르, 무너지는 지반에서 얼른 발을 빼냈다. 다행히 얕은 수심이라 금방 빠져나왔지만, 이미 신발은 엉망진창이 됐다.

돌출한 나무뿌리 위로 낑낑 올라서자 길 없는 늪지대가 고스란히 보였다.

'으으음……. 뭔지 몰라도 최악의 선택지를 골랐다는 건 확실하군. 하핫.'

일단 현재 상태부터 정확히 짚고 넘어갈 필요가 있겠다. 지오는 상태창을 띄웠다.

AWAKENER STATUS

· 이름: 견지오

· 등록명: 죠 / ZIO ★챔피언

· 나이: 20세 (01.01)

· 등급: S급 (전투계 — 마력 특화)

· 랭킹: World 1위 | Local 1위

· 성향: 자유롭게 방관하는 지배자

· 소속: 어스 — 대한민국

· 하위 소속: 바빌론(임시)

· 성위: 운명을 읽는 자 [유일 진眞 화신 — 전지全知의 사서]

· 퍼스트 타이틀: 마술사왕(M)

· 고유 타이틀: 일인자, 만인지상, 세계의 왕, 역전의 반왕,
　　　　　　　불패의 정점, 폭군, 게으름뱅이, 철부지

+ 신체 상세 정보 /Locked/

· 상태: 양호

· [체력: 중상(中上)] [마력: 초월(??)] [내구: 상중(上中)] [민첩:
상상(上上)] [지력: 최상(最上)] [매력: 최상(最上)] [의지: 상하(上
下)] [행운: 극상(極上)]

· 마력 회로: ??등급 / Lv.3

· 성장 진행도: 3단계

· 종합 능력치: S급

(※상위 권한에 의하여 전체 능력이 조건 제한된 상태입니다. 해체 시까
지 기존 능력치의 활성화가 불가능합니다.)

+ 보유 능력 /Locked/

Ⅰ. 적업 스킬(47)

Ⅱ. 성위 고유 스킬(5)

+ 기타 특성 **/Locked/**

+ 권속 목록 **/Locked/**

'가여운 내 먼치킨 능력치들, 또 꿔다 놓은 보릿자루 되
었네…….'

그래도 아직 희망은 남아 있다.

수두룩한 알림과 함께 한쪽에 떠 있는 새로운 상태창.

거기서 반짝이는 용가리 모양의 마크가 굉장한 기대감
을 불러일으켰다.

'고기도 먹어 본 놈이 잘 먹는다고, 운빨킹 눈에는 보이
신다 이거죠. 황금빛 레어의 후광이.'

귀찮은 캐릭터 걸렸다고 투덜거렸던 과거는 금세 망각
한 킹지오가 자신 있게 알림창을 눌렀다.

[당신은 제국군의 최전방 공격수 '드래곤 스트라이커
Dragon Striker'입니다.]

✛ 드래곤 스트라이커:

특수 영웅 | 공격진 메인 플레이어

– 창공을 자유롭게 누비는 특수 부대 '드래곤 스트라이커'

는 마룡군에 대적하는 인간계 유일의 라이더 부대로서, 아군의 자랑이자 제국의 희망이었습니다.

　제국인들은 당신의 출현만으로도 사기가 오르고, 적들은 잊었던 공포를 떠올릴 것입니다.

　▷ '드래곤 스트라이커' 전용 스킬 확인하기

　· 전용 스킬: 드래곤 소환, 드래곤 라이딩, 드래곤 나이트 차징, 최상급 제국 기마술, 상급 제국 검술, 정령 대화

'캬, 역시……!'

좌악! 견지오는 하늘을 향해 멋지게 두 팔 벌렸다.

'신은 스스로 돕는 자를 도움!'

성실히 살아온 인생을 비로소 보상받는구나. 바벨, 보고 있나? 이것이 바로 행운 만렙의 위엄이시다.

'후후후. 게임 끝이당.'

이거, 이거 너무 싱겁게 끝나는 게 아녀? 최소 분량이 걱정이지만, 내 알 바는 아니니까!

'님덜 수고요. 아디오스, 49층!'

먼치킨 등장이지오. 지오는 비열한 미소를 띠며 스킬 [드래곤 소환]을 눌렀-

[소환 실패!]

[현재 영웅의 능력치가 지나치게 낮으므로 사용이 불가합

니다.]

　[전용 스킬 '**드래곤 소환**' 사용에 실패하였습니다. (스킬 요구

Lv: 99)]

　'······.'

　······으음?

　그, 그으래. 너무 바로 끝나면 노잼이니까. 그럼 일단 조

력자만이라도 얻지 뭐. 어디 보자, 정령이랬나?

　[대화 실패!]

　[수준 미달의 영웅에 실망한 정령이 대화를 거부합니다.]

　'······.'

　[나이트 차징 실패!]

　[손에 무얼 들고 있나요? 허공은 적이 아닙니다. 전용 스킬

'**드래곤 나이트 차징**'에 실패하였습니다.]

　푸드더덕!

　날갯짓하며 날아가는 새소리가 우렁차다. 지오는 덩그

러니 늪지대를 바라봤다.

　어찌나 고요한지 새소리가 메아리처럼 울려 퍼지는 곳.

당장에라도 악어 떼가 출몰할 듯 음울하며, 하늘 위 먹구름은 마냥 불길한 색을 띠고 있다.

낯선 세계, 무거운 몸, 평범한 시야…….

그제야 현실감이 급습해 왔다.

'나 진짜 맨몸으로 혼자인 거야……?'

【아니.】

【네가 혼자일 리 있느냐.】

반경 1미터. 큰 키의 성인 남성이 감싸 안을 범위, 개인의 고유한 영역 그 안에서만 전혀 다른 바람이 불었다.

잔잔한 웃음기가 서린 목소리, 듣기만 해도 나른해지는 저음이 늪 위로 내려앉는다.

뼛속까지 오만한 여유에서 나왔다고 믿기지 않을 만큼의 다정함으로 그가 속삭였다.

【그대 마지막 걸음까지, 내가 지켜보겠노라 약조하였지. 잊으면 서운해.】

"……어디 있다가 이제 기어 나와?"

【기어 나오다니, 저런 깜찍한 말버릇 하고는……. 늘

네 곁에 있다고 방금도 말하였다만.】

　지오는 제 머리카락 끝을 간질이는 손길을 툭 쳐 냈다.
　앞뒤 없는 심술은─솔직히 발 뻗을 자리를 보고 눕는 것도 있지만─그가 제 속을 너무 잘 알기 때문이다.
　'그러면서도 뺀질대는 게 재수 없고.'
　지금만 봐도 그렇지. 묻는 게 뭔지 뻔히 알면서 한 번에 대답하는 법이 없다. 지오의 눈썹이 굳자 달래듯 별이 웃었다.

　【방치한 게 아니다. 내가 네게 얼마나 헌신적인데 그놈의 의심병은 가시질 않느냐?】

　"얼굴도 모르는 놈을 어떻게 믿어?"

　【나 원 참. 익명제 더러워서.】

　쯧, 짧게 혀를 찬 그가 못마땅한 투로 툭 내뱉었다.

　【말 거는 것도 반칙이란다.】

　"뭐?"

【룰이 그렇다는데 어찌해? 모두가 공통된 출발점에서 경쟁한다는 토너먼트 정신에 위배되는 행위라나, 뭐라나……. 정당한 과정으로 네가 제한을 풀 때까지 대화도 금지. 간섭도 금지. 참고로 지금도 점수는 실시간으로 무지막지하게 깎이는 중이다. 하강 곡선이 어여쁘군.】

"뭐어어어?"

넌 어떻게 점수판까지 예뻐 보이냐며, 태평하게 개소리를 지껄이는 별님.

'이거 시발 꼴에 채점까지 하는 거였어?'

심판관 운운할 때부터 알아봤어야 했는데! 점수 트라우마가 심각한 대한민국 삼수생이 괴롭게 머리칼을 쥐어뜯었다.

"……져."

【음?】

"꺼져! 당장 내 점수판에서 꺼지라고! 이 살아 숨 쉬는 부정행위야!"

【…….】

아니…… 하도 외로워하기에 참다못해 나왔건만…….

"안 꺼져? 확 씨!"

【……간다. 가. 그렇지 않아도 꺼져 줄 생각이었다. 초면부터 별과 대화하는 모습을 보이면 좀 그렇겠지.】

'초면?'

누군가 이쪽으로 오고 있다는 뜻이었다. 또 지오가 아는 사람도 아니란 얘기.

같이 입장한 이름들을 되짚는 지오에게 별님이 마지막으로 속삭였다.

【이것만 알아 둬. 이 판은 시간 싸움.】
【오너먼트를 찾아 네 족쇄를 푸는 것에만 집중하도록. 다른 것은 중요치 않아. 49층은 단순히 지나가는 길일 뿐이니.】

시간 낭비 말고, 최대한 빨리 끝내라.

답지 않게 강한 어조의 당부였다.

지오가 다시 고개를 들었을 땐, 이미 바람이 원래 방향을 되찾은 뒤. 그리고…….

철벅!

"······."

새액, 색······.

조용한 늪지 덕에 긴장한 숨소리가 여과 없이 들려왔다. 저쪽도 그걸 아는지 무리해서 움직이지 않는다.

지오는 재빨리 나무 뒤에 숨어 건너편을 주시했다.

'아군? 적?'

대치 상태는 다행히 오래 이어지지 않았다.

저쪽에서 먼저 반응했기 때문이다. 처벅, 엉킨 늪지 덤불 위로 천천히 양손이 올라온다.

이방인이 차분하게 흰 손수건을 흔들었다.

"항복. 살려 주시면 제국군의 모든 정보를 드리겠습니다."

"······아니, 뭔 저런 매국노 같은 놈이?"

"하, 한국인? 도, 동지! 거기 누굽니까!"

철푸덕!

급하게 나오다가 그대로 쭈욱 미끄러지는 종잇장 인간.

우당탕탕 한 바퀴 구른 그가 진흙 묻은 안경을 들어 올리며 침착히 선언했다.

"교란책이었습니다. 크흠, 뭘 생각하시든 오해예요."

"안 속는다. 이완용 손주 같은 놈아."

민족 열사의 혼을 뒤집어쓴 듯한 삼수생의 단호함에 젊은 매국노······ 청희도가 울상 지었다. 이, 이게 아닌데.

··+✵✦✵+··

[✦ 위치 정보 ─ 델파마의 늪(unlocked): 제국 서남단 얼룩
꼬리숲에 형성된 대형 늪지대이다. 델프강 하구와 인접해 있
으며, 지형 특성상 게릴라전에 특화되어 인마대전 당시 제국
군의 주요 거점 중 하나로 쓰였다.]

[맵 정보가 추가되었습니다. 지력이 소폭 상승합니다.]

[지력: 2→5]

'지력이 5······.'

이건 그냥 뇌가 없는 수준 아님?

능력치가 아라비아 숫자로 표시되는 드래곤 스트라이
커의 상태창은 지오의 기존 상태창과 달랐지만, 주의 깊
게 살펴볼 것도 없었다.

기본 능력치가 2에서 출발한 것만 봐도 지능 수준이 마
리모······ 아메바······ 그런 쪽과 동류라고 봐야 한다.

'우주에 둘도 없는 멍충이가 된 기분.'

나이트 어쩌고 하는 육체파들은 전부 이런 기분으로
세상을 살아가는 건가?

마법사적 편견을 강화 중인 견지오에게 또 다른 마법충
이 말을 걸었다.

"참. 그쪽, 아이템은 체크해 봤습니까?"

"아이템?"

"기존 인벤토리에 있는 건 사용 못 하지만, 배정된 역할의 전용 아이템이 주어졌던데요. 그 정도는 바로 체크했어야죠. 하여튼."

상대를 한심하게 여기는 엘리트의 저 눈빛.

힘숨방 본능으로 B급 검사라 소개해 버린 짓이 크나큰 실책이었음을 지오도 차츰 깨닫는 중이었다.

"……님은 뭐 나왔는데?"

지오가 시큰둥하게 물었다. 그녀와 가진 정보를 교환하자마자 그 즉시 청희도는 그룹별로 상황이 돌아가고 있다며 단언했다.

비슷한 역할들을 모아 한 개의 조로 묶는다.

예컨대 이쪽으로 따지면, 그들은 제국군 [공격조].

그리고 이 공격조의 서브를 맡은 그의 캐릭터는 '황궁 마법사'.

황궁 없는 황궁 마법사 청희도(Lv.1)가 미소와 함께 품속에서 양피지를 꺼냈다. 아련한 미소였다.

"황궁 비밀 지도요."

"……"

"아, 그리고 공작 가문 인장 반지……."

우중충한 늪지 한가운데서 루비 반지가 영롱하게 반짝

거렸다. 지오가 토끼 눈으로 바라봤다.

'우와아. 존나 쓸모없어……!'

1렙짜리 초보들한테 필요한 물건은 절대 아니었다. 굉장히 쎄한 느낌.

'서얼마 이쪽도 쓰레기 당첨은 아니겠지?'

쓰레기처럼 살았지만, 쓰레기는 주워 본 적 없는 온실 속 운빨킹이 초조하게 품을 뒤적였다. 그러자…….

짜잔, 혹시 기대했나요?

'당신의 행운은 일시 사망하였습니다.'

메시지 창의 환영이 보이는 듯하다. 지오는 아득한 기분으로 손안의 잡템을 바라봤다.

▶ 드래곤 라이딩용 안장

▷ 분류: 인 게임 아이템

▷ 사용 제한: 스트라이커

— 드래곤의 등에 얹어 사용하는 최고급 안장. 황실 장인이 공들여 만든 수제품. 드래곤과의 친화력을 다지는 데 좋다.

▷ 효과: 푹신하다.

그 외 승마용 수통과 동물용 육포 등등…….

집 잃은 수달처럼 그를 쳐다보는 라이더지오. 청희도가 날카롭게 코웃음 쳤다.

"됐어요. 어차피 기대도 안 했습니다. 건지호 씨에겐 다행히도 제가 육체파한테는 어떤 기대도 하지 않는 게 이득임을 익히 아는 사람이라서요."

'육체파 아니라고 개새야.'

너 이 새끼 지력 몇 급이니? 상태창 까고 한번 붙어 볼래, 가 목구멍까지 차고 올라왔지만, 침착하자.

제 팔자는 제가 꼰다고. 힘숨방 버릇 남 못 주고 소개팅 타임 시작되자마자 부캐 들이민 범인은 바로 몇 시간 전의 킹지오 본인이셨다…….

그사이 신발의 진흙을 다 털어 낸 청희도가 몸을 일으킨다. 이어 손 그늘을 만들어 멀리 바라보는데, 그들이 이동해 온 거리를 가늠하는 듯했다.

"흐음……. 그래도 우리 제법 많이 온 거 같습니다?"

"뭔 개소리야. 출발한 고목나무가 아직도 보이는데."

"……."

힘숨방 피해자 청희도는 한창 오해 중이지만, 레벨 초기화된 마법사 두 명이었다. 주식이 마력인 비실한 마법쟁이들이 늪지대에서 걸어 봤자 오십보백보…….

그 쬐끔 이동하면서도 중간에 픽픽 쓰러지기 일쑤라 벌써 온몸이 진흙투성이였다.

흙 범벅 시골쥐지오가 다른 시골쥐를 휙 째려봤다.

"어이, 겁나 똑똑하신 마법사 양반. 점점 쌀쌀해지는데 계획은 당연히 있는 거겠지? 이 멍청한 검사는 마법사만 믿고 있다구!"

양심 갖다 팔아먹은 마술사왕이 말했다. 진실을 모르는 한국 마탑의 간판이 으윽, 신음한다.

"……당연한 거 아닙니까! 이, 일단은."

팔락, 종잇장이 화려하게 넘어갔다. 마법사들의 필수템, 수첩이다.

좀 전에 지오가 공유해 준 [델파마의 늪] 관련 정보를 읽으며 청희도가 턱을 쓸었다.

"흐음. 여기가 제국군 주요 거점 중 하나라고 했죠. 49층의 전체 그림이 마룡왕과 제국의 대립인 점을 생각해 보면, 역사적 장소인 이곳을 괜히 선택지로 둔 게 아닐 겁니다."

"음음."

"아마 제 예상으론 이곳에 그 오너먼트가 있을 확률이 꽤나 높아 보이는데─"

"그럼 그것부터 찾아?"

"…….'

"알았어. 안 끊을게. 계속 말하셈. 눈으로 욕 좀 그만하고."

어휴우. 엑스트라의 분량 욕심 무습다, 무스버.

어깨를 으쓱하는 지오를 흘겨본 청희도가 다시 브리핑을 이었다.

"……그럴 확률은 매우 높지만, 꿈 깨요. 당장 급선무는 날이 어두워지기 전에 어서 이 늪을 빠져나가는 거니까."

"왜? 오너먼트 안 찾고?"

"정정하죠. 오너먼트를 찾으면 찾을 수 있다는 그 착각부터 제일 먼저 깨야겠네요. 우리 처지를 벌써 망각했습니까?"

턱짓으로 저와 지오를 가리킨다. 삐쩍 마른 시골쥐 두 마리가 그렇게 서로를 바라봤다.

……불쌍한 거렁뱅이 그 이상도, 이하도 아니었다.

"……아."

지오의 탄성에 청희도가 축 처진 제 앞머리를 신경질적으로 쓸어 올렸다.

"맨몸으로 시작하기엔 지나치게 불리한 환경입니다. 목숨은 하나라는 사실 잊지 마세요. 아직 야생 동물을 안 만난 것만 해도 천운이라 여겨야 하니……."

하여간 어떤 정신머리로 여길 골랐는지 메인 공격수 만나면 가만 안 두겠다고 이를 악무는 청희도.

견지오는 허겁지겁 말을 돌렸다.

"어, 그, 그럼 얼른 움직여야겠네! 이런, 이런! 해가 금방 저물어 버리겠는걸!"

"후우……. 그래요. 일단 도시 쪽으로 가서 어느 정도 무장이나 정보를 갖춘 뒤에 다시 돌아오는 것으로 하죠.

갑시다."

휴식 시간은 끝났다.

그러나 힘이 빠졌는지 발을 떼던 청희도가 순간 휘청인다.

단출한 초보 검사 복장인 지오와 달리 황궁 마법사는 기본적으로 발밑까지 질질 끌리는 로브 차림. 그가 괜히 틈만 나면 메인한테 이를 가는 게 아니었다.

"부축해 줘?"

"……됐거든요. 사양합니다."

새초롬하게 중지로 안경을 슥 들어 올리는 비실이 청년.

'뭐임, 마법사 후배라 도와줄까 했더니…….'

물론 노린 건 아니겠지만 중지에 기분 팍 상해 버린 지오가 퍽퍽 앞질러 걸어 나갔다. 그에 청희도가 빽 소리 지른다.

"가, 같이! 이보세요, 건지호 씨!"

"왜앵."

"부축까진 아니어도 걸음 맞춰 함께 걸을 순 있는 거 아닙니까? 지구는 둥그니까 같이 걸어 나가면 온 세상이 친구 된다는 동요도 안 배웠어요?"

'쟤 진짜 막 뱉네.'

유치원도 안 나왔냐며 왈왈 짖어 대는 마법사.

어휴, 불쌍해서 봐준다……. 지오는 푹 한숨 쉬며 약골 시골쥐와 속도를 맞췄다.

그리고 약 30분 뒤······.

대화가 멸망했다.

허억, 헉······. 철벅철벅!

거친 숨소리와 불안한 생각만이 공백을 메꾸는 늪지대.

첨벙-!

수면과 부딪치는 찰진 소리에 지오가 홱 뒤를 돌아봤다.

엎어진 청희도는 전혀 미동이 없다. 지오는 허겁지겁 달려가 그의 뒷덜미를 뒤집어 숨통을 확보했다.

"프, 푸학! ······여기, 여기가 어딥니까? 지옥? 지옥인가?"

"늪이다, 전우여······."

"아, 아직도? 그럴 리 없어······!"

실미도를 찍는 두 약골을 비웃듯 나뭇잎들이 우수수 흔들렸다. 간신히 나무뿌리 위로 기어오른 청희도가 패잔병 같은 몰골로 옷의 물기를 쭉 짜낸다.

"끝났습니다. 우린 전부 끝났다고요······."

"어허. 희도 정신 줄 잡아. 여기 너희 집 안방 아니야."

"인간이라곤 코빼기도 안 보이고, 제 다음 순번으로 S급들만 들어왔다는 게 진짜긴 합니까?"

"그렇다니까. 몇 번을 말함? 6번 다윗, 7번 야식킹, 8번 밤비."

"운도 지지리 없지. S급이 네 명이나 들어왔다는데 하필 골라도 B급 검사와 만나다니."

"다 들린다, 이 개싸가지야."

"하긴 운이 없는 건 그쪽도 마찬가지겠군요, 건지호 씨. 마력 없는 마법사가 파트너라, 하하."

그윽한 시선으로 지오를 향해 웃는다. 얼핏 보면 임종 직전의 눈빛과 비슷했다.

'음, 쟤는 차라리 싸가지 없는 게 낫네.'

지오는 약골 마법사가 박살 난 멘탈을 수습하길 기다리며 주변을 둘러봤다.

어느덧 온도가 급격히 떨어진 늪지대. 등 뒤에선 청희도의 기운 없는 말이 계속 이어지고 있다.

"……후, 미안합니다. 제가 원래 이런 사람이 아닌데 자꾸 안 좋은 생각이 들어서요."

"안 좋은 생각?"

"공격조가 우리 둘뿐일 리 없고, 정말 한참 걸었잖아요? 그런데 아직도 못 만났다니…… 잘못된 게 아니고서야."

이리저리 돌아보던 지오가 멈칫했다. 그 모습을 저 좋을 대로 해석한 청희도가 짐짓 심각하게 고개를 주억였다.

"그래요. 스타팅 포인트를 이따위로 고른 그 멍청이 말입니다. 이쯤 되면 만날 법도 한데 왜 아직ㅡ"

"찾았다."

"……네?"

"움직여, 빨리!"

일갈하며 먼저 민첩하게 뛰쳐나가는 견지오.

무, 뭐야? 깜짝 놀란 청희도가 그 뒤를 서둘러 뒤따랐다.

차박, 첨벙-!

때아닌 뜀박질에 물보라가 여러 방향으로 튄다. 덩달아 까무러친 새 떼가 자지러지는 곡성과 함께 날아올랐다. 청희도는 입 안 살을 짓씹었다.

'이렇게 시끄럽게 움직이면 안 되는데……!'

자칫 늪의 원주민들을 깨우는 악수惡手가 될지도 모른다. 그의 걱정을 아는지 다행히 지오는 멀리 가지 않았다.

그는 숨에 차 헐떡이며 지오의 어깨를 붙잡았다.

"하아, 이보세요, 적어도 왜 뛰는지 이유를……!"

"저기 봐."

정면을 곧게 가리키는 손끝. 본능적으로 쫓아간 청희도의 눈이 크게 벌어진다.

"……우, 움막?"

그와 동시였다.

좌아아악!

청희도의 불안은 정확했다. 요란한 뜀박질은 잠들었던 늪의 괴물을 깨우기 충분했다.

샛노란 눈, 세로 모양의 동공, 서슬 푸른 비늘.

'아나콘다……!'

크다. 청희도가 침음했다. 쩍 벌린 뱀 아가리의 그림자가 그들 머리 위를 덮친다.

모든 것이 순식간에 벌어진 일.

그러나 본능적으로 확 웅크리는 청희도 옆에서 지오는 눈을 감지 않았다. 그저 서서 정면을 바라본다.

견지오가 '찾은' 것은 고작 움막 따위가 아니었으므로.

"……이야아호오!"

휘리릭, 쿠우웅-!

방금과 비교도 되지 않는 물보라가 일었다. 파도 같다.

뭐지? 흠뻑 물을 뒤집어쓴 청희도가 질끈 감았던 두 눈을 파르르 들어 올렸다.

"이, 이게 대체……?"

눈앞에 드러난 광경은 거대 뱀의 몸통을 정확히 두 쪽으로 갈라 낸, 흉악한 배틀 액스.

야만적이기 그지없으나 깔끔하고 호쾌한 솜씨란 것을 절대 부정할 수 없었다. 일대 수면으로 짙은 핏물이 번진다.

그리고 그 절명한 늪 주인의 시체 위로 착지하는…… 한 명의 타잔.

타고 내려온 덩굴 줄기가 잔영처럼 흔들렸다. 어두컴컴

한 가운데서도 선명한 탈색 머리는 좀처럼 색이 죽지 않았다.

"헤이, 다들 캐릭터 배정받았겠지?"

물뱀 위에 걸터앉은 최다윗이 씩 웃었다.

"제국군의 '워 로드'. 다윗 님 등장이올시다."

·· ✦ ✷ ✶ ✷ ✦ ··

끼익, 기름칠 덜 된 나무문이 삐걱거린다.

순간 장내의 시선이 돌아갔지만, 아주 잠깐이다. 주점 안은 다시 시끌벅적한 소음으로 물들었다. 이방인은 후드를 더 깊게 눌러쓰며 실내를 둘러보았다.

"여기예요."

제일 구석진 자리였다. 손짓에 따라 착석하자 곧바로 질문이 쏟아진다.

"어때요? 뭐 좀 알아낸 거 있어요? 쓸 만한 정보라도?"

"……숨부터 좀 돌려도 될까요, 조연 씨?"

멈칫했던 손이 다시 후드를 걷는다. 백도현은 긴 숨을 뱉어 냈다.

나조연이 멋쩍게 웃었다.

"마음이 급해서……. 여기 분위기가 좀 흉흉하기도 하고요."

"적에게 강제로 점령당한 식민지니까요. 제국인들은 제국인대로, 군인들은 군인들대로 신경전이 매섭다고 하더군요."

그 외 소득은 없었다. 신이 떠났다고 여기는 곳에서 '수도사'가 할 수 있는 일은 많지 않았으니까. 답 없는 제 클래스에 한숨 쉬며 백도현이 나조연의 옆을 바라봤다.

"계나 님은 들으신 것 좀 있습니까?"

"아뇨. '황실 서기관'한테도 그다지 친절하진 않던데요. 이래서야 역할이 무슨 의미가 있는지……."

그룹별로 나눠졌을 거라던 청희도의 판단은 옳았다.

늪지대의 세 사람이 [공격조]라면 나조연, 권계나, 백도현으로 이루어진 이쪽 그룹은 [중원]. 제국의 중심부에서 움직이는 형태였다.

곰곰이 어떤 생각에 잠기던 나조연이 화두를 던졌다.

"근데요, 조금 이상하지 않아요?"

"뭐가 말입니까?"

"아니, 제로베이스라고 엄청 겁주고, 오프닝 영상도 심각해서 바로 전쟁 같은 게 막 벌어질 줄 알았더니 생각보다…… 평화롭잖아요."

무슨 얘긴가 했더니……. 백도현은 가벼이 고개를 저었다.

"정보의 부재는 상대 팀도 마찬가지입니다. 아무리 전력 차가 압도적이어도 저쪽 역시 적응하고, 파악할 시간이 필요하겠죠."

"예컨대, 진영 구축 시간이다?"

말총머리를 한 권계나가 요약했다.

도우미 찬스를 이용한 것은 견지오뿐만이 아니다. 물론 '베이비 셜리'만큼 많은 정보를 주진 않았지만, 상대 팀이 다른 채널의 참가자들이라는 것 정도는 진작 파악을 마쳤다.

"그럼 그사이 하루빨리 다른 분들과 합류해야겠군요."

"아니, 아니죠."

권계나의 말을 나조연이 단박에 부정했다.

"짧은 시간 안에 뭘 하려면 무조건…… 오너먼트 찾기. 그게 1순위 아닌가요? 그래야 일이 쉬워질 거 같은데."

"……웬일로 맞는 말을."

"뭐, 뭐욧?"

"아뇨. 저도 조연 씨 의견에 전적으로 동의한다는 얘깁니다."

실소한 백도현이 검지로 탁자를 두드렸다.

9개의 영웅 캐릭터, 또 9인의 랭커.

얼핏 이 '캐릭터'들에 시선을 빼앗길 수도 있지만, 이 거대한 판이 결국 데스 매치라는 사실을 결코 잊어선 안 된다.

"제가 볼 때 각자 맡은 '역할'은 시나리오의 진행 요소일 뿐. 포인트는 누가 먼저 오너먼트를 더 빨리 모아 승기를 가져가느냐…… 가 핵심 같아서 말입니다."

백도현 1번, 나조연 2번, 권계나 3번.

공교롭게도 이 자리에 모인 셋은 전부 초반 입장이다. 그래서 이다음 누가 들어왔는지 현재 그들로선 알 수 없는 노릇이지만…….

권계나는 백도현을 물끄러미 바라봤다. 하긴, 바로 눈앞에 그 'S급'이 있었다. 대한민국 땅에 다섯뿐인.

"그렇군요. 여기 도현 씨의 봉인만 풀어도 게임의 판도는 달라질 테니까요."

"자, 그럼 정해진 거죠? 오너먼트부터 찾기! ……인데 대체 어디 있을까요?"

이게 문제네. 푹 한숨 쉬며 나조연이 턱을 괬다.

오너먼트Ornament.

"장신구…… 면 화려하지 않을까 싶은데, 짐작이 안 돼요. 무슨 사막에서 바늘 찾기도 아니고."

"글쎄요. 사막에서 바늘 찾기, 정도는 아닐 듯합니다."

"네?"

의아하게 되묻는 나조연.

백도현은 비스듬히 고개를 기울였다. 멀리 보는 그의 시선이 향한 곳은…….

"어쩌면 의외로 가까이 있을지도 모르죠."

창 너머, 제국의 수도 게헴-멤브로그. 그 중심에 위치한 백색의 황궁皇宮이었다.

"생각해 보니 그렇긴 하네요. 귀한 장신구라면 당연히 황궁과 연관이 깊겠죠. 설마 굴러다니는 아무거나 오너먼트일 리도 없고."

"관건은 저곳에 어떻게 조용히 들어가느냐, 그거지만요."

제도 중심부에 위치한 황궁은 딱 봐도 경비가 삼엄한 곳이었다.

진홍색 군복을 갖춘 마룡군 소속 군인들이 제집 안방처럼 드나들었고, 궁의 높은 곳마다 크고 작은 용들이 경비견처럼 둥지를 튼 지 오래.

입구에 진을 치고 앉은 군인들을 보며 나조연과 권계나가 쑥덕였다. 시선을 제일 먼저 뗀 것은 백도현이었다.

"역시 밝을 때는 피하는 게 낫겠습니다. 해가 질 때까지 최대한 황궁 관련 정보를 모아 보도록 하죠."

바벨도 일말의 양심은 있나 보다. 식민 지배 중인 적진 한가운데 떨어져서인지, 그들 조에 기본으로 지급된 공통 아이템은 후드 달린 로브였다.

세 이방인은 후드를 꾹 눌러쓰며 눈에 띄지 않게 중심가를 거닐었다.

황궁 근처의 상점 거리는 제법 활기가 돌았다. 다인종이 섞여 북적거리고, 상인들은 목소리를 크게 높여 호객

한다.

하기야 마룡왕에게 패배 후 쇠퇴기를 걷고 있다지만…… 한때 인간계 가장 찬란한 문명을 이룩하고, 패권을 쥐었던 유일 제국 아니겠나.

진귀하고 다양한 볼거리와 문화가 거리 곳곳에 가득했다. 백도현은 가볍게 한숨 쉬며 한눈파는 권계나를 제 쪽으로 잡아당겼다.

"여기서 서로 잃어버리면 답도 없습니다."

"아, 아니. 그게. ……죄송합니다."

"아닙니다. 계나 님의 잘못은 아니죠. 드레스 입고 산책하는 코알라를 목격한다면 누구나 신기할 테니까. 안 그렇습니까, 조연-"

……이 한심한 스토커 여자 어디 간 거야?

극소수에게만 져 주시는, 은근히 삐딱한 스윗남 회귀자가 깊은 빡침을 억누르며 두리번거렸다.

'방금까지 여기 있었는데, 몇 초 지났다고 귀신같이 사라져…….'

"아! 저기, 조연 씨 저쪽에 있네요!"

"……멀리 안 가 주셔서 참으로 감사하다고 해야 할지."

나지막이 빈정거린 백도현이 그쪽으로 다가갔다. 골목 구석, 가까워진 인기척에 돌아본 나조연이 아차 입을 가린다.

"헉! 미, 미안해요. 너무 신기해서 그만."

"두 번 신기했다가는 그대로 게임 오버당하시겠습니다."

너 지금 뭐라 그랬냐, 발끈하는 걸 가뿐히 무시하며 백도현은 힐긋 앞을 확인했다. 방금까지 나조연이 넋 놓고 허리 숙여 구경 중이었던 것······.

알록달록한 알사탕이 주렁주렁 달린 듯한 모양새의 식물이었다.

하얀 줄기는 속에 흐르는 것이 엿보일 만큼 투명하고, 색색의 열매 쪽은 공예 유리처럼 반짝거렸다. 살아 있는 식물보다는 하나의 장식품 같았다.

"어여쁘지? 그것이 바로 [페르페투아]라네."

가판대 안에서 졸고 있는 줄만 알았던 상인이 불쑥 설명했다. 깜짝 놀란 나조연이 짧게 숨을 들이켠다.

"까, 깜짝이야. 페르······ 뭐요?"

"페르페투아를 모르나? 이런, 순 촌뜨기들이었군."

쯔쯔, 혀를 차는 상인. 멀뚱히 저를 보는 세 사람을 보더니 게슴츠레 눈을 좁힌다.

"아니면, 설마 외지인들인가?"

이쪽 정보를 줘서 좋을 것 없었다. 백도현은 앞으로 나서 그들을 훑어보는 상인의 시선을 가렸다.

"괜한 소리 하실 거라면 가 보겠습니다. 번창하시길."

"거참, 농담이네. 수도사 양반 아니랄까 봐 딱딱하기

는……. 황궁 출신들이 모른다기에 좀 놀려 본 것뿐이야."

"황궁 출신?"

갸웃하는 나조연에게 권계나가 급히 속닥거렸다.

"조연 씨랑 제 캐릭터요. 황실 서기관과 궁중 의원이잖아요."

아! 나조연은 즉각 태연한 체했다.

잠시 깜빡했다. 게임 속 플레이어들이 NPC와 위화감 없이 어울리도록 그 세계관의 설정을 부여받듯, 이들에게도 각자 주어진 역할이 있었다. 상인의 시점에서 그들 세 사람은 '황실 서기관'과 '궁중 의원', 그리고 '수도사'일 터.

아무런 의심도 없이 경계를 푼 상인이 웃었다.

"이렇게 말하면 알려나? 순교의 꽃…… 또는 황제의 유작."

이 제국에서 황제란, 단 한 명.

모든 역사를 통틀어 유일하다. 대륙 통일을 이끈 왕이 황제의 관을 쓰자마자 인마대전이 발발했으니까.

역사상 최초이자 최후의 황제.

그 정도는 기본 정보라서 그들도 여기 도착하자마자 금방 알아낼 수 있었다. 백도현은 답하려는 나조연을 막고 대신 응수했다.

"그 유명한 꽃이 이거였습니까? 구하기 어려웠을 텐데 수완이 대단하십니다."

때로는 아예 무지한 것보다 적당히 아는 척 맞장구치는 게 설명충을 자극하기에 좋다.

예상대로 상인은 웃으며 팔짱을 끼었다. 흐뭇한 웃음이었다.

"뭘 좀 아는 양반이시구먼? 이 거리에서 페르페투아를 취급하는 곳은 우리 집이 유일하다고. 자네도 알다시피 말도 안 되게 까다로운 꽃 아닌가?"

"알죠, 알죠."

"하지만 폐하께서 돌아가신 자리에서 피어난 꽃이니 그럴 만도 해. 살아 있는 신화요, 그분의 유지遺志니까. 나도 매일 애도하는 마음으로 돌보고 있다네."

나만큼 충심과 애국심이 진실하지 않으면 힘든 일이라며, 상인이 자부심을 담아 끄덕였다.

[성화聖花 '페르페투아'의 정보가 해금되었습니다.]

[✛ 성화 페르페투아(unlocked): 인마대전 최후의 격전지에서 피어난 전설의 꽃. 성황이 사망한 자리에서 피어났다고 전해진다. 죽은 자를 소생시키는 실마리 중 하나로 마룡군의 삼엄한 감시하에 관리되고 있다.

※시중에서 유통되는 유사 보급종에 주의할 것.]

'그러니까 눈앞의 이건 양산형 가짜라는 소리군.'

모두에게 공통으로 뜬 정보창이었다. 이만큼 따로 정보를 줄 정도라면, 그들에게 반드시 필요한 아이템이란 뜻이다.

한결 진지해진 눈빛으로 백도현이 허리를 바로 세웠다.

"……보여 주신 페르페투아도 무척 아름답지만, 말씀을 듣고 있으려니 '진짜' 페르페투아도 궁금해지는군요. 어디 가면 볼 수 있을까요?"

"꿈 깨게. 나도 종종 자네 같은 마음이 들지만, 어디 가당키나 한 얘기인가?"

"어째서 말입니까?"

"어째서냐니, 자네들이 더 잘 알 텐데? 거기서 일하시던 양반들도 쫓겨난 마당에 거길 어떻게 들어가? 절대 불가능하지."

육시랄 놈들 때문에 조상님들도 편히 눈감지 못할 거라며 투덜거리는 상인.

세 사람이 빠르게 눈빛을 교환했다.

'황궁……!'

'황궁에 있구나.'

그리고 눈앞 상인은 비록 유사종이라도 황제의 꽃을 기를 만큼 능력 있고, 충심이 깊은 자다.

'협박? ……회유? 어느 쪽이 빠를까.'

무의식적으로 백도현이 검 쪽으로 손을 뻗는데, 탁!

그의 소매를 잡아채 내린 나조연이 정면을 바라봤다.

그녀가 선택한 것은 정면 돌파의 직구. 이 세계의 '사람'과 눈을 똑바로 마주치며 나조연은 또박또박 말했다.

"세상에 불가능은 없어요. 사람이 사람을 돕는, 선의의 도움이 충분하다면."

"……."

"보셔서 아시잖아요. 저희 모두 제국 출신이에요. 제국과 폐하를 향한 아저씨의 마음이 진짜라면……."

다갈색 머리카락이 낯선 바람에 흔들렸다. 힐러는 당돌하고 부드럽게 미소 지었다.

"폐하의 사람을 도우세요."

우린 당신의 정보가 필요하다.

상인은 한동안 말이 없었다. 무슨 사정인지 모르겠으나, 그들이 궁에 들어갈 생각이라는 것쯤은 그도 이제 완전히 파악했다.

잠시 고심하던 상인이 물었다.

"자네들 가족은 있나?"

두 여자가 먼저 끄덕였고, 남은 사람은 백도현.

이건 과정의 마지막 질문이다. 긍정해야 한다는 걸 알지만, 그는 가족이 없었다. 저번에도, 또 현재에도. 그래서 백도현은 답했다.

"아뇨."

"……."

"하지만 두고 온 마음은 있습니다."

전부를 두고 왔기에 그는 반드시 돌아가야만 한다.

올곧은 눈에는 언제나 그래 왔듯 한 점 망설임도, 거짓도 없었다.

누구를 말하는지 잘 아는 나조연이 피식 웃고, 권계나가 묘한 눈으로 백도현을 바라봤다. 그 가운데서, 상인은 긴 침음과 함께 곰방대를 턴다. 이거 참.

"……죽고자 용쓸 멍청이들은 아닌 모양이야. 잠깐 들어오게. 얘기가 짧진 않을 테니."

·· ✦ ✳ ✦ ✳ ✦ ··

"드루와, 드루와!"

'닥쳐. 네가 이미 데려가고 있잖아…….'

따질 기운도 없으시다. 지오는 축 처진 채 최다윗의 어깨 위에서 흔들렸다.

그래도 이 정도 상태는 양반. 다른 쪽 어깨에선 청희도가 바람 빠진 주유소 풍선 인형처럼 나부끼고 있었다.

"우웁. 토, 토할 것 같……!"

"왓!"

에비! 더러운 걸 취급하듯 최다윗이 그대로 내던진다. 우당탕! 큰 소리와 함께 청희도가 저 멀리 구석에 처박혔다.

'사, 살아 있냐……?'

"샹! 와 씨, 깜짝이야! 저 새끼 왜 저렇게 다이내믹하게 굴러 자빠져?"

'레벨 1짜리가 고렙한테 던져졌으니 당연하지, 씨바. 이 기간 한정 먼치킨아.'

저쪽과 비교도 안 될 만큼 곱게 내려졌지만, 공포는 쉽게 가시질 않는다. 비에 젖은 고양이 꼴로 와들와들 떨며 지오가 최다윗을 올려다봤다.

불과 몇 분 전, 코앞에 날아와 물뱀을 반쪽으로 갈라 내던 배틀 액스의 잔상이 아직도 선명했다.

'현실에서 이 킹지오 님을 영접하던 조무래기들이 바로 이런 심정이었나……?'

모든 게 초기화된 서바이벌에서 순수 육체파의 위엄이란 대단했다. 마력 사라진 마법사들이 한창 골골대고 있을 적, 이쪽은 듣자 하니 초급 레벨을 탈출한 지 오래라나?

반가운 든든함에 긴장도 풀리고, 다리에서 힘도 풀려 버린 마법사들. 두 약골을 양어깨에 쌀 포대처럼 둘러멘 천하장사 최다윗이 경쾌하게 웃었다.

「야아! 여기서 만날 줄은 상상도 못 했는데, 씨발 개반갑네 진짜!」

「어, 어떻게 이렇게 강한⋯⋯ 분명 초기화⋯⋯!」

「아앙? 당근빠따 렙업했지! 너 바보냐? 존나 간단하던데? 여기 경험치도 엄청 빠빵하게 챙겨 줘! 야생 동물 몇 마리랑 구르다 보면 쏘 심플. 베리 심플.」

「⋯⋯.」

현타 온 한국 마탑의 간판(이름: 청희도)은 아랑곳 않고 최다윗은 신나서 제 모험담을 풀어 댔다.

요약하면 오자마자 하마와 혈투를 벌여 폭업. 폭업한 레벨로 늪지대 양민 학살.

그 뒤부터는 악어를 람보르기니처럼 타고 다니고⋯⋯ 치타와 홍학 쇼핑을 하고⋯⋯.

'이게 움막이야, 휴양지야⋯⋯?'

설악산 외진 산골 출신 육체파 타잔의 생활력은 가히 감탄할 만한 것이었다.

누군가 처절하게 실미도를 찍는 동안, 여긴 그냥 모여라 동물의 숲이었으니. 지오는 한쪽 벽을 멋들어지게 장식한 악어 머리에서 애써 시선을 뗐다.

"야, 지오! 너 뭐 안 먹었지? 따뜻한 밀크라도 한잔할래?"

"다윗 언니가 주시는 거라면 지오는 뭐든 좋지오."

"⋯⋯?"

눈치킹 견지오의 생존용 태세 전환을 처음 겪어 보는

최다윗이 혼란스러운 눈빛으로 바라볼 무렵.

끄으윽, 구석에 처박혔던 청희도가 좀비처럼 몸을 일으켰다. 떨어진 안경을 찾아 더듬더듬, 바닥을 헤엄친다.

"이런 무식한…… 상종 못 할 야만적인……. 뭡니까, 건지호 씨! 동료가 끔찍한 위험에 처했는데 도와주지도 않고!"

'우리 희동이가 안경 주워 달라는 부탁을 참신하게 하네.'

"사지를 함께 헤쳐 나온 의리가 고작 이 정도밖에 안 됩니까?"

"응. 안 됨."

안경을 툭, 툭 발로 차며 메시처럼 드리블을 선보이는 지오와 기어서 그 뒤를 악착같이 쫓아가는 청희도.

어디서도 구경 못 할 희한한 광경이었다. 기이하고, 요상한 표정으로 최다윗이 더듬더듬 입을 뗐다.

"거, 건지호가 서, 설마 얘를 말하는……. 야, 찐따야, 너 지금 얘한테 말한 거냐? 하, 하. 아니지?"

아니라고 해…….

"맞습니다만."

악의 손길에서 안경을 가까스로 구해 낸 청희도가 돌아봤다. 깨진 안경을 슥 추켜올리며 이지적인 얼굴로 되묻는다.

"흐음. 저의 임시 동료 건지호 씨와 아는 사이입니까, 미스 야만인?"

"……."

"아. 그래요. 공통분모가 있을 수도 있겠네요. 독립 개체가 되기엔 여러모로 모자람이 많아 툭하면 뭉치는 게 육체파들 특징이니까."

"……."

뭐 어디 헬스클럽에서라도 만났나 보죠? 하하하, 너털웃음을 터트리는 청희도.

최다윗은 순간 멍해졌다.

저 헛똑똑이 미친놈을 어디서부터 구제해야 할지, 전혀 알 길이 없었다…….

최다윗의 눈치가 썩 좋은 편은 아니다. 상황 판단이 뛰어나다고도 못 했다. 그러나 저 똑똑해 보이는 등신이 돌이킬 수 없는 강을 건너고 있다는 것만큼은 본능 단계에서 알았다.

비유하자면 예수님을 앞에 두고 땡중이라 비하하고 있는 꼴이었으니까……. 그것도 목사급, 신부급 되는 놈이…….

'저, 저걸 살려…… 말어……?'

가히 역대급 병크. 와중에도 깨진 안경을 가리키며 손해 배상 청구하겠다고 왈왈 짖어 대는 청희도를 보자 그녀는 더 이상 참을 수 없었다. 최다윗은 주먹 쥐고 벌떡 일어났다.

"야! 이 멍청한 놈아!"

외침에 집중되는 이목.

그중에는 지오도 있다. 표정 없이 뚱한 그 얼굴을 본 최다윗이 순간 주춤하고.

"······설마 지금 저한테 말하는 겁니까? 세상의 멍청 분야 챔피언한테 듣고 싶은 말은 절대 아닌 것 같습니다만."

"이······!"

"옹알이 말고 말을 하십쇼."

"쟤는 이, 일개 검사 따위가 아니라고!"

"······네? 그럼 뭔데요?"

내가 말해도 되는 건가? 질러도 되는 거야? 마이 프렌드가 왜 아무런 시그널도 안 보내는 거지?

이런 중요한 결정을 스스로 내려 본 적 없는 최다윗의 눈이 빙글빙글 돌아가고, 결국.

"도, 도줴라고! 발도제!"

'눈치채라. 청희도 네 입으로 그랬잖아. 도줴는 검사가 아니라 상당한 실력의 마법사라고······.'

"······뭐라고요? 설마 그 칼잡이가 발도제?"

청희도의 표정이 자못 심각해진다. 그는 무언가 깨달은 듯한 표정으로 지오를 돌아봤다.

"그래서······."

'그라줴. 네가 지금 생각한 그게 정답이야!'

"그래서 내내 나를 이리 막 대했던 겁니까? 방송에서 내가 그쪽을 마법사라고 올려 쳐서? 건지호 씨! 검사의 쪼잔함이란 이루 말할 수 없이 개탄스럽군요."

'에라이. 관둬, 이 멍청한 새끼야.'

이미 검사 색안경을 장착한 마법사의 신념을 깨뜨리는 건 매우 어려운 일이다. 최다윗은 포기하고 팔다리를 늘어트렸다.

49층에 떨어진 이래 쫄쫄 굶은 둘이었다. 해도 저물었고, 오늘 이 이상 이동하는 건 무리였다.

움막은 다행히 세 사람이 하룻밤 묵어도 좋을 만큼 널찍했으며, 식량도 충분했다. 악어 고기를 질겅이면서 지오가 감탄했다.

"밥만 먹어도 능력치 오르네?"

"초반엔 그러더라. 체력은 다 기본으로 깔고, 악어는 내구, 뱀은 지력, 뭐 그런 식."

서로 확인한 바, 이번 49층에선 떨어진 시각들이 거의 비슷비슷했다. 하지만 밥도 못 먹고 강제 소환된 탓에 투기가 풀 충전되어 있던 최다윗은 그사이 반쯤 오기로 이 일대를 박살 내셨다고.

늦은 밤의 늪지대는 고요했다.

물이 찰랑거리는 나무판자 아래를 한참 바라보던 청희

도가 물었다.

"움막 터는 어쩌다가 이곳으로 고른 겁니까?"

"글쎄? 그냥 여기가 좋아 보여서. 필이 팍 왔달까?"

"쯧. S급 아니랄까 봐 본능 하나는 기가 막히네요. 짐승의 감이라고 해야 하나……."

"배불리 먹여 놨더니 쌀 포대 걸치고 다니는 마법 찐따가 뭐라냐?"

"참 잘하셨다고요. 터 한번 끝내주네요."

저녁 식사는 거의 끝이 났다. 투박한 나무 접시를 한쪽으로 밀어 두고, 청희도는 로브의 소매를 걷어붙였다.

품에서 분필 비슷한 것을 꺼내더니 바닥에 둥근 원을 긋는다. 깨진 안경 사이로, 마법사의 눈빛이 늪보다 고요하게 가라앉았다.

"……."

그렇게 수십여 분이 흐른다.

잠깐 같이 보는 듯싶던 최다윗은 지루하다며 빠르게 나가떨어졌다. 지오는 홀로 말없이 청희도의 등 뒤를 지켰다.

정통 마법사가 일필휘지로 그려 나가는 마법진.

상위 룬어와 진언으로 주춧돌을 쌓아 올리고, 수식으로 대臺를 건설하며, 별들의 이름으로 제문을 바친다.

마치 거대한 성城 하나를 설계하는 과정처럼 보였다.

단 한 명의 마법사를 위한 성벽.

툭, 바닥으로 땀방울이 떨어짐과 동시에 그가 진에서 손을 뗐다. 완성된 백색의 마법진은 움막 바닥을 빼곡하게 채울 만큼 크나컸다.

턱을 훔쳐 낸 청희도가 일어나다가 움찔한다. 집중하느라 뒤에 누가 있는지도 몰랐다.

"……뭡니까? 용케 보고 있었네요. 무지렁이 검사분께선 보기 지루하셨을 텐데. 저쪽에 팔자 좋게 곯아떨어진 누구처럼."

"재밌었어."

뒷짐 진 채 구경하던 시선도 떨어진다. 지오는 비스듬히 고개를 기울였다.

"처음 보는 스타일인데…… 한국 마탑에서 쓰는 거야?"

"정확히는 메이드 바이 세계 마탑입니다. 멀린이 직접 만든 거라 실질적으로 쓸 수 있는 사람은 몇 되지 않지만요."

"아, 멀린……."

스코틀랜드 출신의, 젊은 얼굴을 한 마탑주 노인을 떠올린 지오가 피식 웃었다.

이상을 못 알아챈 청희도가 뿌듯한 얼굴로 바닥을 응시했다. 그는 결국 마법충. 대화 주제가 마법이라면 마다할 이유 없었다.

"[위저드 캐슬]이라 불리는 마력 특화 계열 전용 진입니다. 마력 응집과 증폭의 효과가 있죠."

본래 용도는 공성전 후방 지원으로서 전투 도중 급히 마력이 부족하거나, 대규모의 마법을 실행할 때 주로 쓰이지만……

"지금 같은 경우에도 더할 나위 없이 요긴하겠죠. 몇 시간 앉아 있으면 못해도 2계급까진 즉각 도달할 겁니다. 여긴 터가 꽤 좋으니까요."

각성한 마법사가 기초 적업 스킬을 사용하기 위해선 체내에 최소한 1계급의 서클이 형성되어 있어야 한다. 그때부터 견습 마법사 딱지라도 붙일 수 있었다.

마력이 겨우 손톱만큼 있는 지금으로선, 마법사 운운하기도 창피한 수준.

청희도는 신이 나 설명을 이었다.

일정 경지에 도달한 마법사가 아니면 제대로 진의 구조를 읽지도 못한다, 나 정도의 인재니까 이런 척박한 환경에서 이만큼 구현해 낸 거다……

바로 그때였다.

"제 입으로 말하긴 뭣하지만, 한국의 차기 멀린은 누가 봐도 명확하지 않-"

"쉿."

조용해 봐. 지오가 속삭이고, 잠에 들었던 최다윗의 눈이 떠진 것은 동시였다.

찰나의 위화감.

그리고 S급들이 느낀 그 미세한 차이는 소름 끼치게 정확했다.

띠리링-!

현악기 소리로 시작하는 익숙한 멜로디가 들려온다. 청희도가 중얼거렸다. 이건.

"비발디의 사계……?"

늪지대 전체에 울리고 있다.

세 사람은 누가 먼저랄 것 없이 움막 바깥으로 뛰쳐나갔다. 소리가 흘러나오는 쪽은 하늘…….

'그렇다면 바벨이야……!'

《채널 '국가 ■■■■'가 오너먼트를 획득하였습니다.》
《성간星間 토너먼트: 제로베이스 1일 차, 첫 번째 밤이 시작됩니다.》

《테이블 오픈!》

늪지대 가득 울리고 있는 음악 소리였으나 어떤 짐승도 잠에서 깨어나지 않았다. 이쪽 세계가 아닌, 다른 세계에서 온 참가자들에게만 들린다는 뜻이다.

그리고 지금 허공을 가득 채우는 저 스크린 역시도.

바벨탑으로 소환될 때 보였던 모래시계 화면과 비슷했다. 어리둥절하게 스크린을 올려다보던 최다윗이 당황한다.

"어? 쟤는……!"

화면 속에 나타난 주인공은 지오에게도 퍽 낯익은 인물이었다. 지오는 뚫어져라 응시했다.

'홍…… 해야.'

짙은 어둠 속에서 드러나는 포커 테이블.

불안한 얼굴을 한 소년이 바로 그곳에 앉아 있었다.

〈랭커를 위한 바른 생활 안내서 1부〉

4권에서 계속